MANI BECKMANN

FILMRISS

krimi

W0463782

berlin.krimi.verlag

Die Personen und Handlungen dieses Romans sind nicht durchweg frei erfunden. Ähnlichkeiten mit tatsächlichen Ereignissen und Personen sind nicht beabsichtigt, aber auch nicht auszuschließen.

Dennoch ist es nur ein Roman. Mein besonderer Dank gilt Trini Trimpop, Wieland Speck, Brigade Fozzy und Ina.
M. B.

Die Deutsche Bibliothek – CIP-Einheitsaufnahme

Ein Titelsatz für diese Publikation ist bei Der Deutschen Bibliothek erhältlich.

Originalausgabe
©berlin.krimi.verlag im be.bra verlag GmbH, Berlin-Brandenburg, 2003
KulturBrauerei Haus S, Schönhauser Allee 37, 10435 Berlin
info@bebraverlag.de
www.berlin.krimi.verlag.de
Lektorat: Gabriele Dietz, Berlin
Umschlag: Jürgen Stephan, Berlin, unter Verwendung eines Bildes von www.block37.ch/Steinzeit/images
Gestaltung: Magde Blues, Berlin
Satz: psb, Berlin
Schrift: Stempel Garamond
Druck und Bindung: Elsnerdruck, Berlin

Alle Rechte vorbehalten.
Dieses Werk, einschließlich aller seiner Teile, ist urheberrechtlich geschützt. Jede Verwertung außerhalb der engen Grenzen des Urheberrechtsgesetzes ist ohne Zustimmung des Verlages unzulässig und strafbar. Das gilt insbesondere für Vervielfältigungen, Übersetzungen, Mikroverfilmungen, Verfilmungen, und die Einspeicherung und Verarbeitung auf DVDs, CD-Roms, CDs, Videos in weiteren elektronischen Systemen sowie für Internet-Plattformen.

ISBN 3-89809-020-5

ERSTER TEIL

»Ich habe das alles schon tausendmal gesehen.
Ich kenne das Leben, ich bin im Kino gewesen.«

Fehlfarben, »Grauschleier«, 1980

1

Albrecht hatte schlechte Laune. Das war an sich nichts Besonderes oder Ungewöhnliches, denn er war eigentlich immer schlecht gelaunt. Er war gut darin. Schließlich wurde er dafür bezahlt, üble Laune zu haben. Albrecht war Filmjournalist und hatte sich seinen Ruf als Berlins bösartigster und meistgehasster Kritiker hart erarbeitet. Vor allem für einheimische Filmschaffende war er seit langem ein rotes Tuch; den »Totengräber des deutschen Films« nannten sie ihn, was er jedoch als Kompliment verstand. Solange sein Sender, eine lokale Station mit dem einfallsreichen Namen »Berlin-Kanal«, ihm den Rücken freihielt und die Einschaltquoten ihm Recht gaben, kümmerten ihn die kleingeistigen Beschwerden deutscher Filmschaffender nicht. Seine Sendung »Tacheles« hatte ihren Namen schließlich nicht ohne Grund. Albrecht sprach Klartext, und was konnte man mit dem deutschen Film schon anderes tun, als ihn verreißen? Mit den unsäglichen Produkten teutonischer Filmkunst hatte seine momentane Missstimmung allerdings nichts zu tun, jedenfalls nicht unmittelbar. Er stand an einer türkischen Imbissbude in der Nähe des Potsdamer Platzes und schaute angeekelt auf den Pappteller in seiner Hand.

»Was soll das, bitte schön, sein?«, wandte er sich an die Türkin hinter dem Tresen, die ihre vor Kälte roten Finger an einem Glas Tee wärmte.
Die Frau antwortete mit einem verständnislosen Blick.
»Ich hatte einen Fleischspieß bestellt«, erklärte Albrecht, und sein Atem hing wie eine Fahne in der eisigen Februarluft.
»Ist Fleischspieß«, sagte die Frau. »Macht zwei Euro fünfzig.«
»Sehen Sie das?« Er deutete mit dem behandschuhten Finger auf etwas Grünliches, das aus der rotbraunen Tunke hervorlugte. »Das ist Paprika.«
»Paprika«, bestätigte die Türkin und ließ das R rollen.
»Und das da …« Er stocherte mit der Plastikgabel in dem frittierten Etwas herum, bis er ein bräunliches Stück aufgespießt hatte und der Frau vor die Nase halten konnte. »Das ist Leber.«
»Wenn Sie es sagen«, antwortete sie und nippte an dem Tee.
»Gute Frau«, er knallte den Teller angewidert auf den Tresen, »wenn das da Paprika und das da Leber ist, dann, meine Liebe«, er ließ seinen Finger bedeutsam über dem Essen kreisen, »dann ist das da kein Fleischspieß.«
»Ach«, sagte die Frau, »sondern?«
»Schaschlik!«
»Und?«
»Und?! … Ich höre wohl nicht richtig.« Er presste empört die Lippen aufeinander, hob die Brauen, zeigte das missfällige Augenrollen, für das ihn sein schadenfrohes Publikum so liebte, und fauchte: »Ich weiß nicht, ob es sich bis zum Bosporus herumgesprochen hat, aber in Deutschland besteht der Fleischspieß aus Fleisch und Zwiebeln, sonst nichts. Keine Paprika und erst recht keine Leber! Und ein Spritzer Worcestersauce kann auch nicht schaden.« Er sprach »Worcester« wie ein Engländer aus: Wuhster.
»Worreschester ist aus«, sagte die Frau.
»Sie haben dort auf Ihrer Tafel Fleischspieß ausgepriesen«, rief er und deutete auf ein Schild, auf dem in geradebrechtem Deutsch neben Döner Kebap und Lahmacun auch diverse Köstlichkeiten

einheimischer Imbisskultur feilgeboten wurden. »Sie verkaufen aber stattdessen Schaschlik. Das ist Etikettenschwindel, weil Sie nämlich Minderwertiges zu überteuerten Preisen verkaufen! So was ist in unserem Land verboten.«
Die Frau runzelte die Stirn, stellte ihren Tee beiseite und fragte: »Was wollen Sie eigentlich?«
»Ich will einen Fleischspieß«, knurrte Albrecht.
»Fleischspieß haben wir nicht«, antwortete sie, »wollen Sie Schaschlik?«
Albrecht starrte sie feindselig an und schwieg.
Die Türkin zuckte mit den Achseln, nahm den Pappteller und warf ihn kurzerhand samt Schaschlik in den Abfalleimer. Dann beugte sie sich über den Tresen und brüllte: »Und jetzt verpiss dich, du Arschloch!«
Das war's! Dieser Tag war im Eimer, eindeutig und endgültig im Eimer. Er hatte es ja gewusst. Er hatte es bereits geahnt, als Jupps Schnarchen aus dem Nachbarzimmer ihn jählings aus dem Schlaf gerissen hatte. Verdammter Mist! Warum tat er sich das jedes Mal aufs Neue an? Rausschmeißen sollte er den Kerl. Hochkant. Ein für alle Mal. Und überhaupt: Berlinale! Internationale Filmfestspiele. Dass er nicht lachte! Es war doch immer das Gleiche. Ein einziges Elend.
Der Frühfilm war die obligatorische Katastrophe gewesen, jeder Film, der um neun Uhr morgens gezeigt wurde, konnte nur eine Zumutung sein. Schlechte Filme auf nüchternen Magen vertrug er einfach nicht, Frühstück vor dem ersten Film allerdings auch nicht. Und so hatte er mit knurrendem Gedärm im Kino gesessen und sich damit getröstet, nach überstandener Tortur einen leckeren Imbiss zu sich zu nehmen. In der Sushi-Bar, die er normalerweise besucht hätte, war allerdings ein solcher Andrang gewesen, dass er lieber das Weite gesucht hatte. Außerdem hatte er in der Schlange der Wartenden Martin Brandt entdeckt, den ebenso nervtötenden wie geschwätzigen Filmredakteur des »Berliner Abendblatts«, dem er an diesem Morgen auf keinen Fall über den Weg laufen wollte.

Und so hatte ihn das missgünstige Schicksal ausgerechnet an diese türkische Imbissbude verschlagen. Es war bereits nach Mittag, seine Magenwände rieben wie Eisenfeilen aneinander und gaben Geräusche von sich, die an Eisbrecher im Polarmeer erinnerten. Er war kurz davor, einen ausländerfeindlichen Sermon vom Stapel zu lassen oder gar handgreiflich zu werden. Er hatte es ja von Anfang an gewusst!

»Was haben Sie gewusst?!«

Die Stimme der Türkin riss ihn aus seinen Gedanken, und erst jetzt bemerkte er, dass er mit ausgefahrenem Arm und gerecktem Zeigefinger vor der Imbissbude stand, wie eine Statue des Christoph Columbus, der auf das am Horizont auftauchende Amerika weist. Hinter Albrecht kicherten zwei Mädchen und tuschelten miteinander, ein junger Mann mit Baseballkappe und Rapper-Bärtchen betrachtete ihn aus den Augenwinkeln und schien zu überlegen, woher er das Gesicht kannte.

»Ach!«, machte Albrecht, winkte ärgerlich ab, schlug den Kragen seines Mantels hoch und schob sich die Schirmmütze in die Stirn. Er trug die Mütze wie einst Mao oder Thälmann, und nur der Druckknopf auf dem Schirm wies darauf hin, dass es sich eigentlich um das bei Pfeife rauchenden, englischen Rentnern so beliebte Modell handelte. Die Mütze hatte sogar Ohrenklappen, die er aber wohlweislich auf der Innenseite versteckt hatte.

Ohne auf den Verkehr zu achten, spurtete er über die Potsdamer Straße. Ein Taxifahrer ging in die Eisen, es quietschte, und der Mann stieß in seinem Wagen einen unhörbaren Fluch aus. Albrecht ging die Eichhornstraße entlang, ließ das Hotel »Grand Hyatt Berlin«, in dem das Pressezentrum samt Ticket-Counter und Saal für die Pressekonferenzen untergebracht war, links liegen und überquerte den berlinalebeflaggten Marlene-Dietrich-Platz. Insgeheim wünschte er, der ganze verdammte Potsdamer Platz würde sich in Luft auflösen. Nicht dass die Ansammlung unförmiger, farblich verirrter und geschmackloser Bauten die Gegend verschandelte, ärgerte ihn (was gab es an dieser trostlosen Gegend schon zu verschandeln?), auch das Jammern der Kollegen über das zentrale Festivalkino, das eigentlich ein Musical-Theater war und dessen Sitze den empfindlichen Journalistenhintern zu unbequem waren, konnte er nicht nachvollziehen. Was ihn jedoch wirklich anwiderte, war die Tatsache, dass sich der Weg von seiner Wohnung zu den Berlinale-Kinos nach dem Umzug des Festivals an den Potsdamer Platz fast verdoppelt hatte. Früher hatte er zu Fuß von der Ansbacher Straße zum Zoo-Palast und den Ku'damm-Kinos laufen können, heute musste er sich mit dem eigenen Auto herumquälen oder ein Taxi nehmen. Natürlich hätte er auch mit der U-Bahn fahren können, die Verbindung vom Wittenbergplatz zum Mendelssohn-Bartholdy-Park war nicht die schlechteste, doch mit der BVG fuhr Albrecht grundsätzlich nicht mehr, seitdem er einmal beim versehentlichen Schwarzfahren erwischt worden war. Weder seine Beteuerung, die Monatskarte befinde sich in seinem anderen Mantel, noch sein Prominentenstatus hatten den Kontrolleur zu nachsichtigem Verhalten bewegen können. Vermutlich gab es ein Kopfgeld für jeden erlegten Schwarzfahrer. So etwas merkte sich Albrecht und nahm es persönlich, in dieser Hinsicht war er wie ein Elefant, und er ließ es gerne mal in seine Fernsehtiraden einfließen.

Er betrat das »Musical Theater Berlin«, das sich während der Festspiele »Berlinale-Palast« nannte, und wich der Traube von Journalisten aus, die sich linker Hand vor dem Zugang zum Kinosaal drängelten, um sich einen günstigen Sitzplatz zu sichern. Albrecht tat sich diesen ärgerlichen Unsinn nicht mehr an, dieses Drängeln und Hetzen und aufgeregte Plätzefreihalten. Seit Jahren hatte er es sich zur Angewohnheit gemacht, sich auf einen der für die Jury-Mitglieder reservierten Plätze zu setzen. Es waren nie alle Juroren gleichzeitig anwesend, einige Sitze waren immer frei, und noch nie hatte jemand gewagt, ihn von seinem Platz zu verscheuchen. Das sollten sie nur versuchen!

Albrecht ging zu der mit rotem Teppich ausgelegten Treppe, die nach unten zu den Pressefächern führte. Bevor der nächste Wettbewerbsfilm startete, wollte er noch kurz sein Fach leeren und

nachschauen, ob womöglich Einladungen für die täglich stattfindenden Parties und Empfänge vorlagen. Wenn er sich schon tagsüber ärgern lassen musste, so wollte er sich wenigstens nächtens dafür entschädigen.
»Ihren Ausweis bitte!«
Albrecht fuhr zusammen und starrte in das Gesicht eines blonden Mannes, der in seinem rot karierten Sakko und der viel zu weiten schwarzen Hose reichlich albern aussah. Wie ein Toilettenmann in einem zu teuren Hotel.
»Wie bitte?«, entfuhr es Albrecht.
»Oh, Entschuldigung, Herr Niemeyer«, sagte der Rotbejackte und machte eine verlegene Miene. »Ich habe Sie nicht gleich erkannt.«
Albrecht lächelte nachsichtig, stieg die Stufen hinab und übersah geflissentlich das Nicken und die grüßenden Handbewegungen der Kollegen, die ihm auf der Treppe entgegenkamen. Er betrat den seltsam geschnittenen, mit unförmigen Pappmascheefiguren und farbigen Stellwänden eingerichteten Raum, der nach oben, zum Treppenhaus hin, offen war und in dem es nach Druckerschwärze und feuchtem Papier roch. Eine Wand von Pressefächern mäanderte durch den Raum und endete an einem Informationsschalter, einer Art Durchreiche, die Albrecht an die ehemaligen Paketannahmestellen der Post erinnerte. Fahrig wirkende Journalisten hetzten herum und suchten nach kostenlosen Probeexemplaren von Tageszeitungen und Filmzeitschriften. Die armen Schweine ohne eigenes Fach fragten die bedauernd achselzuckenden Frauen am Schalter, ob es das Presseheft zu diesem oder jenem Film noch gebe oder ob inzwischen ein Fach frei geworden sei. An einem Tisch in der Mitte des Raumes, auf dem in riesigen Stapeln Flugzettel und fotokopierte Werbebroschüren auslagen, trennten die Kollegen die Spreu vom Weizen. Die Pressehefte, Fotos, Hochglanzmagazine und Einladungen landeten in den hässlichen Umhängetaschen, die alljährlich vom Hauptsponsor verteilt wurden, der Rest des Papierkrams in der überdimensionalen Mülltonne, die gleich neben dem

Tisch stand und mehrmals am Tag geleert werden musste. Albrecht starrte verwundert auf die Tasche des Mannes, der neben ihm am Fach stand und hektisch in den Papieren kramte. »Berlinale '99«, stand darauf, »Sponsored by Mercedes-Benz«.

Es war schon peinlich genug, die jeweils aktuellen Umhängetaschen mit sich herumzuschleppen (und Albrecht wäre lieber gestorben, als sich ein solches Monstrum um den Hals zu hängen), aber wie man so erbärmlich sein konnte, die Taschen der vergangenen Jahre aufzuheben und sogar weiterhin zu benutzen, das wollte Albrecht nicht in den Kopf. Vermutlich hielt sich der Kerl auch noch für besonders originell.

Während er sein Fach leerte und einen großen Stapel von Zetteln und Umschlägen herausfischte, sah Albrecht aus den Augenwinkeln heraus etwas sehr Beunruhigendes. Eigentlich hatte er vorgehabt, wie alle anderen Schreiberlinge den täglichen Papierwust zu sortieren und eliminieren (die Guten ins Töpfchen, die Schlechten ins Kröpfchen, oder war es anders herum?), doch nun klemmte er sich den gesamten Stapel unter die Achsel und suchte nach einem zweiten Ausgang, einem Fluchtweg, dem grünen »Exit«-Schild, das ihn aus dieser Sackgasse herauswies. Er wollte zu dem von zwei Styropor-Löwen bewachten Eingang des »Adagio« stürzen, dem Café und Treffpunkt für die akkreditierten Gäste, doch es war bereits zu spät!

»Morgen, Albrecht«, sagte Martin Brandt, »ich hab dich vorhin schon beim Japaner gesehen, du hast mich wahrscheinlich nicht erkannt.«

Albrecht lächelte gezwungen und zuckte mit den Schultern. »Kann schon sein«, sagte er und wollte sich an Martin vorbei in Richtung Ausgang zwängen, aber genau in diesem Moment kam es zu einem Stau aus der Gegenrichtung. Eine Kamera-Crew des SFB blockierte die Treppe und machte Aufnahmen von dem heillosen Durcheinander, um zu dokumentieren, wie anstrengend und aufwühlend der Alltag der Festivaljournalisten war. Albrecht steckte inmitten eines Journalistenpulks fest und schaute direkt in die gleißenden

Scheinwerfer, um nicht den Mann betrachten zu müssen, dem er seit Wochen aus dem Weg zu gehen trachtete.
»Willst du auch in den nächsten Film?«, fragte Martin Brandt.
Natürlich wollte Albrecht das, aber dennoch schüttelte er den Kopf. Der Stau hatte sich aufgelöst, das Licht war gelöscht, die Kamera verstaut, und Albrecht lief zur Treppe, ohne seinen hartnäckigen Kollegen und Beinahe-Freund abschütteln zu können.
»Hast du es gelesen?«, fragte Martin, als sie das Erdgeschoss erreicht hatten.
Albrecht nickte wahrheitsgemäß und ärgerte sich im selben Moment darüber. Er stapfte zum Ausgang und hoffte, Martin würde sich zu den auf Einlass Wartenden gesellen. Er wusste, dass er dies nicht tun würde. Albrecht hing am Haken.
»Und, wie findest du's?« Martin hatte ihn überholt und hielt ihm nun die Tür nach draußen auf. »Ist doch witzig, oder?«
Albrecht hatte sich vorgenommen, höflich zu sein, milde und nachsichtig, mit anderen Worten: er war fest entschlossen gewesen, Martin eine dreiste Lüge aufzutischen, aber dieses »Ist doch witzig, oder?« war einfach zu viel.
»Kann ich nicht finden«, knurrte Albrecht.
»Im Ernst?« Martin sah ihn entgeistert an.
»Seh ich aus, als würde ich scherzen?«
Nein, so sah er nicht aus. Nichts weniger als das. Er wirkte etwa so amüsiert wie an jenem Montag vor sechs Wochen, dem Silvesterabend, als Emily mit gepacktem Koffer vor ihm gestanden und ihn verlassen hatte. Nein, er scherzte nicht, ganz gewiss nicht. Er hatte schlechte Laune. Er war hungrig. Er war unausgeschlafen. Er hatte Lust, jemanden zu töten.
»Was gefällt dir daran nicht?«
Alles! Das ganze verdammte Drehbuch ist eine einzige Zumutung, ein schlechter Witz! Dies wäre die schlichte, aber ehrliche Antwort gewesen, doch Albrecht zwang sich, zu schweigen und dem Blick des anderen auszuweichen.
Martin Brandt war ein Musterbeispiel der Gattung des ebenso

ambitionierten wie unzufriedenen Journalisten. Er gehörte zu der Schar der Verhinderten! Wie so viele der Kollegen hielt er sich *eigentlich* für etwas anderes. Albrecht kannte kaum einen Filmjournalisten, der nicht *in Wahrheit* Regisseur oder Drehbuchautor war, keinen Feuilletonisten, der nicht mindestens ein unfertiges Romanmanuskript oder eine Sammlung unveröffentlichter Gedichte in der Nachttischschublade hatte, keinen Musikkritiker, der nicht *im Grunde genommen* Gitarrist, Songwriter oder DJ war. Eine einzige Ansammlung verhinderter Künstler. Es war zum Kotzen! Albrecht fand diesen journalistischen Minderwertigkeitskomplex widerlich. Warum sollte er sich für etwas entschuldigen, das er mochte und von dem er etwas verstand? Er war Kritiker und damit basta! Und an der Zahl seiner Feinde konnte er erkennen, dass er nicht der Schlechtesten einer war. Die Kollegen jedoch schienen sich Tag für Tag vorzujammern, was sie alles *nicht* waren oder erreicht hatten. Als sei ihnen ihr jetziger Beruf peinlich.
Der wesentliche Unterschied zwischen Martin Brandt und dem Rest der Truppe bestand jedoch darin, dass Martin glaubte, Albrecht mit seinen jämmerlichen Autorenergüssen nerven zu dürfen. Sie kannten sich »aus alten Tagen«, wie Martin es gerne nannte, sie hatten in den Achtzigern gemeinsam studiert und die langweiligen Seminare am Lankwitzer Institut für Publizistik über sich ergehen lassen: »Einführung in die Medienökonomie«, »Deutsche Mediengeschichte: Ein Überblick«, »Grundbegriffe der Semiotik«. Damals hatte es einen gemeinsamen Gegner gegeben, eine hassenswerte Institution, gegen die sie sich verbündet und die sie besiegt hatten, indem sie sich nicht von sabotierenden Sekretärinnen und frustrierten, auf der Karriereleiter stecken gebliebenen Dozenten hatten unterkriegen lassen. Doch bereits kurz nach Abschluss des Studiums hatten sie sich eigentlich nichts mehr zu sagen gehabt. Obwohl beide denselben Beruf anstrebten, waren sie sich so fremd wie nur irgend denkbar. Albrecht wollte Karriere machen, er wollte sich nicht nur einen Namen verschaffen, sondern auch ein Gesicht bekommen, und nur das Fernsehen kam dafür in Frage. Mar-

tin hingegen war der altmodischen Ansicht, allein durch Inhalte überzeugen zu können. Er wollte etwas Wichtiges sagen, ohne jedoch als Person ins Rampenlicht treten zu müssen. Der anonyme Meister des Wortes. Was für ein Unsinn! Dennoch blieben sie in Kontakt, wider besseres Wissen und ohne jeden Lustgewinn. Martin begann als freier Journalist beim »Berliner Abendblatt«, wo er vermutlich heute noch unbedeutende Spalten auf den hinteren Seiten füllen würde, wäre er nicht in einen spektakulären Kriminalfall verwickelt gewesen, der ihm einiges an Aufmerksamkeit und Medienpräsenz einbrachte. Auf irgendeiner Urlaubsinsel war er Zeuge oder Beteiligter eines Mordfalles gewesen, der Prozess vor dem Berliner Landgericht beherrschte wochenlang die Schlagzeilen der Gazetten, und als die Schuldigen verurteilt oder auf Nimmerwiedersehen ins Ausland verschwunden waren, hatte sich der kleine unscheinbare Journalist und gesichtslose Wortjonglierer zum Medienstar gemausert, der sich in der Folgezeit geschickt im Gespräch hielt, sogar in Fernsehtalkshows auftrat und fast zwangsläufig den nächsten frei werdenden Redakteursposten beim »Abendblatt« übernahm. Dass es die Filmredaktion war, war reiner Zufall, und dass Martin alles andere als ein Filmfreak oder Cineast war, fiel nicht weiter ins Gewicht. Er war ein begnadeter Telefonierer und Händeschüttler, ein Meister des »Kontakt-Haltens« und »Sich-in-Erinnerung-Bringens«. Er kannte Jan und Jedermann, duzte sich mit allen möglichen Kulturschaffenden und Entscheidungsträgern und wuchs wie Efeu an ihrem geduldigen Stamm empor. Dennoch war er unzufrieden, ein Verhinderter. Und Albrecht hatte nun darunter zu leiden.

»Wieso nicht?«

Albrecht hatte von Martins letztem Satz nicht ein Wort mitbekommen, und bevor er etwas Unsinniges antwortete, fragte er: »Was?«

»Wieso du nicht gelacht hast.«

»Weil es nicht komisch ist.«

»Da bist du aber der Erste, der das sagt.«

»Na, umso schöner für dich.« Albrecht ergriff Martins Bemerkung wie ein Ertrinkender einen Rettungsring. »Wenn sich alle einig sind, dass du der nächste I. A. L. Diamond bist, warum regt dich meine Kritik so auf?«

»Wer ist I. A. L. Diamond?«

Albrecht verdrehte die Augen, schnaufte leise und beschäftigte sich so eindringlich mit dem Stapel Papier auf seinem Arm, als handele es sich um das handgeschriebene Originalmanuskript von »Ninotschka«. Tatsächlich jedoch war es der übliche Werbekram, nur ein einzige Party-Einladung, die Albrecht sofort in der Innentasche seines Mantels verstaute. Außerdem fiel ihm ein dickerer und wattierter Umschlag auf, der keinen Stempel oder Absender aufwies. Die Adresse war mit Maschine geschrieben und lautete: »Albrecht Niemeyer, Pressezentrum, Berlinale«. Es waren keine Briefmarken aufgeklebt, wahrscheinlich war das Päckchen persönlich abgegeben worden. Ein weiteres Manuskript, vermutete Albrecht und stöhnte voller böser Vorahnung. Nicht nur alte Studienkollegen, auch Wildfremde belästigten ihn hin und wieder mit ihren Machwerken und glaubten, weil Albrecht Filmkritiker sei, müsse er sich auch für den geistigen Durchfall unerkannter Talente interessieren. Er nahm den gesamten Stapel, ging zu einer Laterne und stopfte die Papiere kurzerhand in einen der dunkelgrauen Abfalleimer, auf dem die Berliner Stadtreinigung ihre vermeintlich lustigen Werbesprüchlein gepinselt hatte: »Kleines Aschloch«, war auf diesem Exemplar zu lesen.

»Raus hier! Oder wir rufen die Polizei.«

Albrecht und Martin fuhren herum. Sie standen vor McDonald's und wurden Zeuge, wie zwei Angestellte einen bärtigen Obdachlosen an Händen und Füßen zur Tür herauszerrten und ihm zu verstehen gaben, er könne, wenn er schon nichts kaufe, nicht auch noch die Gäste belästigen.

»Wer belästigt hier wen?«, brabbelte der Obdachlose trunken. Der Mann schien keinen Hals zu haben, der Kopf stak ihm direkt zwischen den Schultern.

»Du stinkst, Meister«, sagte einer der beiden Angestellten und gab dem Mann einen Tritt in den Hintern.
Albrecht grinste und beschloss, den Laden zu betreten.
»Nein, sag doch mal«, beharrte Martin und beeilte sich, dem Freund ins Schnellrestaurant zu folgen. »Warum findest du es nicht komisch?« Erst jetzt wunderte er sich, wo sie sich befanden, und fragte: »Seit wann isst du denn in einer Frittenschmiede?«
Frittenschmiede! Das war typisch Martin. Ständig verwechselte er Wortwitz mit Plattitüden. Sein Drehbuch wimmelte von solchen ulkigen Wortspielchen und peinlichen Stilblüten. Seine Protagonisten benutzten Ausdrücke wie »volle Kanne« oder »ohne Ende«, und wenn jemand furzte, dann »stellte er einen Schirm in die Ecke«.
Albrecht reihte sich in eine der Schlangen vor den Kassen ein und maulte: »Ich habe Hunger. Und jetzt hör endlich auf zu nerven.«
»Aber der Titel ist doch gut, oder?«
»›Tot und Mordschlag‹?« Albrecht lachte. »Was soll denn daran, bitte schön, lustig sein? Der Titel ist genauso gewollt und an den Haaren herbeigezogen wie der Rest der Geschichte. Vielleicht solltest du keine Komödien schreiben, Martin. Versuch's doch mal mit einem Dokumentarfilm.«
»Du glaubst wohl, ich hab keinen Humor, was?«
Ja, genau das glaube ich. Wenn es irgendeinen Menschen auf der Welt ohne den leisesten Sinn für Humor gibt, dann bist du es! Du bist so komisch wie ein Flugzeugabsturz. Der Untergang der Titanic war ein Brüller im Vergleich zu dir! Das hätte Albrecht antworten sollen, und vermutlich hätte es seine Laune beachtlich gesteigert, stattdessen sagte er: »Vielleicht solltest du die ganze Geschichte ein wenig ironischer anlegen.«
»Aber es ist doch ironisch gemeint«, antwortete Martin verständnislos.
»Eben!«
»Das versteh ich nicht.«
»Genau das ist das Problem.«

Und dann ging die Bombe hoch.
Es war ein Knall, sicherlich, aber nicht lauter als ein China-Böller, Marke Kanonenschlag. Und im nächsten Moment war draußen lautes Schreien zu hören. Der Obdachlose kam in den Laden gerannt, hielt seine rechte Hand mit der linken umklammert und reckte sie in die Höhe. Die Hand war schwarz verkohlt und blutig, die Finger sahen aus, als habe er sie in einen Schredder gehalten. Auch das Gesicht des Mannes war schwarz, der Bart angesengt. Der Obdachlose schrie wie am Spieß, aber es klang seltsamerweise nicht schmerzverzerrt, sondern lediglich entsetzt oder erschrocken. Die Leute wichen vor ihm wie vor einem Pestkranken zurück und verfolgten angeekelt das Schauspiel.
»Jetzt tu doch einer was«, rief der Angestellte, der dem Mann vorhin einen Tritt gegeben hatte.
»Ich ruf die Feuerwehr«, antwortete eine Frau hinter dem Tresen.
Plötzlich durchzuckte es Albrecht, und er starrte aus dem Fenster nach draußen. Aus dem grauen Abfalleimer stiegen qualmende Rauchfahnen hoch, Reste verbrannten Papiers ragten wie aus einem Vulkankrater hervor, einige verkohlte Fetzen schwebten wie Konfetti in der eisigen Luft.
»Kleines Aschloch«, stand auf dem Abfalleimer.
Wie von Sinnen lief Albrecht auf die Straße hinaus.
»He!«, rief ihm Martin hinterher. »Wo willst du denn hin?«
Aber er hörte es kaum noch.

2

Seit Emily ihn verlassen hatte, war die Wohnung in der Ansbacher Straße viel zu groß für ihn. Und viel zu leer. Zu Beginn des Jahres, drei Tage, nachdem sie samt Koffern aus seinem Leben verschwunden war, hatten drei hünenhafte und an den bloßen Oberarmen tätowierte Möbelpacker vor der Tür gestanden, mit einer langen Liste von Möbeln und Küchengeräten, die Emily gehörten, und

hatten alles mitgenommen. Sie selbst war nicht anwesend gewesen, hatte lediglich einem der Männer einen Brief mitgegeben, in dem sie Albrecht bat, keinen Ärger zu machen und »zu kooperieren«.
»Seid ihr von ›Synanon‹?«, hatte Albrecht gefragt und ein verblassendes Frauenportrait auf dem mächtigen Bizeps seines Gegenübers betrachtet. Es hatte Ähnlichkeit mit dem Medusenhaupt.
Der Möbelpacker nickte und rieb sich die Pranken.
»Die Drogen sind im Spiegelschrank über dem Waschbecken«, zischte Albrecht und zog den Mantel an. »Aber macht anschließend den Dreck weg, wenn ihr euch einen Schuss setzt.« Bevor der Mann sich auf ihn stürzen konnte, nahm Albrecht Reißaus und verschwand im Treppenhaus.
Als er am Abend zurückkehrte, war alles verschwunden, was Emily zu Recht oder Unrecht als ihr Eigentum deklariert hatte. Die Zimmer sahen aus wie teilamputiert, klaffende Lücken überall, und selbst wenn die Wunden heilten, die Narben würden sichtbar bleiben. Albrecht hatte bis heute kein einziges neues Möbelstück gekauft, kein Küchengerät ersetzt und nicht einmal die hellen Flecken an den Tapeten durch Filmplakate abgedeckt. Bis vor zwei Wochen hatte er noch geglaubt, sie werde zu ihm zurückkommen.
»Jupp? Bist du da?«
Keine Antwort. Ein Glück!
Albrecht betrat den Flur, ließ die Tür hinter sich ins Schloss fallen und atmete auf, obwohl es unverkennbar nach abgestandenem Zigarettenrauch roch. Die 4-Zimmer-Wohnung war zu groß für einen Einzelnen, das war unstrittig, aber dennoch hätte er einiges darum gegeben, sie im Moment mit niemandem teilen zu müssen. Vor allem nicht mit einem Chaoten wie Jupp. Natürlich hatte Albrecht ihm bei seiner Ankunft vor vier Tagen gesagt, er solle sich wie zu Hause fühlen, aber das hatte er nur so gesagt, er hatte es nicht wirklich gemeint. Niemand meinte es ernst, wenn er so etwas zu einem Besucher sagte. Es gehörte in dieselbe Kategorie wie »Mach dir nichts draus, das kann doch jedem mal passieren« oder »Ich

dich auch«. Man sagte es, weil es von einem erwartet wurde, aber nicht, weil es der Wahrheit entsprach.
Jupp allerdings war ein Meister darin, achtlos dahingeworfene Höflichkeitsfloskeln für bare Münze zu nehmen. Zumindest wenn es ihm in den Kram passte. Und so hatte er sich prompt darangemacht, Albrechts Wohnung in ein Schlachtfeld zu verwandeln, nicht nur Emilys leer geräumtes Arbeitszimmer, das ihm als provisorisches Schlafzimmer diente. Überall in der Wohnung (allerdings selten in einem Aschenbecher) lagen Zigarettenkippen und Jointreste herum, obwohl Jupp nur zu gut wusste, dass Albrecht vor einigen Jahren das Rauchen aufgegeben hatte. Neben dem Klo stapelten sich alternative, meist amerikanische Musikzeitschriften und fotokopierte Independent-Fanzines (Jupp war vermutlich der einzige Mensch über Dreißig, der solchen Mist las), und das Wohnzimmer war übersät mit asiatischen Trash-Videos und uralten Punk-Scheiben (Vinyl, keine CDs!), die Jupp in dubiosen Second-Hand-Läden aufstöberte und wie esoterische Heiligtümer behandelte. Jedes Jahr im Februar, pünktlich zu den Filmfestspielen, seit nunmehr zehn Jahren, tauchte er in Berlin auf, nistete sich bei Albrecht ein und erinnerte ihn an »die guten, alten Zeiten«. In gewisser Weise war Jupp wie Martin Brandt, nur dass diese »alten Zeiten« noch weiter zurücklagen als die Studienzeit mit Martin. Wenn Albrecht es recht bedachte, so hatte er ein menschliches Altlastenproblem. Ein Entsorgungsdefizit. Er wurde ehemalige Freunde nicht mehr los. Und Jupp war von allen Altlasten die schlimmste und hartnäckigste.
»Warum schmeißt du ihn nicht raus, wenn er dir so auf den Geist geht?«, hatte Emily im vergangenen Jahr gefragt und keck die Augenbrauen gehoben.
»Wir kennen uns so lange«, hatte Albrecht geantwortet.
»Als sei das ein Grund.«
»Glaub mir, es ist einer!«
»Männerfreundschaft, was?«, hatte sie gefrotzelt.
Seltsamerweise hatte Emily Jupp immer gemocht und sich auf

seine Besuche sogar gefreut. Sie fand, er sei originell und ein echtes Unikum. Zugegeben, ein Fossil und manchmal ein wenig lächerlich, aber nicht uninteressant. Und nie langweilig.
»In Gegensatz zu mir?«, hatte Albrecht erwidert.
»Das hast *du* gesagt.«
Jupp gefiel sich in der Rolle des Unangepassten und Nonkonformisten. Er liebte es, unsinnige Theorien oder abstruse Behauptungen in den Raum zu stellen, die er anschließend mit Vehemenz verteidigte und als einzig existierende Wahrheit betrachtete. Hauptsache, er konnte »anders« sein. Und natürlich besuchte er die Berlinale lediglich, um sich die Filme im »Internationalen Forum des jungen Films« anzusehen, das offizielle Wettbewerbsprogramm und selbst die Filme im »Panorama« waren für ihn »kommerzieller Hollywood-Dreck«. Auf Albrechts Entgegnung, ein Großteil dieser Filme stamme aus Europa und sei alles andere als kommerziell erfolgreich, konterte Jupp kategorisch: »Dann ist es eben Möchtegern-Hollywood-Dreck. Das ist beinahe noch schlimmer.« Und so sah er von morgens bis tief in die Nacht asiatische Gangsterfilme, in denen kaum geredet und viel getötet wurde, afrikanische Polit-Parabeln, die nur Eingeweihten und Entwicklungshelfern verständlich waren, oder europäisches Autorenkino, bei dem die Kamera zu wackeln hatte, der Ton verrauscht war und das primäre Ziel des Filmemachers in der Verbreitung von Langeweile zu bestehen schien. Je trashiger, exotischer oder manierierter, desto besser.
Albrecht warf missmutig den Mantel an die Garderobe, pfefferte seine Schuhe in die Ecke und ging zum Sideboard. Die grüne Leuchtdiode des Anrufbeantworters blinkte. Er drückte auf den Knopf und Jupps näselnde, immer leicht belustigt klingende Stimme war zu hören: »Ich hab dir 'nen Zettel nebens Telefon gelegt. Geil, was? Bis nachher.«
Bei besagtem Zettel handelte es sich um den Ausdruck einer Internetseite, offensichtlich ein Online-Auktionsangebot oder etwas Ähnliches. »Rubrik: Deutscher Punkrock«, stand oben auf der

Seite. Jupp hatte eine Zeile mit gelbem Marker angestrichen: »Die Ordensbrüder: Jürgen Bartsch war kinderlieb. Punk Anderson Records 1984. Vier Songs. Guter Zustand. Mit Textblatt und Aufkleber. Mindestgebot: 25 Euro.«
25 Euro?, wunderte sich Albrecht und musste wider Willen schmunzeln. Er hatte noch zehn Exemplare der Platte in einer Kiste im Keller liegen. Vielleicht würden ihm die *Ordensbrüder* eines Tages doch noch ein bisschen Geld einbringen. Wenn er sich recht erinnerte, hatte »Jürgen Bartsch« damals nicht einmal die Studiokosten eingespielt. Der Verkauf war armselig gewesen, und GEMA-Einnahmen waren auch nicht geflossen, weil kein Radiosender sich getraut hatte, den Song zu spielen. Albrecht war immer gegen den Titel gewesen, aber Jupp hatte gemeint: »Je provokanter, desto besser.« Er hatte auch das Cover und den Aufkleber entworfen, auf denen der Kopf des Kindermörders Bartsch mit Mönchstonsur und Heiligenschein zu sehen war.
Das Klingeln des Telefons riss Albrecht aus seinen Gedanken.
»Ja?«
»Herr Niemeyer?«, fragte eine Männerstimme.
»Ja, wer ist denn da?«
»Beim nächsten Mal bist du dran, du Arschloch!«
Es klackte in der Leitung. Albrecht war wie erstarrt und rührte sich nicht von der Stelle. Er hielt den Hörer immer noch in der Hand, hörte das Tuten und stierte auf den hellen Fleck an der Wand, wo einst ein gerahmtes Foto von Emily gehangen hatte. Es war eine Aufnahme aus einem Streichelzoo in Australien gewesen, Emily mit einem verschlagen grinsenden Koala auf dem Arm.
»Verdammt!«
Albrecht knallte den Hörer auf die Gabel und hatte im selben Moment alles wieder vor Augen. Den Penner mit den schwarz verkohlten Fingern und dem angesengten Bart, den rauchenden Abfalleimer mit der albernen Aufschrift, den wattierten und unfrankierten Umschlag mit der maschinengeschrieben Anschrift: »Albrecht Niemeyer, Pressezentrum, Berlinale«.

So seltsam es klang: Als er vor wenigen Minuten seine Wohnung betreten hatte, war er sich beinahe sicher gewesen, dass nichts von alledem wirklich mit ihm zu tun hatte. In den anderthalb Stunden seit der Explosion hatte er es geschafft, die ganze Sache zu verdrängen oder zumindest zu verschleiern. Als habe er einen Schalter in seinem Hirn umgelegt. Es konnte nicht sein, was nicht sein durfte. Und so war ihm der Vorfall wie ein Traum erschienen, ein Film, den er irgendwann in den letzten Tagen im Kino gesehen hatte. Eine Sinnestäuschung.

Der Anruf hatte ihn schlagartig eines Besseren belehrt. Die Explosion war keine Einbildung gewesen, kein Hirngespinst, und sie hatte ihm gegolten. Kein Zufall, keine Verkettung unglücklicher Umstände, kein Versehen. Er hatte es in dem Moment gewusst, als er den Rauch aus dem Abfalleimer hatte aufsteigen sehen. Wie fallende Dominosteine hatte der eine Gedanke den nächsten angestoßen, bis es »klick« gemacht und die einzig mögliche Schlussfolgerung in riesigen Lettern vor seinem inneren Auge gestanden hatte: Jemand wollte ihn umbringen. Doch reflexartig hatte er sich gegen diese Erkenntnis gewehrt. Wer sollte so etwas tun? Und warum? Das ergab alles keinen Sinn. Eben doch, schoss es ihm im gleichen Augenblick durchs Hirn. Aber erst jetzt war es ihm möglich, sich dies einzugestehen. Es war möglich, es war sogar wahrscheinlich, und vor allem: es war real!

Beim nächsten Mal bist du dran, du Arschloch!

Er überlegte, wen er in der letzten Zeit besonders hart in seiner Sendung rangenommen hatte, doch er kam zu keinem eindeutigen Schluss. Zu lang war die Liste derer, die er beleidigt, abgekanzelt oder angegriffen hatte. Beinahe jeder deutsche Regisseur, Schauspieler oder Produzent, der etwas auf sich hielt, tauchte darin auf und hätte einen Grund gehabt, verärgert oder verstimmt zu sein. Doch war es tatsächlich denkbar, dass sich ein von ihm Gescholtener auf so perfide Art rächen würde? Sicherlich gehörten Filmschaffende zu den eitelsten und egozentrischsten Personen, die sich denken ließen, sie waren selbstverliebt bis zur Lächerlichkeit, und die meisten von ihnen reagierten auf Kritik wie geschmähte Liebhaber auf einen Nebenbuhler. Aber Albrecht kannte keinen, dem er die kriminelle Energie für solch eine Tat zutraute. Und Anleitungen zur Herstellung von Briefbomben fanden sich bestimmt nicht in Drehbüchern. Obwohl man sich dessen in der heutigen Zeit auch nicht hundertprozentig sicher sein konnte.

Wieder starrte er auf den hellen Fleck an der Wand, und plötzlich kam ihm ein neuer Gedanke. Der Vergleich mit dem Nebenbuhler hatte ihn darauf gebracht. Doch sofort schob er diese Überlegung beiseite. Felgenhauer hatte ihm Emily genommen, wieso sollte er ihm jetzt nach dem Leben trachten? Der Mistkerl hatte schließlich, was er wollte. Das blaue Auge, das Albrecht ihm vor zwei Wochen verpasst hatte, war inzwischen vermutlich in grünliches Gelb übergegangen. Und dennoch! Felgenhauer kam in Frage, auch wenn Albrecht seine Stimme nicht erkannt hatte. Immerhin war der Typ Arzt. Er arbeitete im Urban-Krankenhaus als chirurgischer Orthopäde oder orthopädischer Chirurg. Und die hatten bekanntlich ein Faible fürs Schrauben und Basteln. Von allen Ärzten, die er kannte, hatten Orthopäden und Chirurgen das mit Abstand »technischste« Bild vom Menschen. Und sie waren fast allesamt Sadisten.

Das Klingeln an der Haustür ließ Albrecht einen spitzen Schrei ausstoßen.

Reiß dich zusammen!, schalt er sich in Gedanken, doch er konnte nicht verhindern, dass seine Hände zitterten. Das seltsame Kribbeln im Nacken, das ihn seit einigen Wochen belästigte, setzte wieder ein, doch diesmal kribbelte es hinunter bis in den kleinen Finger der linken Hand. Reine Nervensache!

Albrecht ging zur Tür und drückte auf den Knopf der Gegensprechanlage.

»Ja?«

»Herr Niemeyer?«, fragte eine Männerstimme.

»Ja, wer ist denn da?« Der Dialog kam Albrecht beängstigend bekannt vor.

»Hauptkommissar Schalck und Kriminalhauptmeister Schürmann von der Kripo Berlin. Dritte Mordkommission.«
»Mordkommission?«, wunderte sich Albrecht und wusste nicht, ob er aufatmen oder alarmiert sein sollte.
»Delikte am Menschen, wenn Ihnen das lieber ist«, knurrte die Stimme. »Alles eine Familie. Wir würden Sie gern einen Moment sprechen.«
»Kommen Sie rauf! Zweiter Stock, links.«
Er betätigte den Summer, öffnete die Wohnungstür und hörte schwerfälliges Schlurfen im Treppenhaus. Als die beiden Männer im ersten Stock angelangt waren, sagte der eine: »Schickes Haus, was?« Eine nicht unübliche Reaktion auf den breiten Aufgang, die marmornen Wände, die stuckbesetzten Decken und den Kronleuchter, der nur zur Zierde im Treppenhaus hing.
»Wär mir zu protzig«, erwiderte der andere mürrisch.
Wenige Sekunden später standen sie vor Albrecht und entsprachen so gar nicht der Vorstellung, die er sich bislang von Kriminalpolizisten im Außendienst gemacht hatte. Allerdings kannte Albrecht Kripo-Beamte bislang nur aus dem Fernsehen. Hauptkommissar Schalck war ein pummeliger Mittvierziger mit fettiger Glatze, prallem Bierbauch und einer Leidensmiene, als habe er ein tennisballgroßes Magengeschwür. Ein Griesgram mit tief liegenden, im speckigen Gesicht verschwindenden Augen. Und Kriminalhauptmeister Schürmann sah aus, als sei er Schalcks jüngerer Bruder, ebenso griesgrämig, fett und stiernackig, nur etwa fünfzehn Jahre jünger und mit strähnigem, seitengescheiteltem Haar. Beide wirkten auf Albrecht eher wie Finanzbeamte, aufgedunsen vom ewigen Sitzen, ungepflegt und unmodisch gekleidet, weil sie nie das Büro verließen und nicht mit Menschen in Berührung kamen, die nicht gleichfalls schweißgerändert, unfrisiert und finanzbeamtet waren.
»Sie wissen, weshalb wir hier sind?«, fragte Schalck und schob seinen massigen Körper an Albrecht vorbei durch den Türrahmen. Keine Begrüßung, kein »Dürfen wir eintreten?«, kein Zeigen der Dienstmarke.

Albrecht nickte und wies aufs Wohnzimmer. »Kommen Sie herein!«
Er folgte den Männern, die sich ungeniert umschauten und sich vor allem für die hellen Flecken an den Wänden und die aus Emilys Regalen geräumten und auf dem Boden gestapelten Bücher zu interessieren schienen.
»Ziehen Sie aus oder ein?«, fragte Schürmann und setzte sich in Albrechts ledernen Fernsehsessel, nachdem er ein dort liegendes Album der englischen Band *Discharge* unter die Lupe genommen und angewidert beiseite gelegt hatte. Das Cover zeigte eine auf einen Säbel aufgespießte Friedenstaube. Jupps neueste Entdeckung.
»Weder noch«, antwortete Albrecht gereizt.
Schalck, der es vorzog stehen zu bleiben, verschränkte die Arme vor der Brust und sagte: »Herr Brandt war so freundlich, uns Ihre Adresse mitzuteilen. Aber es wäre hilfreicher gewesen, wenn Sie den Ort des Geschehens nicht so überstürzt, oder soll ich sagen fluchtartig, verlassen hätten.«
»Fluchtartig? Was wollen Sie denn damit sagen?«, empörte sich Albrecht und nahm dem sich im Sessel flegelnden Kriminalhauptmeister eine weitere Schallplatte aus der Hand, die Jupp auf dem Fußboden liegen gelassen hatte. Auf der Vorderseite war eine Reihe von Polizisten mit Helm und Schlagstock zu sehen, auf der Rückseite stand in großen Lettern: »Millions of Dead Cops«.
»Sie mögen keine Polizisten, was?«, fragte Schürmann.
Mochte Albrecht Polizisten? Er wusste es nicht. Sie waren ihm unheimlich und verursachten ihm eine Gänsehaut, er hatte nicht allzu gute Erinnerungen an sie und ging ihnen lieber aus dem Weg, aber er konnte nicht wirklich behaupten, dass er sie hasste oder verabscheute. Sie waren ein notwendiges Übel, aber es gab weit unehrenhaftere Berufe. BVG-Kontrolleur beispielsweise.
»Wollen Sie nicht endlich zur Sache kommen?«, raunzte Albrecht und wandte sich an den Hauptkommissar, der sich einmal um die eigene Achse drehte und mit finsterer Miene das übrig gebliebene

Mobiliar aus Teakholz und die Pop-Art-Drucke an den Wänden bestaunte. »Sie kommen doch wegen der Bombe.«
»Bombe? Sie sagten Bombe?« Schalck grinste unangebracht, aber nicht allzu amüsiert. »Wieso denn Bombe?«
»Kommen Sie mir nicht mit solchen Herbert-Reinecker-Dialogen«, knurrte Albrecht und hatte das plötzliche Bedürfnis, sich eine Zigarette anzustecken.
»Wer ist Herbert Reinecker?«
»Der Erfinder von ›Derrick‹«, antwortete Albrecht und zitierte: »*Tot? Sie sagten tot? Er kann doch nicht tot sein. Wieso denn tot?*«
»Wer ist tot?«, fragte Schürmann, ohne den Blick von einem weiteren Schmuckstück aus Jupps Sammlung abzuwenden. Wenn Albrecht es aus den Augenwinkeln heraus richtig erkannte, war es eine Single der *Dead Kennedys*: »Nazi Punks Fuck Off«.
Wieder zeigte Schalck sein wenig belustigt wirkendes Grinsen, schnaufte bedeutungsvoll und ließ sich schließlich durch Albrechts flehenden Blick erweichen. »Sie müssen zugeben, dass Ihr Verhalten ein wenig merkwürdig, um nicht zu sagen verdächtig aussieht«, sagte er und setzte sich nun doch aufs Sofa. »Zuerst stecken sie einen Packen Papier in einen Abfalleimer, nur wenige Sekunden später fliegt dieser in die Luft, ein Obdachloser wird dabei verletzt, und Sie türmen, als sei Ihnen der Teufel auf den Fersen.«
»Wer sagt das?«
»Ihr Freund, Herr Brandt.«
»Er ist nicht mein Freund.«
»Aber ein Augenzeuge.«
Albrecht setzte sich zu Schalck aufs Sofa und versank neben ihm in den Polstern, so dass er zu dem Kommissar hochschauen musste, obwohl er im Stehen nicht kleiner als Schalck gewesen war. Ein Sitzriese! Irgendwie erinnerte ihn die Situation an einen Louis-de-Funès-Film, dessen Titel ihm entfallen war.
»Ich bin nicht der Täter«, erklärte Albrecht, »sondern das Opfer. Jemand hat versucht, mich in die Luft zu sprengen.« Er hielt einen Moment inne, weil er merkte, dass der Ausdruck vermutlich ein

wenig zu pathetisch und dick aufgetragen war, und setzte schließlich hinzu: »Warum sollte ich wohl einen Abfalleimer in die Luft jagen wollen?«

»Vergessen Sie den Obdachlosen nicht!«, versetzte Schürmann.

»Merken Sie eigentlich gar nicht, wie absurd das ist?«, erwiderte Albrecht und überlegte, ob die beiden Beamten sich einen Scherz mit ihm erlaubten. Sie sahen allerdings nicht so aus.

»Und warum sollte irgendjemand *Sie* in die Luft sprengen wollen?«

»Ich bin nicht unbekannt in dieser Stadt, eine Persönlichkeit des öffentlichen Interesses, wie man so sagt«, antwortete Albrecht und schlug die Beine übereinander. Weil er in dieser Position neben dem Kommissar noch kleiner wirkte, setzte er sich wieder aufrecht hin. Er räusperte sich und fügte hinzu: »Und als Filmkritiker habe ich nicht nur Freunde im Geschäft. Man kann es eben nicht immer allen recht machen.«

»Richtig, Sie sind ja beim Fernsehen«, sagte Schürmann ohne den geringsten Anflug von Ironie. »Moderator, nicht wahr?«

»Journalist.«

»Man verdient ganz gut beim Fernsehen«, sagte Schalck, klopfte auf die Sofalehne und deutete auf den Lichtenstein an der gegenüberliegenden Wand.

»Das ist nur eine Reproduktion«, sagte Albrecht und ärgerte sich darüber, dass er sich völlig unnötigerweise zu rechtfertigen begann. Er hatte das Bild vor einigen Tagen aufgehängt, und das nur deshalb, weil Emily es gehasst hatte. Sie hielt Lichtenstein für etwa so originell wie van Goghs Sonnenblumen. Klo-Kalender-Kunst nannte sie es, und Albrecht konnte ihr nicht wirklich widersprechen.

»Wie man hört, soll es Ihrem Sender nicht so gut gehen.«

»So? Hört man das?«, fragte Albrecht. Seit Wochen und Monaten kursierten Gerüchte über eine nahende Insolvenz der »Berlin-Kanal GmbH«. Wie so viele kleine Sender hatte auch der Berlin-Kanal mit der Flaute in der Fernsehbranche zu kämpfen, aber bislang hatte er noch jede Krise überstanden.

»Die Einschaltquoten sind in Ordnung?« Hauptkommissar Schalck schaute auf seine abgeknabberten Fingernägel, als habe seine Frage keinerlei Hintersinn, als sei sie ihm nur so nebenbei entschlüpft.
»Kann nicht klagen«, knurrte Albrecht. »Danke der Nachfrage.« Er lächelte gequält und versuchte, sich zu beherrschen, doch das war wahrlich zu viel verlangt. »Was glauben Sie eigentlich, womit Sie es hier zu tun haben?«, platzte es aus ihm heraus. »Denken Sie allen Ernstes, ich fingiere ein Briefbomben-Attentat auf mich, um das Interesse an meiner Person und damit die Quote meiner Sendung zu steigern?«
»Wäre keine so dumme Idee«, sagte Schalck.
»Alles schon mal dagewesen«, fügte Schürmann bedeutungsvoll hinzu.
»Und warum bin ich dann weggerannt, anstatt mich vor der Polizei als Opfer eines Anschlags aufzuspielen und auf die Ankunft der Fotografen und Kameras zu warten?« Zu spät merkte er, dass dies keine sehr geschickte und vertrauenfördernde Ausdrucksweise gewesen war, und so beeilte er sich hinzuzufügen: »Wenn es mir um die Erregung von Aufmerksamkeit gegangen wäre, hätte ich *den Ort des Geschehens* doch nicht verlassen.«
»Richtig«, sagte der Kommissar, »und damit wären wir wieder am Ausgangspunkt unseres Gesprächs angelangt: Warum sind Sie weggerannt?«
»Um ehrlich zu sein, ich weiß es nicht«, gestand Albrecht ein und machte eine verkniffene Miene. »Ich habe Panik bekommen. Es war kindisch, ich weiß, aber wenn ich nicht weiterweiß, dann renne ich davon. Eine dumme Angewohnheit.«
Der Hauptkommissar schaute Albrecht lange von der Seite an und wiegte bedächtig seinen fettig glänzenden Kürbiskopf. »Wissen Sie was?«, sagte er schließlich und stieß Albrecht verschwörerisch mit dem Ellbogen in die Seite. »Ich glaube Ihnen.«
Albrecht zuckte zusammen und war zugleich aufrichtig erstaunt.
»So«, grunzte Schalck und zog das O in die Länge, »und jetzt er-

zählen Sie mal, was eigentlich passiert ist! Und zwar der Reihe nach.«

Albrecht nickte und berichtete von dem unfrankierten und wattierten DIN-A4-Umschlag, den er in seinem Pressefach gefunden und für das Manuskript eines schreibenden Dilettanten gehalten hatte. Er erzählte von dem Streit mit Martin Brandt und dass er den gesamten Stapel Papier aus seinem Fach in den Abfalleimer gestopft habe, weil er hungrig und genervt gewesen sei. Den Umschlag habe er nur aus Zufall nicht geöffnet, aber er sei sich sicher, dass sich darin die Bombe befunden habe. Vermutlich habe der Obdachlose in dem Abfalleimer gewühlt und dabei sei der Sprengsatz hochgegangen. Wenn er daran denke, wie die verkohlten Hände des Mannes ausgesehen hätten, würde ihm ganz mulmig.

»Ist Ihnen an dem Umschlag irgendetwas aufgefallen?«, fragte Schürmann und begutachtete neugierig etwas auf dem Sofatisch, das entfernt an einen Jointrest erinnerte. Zumindest hatte jemand einen Pappstreifen als Filter in seine Zigarette gedreht. Schürmann roch daran und runzelte die Stirn.

Albrecht suchte eilig nach einem Aschenbecher, wischte mit einer Handbewegung sämtliche Zigarettenstummel vom Tisch, zuckte entschuldigend mit den Schultern und sagte: »Es waren keine Briefmarken darauf, außerdem war die Anschrift mit Maschine geschrieben.«

»Hmm«, machte der Kommissar.

»Da fällt mir etwas ein«, sagte Albrecht plötzlich, beugte sich vor und lehnte die Unterarme auf die Knie. »Der Brief war an mich adressiert, allerdings zu Händen des Pressezentrums der Berlinale.«

»Und?«

»Die Pressefächer befinden sich nicht im Pressezentrum im Grand Hyatt, sondern im Keller des Berlinale-Palastes.«

»Aha«, sagte Schürmann. »Und was folgern Sie daraus?«

»Der Mann, der den Brief abgegeben hat, wusste das offensichtlich nicht, also kann es kein Kollege gewesen sein. Und vermutlich niemand aus dem Filmgeschäft, denn im Hyatt liegen Listen mit den Pressefächern aus. Auf dem Umschlag war aber die Nummer meines Fachs nicht angegeben.«

»Warum glauben Sie, dass es ein Mann war?«

»Ich *weiß* es, weil er mich angerufen hat.«

»Wann?«, fragten Schürmann und Schalck gleichzeitig.

»Vor ein paar Minuten«, sagte Albrecht kleinlaut und rutschte unruhig auf dem Polster hin und her. »Kurz bevor Sie erschienen sind.«

Schalck schaute seinen Assistenten mit vielsagender Miene an, und seine Flappe sah nun aus, als stünde sein Magengeschwür kurz vor dem Durchbruch. Kopfschüttelnd wandte er sich an Albrecht: »Sie sind wirklich keine große Hilfe, Herr Niemeyer!«

»Entschuldigung«, sagte Albrecht, und er meinte es sogar.

»Und was hat der Mann gesagt?«

»Dass ich beim nächsten Mal dran bin.«

»Dann sollte sich der Kerl aber etwas mehr Mühe geben«, rutschte es dem Kriminalhauptmeister heraus.

»Wie bitte?!« Albrecht fuhr hoch und baute sich vor Schürmann auf. »Sagen Sie das noch mal! Sie sind wohl nicht bei Trost!«

»Gemach, gemach!«, mischte sich der Kommissar ein, ohne sich jedoch vom Fleck zu bewegen. »Was mein Kollege meint, ist Folgendes: Der Sprengsatz war nicht wirklich gefährlich. Keine Metallteile, keine Nägel, nur ein wenig Schwarzpulver. Laut und stinkend, aber nicht sehr effektiv.«

»Nur ein wenig Schwarzpulver?! Ich höre wohl nicht richtig!« Albrecht fuhr auf der Stelle herum und stieß sich das Schienbein an der Tischplatte. Mit aufeinandergebissenen Zähnen setzte er hinzu: »Ich hab die Hände des Obdachlosen gesehen. Sie waren schwarz verkohlt.«

»Schwarz waren sie sicher schon vorher, allerdings vor Dreck«, meinte Schürmann grinsend. »Und ›verkohlt‹ trifft die Sache nicht ganz. Ein wenig angesengt vielleicht. Halb so wild.«

»Sie halten das Ganze wohl für einen Scherz?«, zischte Albrecht.

»Ein sehr böser und durchaus krimineller«, gestand Schalck ein und erhob sich schwerfällig. »Aber wir glauben nicht, dass die Briefbombe irgendjemanden töten sollte. Wir müssen natürlich den Bericht des Labors abwarten, aber es sieht eher so aus, als habe jemand seine restlichen Silvesterknaller zu einem üblen Streich benutzt. Herr Menger, so heißt der Obdachlose, konnte bereits nach kurzer ärztlicher Behandlung nach Hause ... ähm ... also ... er musste jedenfalls nicht ins Krankenhaus eingeliefert werden.«

»Das Ding muss einen Zünder gehabt haben«, beharrte Albrecht, als sei es ihm plötzlich gar nicht recht, dass kein Mörder ihm auf den Fersen war. »Ein ziemlicher Aufwand für einen Streich.«

»Anleitungen zum Bombenbasteln finden Sie heute sogar im Internet«, erklärte Schalck, »schauen Sie sich nur die Seiten der Autonomen und Chaoten an. Jeder talentierte Bastler kann so was herstellen.«

»Sie schließen also jede weitere Gefahr aus?«

»Das nicht«, antwortete Schürmann und hatte Mühe, sich aus dem Fernsehsessel zu schälen. »Wir glauben lediglich, dass der Kerl Sie nicht töten, sondern Ihnen einen gehörigen Schreck einjagen wollte. Und das scheint ihm ja auch gelungen zu sein.«

»Er hat gesagt, beim nächsten Mal wäre ich dran.«

»Er wusste also, dass Ihnen nichts geschehen ist?«, folgerte Schürmann.

Albrecht nickte.

»Dann muss er die Explosion gesehen haben«, sagte Schalck und zupfte an seinem schlecht sitzenden Mantel. »Als Sondermeldung im Radio ist der Zwischenfall bestimmt noch nicht gesendet worden.«

Albrecht hatte Lust, dem Kommissar das dämliche Grinsen aus dem Gesicht zu schlagen. Doch dann stutzte er. Ein Augenzeuge, dachte er, und seine Miene verfinsterte sich noch mehr. Falls das überhaupt möglich war.

»Die Ermittlungen gehen natürlich weiter«, sagte Schalck und reichte Albrecht die Hand. »Seien Sie versichert, dass wir alles in unserer Macht Stehende tun werden, um den Kerl zu finden.« Es war dem Kommissar anzusehen, dass er als Beamter der Mordkommission nicht wirklich daran interessiert war, den in seinen Augen läppischen Fall zu klären. Vermutlich war es unter seiner Würde.

»Wenn *Sie* die Ermittlungen führen, kann ich ja beruhigt sein«, fauchte Albrecht und übersah beharrlich die Hand des Kommissars. Er hatte genug von diesen beiden Idioten, wies mit der Hand zur Tür und brummte: »Entschuldigen Sie, wenn ich Sie nicht hinausbegleite. Sie kennen ja den Weg.«

Ein peinliches Schweigen entstand.

Dann drehte sich ein Schlüssel im Schloss, die Wohnungstür knallte, und Jupps Stimme war zu hören: »Hey, Ali, du glaubst nicht, was ich beim Trödel um die Ecke gefunden habe!«

Albrecht erstarrte zur Salzsäule. Das Blut schoss ihm in den Kopf. Er sah und hörte die Katastrophe nahen und hatte keine Möglichkeit, sie abzuwenden. Bevor er auch nur einen Ton von sich geben oder im Boden versinken konnte, stand Jupp im Zimmer, griente wie ein Kind zu Weihnachten und betrachtete eine Schallplatte in seiner Hand, als sei sie eine Carrera-Bahn, die er unter dem Christbaum gefunden hatte.

»Der ›Soundtrack zum Untergang‹!«, frohlockte er. »Die unzensierte Fassung von '82. Der türkische Opa in dem Laden hatte keine Ahnung, was er mir da verkauft. Fünf Glocken wollte der dafür haben, dabei ist das Teil mehr als das Zehnfache wert.« Erst jetzt sah er die beiden Männer und fragte: »Du hast Besuch?«

»Die Herren sind von der Polizei«, beeilte sich Albrecht zu sagen und gab Jupp ein Zeichen, bloß keine Mätzchen zu machen. »Sie wollten gerade gehen.«

»Bullerei?« Jupp presste die Lippen aufeinander, hob die Augenbrauen und fragte belustigt: »Hast du was ausgefressen?«

Schalck und Schürmann starrten Jupp an, als betrachteten sie ein RAF-Fahndungsplakat aus den Achtzigern. Zwar war er äußerlich nicht mehr der wilde Punk von früher, die ungewaschenen blondierten Haare waren nicht mit Seife zur Igelfrisur hochgestellt, und

die gammelige Lederjacke war weder besprüht noch mit Nieten besetzt, aber Jupp sah aus wie jemand, der subtilere und effektivere Formen gefunden hatte, das verhasste System zu bekämpfen. Eine Verbrechervisage. Ein Subversiver. Ein Anarchist, wie er im Buche stand. Die versteinerten Mienen der Polizisten sprachen Bände. Bei Jupps Anblick stellten sich ihnen die Nackenhaare auf, und wären sie Hunde gewesen, hätten sie geknurrt und die Zähne gefletscht.
»Darf ich?«, fragte Jupp. Ohne auf eine Antwort Albrechts zu warten, ging er zum Plattenspieler und legte das frisch erworbene Stück radikal-alternativer Musikgeschichte auf den Teller. Er drehte sich um, schaute die Kriminalbeamten triumphierend an und sagte: »Das wird die Herren interessieren.«
»Bitte nicht!«, bat Albrecht leise, aber mit Nachdruck. Er wusste, was nun folgen würde. Er kannte den »Soundtrack zum Untergang«, allerdings nur die zensierte, mit Pieptönen verschandelte Version. Als er sah, dass sein Flehen bei Jupp auf taube Ohren stieß, wandte er sich an die Polizisten: »Ich möchte Sie nicht weiter aufhalten. Lassen Sie es mich wissen, wenn es etwas Neues gibt!«
»Einen Moment haben wir sicherlich noch Zeit«, sagte Schalck, der nun einen lauernden Ausdruck im Gesicht hatte. »Wir sind sehr gespannt, was Ihr Mitbewohner uns zu hören geben will.«
»Er ist nicht mein Mitbewohner«, konnte Albrecht noch erwidern, bevor die Nadel über das Vinyl kratzte.
»*Bullenschweine, Bullenschweine, in der ganzen Welt!*«, schallte es aus den Lautsprechern, und ohne zu wissen wieso, fiel Albrecht plötzlich der Titel des Louis-de-Funès-Films wieder ein: »Hasch mich, ich bin der Mörder!«

3

Albrecht hatte im Fremdwörterbuch nachgeschlagen, um zu erfahren, was »Adagio« überhaupt bedeutete: langsames Musikstück. Als ehemaliger Punkrocker kannte er sich mit langsamer Musik nun wahrlich nicht aus, und obwohl die Zeiten der drei Akkorde und Trommelwirbel längst vergangen waren und er musikalisch gesehen kein solcher Betonkopf wie Jupp war, hatte er den Zugang zu klassischer Musik nie gefunden. Vor einigen Jahren hatte er sich bei einem TV-Shop eine CD-Sammlung mit dem Titel »Best of Classic« bestellt, aber noch nicht ein einziges Mal hineingehört. Beethoven, Mozart und Konsorten kannte er nur als Hintergrundmusik für Werbespots. Und das reichte ihm.

Das »Adagio«, in dem sich während der Berlinale der »Bärenclub« (Gott, wie peinlich!) befand und in dem der abendliche Empfang des »Panorama« mit anschließender Party stattfand, war eine Mischung aus orientalischer Räuberhöhle, barockem Tanzsaal und viktorianischem Landhotel. Das Mobiliar war gediegen bis altertümlich, Tische aus dunklem Holz und Stühle mit unbequem hoher Rückenlehne, persische Teppiche auf dem Boden, am Kopfende des Raumes ein unechtes Kaminfeuer mit Lesesesseln aus Lederimitat. Überall standen Skulpturen und riesige, gusseiserne Ständer mit tropfenden Kerzen herum, vermutlich ausgediente Theaterkulissen. Tiefe Decken aus dunklem Holz wechselten sich mit vergoldeten Kinkerlitzchen und steinernen Statuen und Säulen ab. Eine seltsame Kombination, die entweder sehr mutig oder schlicht lachhaft war.

Am Eingang, zwischen den beiden Papplöwen, stand eine Frau im rot karierten Kostüm und kontrollierte die Einladungen. Als Albrecht vor sie trat und sein Kärtchen zeigte, hielt sie inne und betrachtete ihn skeptisch. Sie wirkte irritiert, ja beinahe erschrocken. Die kurz geschnittenen, schwarz gefärbten Haare standen ihr strubbelig vom Kopf ab, und zumindest in dieser Hinsicht unterschied sie sich deutlich von den anderen, meist blonden und sehr feminin aussehenden rot karierten Frauen. Den zum Kostüm passenden schwarzen Schlips trug sie lose und etwas nachlässig. Ihre dunklen Augen bohrten sich regelrecht in Albrechts Gesicht.

»Ist was?«, fragte er genervt.

»Könnte ich wohl Ihre Akkreditierung sehen?«

»Wie bitte?« Er stemmte die Arme in die Seite und traute seinen Ohren nicht. »Genügt Ihnen die Einladung nicht? Wollen Sie auch noch meinen Pass sehen? Oder meine Meldebestätigung samt Blutspendeausweis?«

»Die Akkreditierung genügt mir«, erwiderte die Frau, und ihre Stimme klang nun sehr bestimmt und kalt. »Ich möchte mich nur vergewissern, dass Sie der entsprechende Gast zu der Einladung sind.«

»Wie wollen Sie das kontrollieren, meine Liebe, wenn auf der Einladung gar kein Name vermerkt ist?«, wunderte sich Albrecht und kramte kopfschüttelnd nach seiner rot markierten, mit Foto und Name versehenen Akkreditierungskarte. »Vielleicht habe ich ja die Einladung im Papierkorb gefunden, und Sie könnten es mir trotzdem nicht beweisen.«

Die Frau stutzte einen Moment und machte ein verlegenes Gesicht, sie schien Albrechts Argument nicht von der Hand weisen zu können, zuckte jedoch mit den Schultern und sagte: »Ich folge nur meinen Anweisungen.«

»Das hat Eichmann auch gesagt«, fauchte Albrecht, zeigte seine Marke und wollte den »Bärenclub« betreten.

Die Frau hielt die Akkreditierung fest und fragte: »Albrecht Niemeyer?«

»Soll ich es Ihnen auch noch buchstabieren?«

»Nicht nötig«, antwortete sie und biss sich auf die Unterlippe. »Viel Spaß noch, Herr Niemeyer.«

Albrecht schüttelte verwundert den Kopf, betrat den düsteren, nur mit Kerzenlicht erleuchteten Raum und hielt nach Emily Ausschau. Sie würde hier sein, das wusste er. Schließlich war sie die Assistentin von Wieland Speck, dem Leiter des »Panorama«. Und Emily war der einzige Grund, warum Albrecht heute Abend zu dem Empfang gekommen war. Er wollte mit ihr reden. Das erste Mal seit dem Faustschlag im »Peru«. Auf der Berlinale war er ihr tunlichst aus dem Weg gegangen, mehrmals hatte er sie aus der Ferne gesehen, doch wenn sich ihre Blicke gekreuzt hatten, dann hatte er rasch zu Boden geschaut oder ihr den Rücken zugekehrt. Doch heute musste er sie sprechen. Die Bombe hatte alles verändert. Der Flegel von Kriminalhauptmeister hatte Recht gehabt: Der Unbekannte hatte Albrecht eine Heidenangst eingejagt. Auf dem Weg zum »Adagio« hatte er sich mehrmals zu Tode erschreckt, als er Schritte hinter sich gehört oder vermeintliche Schatten in Hauseingängen verschwinden gesehen hatte. Sämtliche Passanten hatte er gemustert, als befürchtete er, jeden Moment niedergestreckt zu werden. Die Tatsache, dass die Polizei den Anschlag nicht ernst nahm, beruhigte ihn kaum. Es bedeutete lediglich, dass sie nicht wirklich nach dem Täter suchen würden. Und darum musste er nun mit Emily reden. Wegen Felgenhauer. Und allem.

Leider konnte er sie nirgends entdecken. Es war so duster in diesem Schuppen, dass man keine zehn Meter weit schauen konnte. Linker Hand schien sich das kalte Büfett zu befinden, zumindest nach dem Pulk von Menschen zu urteilen, die dort einen Tisch belagerten. Albrecht erkannte einige Kollegen, die sich um die Lachshäppchen und Geflügelbeine regelrecht prügelten. Wenn es etwas umsonst gab, waren Journalisten nicht weit. Albrecht kannte Kollegen, die den ganzen Tag hungerten, wenn sie abends auf einen Empfang eingeladen waren. Dass sie nicht auch noch die leer gegessenen Teller einsteckten, war alles andere als selbstverständlich.

Von Emily keine Spur. Als er sich um die eigene Achse drehte, fiel sein Blick erneut auf den neongrün erleuchteten Eingang. Die Frau mit den Strubbelhaaren starrte ihn an. Ihre Blicke trafen sich. Und dann lächelte sie, als sei sie froh, ihn zu sehen.

Warum hatte sie ihn eigentlich nach der Akkreditierung gefragt?, schoss es Albrecht plötzlich durch den Kopf. Immerhin waren auch Nicht-Journalisten geladen. Und woher wusste sie überhaupt, dass er Journalist war? Er sah an sich hinab und verdrehte die Augen. Am Revers seines Mantel prangte ein silberner Anstecker: »Berlin-Kanal«. Ein Geschenk des Senders. Wie dumm!

»Du hier?«, riss ihn Emilys Stimme aus seinen Gedanken. »Ich hätte nicht gedacht, dass du dich in die Höhle des Löwen traust.«

Albrecht fuhr herum und erstarrte. Sie sah hinreißend aus, betörend, umwerfend. Er sah sie an wie das chinesische Feuerwerk, das gestern Nacht den Potsdamer Platz verzaubert hatte. Ihre Haare hatte sie auf Streichholzlänge abgeschnitten und mit Henna dunkelrot gefärbt, und die neue Frisur stand ihr. »Nur wirklich schöne Frauen können sehr kurze Haare tragen«, hatte Jupp einmal behauptet, »denn sie haben es nicht nötig, mit langen Zotteln von ihrem nichts sagenden Gesicht abzulenken.« Albrecht hatte damals vehement widersprochen, weil Emilys Haare ihr zu dem Zeitpunkt bis zum Po gereicht hatten. Doch nun gab er Jupp Recht. Er starrte auf das kleine Muttermal auf Emilys Nase, das sie so hässlich und er so niedlich fand. Er schaute in ihr Gesicht, sah das ängstliche Lächeln, das sich darin abzeichnete, und hätte vor Freude heulen können. Er vergaß alles, was er sich vorgenommen hatte. Ihm fehlten die Worte, die er sich so sorgsam zurechtgelegt hatte. Er blieb stumm.
»Redest wohl nicht mehr mit mir, was?« Sie presste die Lippen aufeinander, und das Lächeln wurde noch ängstlicher. Doch dann hakte sie sich plötzlich bei ihm unter und führte ihn in den Saal, der ein wenig tiefer lag als der Eingangsbereich. Am Kopfende des Raumes, neben dem Kamin, hatte ein DJ sein Pult aufgebaut. Er hielt einen Kopfhörer an sein Ohr, fuhr mit dem Finger über einen Plattenteller, und aus vier riesigen, symmetrisch im Raum verteilten Lautsprechertürmen erklang plötzlich House-Musik, die ebenso ohrenbetäubend wie nichts sagend war. Tanzmusik ohne jeden Charakter.
»Eigentlich ist das der Grund, warum ich hier bin«, sagte Albrecht, und weil es so laut war, musste er Emily ins Ohr schreien. Er hatte Lust, ihr ins Ohrläppchen zu beißen, und den Ohrring, den er ihr zum letzten Geburtstag geschenkt hatte, in den Mund zu nehmen. Ihm wurde mit einem Mal ganz übel.
Verdammter Mist.
»Was?«, wunderte sich Emily. »Wegen der Musik?«
»Nein, um mit dir zu reden«, antwortete er und spürte es in sei-

nem Nacken kribbeln. Wie kleine Nadelstiche. Vielleicht sollte er doch mal zum Neurologen gehen. Er konnte Ärzte nicht ausstehen. Nicht nur wegen Felgenhauer. Aber auch wegen ihm. In Albrechts Kopf ging es drunter und drüber, er verlor den Faden, bevor er ihn in der Hand gehabt hatte. Was wollte er eigentlich hier? Was sollte das bringen? Reiß dich zusammen, Mensch!

Er sagte: »Jemand will mich töten!«

»Was hast du gesagt?« Emily hatte sich gerade zu ihrem Chef umgewandt, der sich von hinten genähert und mit besorgter Miene etwas gefragt hatte.

»Nichts«, sagte Albrecht. »Hallo, Wieland!«

»Hallo, Albrecht. Wie geht's?«, erwiderte der Angesprochene, wartete jedoch nicht auf eine Antwort und sagte zu Emily: »Du kümmerst dich darum? Und sag Dieter, er braucht nicht auf mich zu warten!«

Emily nickte, Wieland Speck verschwand, und Albrecht fragte: »Kein guter Augenblick?«

»Du siehst ja, was hier los ist«, antwortete sie. »Die Ehrengäste sind noch nicht da, das Büfett reicht nicht, und der DJ ist alles andere als kooperativ.«

Kooperieren war eines von Emilys Lieblingswörtern, und es erinnerte Albrecht an einen tätowierten und muskelbepackten Ex-Junkie, der ihm die Wohnung leer geräumt hatte.

»Ist Felge auch da?«, zischte er.

»Bitte nenn ihn nicht so!«

»Ist er?«

»Yes, goddammit!« Immer wenn sie sich ärgerte, verfiel sie in ihre Vatersprache. Auf Englisch ließ es sich besser fluchen. Sie deutete zu einer kleinen Bar an der Seite, unterhalb einer Empore, und sagte: »Heinrich ist auch da.«

Heinrich! Albrecht hatte Felgenhauers Vornamen nie behalten können. Schon bei ihrer ersten Begegnung im letzten Sommer war ihm der Name ständig entfallen. Es war auf einer Geburtstagsfeier gewesen, und er hatte ihn abwechselnd Hermann oder Herbert genannt. Weil Felgenhauer höchst pikiert und ohne den geringsten Sinn für Humor auf diese falschen Anreden reagiert hatte, hatte Albrecht aus dem Vergessen eine lieb gewordene Angewohnheit gemacht. Für ihn war der »Doktor«, wie Felge von seinen Freunden genannt wurde, nichts weiter als ein fünfzigjähriges George-Clooney-Imitat mit kurz geschorenem, an den Schläfen angegrautem Haar, männlich markantem Gesicht und eingemeißeltem Ärztelächeln. Ein Fernsehdoktor. Der Kerl war ihm auf Anhieb zuwider gewesen. Er war zu unverbindlich nett, zu gut aussehend, zu verständnisvoll. Gerade so, als hätte Albrecht damals schon gewusst, dass Felgenhauer mit seiner Frau schlief. Er durfte gar nicht daran denken!

»Hermann, altes Haus!«, rief Albrecht und ging mit ausgestreckten Händen zur Bar, als wolle er Felgenhauer um den Hals fallen. Oder an die Gurgel gehen.

»Was willst du?!« Felgenhauer sprang von seinem Hocker und wich erschrocken zurück. »Rühr mich nicht an!« Er stieß rücklings an einen Kerzenständer, der bedenklich wackelte, und im Licht der flackernden Kerzen schimmerten sein linkes Auge sowie die Wange in blassen Regenbogenfarben. Eine Schwellung war jedoch nicht mehr zu sehen. Schade, eigentlich!

»Albrecht!«, rief Emily und stellte sich zwischen die beiden.

»Was denn?«, fragte Albrecht, als könne er kein Wässerchen trüben. »Darf man nicht einmal ›Hallo‹ sagen?« Er reichte Felgenhauer die Hand, weil er wusste, dass dieser sie nicht nehmen würde.

»Cut that crap! Spiel bitte nicht den Hanswurst!«, sagte Emily und schüttelte den Kopf. »Das steht dir nicht.«

»So? Und was steht mir? Der Hahnrei? Der Dämlack?! Der gute Kumpel, der früher mal der Ehemann war?« Er ärgerte sich über sich selbst und seine unwürdigen Possen. Er hasste sich, wenn er sich so gehen und auf ihr niedriges Niveau herabziehen ließ, aber er konnte nicht anders. Felge und Emily! Es war zum Verrücktwerden. Zum Kotzen! Er wurde zum gekränkten Teenager, wenn er die beiden zusammen sah. Zum wutschnaubenden Berserker.

Und in seinem Jähzorn tat und sagte er Dinge, die ihm gar nicht ähnlich sahen und anschließend peinlich waren. Auch wenn er dies niemals und unter keinen Umständen öffentlich eingestanden oder sich gar für seine Ausraster entschuldigt hätte.
Felgenhauer hatte sich inzwischen in großem Bogen um Albrecht herumgeschlichen, sich wieder auf seinen Hocker gesetzt und wandte sich mit einem verkniffenen Lächeln an eine blonde Frau, die neben ihm am Tresen hockte. »Tut mir Leid«, sagte er und hob verächtlich die Augenbrauen.
Allein für dieses »Tut mir Leid« hätte Albrecht sich auf ihn stürzen sollen, doch die blonde Frau blickte in Albrechts finsteres Gesicht, schien seine Absicht zu erkennen und sagte mit einem charmanten Lächeln: »Herr Niemeyer? Schön, dass ich Sie kennen lerne. Ich bin ein großer Fan Ihrer Sendung.«
Albrecht wusste nicht, ob sie sich über ihn lustig machen oder lediglich schlichtend eingreifen wollte. Er stutzte, ließ Felgenhauer links sitzen und betrachtete die Frau eingehender. Sie war etwa Ende dreißig, hatte schulterlanges Haar und eine ziemlich üppige Figur. Ihr kurzes, blaues Kleid war tief dekolletiert, so dass die vollen Brüste zur Geltung kamen. Albrecht kam nicht umhin, ihr in den Ausschnitt zu starren.
»Sie dürfen mir ruhig ins Gesicht schauen«, sagte sie.
»Gar nicht so einfach, wenn man von der Etage darunter so abgelenkt wird«, rief Albrecht gegen die nun noch lauter werdende Musik an und reichte ihr die Hand. »Freut mich. Ich heiße Albrecht.«
»Das ist Kerstin Harms«, stellte Emily vor. Ihr war die Erleichterung über die ausgebliebene Eskalation anzusehen. »Kerstin ist meine Assistentin.«
»Die Assistentin der Assistentin?«, fragte Albrecht spöttisch. »Also eine Art Praktikantin?«
»Wenn Sie so wollen«, antwortete Kerstin, und das Lächeln in ihrem Gesicht wurde frostig. »Und Sie sind demnach der gehörnte Gatte?«

Albrecht schluckte. Was für ein Biest! Er lachte möglichst laut, um nicht als humorlos zu gelten, und stellte sich zwischen Felgenhauer und Kerstin. »Du erlaubst doch, Herbert?«, fragte er und bestellte beim Barkeeper ein Bier. Norddeutsch, gezapft, null zwei, weil es sonst zu schnell verschalte. Der Mann hinter dem Tresen schien Albrechts alkoholische Vorlieben bereits zu kennen und nickte kommentarlos.

»Emily?! Kannst du mal kommen?« Von der Tanzfläche her näherte sich Dieter Kosslick, der Leiter der Filmfestspiele, und schickte Hilfe suchende Blicke zur Bar. Obwohl er wie üblich grinste und dabei mit seinen Stoppelhaaren an einen zu groß geratenen Lausejungen erinnerte, schien er sehr erregt zu sein und fuchtelte wie eine Krake mit den Armen. »Emily, hast du Wieland gesehen? Da hinten geht gar nichts mehr. Ein einziges Chaos.« Er nickte Albrecht kurz zu, ohne ihn wirklich zu erkennen, und fragte: »Wo steckt der bloß?«

»Komme schon«, antwortete Emily, wandte sich entschuldigend an Felgenhauer und meinte: »Bin gleich wieder da.« Und mit einem Seitenblick zu Albrecht fügte sie hinzu: »Be good!« Damit verschwand sie samt Kosslick im Getümmel.

»Und was machen wir jetzt mit dem angebrochenen Abend?«, fragte Kerstin.

Albrecht fiel auf, dass sie weiche und harte Konsonanten vertauschte. Das b klang wie ein p, das g wie ein k. Und umgekehrt. Er fragte: »Sie kommen aus dem Saarland?«

Sie schien überrascht zu sein. Vermutlich hatte sie bislang geglaubt, dialektfreies Hochdeutsch zu reden. Sie lächelte etwas gezwungen, zündete sich eine Zigarette an und sagte: »Pfalz.«

»Soll ja sehr schön sein«, sagte Albrecht, der sich über die Zigarettenmarke wunderte. Es war eine Roth Händle, filterlos, und wenn man genauer hinschaute, konnte man bräunliche Nikotinspuren an Kerstins Fingern erkennen. Er schob leicht die Unterlippe vor und fragte: »Was meinst du, Hermann?«

Felgenhauer zuckte mit den Schultern und schaute aus der Wäsche, als habe er sich in die Hose gemacht. Immer wieder ruhte sein Blick auf Albrecht, vor allem auf dessen rechter Faust, als führe diese ein Eigenleben. Er rückte ein Stück beiseite und nippte an dem Prosecco, der von livirierten Männern auf Silbertabletts gereicht wurde.

»Wollen Sie tanzen?«, wandte sich Kerstin an Albrecht.

Diesmal kam Albrechts Lachen von Herzen. »Nur über meine Leiche!«, rief er und beobachtete aus den Augenwinkeln, wie Felgenhauer auf diesen Ausdruck reagierte: gar nicht.

»Seien Sie mir nicht böse«, fuhr Albrecht fort und hob die Hände, als wolle er Abbitte leisten, »aber das erste und letzte Mal hat man mich im Jahr 1987 auf der Tanzfläche gesehen. Und damals haben wir Pogo getanzt.«

Kerstin Harms lachte und stieß den Rauch in sein Gesicht, sie schien ihm kein Wort zu glauben.

»Dann helfe ich gerne aus«, beeilte sich Felgenhauer, in die Bresche zu springen. Er schien froh zu sein, aus Albrechts Nähe entkommen zu können, und reichte Kerstin, die kurzerhand ihre Zigarette auf dem Boden entsorgte, die Hand. »Darf ich bitten?«

Während die beiden zur Tanzfläche gingen und sich in den Tross der unkoordiniert Zappelnden einreihten, dachte Albrecht an jenen Tanz aus dem Jahr 1987 zurück. Nein, es war keine Lüge gewesen. Er hasste das Tanzen wie die Pest. Er hatte einfach kein Talent dafür. Dieser eine Tanz war tatsächlich sein erster und einziger gewesen. Dass er sich damals zu Emily auf die Tanzfläche gewagt hatte, war vermutlich der größte Liebesbeweis gewesen, den es überhaupt geben konnte. Und das ausgerechnet zu »This is not a love song«.

Sie waren im »Linientreu« in der Budapester Straße gewesen, einem Gruftie-Laden, den Albrecht nie recht hatte leiden können, doch dummerweise hatte er Emily die Wahl des Tanzlokals zugestanden. Er selbst hatte das Kreuzberger »Basement« vorgeschlagen, nicht ganz ohne Hintergedanken, denn er wohnte damals in unmittelbarer Nähe, am Platz der Luftbrücke, und hoffte, sie

würde nach dem Discobesuch noch auf einen Absacker oder Kaffee mit zu ihm kommen. Oder einen Joint, weil der immer so schön müde machte. Doch Emily hatte gemeint, sie sollten lieber in Ku'dammnähe bleiben. Es war ihr erstes Rendezvous gewesen, und Albrecht erinnerte sich an jedes Detail dieses Abends: Zuerst waren sie im Kino gewesen (»Der Himmel über Berlin« im »Gloria-Palast«), dann beim Italiener (»Pizza Capricciosa« und »Tortellini Gorgonzola« in einem Restaurant in der Kantstraße), und schließlich hatte Emily darauf bestanden, im »Linientreu« einen Verdauungstanz aufs Parkett zu legen. Da Albrecht auf die Schnelle kein unverdächtiger Grund für die umständliche Fahrt nach Kreuzberg eingefallen war, hatte er achselzuckend eingewilligt. Es würde schon nicht so schlimm werden. Kaum hatten sie die von schwarz gekleideten Teufelsanbetern und Leuten mit Brikettfrisuren bevölkerte Disco betreten, schon schmetterten *P.I.L.* ihr Nicht-Liebeslied in den Saal. Emily war aufgesprungen, hatte vor Freude gejuchzt und Albrecht auf die Tanzfläche zerren wollen, doch er hatte sich mannhaft geweigert. Tanzen? Das kam ja gar nicht in Frage. Zu *Public Image Ltd.*? Gott bewahre!
Schließlich war sie allein zu dem wie ein Boxring in der Mitte gelegenen Geviert gegangen. Von den höher gelegenen Rängen konnte er ihren Gesichtsausdruck sehen: missgestimmt und enttäuscht. Wie gesagt, es war ihre erste Verabredung. Er war unsterblich in sie verliebt. Er sah seine Felle davonschwimmen. Panik erfasste ihn. Und deshalb folgte er ihr auf die Tanzfläche: unbeholfen, linkisch, selig. Emily schloss ihn in ihre Arme.
»This is not a love song.«
Sie hatten sich in der Mensa in Lankwitz kennen gelernt. Eine ganze verkochte Mahlzeit lang hatte Albrecht ihr gegenübergesessen, ohne den Mut zu finden, sie anzusprechen. Er wartete darauf, dass sich ihre Blicke trafen, doch sie schaute nicht hoch und tat so, als sei er gar nicht anwesend. Erst als sie den letzten Bissen des Nachtisches gelöffelt hatte und das Besteck beiseite legte, fasste er sich ein Herz und sagte etwas Bedeutungsvolles wie: »Schmeckt's?«

Sie lächelte vage, zuckte mit den Schultern, stand auf und ging.
Er saß wie versteinert da, mit hochrotem Kopf, kaum in der Lage zu atmen. Doch dann sprang er auf und lief ihr hinterher. Er sah noch, wie sie im Haus L verschwand, und folgte ihr wie ein Hund seinem Herrchen, ohne darauf zu achten, wohin sie ihn führte. Sie betrat einen Raum, er tat es ihr gleich, und ehe er sich versah, saß er in einem Seminar mit dem Titel: »Einführung in die Medienökonomie« und trug seinen Namen in die Referatsliste ein. Neben den ihren: Emily Macpherson. Und einen weiteren: Martin Brandt. Eigentlich studierte sie Betriebswirtschaft, doch weil an der FU das interdisziplinäre Studieren möglich war, besuchte sie ein Seminar bei den Publizisten und ließ sich den Schein bei den BWLern anrechnen. Albrecht interessierte sich einen feuchten Kehrricht für die ökonomischen Aspekte der Medienpolitik, und das Seminar war das mit Abstand langweiligste seiner ohnehin nicht sehr aufregenden Universitätslaufbahn. Und dennoch war es die schönste und vor allem erregendste Veranstaltung, die er in all den Jahren besuchen sollte. Ein ganzes Semester lang saß er neben Emily, ohne auf den staubtrockenen Quatsch zu achten, den die Dozentin, der Tutor oder die Kommilitonen an der Tafel von sich gaben. Er hatte nur Augen und Ohren für SIE, ihre Stimme war wie Sirenengesang, ihr kaum hörbarer englischer Akzent war zuckersüß, ihr Profil brannte sich in sein Hirn ein, und wenn er die Augen schloss, sah er es im Negativ, als habe er zu lange in die Sonne geschaut. Es hatte ihn erwischt, mit aller Macht, wie nie zuvor, und er litt mit Wonne unter der kühlen Reserviertheit, die sie ihm gegenüber an den Tag legte.
Einmal in der Woche trafen sie sich zu dritt in der Staatsbibliothek an der Potsdamer Straße, um das gemeinsame Referat »Ökonomische Strukturen des Rundfunks« vorzubereiten. Nie waren sie allein, stets war Martin mit von der Partie, nicht ein einziges Mal schwänzte er die Treffen, allerdings aus anderen Gründen als Albrecht, er schien sich tatsächlich für diesen Wirtschaftsunsinn zu interessieren. Wenn Albrecht Emily fragte, ob sie sich nicht außer-

halb der Uni einmal treffen könnten, dann antwortete sie, das täten sie doch, einmal die Woche in der Stabi, mit Martin als Anstandswauwau, und dabei solle es auch bleiben.
Umso überraschter war Albrecht, als Emily direkt nach dem mäßig gelungenen und vor beinahe leeren Rängen vorgetragenen Referat vorschlug, sie könnten sich ja am folgenden Wochenende sehen. Ohne Martin. Wenn er Zeit und Lust habe. Kino sei in Ordnung. Der neue Wenders solle gut sein. Und Tanzen. Vielleicht.
Und dann waren sie im »Linientreu« gewesen, und er hatte mit seiner zukünftigen Gattin getanzt. Seiner zukünftigen Ex-Gattin.
»Beim nächsten Mal bist du dran!«
Albrecht schrak zusammen und starrte entgeistert in Felgenhauers erhitztes Gesicht. Er hatte rote Flecken auf der Wange und Schweiß auf der Stirn, das Tanzen schien ihn über Gebühr angestrengt zu haben, er hatte sich die Krawatte gelockert. Ein scheußliches Ding in schreienden Farben, das er vermutlich für jugendlich schick hielt.
»Ich sagte: Beim nächsten Tanz bist du dran«, wiederholte Felgenhauer.
Und plötzlich wusste Albrecht, dass Felgenhauer nicht der Mann war, der ihn angerufen hatte. Eigentlich hätte er schon früher darauf kommen können.
Heinrich Felgenhauer war ein gebürtiger Ossi, Ost-Berliner, und wie so viele Bewohner der ehemaligen Hauptstadt der DDR pflegte er den Berliner Dialekt, als sei es eine aussterbende, aber erhaltenswerte indianische Sprache. Während sich im Westteil der Stadt die sozial Arrivierten, Akademiker und Besserverdienenden bemühten, nicht zu sehr nach Weddinger oder Neuköllner Hinterhof zu klingen, waren die Ossis stolz auf ihren Icke-Slang. Selbst Anwälte, Politiker und Ärzte redeten in breitestem Dialekt, und Felgenhauer war in dieser Hinsicht ein Muster-Ost-Icke. »Det is schau«, sagte er und: »Wo jibts denn so wat!« Oder: »Beim neesten Tanz bis du dran.«
Selbst wenn Felgenhauer sich vorgenommen hätte, dialektfrei zu

sprechen, das »neeste« hätte er nicht unterdrücken können. Das Vertauschen von ä und e war ihm so eigen wie ein Muttermal. Wie den meisten Berlinern wäre es ihm nie in den Sinn gekommen, die Aussprache von »Keese«, »Zeene« oder »Holzspeene« zu hinterfragen. Doch Albrecht war sich plötzlich sicher, dass der Anrufer nicht »neeste« oder »neechste« gesagt hatte. Und wenn er es recht bedachte, hatte der Kerl das Wort irgendwie komisch ausgesprochen. Albrecht hatte einen Dialekt-Tick. Als Westfale in Berlin hatte er oft genug den Spott seiner Mitmenschen ertragen müssen. Ausgerechnet die Berliner hatten sich mit Inbrunst über seine falsche Aussprache lustig gemacht. Als Fernsehjournalist hatte er sogar Sprachtraining genommen, um das in die Länge gezogene i und das zu harte ch loszuwerden.

»Näggstes Mal!« So hatte der Mann gesagt. Mit kurzem ä! Und zu hartem Konsonant. Ein Süddeutscher.

»Hörst du mir überhaupt zu?«

»Hmm?«

Wo gerade noch Felgenhauer gestanden hatte, stand nun Emily und schüttelte missbilligend den Kopf. »Was ist bloß mit dir los?«, fragte sie. »Die ganze Zeit starrst du Löcher in die Luft, und wenn ich dich etwas frage, redest du Unsinn. Was denn für ein Süddeutscher?«

»Du würdest es ohnehin nicht verstehen.«

»Danke für dein Vertrauen.«

»Warum sollte ich ausgerechnet *dir* vertrauen?«, fauchte er.

Emily erstarrte. Sekundenlang bewegte sie sich nicht. Nur ihre Lippen bebten. Es schien beinahe so, als fange sie gleich zu weinen an. Doch bevor die Tränen liefen, wandte sie sich ab und fuhr mit dem Ärmel ihres Kleides übers Gesicht.

»Du bist so ein Widerling!«, ereiferte sich Felgenhauer, der die Szene von der Seite beobachtet hatte und nun auf Emily zustürzte. Diesmal war keine Kerstin da, die Albrecht zurückhalten konnte. Der Faustschlag kam blitzartig und präzise. Aber er brachte Albrecht keine Genugtuung. Nicht mal das.

Emily weinte. Felgenhauer blutete aus der aufgeschlagenen Lippe. Und Albrecht rannte zum Ausgang. Es war wie ein Déjà-vu-Erlebnis.
Zwischen den beiden Löwen wachte niemand mehr. Doch in dem angrenzenden Raum mit den Pressefächern sah er zwei Frauen in einer Ecke stehen. Die eine mit strubbeligen schwarzen, die andere mit langen blonden Haaren und filterloser Zigarette im Mund. Sie starrten ihn an wie einen Geist. Wie eine Erscheinung. Die Rotkarierte versuchte sich an einem dünnen Lächeln, es wirkte beängstigend. Kerstin Harms hingegen war lediglich verlegen oder verwirrt. Kein Wunder, schließlich hielten sich die beiden Frauen an den Händen. Sehr vertraut und zärtlich.
Aber auch das konnte Albrecht nicht wirklich überraschen. Heute nicht.

4

Am folgenden Morgen hatte Albrecht keine Schwierigkeiten, zeitig aufzustehen. Er hatte ohnehin kaum und nur sehr unruhig geschlafen. Um sieben Uhr stand er bereits im Bad und rasierte sich, um halb acht saß er mit Pflaster auf der Wange in der Küche und würgte einen Kaffee samt Brötchen herunter, um acht verließ er das Haus und setzte seine Thälmann-Mütze auf, und um Punkt halb neun betrat er den zum Pressebüro umfunktionierten Konferenzraum »Enzo Piano« im ersten Stock des Grand Hyatt. Frauke Greiner, die Pressechefin der Berlinale, sei nicht anwesend, erfuhr er von einer Mitarbeiterin hinter dem Tresen.
»Noch nicht?«, fragte Albrecht.
»Nicht mehr«, antwortete sie lächelnd.
Wer's glaubt!, dachte er und fragte: »Wissen Sie zufällig, ob die Polizei gestern nach mir gefragt hat?«
Sie zuckte mit den Schultern, schaute peinlich berührt drein und sagte: »Ich glaube, zwei Herren von der Kripo haben mit Frau Ramin gesprochen.«

Daniela Ramin war die Assistentin von Frauke Greiner.
»Ist Frau Ramin da?«, wollte Albrecht wissen, obwohl er die Antwort zu kennen glaubte.
»Nicht mehr«, sagte die Frau.
»Verstehe«, brummte Albrecht, und da war sie wieder, die schlechte Laune.
Er verließ grußlos das Pressebüro und schritt hinüber zum Ticket-Counter, der zu dieser frühen Stunde noch nicht von Journalisten belagert war. Eigentlich brauchte er für die morgendlichen oder nachmittäglichen Pressevorführungen keine Tickets, seine Akkreditierung reichte völlig, er gehörte sogar zu dem erlauchten Kreis der Berichterstatter, die zu den abendlichen Wettbewerbs-Premieren und Sondervorführungen Zugang hatten, doch er hatte Jupp zu Beginn der Berlinale versprochen, ihm Karten für die Wiederholungsvorstellungen des Forums zu besorgen. Und so stand er jeden Morgen vor der ersten Vorführung mit betretener Miene am Schalter und ließ sich Tickets für die asiatischen und afrikanischen Kunst- und Trashfilme ausdrucken. Nicht dass er einem Freund Karten besorgte, war für ihn ein Problem oder bereitete ihm Gewissensbisse (alle Journalisten versorgten Familie und Freundeskreis mit Tickets), sondern dass dieser spezielle Freund abstruse Forumskarten wollte. Die Mitarbeiter am Ticket-Counter konnten sich denken, dass Albrecht die Karten nicht für den persönlichen Gebrauch wünschte, schließlich kannten viele von ihnen seine Sendung. Und Albrecht hasste es, wenn sie ihm die Tickets mit wissendem Lächeln überreichten, als seien sie Eingeweihte einer konspirativen Operation.
»Guten Morgen, Herr Niemeyer«, sagte der Mann, dessen Gesicht Albrecht schon seit sechs Jahren kannte, dessen Name (der samt Foto auf einem Anstecker an seiner Brust prangte) ihm aber jedes Mal aufs Neue entfiel. »Schön, Sie zu sehen«, setzte der Mann unpassenderweise hinzu und lächelte kokett. »Gestern einen schönen Tag gehabt?«
Nicht schon wieder, dachte Albrecht. Manchmal schien es ihm, als

seien alle Berlinale-Mitarbeiter homosexuell. Gehörte es etwa zu den obersten Einstellungskriterien, nur vom eigenen Geschlecht sexuell angezogen zu werden? Im Panorama hatte Albrecht sich inzwischen daran gewöhnt, schließlich war Wieland Specks Homosexualität kein Geheimnis, und diese Tatsache hatte ihn durchaus beruhigt, als Emily ihm vor einigen Jahren von ihrem Job in Specks Büro berichtet hatte. Immerhin war Speck ein gut aussehender Zeitgenosse. Albrecht interessierte sich nicht für Schwule, weder sexuell noch sonstwie, sie waren ihm egal, allerdings irritierte es ihn, dass sie so augenfällig auf ihn standen. Schon oft hatte er diese Erfahrung gemacht. Vielleicht lag es daran, dass er trotz seiner Größe, seines kräftigen Körperbaus und der kurz geschorenen Haare beinahe feminin aussah. Sein Gesicht hatte etwas Weiches, Jungenhaftes und stand damit in krassem Gegensatz zu seinem oft barschen Auftreten. War Felgenhauer ein George-Clooney-Imitat, mit stechenden Augen und männlich hervortretendem Kinn, so war Albrecht ein Cary-Grant-Verschnitt, mit langen Wimpern und feinen Gesichtszügen. Ein Typ, dem sowohl Frauen als auch Männer offensichtlich einiges abgewinnen konnten. In einer Kneipe hatte ein Mann ihm sogar einmal eine Rose geschenkt und ihm anschließend einzureden versucht, auch er sei schwul, wisse nur noch nichts von seiner Homosexualität. Er erinnere ihn an einen Hollywood-Schauspieler aus den Fünfzigern.

»Cary Grant?«, hatte Albrecht gefragt.

»Nein, Rock Hudson.«

Ein absurder, aber beunruhigender Gedanke!

Der Mann hinter dem Counter klimperte mit den Augenlidern, schaute komplizenhaft auf den Zettel mit den angekreuzten Filmen, den Albrecht ihm reichte, entblößte beim Lächeln eine Reihe strahlend weißer Zähne und fragte: »Na, was wollen wir denn Hübsches sehen?«

Albrecht hasste dieses Assistenzarzt-Wir: »Hatten wir heute schon Stuhl?« Seine Mutter hatte den Erste-Person-Plural mit Vorliebe und Hinterlist benutzt: »Da wollen wir jetzt aber nicht hin! Vor dem Essen waschen wir uns die Hände. Haben wir denn schon zum lieben Gott gebetet?«

»Ich wusste gar nicht, dass wir verabredet waren«, knurrte Albrecht, dem die offensichtlich blendende Laune des Mannes wie ein Schlag ins Gesicht vorkam.

Albrechts Missstimmung prallte an dessen Gute-Laune-Panzer ab. Er hob vielsagend die Augen, als hätte er nichts gegen eine Verabredung einzuwenden, nickte nachsichtig und sagte: »Dann wollen wir mal schauen.«

Eigentlich hatte Albrecht die Absicht gehabt, die Ticket-Menschen auszuhorchen, ob die Polizei mit ihnen geredet, was sie gesagt oder gefragt hätten oder ob ihnen gestern ein Mann mit einem Päckchen für Albrecht aufgefallen sei. Doch nun verwarf er den Gedanken, das Einzige, das dabei herausspringen würde, wäre eine Einladung zum Abendessen.

»Der Thran-Huy-Film soll sehr gut sein«, sagte der Mann, als er Albrecht die Karten reichte, »allerdings etwas blutig und nichts für schwache Nerven.« Er hob die Augenbrauen und wedelte bedeutungsvoll mit der Hand.

»Dann ist es genau das Richtige«, antwortete Albrecht und steckte die Karten wie Diebesgut in seine Manteltasche. »Heute will ich Blut sehen.« Er zwang sich zu einem Lächeln, das allerdings eher an das Zähnefletschen eines Mastinos erinnerte, und machte auf dem Absatz kehrt.

Bloß weg hier!

Er lief den Flur entlang und stieß am Fuß der Treppe beinahe mit einer der Rotkarierten zusammen, die dort die Akkreditierungsausweise kontrollierten.

»'tschuldigung«, murmelte Albrecht und hastete an ihr vorbei.

»Nichts passiert«, sagte die Frau und rief ihm hinterher: »Ach, Herr Niemeyer?«

»Ja?« Albrecht war bereits auf der Treppe und schaute der Frau von unten in die Nasenlöcher. »Was gibt's?«

»Haben Sie das Päckchen bekommen?«

Albrecht gefror zu Eis.
»Haben Sie?«
Albrecht nickte.
»Dann ist es ja gut.«
»Wer hat es abgegeben?« Die Frage kam ihm tonlos über die Lippen.
»Der Mann ohne Hals.«
Albrecht verstand nicht.
»Der Penner, der hier immer am Platz herumlungert.«
»Was?« Er glaubte, sich verhört zu haben, und schrie: »Das ist nicht Ihr Ernst!«
»Natürlich«, antwortete die Frau verunsichert. Albrechts Ausbruch schien ihr unheimlich zu sein, sie machte einen Schritt zurück und setzte eilig hinzu: »Er hat es mir doch persönlich gegeben. Genau an dieser Stelle. Gestern morgen. Ich hab das Päckchen einem Kollegen von Ihnen mitgegeben, der zum Berlinale-Palast rüberwollte. Er hat versprochen, es bei den Pressefächern abzuliefern.« Als sie Albrechts verständnisloses Gesicht sah, fragte sie: »Stimmt irgendetwas nicht? Hätte ich das nicht tun sollen? War das Päckchen beschädigt?«
»Nein, nein!« Er schüttelte verwirrt den Kopf, winkte ab und ging die Treppe hinunter. »Das ergibt nur alles keinen Sinn.«
Als er auf den Marlene-Dietrich-Platz hinaustrat, blendete ihn die tief stehende Sonne, die zwischen den sandfarbenen Bauten des Mercedes-Komplexes hindurchblinzelte. Er schaute auf seine Uhr, es war kurz vor neun. Der Wettbewerbsfilm begann in wenigen Minuten. Und am späten Nachmittag würde die Sendung aufgezeichnet und er eine Kritik dazu abliefern müssen.
»Tacheles« wurde eigentlich wöchentlich ausgestrahlt, Sendetermin war der Donnerstagabend, pünktlich zum Kinostart. Während der Berlinale jedoch gab es drei wöchentliche Ausstrahlungen (neben dem Donnerstag auch am Dienstag und am Sonnabend), die sich ausschließlich mit den Filmfestspielen beschäftigten. Das Prinzip und der Ablauf von »Tacheles« waren denkbar einfach. Zunächst

zeigten sie die offiziellen Trailer der Filme, die ihnen von den Verleihern zur Verfügung gestellt wurden, fassten währenddessen kurz den Inhalt zusammen, und anschließend sah man Albrecht an einem Stehpult, hinter sich ein Plakat des Films, der seine Meinung zum Besten gab. Hin und wieder wurde ein Interview eingeschoben oder das Bildmaterial gezeigt, das ein Kameramann in den Kinos oder während der Pressekonferenzen gesammelt hatte, aber grundsätzlich bestand das Ganze aus drei Komponenten: einem Mann, einem Plakat, einer Meinung. Der Erfolg der an sich nicht sonderlich originellen Sendung war neben der Schonungslosigkeit und Rigorosität der Kritiken mit einem kleinen, aus drei Buchstaben bestehenden Wort zu begründen: dem Personalpronomen »ich«. Während andere Filmkritiker sich bemühten, möglichst objektiv zu sein und allgemeingültige Regeln aufzustellen, um einen Film als gelungen oder misslungen einzustufen, versteckte Albrecht sich nicht hinter vermeintlicher Objektivität. Er sagte: »Ich weiß nicht, ich kann mit so einem Schwachsinn nichts anfangen.« Oder: »Das mag ja alles ganz nett sein, aber es interessiert mich einen feuchten Kehricht.« Dieses *ich* war sein Markenzeichen, es machte den Unterschied aus. Allerdings setzte es voraus, dass er den Film, den er derart subjektiv bewertete, zuvor gesehen hatte.
Albrecht zögerte einen Moment, stand ratlos da und haderte mit sich. Dann fuhr er plötzlich herum, ließ den Berlinale-Palast rechts liegen und bog linker Hand in die Alte Potsdamer Straße ein. Er würde Martin Brandt anrufen, beschloss er, und ihn um eine Einschätzung des Films bitten. Niemand würde merken, dass das *ich*, das den Film kritisierte, nicht sein eigenes war. Letztlich waren sie doch alle nur Schauspieler. Und im Moment gab es Wichtigeres zu tun. Darum ging er zu den Arkaden.
Um diese Uhrzeit waren nur wenige Menschen unterwegs, die Einkaufspassage lag noch verschlafen da, nur die unvermeidlichen Zeitungsabo-Vermittler standen vor den Glastüren, rieben sich die vor Kälte roten Hände und hielten Ausschau nach Opfern. Als Albrecht sich zielstrebig einem der Abo-Leute näherte, hellte

sich dessen Gesicht auf, und eine Zeitung schnellte Albrecht entgegen.
»Die ›Berliner Zeitung‹?«, fragte der Mann. »Wollen Sie mal probelesen?«
Albrecht winkte ab.
»Vierzehn Tage umsonst«, beharrte der Verkäufer. »Kostet Sie nur ein Lächeln.«
»Da sind Sie bei mir an der falschen Adresse«, antwortete Albrecht und fragte mit stoischer Miene: »Haben Sie den Mann ohne Hals heute schon gesehen?«
»Wen?«
»Den Obdachlosen, der sich immer hier herumdrückt. Er hat keinen Hals, einen Bart wie Marx und Klamotten wie Catweazle.«
»Die meisten Penner liegen noch drinnen«, sagte der Zeitungsmensch und deutete auf die Glastüren. »Die Wachmänner drücken im Winter manchmal ein Auge zu. Dann liegen die Kerle im Untergeschoss und stinken die Bude voll.«
»Danke!« Albrecht betrat die Arkaden und fuhr mit der Rolltreppe nach unten. Die Geschäfte und Cafés öffneten gerade, eifrige Angestellte stellten Werbeschilder vor den Eingangstüren auf, fuhren mit Putzlappen über die Stehtische vor den Imbissen oder verscheuchten einzelne bärtige und vor Dreck strotzende Individuen, die sich über den Abluftschächten aufwärmten. Während Albrecht die Obdachlosen musterte und nach dem Mann ohne Hals Ausschau hielt, versuchte er, den Wirrwarr in seinem Kopf zu ordnen und einen klaren, vernünftigen Gedanken zu fassen. Warum sollte ein Penner ihm eine Briefbombe schicken? Und warum sollte dieser selbe Penner anschließend seine eigene Briefbombe öffnen und sich die Hände verbrennen? Vielleicht hat er gesehen, dass der Sprengsatz ungeöffnet in den Abfalleimer gestopft wurde, dachte Albrecht, und der Kerl wollte seine Bombe retten? Ach was, dummes Zeug! Als Albrecht den Briefumschlag weggeworfen hatte, war der Penner gerade damit beschäftigt gewesen, sich von zwei Restaurantangestellten verprügeln zu lassen. Albrecht ärgerte sich,

als ihm auffiel, dass er den Mann in Gedanken »Penner« nannte. Normalerweise achtete er peinlich genau auf seine Ausdrucksweise, nichts hasste er mehr als verbale Niveau- oder Achtlosigkeit. Oft genug hatte Emily sich darüber beschwert, wenn Albrecht sie auf ihre sprachlichen Fehler hingewiesen hatte. Doch er konnte nicht anders, peinliche Anglizismen (die bei Emily entschuldbar waren) oder Ausdrücke wie »zumindestens«, »Sinn machen« oder »vollstes« waren ihm ein Gräuel, dann wurde er zum bekehrenden Prediger und Teufelsaustreiber. Und nun stand er im Untergeschoss der Arkaden und nannte den Obdachlosen einen »Penner«.

Ach, zum Henker!

Er fand den Mann vor der Aldi-Filiale. Menger! Plötzlich fiel ihm der Name wieder ein, den Kommissar Schalck genannt hatte. Der Mann hieß Menger. Albrecht baute sich vor ihm auf und starrte ihn sekundenlang reglos an. Der Mann ohne Hals reckte ihm die verbundenen Hände entgegen. Der Verband war bereits völlig verdreckt, als sei er mehrere Wochen alt.

»Jeben Se 'nem armen Terroropfer«, brabbelte Menger und machte eine Miene, als sei er Barabbas, der von Pilatus die Begnadigung erhoffte. »Sehn Se sich meene Hände an! Inne Luft sprengen wollten die mich. Ick kann froh sein, dass ick mittem Leben davonjekommen bin.« Als er sah, dass Albrecht sich nicht vom Fleck rührte und keine Miene verzog, änderte er seine Taktik und setzte in weniger mitleidheischendem Ton hinzu: »'n Euro für 'n Bier?«

Albrecht verharrte in seiner Starre und war völlig verwirrt. Der Mann kannte ihn gar nicht, hatte ihn offensichtlich nie zuvor gesehen. Menger hatte keine Ahnung, dass der Empfänger des Briefumschlags, den er gestern im Hyatt abgegeben hatte, vor ihm stand. Merkwürdig.

»Herr Menger?«, fragte Albrecht.

Der Mann fuhr alarmiert zusammen und erwiderte: »Polente?«

Albrecht grinste unmerklich. Den Ausdruck hatte er seit den Achtzigern nicht mehr gehört. Er schüttelte den Kopf und fragte: »Haben Sie Hunger?«

Menger schaute skeptisch drein, zuckte dann mit den Schultern und sagte: »Vor allem Durst!«
»Kommen Sie«, erwiderte Albrecht, »ich lade Sie ein.« Der Kerl stank wie eine Kloake, Albrecht würgte und hatte Mühe, den Brechreiz zu überwinden.
»Schweinereien mach ick nich«, sagte Menger, als Albrecht ihn am Ellbogen fasste und in die Höhe hievte. »So eener bin ick nich.«
Albrecht wusste nicht, ob er lachen oder sich übergeben sollte, und sagte: »Nur Frühstück. Ich möchte gern mit Ihnen reden. Da vorne ist ein Café!«
»Nee«, sagte Menger, »McDoof!«
Albrecht erinnerte sich an die gestrige Szene vor dem Schnellrestaurant und verstand. »In Ordnung«, sagte er.
Auf der Rolltreppe steckte er die Nase in den Rollkragen seines Pullovers. Der roch noch ein wenig nach seinem Rasierwasser. Mit einem Taschentuch wischte er sich die Hand ab, mit der er den Obdachlosen angefasst hatte. Wie konnte ein Mensch nur derartig stinken?
Als sie das Schnellrestaurant betraten, schaute sich Albrecht um, ob ihn jemand in Begleitung des Halslosen sah. Doch die Kollegen saßen bereits im Berlinale-Palast, und der Marlene-Dietrich-Platz erwachte gerade erst zum Leben. Auch McDonald's war beinahe leer, nur ein paar Teenager frühstückten, es war noch keine Hamburger-Royal-Zeit. »McMorning« las Albrecht auf einem Plakat mit der Frühstückskarte. Er schüttelte den Kopf und schlug vor, sich in den hinteren Teil des Obergeschosses zu setzen, doch Menger protestierte.
»Neben den Klos? Kommt jar nich in Frage!« Er wollte unten und direkt am Fenster sitzen, damit jeder ihn sehen konnte. Vielleicht befürchtete er immer noch, Albrecht könnte irgendwelche Schweinereien im Sinn haben.
Während sie sich unterhielten und Albrecht an seinem Kaffee im Pappbecher nippte, verspeiste Menger ein »Egg McMuffin« und schüttete sich ein Bier hinter die Binde. Wegen der Verbände an

den Händen hatte der Mann Probleme, Essen und Getränke in die gewünschte Richtung zu bekommen. Albrecht bot seine Hilfe an und war froh, dass Menger jede Art der Annäherung ablehnte. Die Angestellten, die beschäftigungslos hinter der Theke standen, bedachten das seltsame Paar mit argwöhnischen Blicken und tuschelten miteinander. Die Jugendlichen am Nachbartisch, offensichtlich durch den Gestank in ihrem lukullischen Vergnügen beeinträchtigt, würgten das Essen hinunter und verließen eilig den Laden.

»Mein Name ist Albrecht Niemeyer«, begann Albrecht und wartete auf eine Reaktion, die nicht erfolgte. »Sagt Ihnen mein Name nichts?«, fragte er und setzte, da Menger den Kopf schüttelte, hinzu: »Sie haben gestern einen Briefumschlag für mich im Hyatt Hotel abgegeben.«

»Wenn *Sie* det sagen«, meinte Menger und nickte vielsagend.

Albrecht betrachtete ein Stück Eigelb in Mengers verfilztem Rauschebart, der über der Brust angesengt war, und fuhr fort: »In besagtem Umschlag befand sich eine Briefbombe.«

Es dauerte eine gewisse Weile, bis Menger den Sinn dieser Worte verstand. Er starrte Albrecht ungläubig an, schaute dann auf seine bandagierten Hände und murmelte: »Wat 'n? Sie meinen …?«

»Genau.«

»Quatsch!«

»Keineswegs«, sagte Albrecht und erklärte Menger die Zusammenhänge.

»Ick brauch noch 'n Bier«, sagte der Mann, als der andere geendet hatte.

Albrecht holte das Gewünschte, stellte es auf den Tisch, hielt den Pappbecher jedoch umklammert. »Woher stammte der Brief?«, fragte er, als Menger nach dem Bier griff. »Wer hat Ihnen gesagt, Sie sollen den Umschlag im Hotel abgeben?«

»So 'n Kerl!« Er grinst verschmitzt, nahm das Bier, trank hastig und setzte hinzu: »Er hat mir 'n Heiermann inne Hand gedrückt und jesagt, ick soll det bei die Presse abjeben. Sonst nüscht. War ja ooch nur 'n Heiermann. Konnt ick doch nich wissen.« Wieder sah

er auf seine bandagierten Hände und setzte ungläubig hinzu: »Wat für 'n Arschloch!«
»Wie sah der Mann aus?«
»Wat soll ick sagen?« Er zuckte mit den Schultern. »Jung.«
»Hatte er zufällig ein Schild auf der Brust?« Albrecht deutete auf seinen Akkreditiertenausweis. »So eins? War er von der Presse?«
Menger schob die Unterlippe vor und schüttelte den Kopf.
Wäre ja auch zu schön gewesen!
»Und?«, fragte Albrecht. »Sonst erinnern Sie sich an nichts?«
»Der Kerl hatte so 'n Käppi auf 'm Kopp. Wie Nicki Lauda, aber mit Ohren.« Er lachte krächzend, und Albrecht sah, wie das Eigelb aus dem Bart auf den Tisch fiel. Er war sich nicht ganz sicher, aber es schien so, als bewege sich etwas Schwärzliches auf dem Eigelb. Menger sah Albrechts Blick, sagte: »Oh!« und stopfte sich das Eigelb samt lebendem Zusatz in den Mund.
»Eine Baseballkappe?«, fragte Albrecht und verzog angeekelt das Gesicht.
Menger nickte. »Und 'n Bart hat er jehabt, so 'n Türkenteil.«
»Einen Schnauzbart?«
»Nee«, er fuhr sich mit der Bandage ans Kinn. »Wie die jungen Türken. Ums Maul rum. Und nur so 'n Strich. Aber 'n Achmed war det nich.«
Ein junger Mann mit Baseballkappe und Rapper-Bärtchen. Irgendwo tief in Albrechts Kopf regte sich etwas, doch es war zu vage, um »klick« zu machen.
»Hanoi!«
»Was?« Albrecht fuhr aus seinen Gedanken auf und sah den Mann ohne Hals fragend an. »Ich verstehe nicht.«
»So hat der geredet«, erklärte Menger: »Ha noi wo ischen des.«
»Ein Schwabe?«
Menger nickte.
Näggstes Mal bist du dran! Albrecht sprang auf. Das Klicken war sehr laut gewesen. Zwei Bilder hatten sich in seinem Hirn zusammengesetzt, zwei Situationen, die eigentlich nichts miteinander zu

tun hatten. Und plötzlich wusste er, verstand er. Der Mann mit dem Rapper-Bärtchen und der Baseballkappe. Er hatte ihn gestern morgen an der Imbissbude gesehen, bei seinem vergeblichen Versuch, einen Fleischspieß zu bestellen. Der Mann hatte ihn so seltsam angeschaut, und Albrecht hatte gedacht, der Typ kenne ihn aus dem Fernsehen. Das zweite Bild war älter, zwei Wochen alt, und er hatte Mühe, es wieder aufzurufen, denn an diesem Abend hatte er an anderes gedacht, anderes gemacht. Doch nun erinnerte er sich an einen Gast mit Rapper-Bärtchen und Schwabenakzent. Ein Abendessen mit Folgen: einer Scheidung und einer Briefbombe. Nicht schlecht!

»Danke!«, sagte Albrecht, hielt dem Halslosen einen 20-Euro-Schein hin, den dieser trotz Verband behände ergriff, und verließ das Schnellrestaurant.

»Da nich für«, rief ihm der Obdachlose hinterher.

5

Das »Peru« war eines dieser neuen, schicken, überteuerten und fürchterlich angesagten Cafés oder Restaurants in Berlin-Mitte. Albrecht hasste es. Nicht weil es schick und überteuert, sondern weil es im Osten war. Er hatte nichts gegen unverschämte Preise, die zumeist atemberaubender waren als die Speisen und Getränke, die man serviert bekam, solange diese Preise das gemeine Fußvolk fernhielten und einen vor aufdringlichen Blicken schützten. Aber wenn er für viel Geld wenig Leistung bekommen wollte, dann ging er in die »Paris Bar« in der Kantstraße oder ins »Einstein« in der Kurfürstenstraße. Er blieb in West-Berlin. Aus Prinzip. In Mitte fühlte er sich unwohl, inmitten der geschmacklos gekleideten und laut plappernden IT-Manager, geräuschvoll auf Handys und Laptops herumhackenden Medienleute oder sich künstlerisch gebenden Möchtegern-Bonvivants, die selbst beim Essen ihren Schlapphut nicht abnahmen und Albrecht an die Bauern in Westfalen erinnerten, denen der Cordhut ebenfalls wie am Schädel festgewachsen schien. Berlin-Mitte war zum Kotzen. Das »Peru« war Mitte pur. Emily hatte es ausgesucht. Vermutlich war auch das auf Felgenhauers Mist gewachsen.

Es war der letzte Tag im Januar, draußen stürmte es, der Regen peitschte gegen die riesigen Fenster, Passanten unter Schirmen hasteten vorbei, eine »B.Z.« lag klitschnass auf dem löchrigen Kopfsteinpflaster. Albrecht betrachtete das deprimierende Panorama der dämmrig beleuchteten Straße, um sich von dem noch deprimierenderen Bild im halogenbestrahlten Inneren des Restaurants abzulenken. Sie saßen an einem Ecktisch in einer riesigen Halle, die an einen Bahnhof oder Flughafen erinnerte. Auch wegen der Akustik. Wie in einer Schulaula. Jedes Wort hallte dreimal nach und verlor sich unter den sechs Meter hohen Decken. Da der Laden gerammelt voll war und am Tresen bereits Leute auf frei werdende Tische warteten, war kaum zu unterscheiden, ob man das eigene Echo oder das der anderen Gäste vernahm. Albrecht schloss innerlich die Ohren, um nicht auf Felgenhauers Geschwätz oder auf die Stimme in seinem Kopf zu hören, die ihm sagte, er solle diesen Ort verlassen. Auf der Stelle. Fluchtartig.

»He, Albrecht, was möchtest du?«

Er schrak hoch und sah Emilys fragende Miene. Sie deutete mit den Augen auf eine Bedienung, die am Tisch stand und auf die Bestellung wartete. Die Frau war groß, dunkelblond und hatte riesige Augen in einem bleichen, rundlichen Gesicht, wie Heidi in der japanischen Trickfilmserie. Die weiße Schürze, die ihr bis auf den Boden reichte, sah aus wie ein zweimal um den Körper gewickeltes Bettlaken.

»Kaffee im Glas«, sagte Albrecht und starrte wieder aus dem Fenster.

»Latte macchiato?«, fragte die Kellnerin.

»Rede ich undeutlich?«, maulte er. »Kaffee im Glas. Gefiltert und schwarz.«

»Im Glas gibt es bei uns nur Latte macchiato«, erwiderte die Frau.

»Dann werden Sie wohl ein wenig improvisieren müssen, meine Liebe.« Er schenkte ihr ein bissiges Lächeln und setzte hinzu: »Ich trinke keinen Kaffee aus der Tasse.«
»Jedem das Seine«, sagte die Bedienung und notierte das Gewünschte, »aber Ihre Liebe bin ich deshalb noch lange nicht.« Sie hob die Augenbrauen und fragte: »Wollen Sie etwas essen?«
»Dann hätte ich wohl kaum Kaffee bestellt«, zischte er und zog eine Grimasse. Er wusste, dass er sich unmöglich benahm, aber er konnte nicht anders. Jemand musste dafür büßen, dass er an diesem Abend in diesem Restaurant mit diesen beiden Turteltauben an einem Tisch saß. Jeder Blick, den Emily ihrem neuen Liebhaber zuwarf, war ein Nadelstich für Albrecht. Zwar fassten sie sich nicht an, zumindest nicht sichtbar, aber vermutlich füßelten sie unter dem Tisch. Sie sahen so aus. Es hätte zu ihnen gepasst. Ekelhaft.
»Du willst nichts essen?«, fragte Emily, nachdem die Kellnerin verschwunden war. Das schien ihr kein gutes Zeichen zu sein.
»Wie du siehst«, antwortete er.
»Hau ruhig rin«, dröhnte Felgenhauer jovial, »du bist einjeladen.« Das sollte vermutlich witzig sein, doch es brachte nicht einmal ein angestrengtes Lächeln auf Albrechts Lippen. Keine Bange, dachte er, ich werde schon noch reinhauen. Er sagte: »Danke, werde darauf zurückkommen.«
Es entstand eine quälend lange Pause, Emily rutschte nervös auf ihrem Stuhl herum, Felgenhauer machte das, was er offensichtlich am besten konnte: dumm aus der Wäsche schauen. Und Albrecht zwang sich, das Schweigen nicht zu brechen. Sie hatten ihn herbeordert, sie wollten etwas mit ihm bereden, also sollten sie auch mit dem Palaver beginnen. Allerdings ahnte er bereits, warum ihnen so an einem Gespräch »unter sechs Augen« gelegen hatte.
»Wird doch Zeit, dass wir mal wie vernünftige Menschen miteinander plaudern«, sagte Felgenhauer, und Albrecht fragte sich, wieso Emily von diesem ältlichen, Sprüche klopfenden Mistkerl nicht ebenso abgestoßen war wie er. Wie war es möglich, dass ausgerechnet Felge sein Nachfolger geworden war? Er verstand es nicht. Viel-

leicht weil er selbst auch ein Sprüche klopfender Mistkerl war?, dachte Albrecht plötzlich und grinste wider Willen.
Felgenhauer verstand das Grinsen falsch und legte nach: »No hard feelings!«
Das war zu viel! Nur Emily durfte ungestraft englische Floskeln benutzen, schließlich war sie Halb-Schottin. Von berlinernden Ost-Orthopäden ließ sich Albrecht so etwas nicht gefallen. Die sollten gefälligst russisch sprechen, wenn sie sich überhaupt an einer Fremdsprache vergingen.
»Hear, hear«, sagte Albrecht und wollte zu einer gehässigen Tirade ansetzen, wurde jedoch von Emily zurückgehalten.
»Please!«, sagte sie und legte ihre Hand auf seinen Unterarm.
Die Berührung fuhr Albrecht wie eine Lumbalanästhesie ins Rückenmark. Ihm wurde heiß und kalt, er spürte plötzlich seine Beine nicht mehr. Und das Kribbeln im kleinen Finger wurde unerträglich.
In diesem Moment kamen die Getränke. Emily zog ihre Hand weg und nahm das Glas Rotwein entgegen. Felgenhauer hatte Weißweinschorle bestellt. Er müsse noch fahren, sagte er entschuldigend und hob prostend das Glas. Albrecht reagierte nicht darauf, nippte an seinem Kaffee und spuckte ihn zurück ins Glas.
»Fräulein!«, rief er.
Die Kellnerin zuckte unter der Anrede kurz zusammen und sah ihn fragend an.
»Der Kaffee ist lauwarm«, sagte er.
»Tatsächlich?«, antwortete sie, ohne wirklich überrascht zu klingen. »Das liegt vermutlich am Improvisieren.« Sie setzte ein übertriebenes Lächeln auf, nickte beiläufig, nahm das Glas und brachte es zurück zum Tresen.
Unter normalen Umständen hätte Albrecht vor dieser Frau den Hut gezogen. Schlagfertigkeit war eine der Fähigkeiten, die ihm Respekt abforderten. Doch es waren keine normalen Umstände. Nicht annähernd.
»Also?«, wandte er sich an Emily. »Was gibt's zu bereden?«

Emily sah ihm nicht ins Gesicht, starrte in ihr Glas und fingerte an ihrem Ohrring herum. Sie brachte kein Wort heraus.

»Es geht darum, dass …«, sprang Felgenhauer ein, wurde jedoch sofort von Albrecht unterbrochen.

»Ich will es von Emily persönlich hören«, sagte er und hatte Mühe, ruhig zu bleiben. Er bekam kaum Luft und rieb sich unter dem Tisch die schweißnassen Hände.

»Du weißt es doch!«, rief sie plötzlich und starrte ihn beinahe hasserfüllt an. »Heinrich und ich wollen heiraten. Ich will die Scheidung!«

»Das ist nicht dein Ernst!«

Natürlich war es das, und er wusste es. Emily hatte ihn nach zehn Jahren Ehe verlassen, sie war aus der gemeinsamen Wohnung ausgezogen, sie lebte mit Felgenhauer zusammen. Was war also an ihrem Scheidungswunsch so überraschend oder schmerzlich? Nichts. Alles! Noch war Emily seine Frau, und solange dies so war, hatte er die Hoffnung, sie könnte eines Tages zu ihm zurückkommen. Er wollte sie nicht verlieren. Er wollte nicht geschieden werden. Er wollte Emilys Gatte sein, ihr Geliebter, ihr Liebhaber. Ihr Mann!

»Nein!«, rief er und schlug mit der Faust auf den Tisch.

Was folgte, war eine Kettenreaktion.

Durch den Schlag erbebte der Tisch, das Rotweinglas kippte um, der Inhalt ergoss sich in Felgenhauers Richtung, der sprang auf und stieß den Stuhl nach hinten, die Rückenlehne prallte gegen die dunkelblonde Kellnerin, die gerade den brühheißen Kaffee für Albrecht brachte. Die Bedienung verlor das Gleichgewicht, das Tablett kippte, das Glas flog, der heiße Kaffee landete auf Albrechts Unterschenkel. Ein Schmerzensschrei hallte dreifach durch den Saal.

»Aaah! Verdammt noch mal!« Albrecht fuhr hoch, hielt sich den Schenkel und schnauzte die Kellnerin an. »Pass doch auf, du blöde Kuh! Bist du denn völlig bescheuert?! Nicht zu fassen! Wenn du deinen Job nicht beherrscht, dann such dir gefälligst einen anderen! Dumm wie Brot! Scheiße, verdammte!«

Die Kellnerin stand starr und schreckensbleich vor ihm und ließ das wütende Donnerwetter kommentarlos über sich ergehen. Dafür stand nun am Nachbartisch ein junger Mann auf und mischte sich ein: »Die Franziska konnte überhaupt nichts dafür. Ihr Freund hat sie mit dem Stuhl angestoßen. Brüllen Sie also nicht wie ein Halbdackel und entschuldigen Sie sich gefälligst bei ihr!«
Albrecht nahm den Mann kaum wahr, weder seinen zischelnd-schwäbischen Akzent noch den Rapper-Kinnbart und die alberne Baseballkappe, die vermutlich eine vorzeitige Glatze bedeckte. Er stieß ihn einfach weg, wie nebenbei. Der Mann strauchelte, landete rücklings auf dem Boden und stieß sich den Kopf am Tischbein.
»Was sind Sie doch für ein Ekel«, sagte die Kellnerin leise und funkelte Albrecht mit ihren dunklen Heidi-Augen an. Bevor er abwehrend seine Hand heben konnte, klatschte die ihre auf seine Wange, dass es ihm heiß durchs Gesicht fuhr.
»Geschieht dir recht«, hörte er Felgenhauer sagen.
Jetzt!, dachte Albrecht. Seine Faust fuhr heraus und traf den Arzt mitten aufs Auge. Alle Neune! Ein Zufallstreffer. Aber mit Wucht und voller Hass.
Albrecht schnappte sich seinen Mantel, verließ eilig das Schlachtfeld und versuchte krampfhaft, nicht wie ein Geschlagener auszusehen.

*

Es war etwa Mittag, als er zum zweiten Mal in seinem Leben das »Peru« betrat. Genau zwei Wochen waren seit dem fatalen Abend vergangen, seine Frau hatte inzwischen die Scheidung eingereicht, ein Schwabe mit Baseballkappe hatte ihm eine Briefbombe geschickt, und Albrecht spielte den Hobbydetektiv, weil er nicht wirklich Vertrauen in die Arbeit der Kriminalpolizei hatte. Zumindest nicht in die der Beamten, die er am Vortag kennen gelernt hatte. Einen kurzen Moment lang hatte er überlegt, ob er Kommissar Schalck von den Ergebnissen seiner Nachforschungen unterrichten sollte, doch dann hatte er den Gedanken als absurd verworfen. Er

hatte gute Fortschritte aufzuweisen und sah keinen Grund, diese von lustlos ermittelnden Kriminalen zunichte machen zu lassen.
Das Restaurant war gut gefüllt, sämtliche Tische waren besetzt, ein reichhaltiges Büfett lockte die Gäste zum zweiten Frühstück, drei Kellner (allesamt Männer) eilten von Tisch zu Tisch, und ein sehr junger Kerl hinter dem Tresen machte sich an der dampfenden und ächzende Geräusche von sich gebenden Espressomaschine zu schaffen. Albrecht setzte sich auf einen Hocker an der Theke und bestellte einen Kaffee im Glas. Er fuhr zusammen, als habe er sich an seinen Worten die Zunge verbrannt, und korrigierte sich: »Vergessen Sie den Kaffee! Ein Wasser, bitte. Ohne Zitrone, ohne Eis.«
Der Tresenmann nickte und sagte: »Wenn Sie frühstücken wollen, müssen Sie sich ein wenig gedulden.« Er sah Albrecht an, während er das Wasser eingoss, aber es war kein Erkennen in seinem Blick. Gott sei Dank!
»Ich möchte nichts essen«, antwortete Albrecht, nahm das Glas entgegen und fischte die Zitrone heraus. Die pampige Bemerkung schluckte er hinunter, stattdessen sagte er: »Ich bin auf der Suche nach einem Ihrer Gäste. Vielleicht kommt er öfters her. Ein Schwabe. Trägt Baseballkappe und ein gestutztes Bärtchen ums Kinn herum. Er ist etwa in Ihrem Alter.«
»Ich arbeite erst seit ein paar Tagen hier«, sagte der Kellner.
»Vielleicht könnte mir eine Kollegin von Ihnen helfen«, fuhr Albrecht fort. »Dunkelblonde Haare, große, dunkle Augen, bleiches Gesicht und ein vorlautes Mundwerk.«
Der Kellner zuckte mit den Schultern und schüttelte dann den Kopf.
»Was heißt das?«, fragte Albrecht, der nun doch ein wenig ungeduldig wurde.
»Ich kenne keine Kollegin, auf die die Beschreibung passt«, antwortete der Kellner, »aber ich arbeite …«
»… erst seit ein paar Tagen hier. Ich weiß.« Er nahm sein Glas, stand auf und wollte sich an einen in der Ecke frei werdenden Tisch setzen, als ihm plötzlich etwas einfiel. Der Schwabe hatte die

Kellnerin mit ihrem Namen genannt. *»Die Franziska konnte überhaupt nichts dafür!«* Also war der Kerl entweder ein Stammgast in diesem Laden oder sonstwie mit der Frau bekannt.
»Kennen Sie vielleicht eine Kollegin namens Franziska?«, fragte Albrecht.
»Franziska?«, sagte der Kellner, und seine Miene hellte sich plötzlich auf. »Meinen Sie etwa Franziska Lamprecht?«
»Kann schon sein.«
»Persönlich hab ich sie nie kennen gelernt«, sagte der Kellner, goss einen Osborne in ein vorgewärmtes Cognacglas und stellte es auf ein Tablett auf dem Tresen. »Ich hab quasi ihren Job übernommen. Der Chef soll sie vor ein paar Wochen hochkant rausgeworfen haben. Das sagen zumindestens die anderen.«
»Zumindest«, verbesserte Albrecht automatisch.
»Was?«
»Ach, nichts.« Albrecht rümpfte die Nase und setzte sich wieder. »Und wieso ist sie gefeuert worden?«
Der Kellner beugte sich verschwörerisch zu ihm herüber und flüsterte: »Sie soll einem Gast einen Kaffee ins Gesicht geschüttet haben. Brühend heiß.«
»Was Sie nicht sagen!«
Der Kellner nickte bedeutsam. »Und dann hat sie sich mit ihm geprügelt. Soll sogar ein blaues Auge davongetragen haben.«
»Wer? Franziska Lamprecht?«
»Nein, der Typ vom Fernsehen. Ich kenn ihn nicht, so 'n Filmfuzzi eben, ein echtes Arschloch.«
»Sagen die anderen?«
Der Kellner nickte und ließ die Espressomaschine einen abschätzig zischenden Kommentar abgeben. Einer der Tischkellner kam zum Tresen, nahm das Cognacglas, nickte Albrecht zu und erstarrte im selben Moment.
»Der Herr interessiert sich für Franziska Lamprecht«, wandte sich der Mann hinterm Tresen an seinen Kollegen. »Weißt du, wo die geblieben ist?«

Der Angesprochene verzog den Mund, als müsse er dringend auf die Toilette, und machte einen Schritt zurück. In einem kleinen Spiegel mit Whisky-Werbung, der neben der Espressomaschine hing, sah Albrecht ihn seltsame Grimassen schneiden. Er deutete auf den Gast am Tresen und hielt sich die Hand an die Gurgel, als würde er erdrosselt.

Der junge Kerl verstand nicht.

»Ihr Kollege will Ihnen zu verstehen geben, dass ich das angesprochene Arschloch bin«, sagte Albrecht. »Der Typ vom Fernsehen. Der Filmfuzzi.«

»Ach«, sagte der Kellner und grinste gequält.

»Und darum muss ich wissen, wo ich diese Franziska Lamprecht finde.«

»Wieso denn?«, mischte sich der andere ein. »Der Chef hat sie doch schon entlassen. Genügt das nicht?«

»Oh doch«, antwortete Albrecht, »das hat allerdings genügt.«

Er stand auf, bezahlte und ging.

ZWEITER TEIL

»We say: Noise is for heroes.
Leave the music for zeros.
Noise noise noise is for heroes!«

The Damned, »Noise Noise Noise«, 1979

1

Musikalisch betrachtet war Albrecht schon immer ein Spätzünder gewesen. Im zarten Alter von sieben entdeckte er die *Beatles*, zwei Jahre nach deren Auflösung, mit elf begeisterte er sich für die *Doors*, deren aus dem Leim gegangener Sänger seit geraumer Zeit auf dem Pariser Friedhof Père Lachaise dahinmoderte, und mit Marc Bolan von *T. Rex* erging es ihm Ende der Siebziger nicht besser. Als Albrecht 1983 zum Punk wurde, sich die Haare abschnitt und seine braune Cordjacke gegen eine abgewetzte Lederjacke eintauschte, hatten Sid Vicious, Darby Crash und einige andere Helden der ersten oder zweiten Stunde bereits mittels einer Überdosis Heroin das Zeitliche gesegnet. Es war zum Verzweifeln. Bis zum Alter von 18 Jahren hatte Albrecht es nicht zustande gebracht, seine jeweilige Lieblingsband live auf der Bühne zu sehen. Und vielleicht war dies der Grund, warum er sich von Jupp überreden ließ, bei dessen Punkband mitzumachen. Eigentlich gab es diese Band noch gar nicht, nur einen Namen: *Die onanierenden Ordensbrüder*. Aber die Namensfindung, so Jupp, sei bei einer Bandgründung immer der schwierigste Part.

Albrecht, der sich damals noch Ali nannte, lernte Jupp im Schulbus von Altheim nach Ahlbeck kennen. Jupp kam von der Berufsschule, die er einmal wöchentlich während seiner Ausbildung zum Automechaniker besuchte, und Ali war auf dem Heimweg vom Gymnasium. Er kannte Jupp Tenhagen natürlich vom Sehen, denn der war der sprichwörtliche bunte Hund des Dorfes. Mütter nahmen ihre Kinder beiseite, wenn »Magisters Jupp« breitbeinig und in vollem Ornat vorbeiflanierte und auf die Straße rotzte, und alle Ahlbecker hatten Mitleid mit Jupps allein erziehendem Vater, einem angesehenen Witwer und pensionierten Hauptschullehrer, der mit seinem undankbaren Sohn wahrlich gestraft war. Ali hatte noch nie ein Wort mit Jupp gewechselt. Eigentlich hielt er ihn für einen Proleten und Wichtigtuer, aber insgeheim bewunderte er ihn für dessen Mut. Mit Stachelfrisur, besprühter Lederjacke, zerrissener Jeans und Doc-Martens-Stiefeln sah Jupp genauso aus, wie Ali gern gewesen wäre, wie seine Helden auf den Plattencovern, die er so fleißig sammelte.
Als Jupp sich an diesem Tag im völlig leeren Bus direkt hinter ihn setzte und ihn mit einem »Na, Blödmann!« begrüßte, war Ali gegen seinen Willen aufgeregt. Er wollte sich jedoch keine Blöße geben und antwortete: »Na, Magistersohn, warst du auf der Schule? Musstest du nachsitzen?«
»Hübsche Cordjacke«, erwiderte Jupp ungerührt, »trägt man das jetzt auf dem Gymnasium? Ist ja der letzte Schrei.« Er flegelte sich auf seinem Sitz herum und legte die Beine über die Lehne, so dass seine Doc Martens direkt vor Alis Nase baumelten.
»Der Name ist falsch geschrieben«, sagte Ali und deutete auf den linken Stiefel, auf den Jupp mit weißem Edding »Angry Samons« geschrieben hatte.
»Was ist los?«, knurrte Jupp und starrte auf seine Docs.
»Da fehlt ein a«, sagte Ali. »Es heißt ›Samoans‹. Samoaner. Die Bewohner der Insel Samoa. Die liegt im Pazifik.«
»Scheiß-Abiturient!«, zischte Jupp leise und sagte: »Das ist ’ne Punkband.«

»Ich weiß«, antwortete Ali, »und die schreibt sich mit a.«
»Nicht bei mir«, beharrte Jupp, nahm aber die Beine vorsichtshalber von der Lehne. Vermutlich hatte er Angst, Ali könnte weitere orthographische Fehler auf den vollgekritzelten Boots entdecken, und raunzte präventiv: »Klugscheißer!«
Ali lächelte zufrieden. Die erste Runde hatte er für sich entschieden, und die Aufregung legte sich. Nun galt es nachzulegen, denn im Grunde war er froh, endlich einmal mit Jupp reden zu können. Viele Punks gab es in der Gegend nicht, Ali kannte nicht einen einzigen, und es war ein Unterschied, ob man allein auf seinem Zimmer Musik hörte oder mit Gleichgesinnten über Punkrock philosophierte und sich dadurch als Fan und Eingeweihter zu erkennen gab.
»Was hörst 'n im Moment so für Musik?«, fragte er deshalb wie beiläufig.
»Kennst du eh nicht«, antwortete Jupp und zog eine verächtliche Grimasse. »Hauptsächlich Finnenpunk.«
»*Rüstetyt* und *Kaaos*?«, fragte Ali und nickte wissend. Er hatte die Musik dieser Bands noch nie gehört und kannte ihre Namen lediglich aus der gelben Mailorder-Liste eines Berliner Punk-Versands, dennoch täuschte er Herrschaftswissen vor und setzte hinzu: »Die Finnen sind mir zu hektisch. Ich steh eher auf englische Sachen. *Blitz* und *Conflict* und so.«
Jupp machte ein verdutztes Gesicht und betrachtete Ali einige Sekunden lang ungläubig, als erwarte er, Kurt Felix könne jeden Moment mit seiner versteckten Kamera auftauchen. Dann grinste er plötzlich, als sei ihm etwas eingefallen, und er fragte: »Bist du nicht der Typ, der im Pfarrheim die Gitarrenkurse gibt?«
Ali machte eine verkniffene Miene und nickte. Dass ausgerechnet Jupp ihn auf die Kurse des Katholischen Bildungswerks ansprach, schmeckte ihm gar nicht. Das hatte mit Punk nun wirklich nichts zu tun.
»*On a wagon bound for market*«, trällerte Jupp und lachte wiehernd. Plötzlich wurde er jedoch wieder ernst, schien mit sich zu ringen und fragte schließlich: »Was machst 'n am Wochenende?«

Ali zuckte mit den Schultern und versuchte, nicht zu nervös zu wirken. Innerlich jedoch glühte er vor Aufregung. Er fragte: »Warum willst 'n das wissen?«

»Am Samstag spielt *Pandemonium* im ›Babylon‹«, sagte Jupp.

»›Babylon‹?«, wunderte sich Ali. Davon hatte er noch nie gehört. »Wo ist 'n das?«

»Kennste nicht?« Jupp grinste überlegen und beugte sich vor. »Das ist 'n Laden in Holland. Hengelo. Da hängen die Punks rum. Kannst mitkommen, wenn du willst. Aber die Cordjacke bleibt zu Hause!«

Und damit zappelte Ali an der Angel. Jupp holte ihn an besagtem Samstag mit seinem klapprigen VW Käfer ab und nahm ihn mit zum »O. J. C. Babylon«, das eigentlich ein städtisches Jugendzentrum war, aber seit einiger Zeit zum Treffpunkt für Punks mutiert war. An den Wochenenden wurden Konzerte organisiert, zu denen selbst die Punks aus dem Ruhrgebiet herüberkamen.

»Hier hat sogar schon Captain Sensible gespielt«, sagte Jupp.

»Echt?«, antwortete Ali, dessen Augen leuchteten, als er vor dem »Babylon« stand und die dumpfen Punkrhythmen von drinnen hörte. Einen solchen Schuppen hätte er niemals in der ostholländischen Provinz vermutet. Pulks von Punks hingen vor dem Eingang herum, die Fassade war mit krakeligen Graffitis besprüht, der Vorplatz mit Bierdosen übersät. Es war wie eine Offenbarung.

Zwei Wochen später hatte Ali sich die Haare auf Streichholzlänge geschoren, drei Ohrlöcher gestochen, in die er riesige Sicherheitsnadeln steckte, seine Jeans mit Domestos behandelt, die Cordjacke gegen eine uralte Lederjacke und die rotbraune Konzertgitarre gegen einen schwarzen Gibson-Nachbau getauscht. Seine Mutter bekam einen Tobsuchtsanfall, sein Vater lachte ihn aus. Die Kurse im Pfarrheim waren gestorben. Aber *Die Ordensbrüder* geboren.

Die beiden anderen Ordensleute waren tatsächlich Brüder: Bernd und Manfred, genannt Benno und Männe. Benno war ein Schulkollege von Ali und gehörte eigentlich zu der Fraktion der langhaarigen, wildlederbejackten Kiffer und Jim-Morrison-Jünger, doch weil er als Kind im Schulchor gesungen hatte, glaubte Ali, er würde einen guten Sänger abgeben. Benno war ein eitler und selbstverliebter Fatzke und deshalb wie dafür geschaffen, vorne auf einer Bühne zu stehen. Ganz nebenbei war er der örtliche Kleindealer und versorgte die Dorfjugend mit Marihuana, Haschisch und allem, was in Pillenform auf dem Markt zu haben war. Sein Bruder Männe war eigentlich viel zu jung, erst fünfzehn, und man sah ihm sein nicht vorhandenes Alter an, aber er war der einzige Schlagzeuger weit und breit, und die Tatsache, dass er nebenbei als Trommler im Spielmannszug auf Schützenfesten und Karnevalsumzügen spielte, wurde naserümpfend, aber stillschweigend hingenommen. Männe war es auch, der darauf bestand, den Zusatz »onanierend« aus dem Bandnamen zu streichen.

»Warum?«, fragte Jupp, nunmehr frisch gebackener und gänzlich unbegabter Bassist. »Hast du Probleme mit dem Wichsen?«

»Dann sucht euch doch einen anderen Drummer«, lautete Männes kategorische Antwort, die noch diverse Male selbst heftigste Debatten innerhalb der Band im Keim ersticken sollte. So entstand der Name *Die Ordensbrüder*, und Jupp war zwei Wochen lang eingeschnappt. Männe sei zwar noch ein Grünschnabel, sagte er zu Ali, aber eine echte Nervensäge.

Die vier Mitglieder des Ordens hätten unterschiedlicher nicht sein können, und ebenso vielfältig waren die Gründe, warum sie Punks geworden waren oder Punkmusik machten. Für Jupp war Punk eine Philosophie, eine Religion, eine *Lebenseinstellung*. Und sein Bass, den er vorerst nur mit zwei Saiten bespannte (die anderen brauchte er nicht und störten nur), war der Stab des Moses, mit dem er seinen heilbringenden Glauben missionarisch unters Volk brachte. Jupp schrieb die Texte der Band und bestimmte die Songtitel (wenn Männe nicht sein Veto einlegte). Ali hingegen betrachtete Punkrock ausschließlich als Musik, er war Gitarrist und redete von *riffs*, *breaks* und *bridges*, als wolle er davon ablenken, dass die Songs der *Ordensbrüder* ausschließlich aus drei bis vier Akkorden und viel, viel Tempo bestanden. Während Jupp auf den Inhalt und die »Botschaft« Wert legte, achtete Ali auf das Wechselspiel von Strophe und Refrain und feilte an Gitarrensoli, die so kompliziert waren, dass sie live auf der Bühne meistens in die Hose gingen. Benno wiederum war Mitglied der Band, weil er Frontmann sein wollte. Die Musik interessierte ihn nicht, die Philosophie war ihm egal, Punk war eine Mode, eine geile Art sich zu kleiden und die Haare zu stylen. Er ließ seine langen Zotteln ungeschoren, bleichte sie mit Peroxid und stellte sie mittels einer Menge Seife und Bier zu einem überdimensionalem Igel auf, der mehrmals am Abend in sich zusammensackte und in langwieriger und akribischer Prozedur wieder aufgerichtet werden musste. Er mochte die englischen Punks, weil die mit ihren bunten Irokesenschnitten und mit Nieten gespickten Lederjacken cooler aussahen als die ungestylten Ami-Punks in ihren Karohemden. Benno war ein Ordensbruder, weil die Mädels es schick fanden, mit einem wild aussehenden Sänger zu vögeln. Das hoffte er zumindest. Außerdem boten ihm die Konzerte eine Möglichkeit, seine Drogen gewinnbringend unters Volk zu bringen. Und Männe? Er war ein durchgeknallter Schlagzeuger, ein verrückter Trommler, der es mit Animal aus der »Muppet Show« hätte aufnehmen können. Geschwindigkeit war sein Metier. Und Punk war schnell. Ultraschnell.

Weil Jupp den Chef des »Babylon« kannte und ihm wortreich erklärt hatte, um welch geniale Band es sich bei den *Ordensbrüdern* handelte, war es für die vier Punks aus der westfälischen Provinz kein großes Problem, einen ersten Auftritt zu organisieren. Das Münsterland war nicht gerade reich mit Punkbands bestückt. Zwei Monate nach Bandgründung standen sie bereits auf der Bühne, als Vorgruppe irgendeiner holländischen Hardcore-Band, und Ali war selig wie selten in seinem Leben. Der Gig war allerdings eine Katastrophe. Jupp, der zu diesem Zeitpunkt erst die Hälfte der Songs beherrschte, verbrachte die meiste Zeit des Auftritts damit, vor der Bühne zu pogen statt auf der Bühne in die zwei Saiten zu greifen. Ali verhedderte sich ein ums andere Mal und brachte damit Männe aus dem Takt, und Benno musste sämtliche Texte vom Blatt ablesen, weil er sie nicht auswendig konnte. Dennoch hatten sie es geschafft. Sie waren Punkrocker. Was gab es Schöneres? Jetzt würde Musikgeschichte geschrieben. Mindestens.

Die Ordensbrüder wurden zu einer Art Hausband im »Babylon«, und da sie in Ahlbeck keinen Proberaum hatten und nur dann und wann im Pfarrheim oder in Männes Schlafzimmer (dort stand das Schlagzeug) üben konnten, wurden die Konzerte zu öffentlichen Proben, die nicht selten in chaotischer Kakophonie endeten. Männe scheuchte die anderen wie ein Galeerenantreiber durch die Songs, und stets war Jupp der Erste, der entnervt die Segel strich. Bei ihrem zweiten Konzert warf Jupp, nachdem er von Männe mit der Trommel an die Wand geknüppelt worden war, diesem eine Flasche Bier an den Kopf, und der Gig artete in eine wüste Schlägerei aus. Benno gebärdete sich bei den Konzerten wie ein auferstandener Jim Morrison und achtete mehr auf sein Äußeres als auf den Text, den er nicht selten lautmalerisch improvisieren musste, und Ali mühte sich redlich, aber glücklos an seinen haarsträubend gewagten Soli ab. Die Band war eine musikalische Zumutung, aber sie war laut, schnell und hart. Und das reichte in den Achtzigern allemal.

Drei Jahre trieben sie sich auf den Bühnen dies- und jenseits der holländischen Grenze herum und nahmen unter abenteuerlichen Umständen zwei Singles auf, die sie in einer Auflage von jeweils 500 Stück herausbrachten, mit fotokopiertem Faltcover und in mühseligem Eigenvertrieb. »Punk Anderson Records« tauften sie das Label, benannt nach dem Ölbaron und besten Freund von Jock Ewing in der Serie »Dallas«. Während die erste Single »Ahlbeck brennt« binnen weniger Wochen ausverkauft war (was vermutlich daran lag, dass jeder Ahlbecker aus Lokalpatriotismus eine Kopie zu Hause stehen hatte, ohne jemals wirklich hineingehört zu haben), war die zweite, »Jürgen Bartsch war kinderlieb«, ein totaler Flop, was Jupp wie eine persönliche Beleidigung auffasste, denn er hatte viel Überredungskunst aufwenden müssen, um Ali und vor allem Männe von dem in seinen Augen genialen Titel zu überzeugen. Ali hatte sich für »Der Ball der Ölbarone« ausgesprochen, war allerdings von den anderen wegen seines albernen Faibles für »Dallas« ausgelacht worden. Musikalisch jedoch hatten sie sich durchaus weiterentwickelt, selbst Jupp hatte nun eine dritte Saite auf sein Instrument gespannt und benutzte sie von Zeit zu Zeit. Das anfängliche Chaos hatte hörbar Struktur bekommen, was hauptsächlich daran lag, dass die anderen nun mit Männes irrem Tempo mithalten konnten, und am Ende waren sie wenn auch nicht brillant, so doch routiniert und hatten sich einen Namen gemacht.

Im Sommer 1986 war dann plötzlich Schluss. Ali hängte mit einem Mal und ohne jede Erklärung die Gitarre an den Nagel, verließ die Band und verschwand kurze Zeit später nach Berlin, um sein Studium zu beginnen. Ein letztes Konzert in Venlo hatten sie gegeben, ein Open-Air-Festival vor mehreren tausend Leuten, mit einem Dutzend hochkarätiger Bands aus ganz Europa. Der Höhepunkt ihrer Karriere. Dann war alles aus. Vorbei!

Sechs Jahre lang hörte Ali, der sich nun Albrecht nannte, nichts von Jupp und suchte seinerseits keinen Kontakt zu ihm. Sie trafen sich nicht, telefonierten nicht, und wenn Albrecht zu Weihnachten seine Eltern besuchte, ignorierten sich die ehemaligen Freunde, wenn sie sich zufällig auf der Straße begegneten. Jupp schien Ali für einen Verräter an der gemeinsamen Sache zu halten. Doch dann entdeckte er sein Faible für abstruse Filme und stand eines Tages, im Februar 1992, vor Albrechts Tür.

»Na, Blödmann«, sagte er.

»Na, Magistersohn«, antwortete Albrecht.

Und beide taten so, als sei nie etwas gewesen.

2

Sie saßen im »Wiener Blut« in Kreuzberg 36, dem einzig wahren Kreuzberg, wie Jupp gerne betonte, und plauderten über Gott und die Welt. Nun ja, eigentlich hielt Jupp wort- und gestenreiche Vorträge, und Albrecht widersprach in knappen Halbsätzen, während er missmutig in sein Bierglas oder abwesend zur Decke starrte. Sie hatten schon etliche Biere und Schnäpse getrunken (Jägermeister für Jupp, Tequila für Albrecht), und Jupp hatte sich in Rage geredet. Wie üblich stellte er absonderliche Thesen auf und reagierte auf Albrechts Widerspruch, indem er heftigst an seiner Meinung festhielt. Wenn Albrecht es richtig verstand, versuchte Jupp ihm gerade klarzumachen, dass die Wiedervereinigung von West- und Ostdeutschland ein ebenso bedauerlicher wie folgenschwerer Fehler gewesen sei.

»Dir wäre es also lieber, die Mauer würde noch stehen?«, wunderte sich Albrecht.

»Was hat denn der Fall der Mauer mit der Wiedervereinigung zu tun?«, holte Jupp zum Gegenschlag aus und unterstrich dies, indem er mit den Händen herumwedelte. »Du machst den gleichen Fehler wie alle diese Idioten. Der Mauerfall war schon in Ordnung, davon rede ich gar nicht. Nichts gegen zu sagen. Aber die Wiedervereinigung war Unsinn. Und ich finde es unerträglich, dass nun alle dem dicken Kohl für dessen Verdienste um die Wiedervereinigung auf die Schulter klopfen. *Kanzler der Einheit.* Dass ich nicht lache. Ist etwa Österreich schlechter dran, weil es nicht mehr Teil des Deutschen Reichs ist? Oder Holland?«

»Das ist aber ein gewagter Vergleich.«

»Wieso?« Jupp nahm einen Schluck Bier. Im Gegensatz zu Albrecht trank er aus der Flasche, deren Hals er vor jedem Schluck mit dem Hemdsärmel abwischte. Vermutlich eine Angewohnheit aus alten Zeiten, als Bierflaschen noch wie Joints von Hand zu Hand gewandert waren. Jupp hatte sich einige dieser seltsamen Marotten bewahrt, so öffnete er beispielsweise Bierflaschen immer mit einem Feuerzeug, selbst wenn ein Flaschenöffner zur Hand war.

»Die Ossis hätten einfach ihren Staat behalten und umkrempeln sollen«, fuhr Jupp unbeirrt fort, während Albrecht unruhig auf seinem orangefarbenen Hocker hin und her rutschte. »Ein bisschen in Demokratie üben, ein paar ungetürkte Wahlen abhalten und anschließend die Aufnahme in die EU beantragen. Dann hätten die ihre Schulden selbst abzahlen und den real existierenden Sozialismus in eigener Regie aufarbeiten müssen und würden sich jetzt nicht beklagen, sie wären von den Wessis über den Tisch gezogen worden. Was natürlich stimmt.«

»Worauf willst du eigentlich hinaus?« Albrecht verlor allmählich die Geduld, was eigentlich stets der Fall war, wenn er sich länger mit Jupp unterhielt.

»Es geht mir auf die Nerven, dass alle so tun, als sei der dritte Oktober 1990 ein Feiertag für Deutschland gewesen«, antwortete Jupp, lehnte sich zurück und schlug die Beine übereinander. »Gegen den Vertrag zur Wiedervereinigung war der Versailler Friede ein Geniestreich.«

»Jetzt mach aber mal 'nen Punkt!«, erwiderte Albrecht gequält und stand auf. »Ich hole uns noch was zu trinken, vielleicht kommst du dann wieder zur Vernunft.« Er schüttelte halb ärgerlich, halb belustigt den Kopf, ging zum Tresen und bestellte ein Budweiser für sich und ein Beck's für Jupp, der sich selbstzufrieden auf der ebenfalls orangefarbenen Bank lümmelte und seinen Tabak aus der Lederjacke kramte.

Es war Donnerstagabend, kurz vor Mitternacht, und die Kneipe war leidlich gefüllt. Am Tresen stand eine Handvoll Leute, die nur unwesentlich jünger als Albrecht waren. Das »Wiener Blut« war mit seinen Kunden alt geworden und umgekehrt, und wenn sich auch die Einrichtung mit den Jahren verändert hatte (früher saß man auf ausrangierten Bussitzen, und die Toilettenwände waren mit Comics beklebt), so war hier doch eigentlich alles beim Alten geblieben. Sogar das Kickerspiel im Hinterraum gab es noch, und aus den Boxen dröhnte der melodisch plätschernde Krach von *Social Distortion*. Albrecht kam sich vor, als habe er eine Zeitreise unternommen. Vermutlich war dies der Grund, warum Jupp darauf bestanden hatte, sich hier zu treffen. Er fand den Laden »so hübsch beruhigend«. Albrecht jedoch fühlte sich an diesem Ort

und unter diesen Leuten nicht wohl. Er gehörte nicht mehr hierher, kam sich fremd vor und beäugt.
Damals, als er noch Student gewesen war und die Mauer schützend um Kreuzberg herum gestanden hatte, hatte er auf der anderen Seite des Görlitzer Parks, in der Falckensteinstraße, gewohnt, mit Ofenheizung, stets defektem Wasserboiler und einfach verglasten Fenstern. Doch im Gegensatz zu vielen anderen, allen voran Jupp, weinte er Kreuzberg keine Träne nach. Das nostalgische Kiez-Getue vieler Ex- und Immer-noch-Kreuzberger ging ihm gegen den Strich, es war genauso albern wie die zum bloßen Ritual verkommenen 1.-Mai-Krawalle oder die Touristen, die mit »Kreuzberg 36«-T-Shirts durch die Gegend liefen. Jupp besaß so ein Hemd und behauptete, wenn er jemals nach Berlin ziehen sollte, dann nur in die Nähe des Görlitzer Bahnhofs. Albrecht wusste, dass Jupp sein geliebtes Münsterland niemals verlassen und bereits nach wenigen Wochen in der Fremde vor Heimweh eingehen würde. Das war alles nur müßiges Gerede, fand Albrecht, verklärte Kreuzberg-Romantik. Doch Jupp behauptete, es ginge ums Prinzip.
»Na, hast du dich abgeregt?«, begrüßte Jupp seinen Freund und die Getränke und wischte mit dem Ärmel über den Flaschenhals. »Du siehst nicht so aus.«
»Ich steh im Moment ein bisschen neben mir«, antwortete Albrecht knapp und schob den Aschenbecher beiseite, in dem Jupps frisch gedrehte Zigarette geduldig vor sich hinqualmte.
»Das kannst du laut sagen!«, antwortete Jupp, stieß mit Albrecht an und klopfte mit der Flasche auf den Tisch. Noch so eine dämliche Angewohnheit.
»Vielleicht kannst du mir sagen, was ich machen soll«, sagte Albrecht, ohne wirklich daran zu glauben.
»Schieß los!«, antwortete Jupp, beugte sich zu Albrecht herüber, hielt jedoch plötzlich inne und starrte zum Tresen. »Mensch, das ist doch Joe Cartwright!«, rief er erfreut und deutete mit der Bierflasche über Albrechts Schulter.

»Was? Wovon redest du?« Albrecht verdrehte genervt die Augen und folgte mit seinem Blick der Bierflasche. Ein großer, blonder Kerl in langem Mantel hatte mit einer schwarz gelockten Frau die Kneipe betreten und wurde vom Barkeeper mit Handschlag begrüßt.

»Das ist Little Joe von den *Cartwrights*«, erklärte Jupp und winkte dem großen Blonden zu. »Hey, Joe, wie geht's?«

Der Angesprochene reagierte, indem er sich umwandte und Jupp einige Sekunden lang mit zusammengekniffenen Augen musterte. Ein Lächeln des Erkennens war für einen kurzen Augenblick auf seinen Lippen zu erkennen, verdorrte jedoch im selben Moment zu einer wenig erfreuten Grimasse. Er nickte unverbindlich und blickte in die entgegengesetzte Richtung.

»Penner!«, zischte Jupp und schnippte seine Zigarette auf den Boden. »Hab die blöden Cowboys nie ausstehen können.«

Die *Cartwrights* waren eine Punkabilly-Band, die Albrecht und Jupp aus alten Zeiten kannten. Die drei Bandmitglieder, die sich sinnigerweise Ben, Hoss und Little Joe nannten, stammten eigentlich aus Coesfeld in Westfalen, waren aber in den Achtzigern nach Berlin gezogen und ließen sich hier seitdem als lokale Helden feiern. Vermutlich war es Joe peinlich, jemandem zu begegnen, der ihn noch aus den Zeiten kannte, als die *Cartwrights* in der Aula des Coesfelder Gymnasiums aufgetreten waren und Johnny Cash gecovert hatten.

Albrecht sah Jupps finsteres Gesicht, schüttelte abfällig den Kopf und sagte: »Vergiss es!«

»Nee, erzähl schon«, antwortete Jupp, starrte aber nach wie vor zum Tresen, wo die Schwarzgelockte in Joes Begleitung zu Jupp herüberblickte und blöde kicherte. »Worum geht's?«

»Um eine Frau.«

»Oho!«, rief Jupp, wandte sich seinem Freund zu, und seine Verstimmung schien wie weggeblasen. »Was Unanständiges?«

Als Antwort verdrehte Albrecht erneut die Augen und erklärte: »Es handelt sich um eine gewisse Franziska Lamprecht, sie wohnt

in Kreuzberg, gar nicht weit von hier, und hat früher in einem Restaurant in Mitte gekellnert.« Flüsternd setzte er hinzu: »Im ›Peru‹.«
»Oh, *die* Geschichte«, sagte Jupp und grinste wissend. Albrecht hatte ihm den blamablen Abend samt Faustschlag und fatalen Folgen fürs Eheleben in groben Zügen geschildert. »Es geht um Felge und Emily, oder?«
»Ausnahmsweise nicht«, antwortete Albrecht und überlegte, wie er Jupp die Zusammenhänge erklären sollte. Er erzählte von dem bärtigen Schwaben, der entlassenen Kellnerin und dem halslosen Obdachlosen, und es schien ihm, als begreife Jupp von allem nur die Hälfte. Als Albrecht schließlich die Briefbombe erwähnte, sagte Jupp: »Ach, *die* Geschichte.« Er klang schon weniger enthusiastisch. »Findest du nicht, dass du ein bisschen viel Wirbel um die Sache machst? Diese beiden Typen von der Bullerei mögen zwar Schwachköpfe sein, aber vermutlich haben sie Recht, wenn sie das Ganze für einen dummen Scherz halten. Vergiss es einfach!«
»Schon gut«, sagte Albrecht, nippte an seinem Glas, lehnte sich nach hinten, wobei er fast vom Hocker fiel, weil dieser keine Lehne hatte, machte eine beleidigte Miene und schwieg beredt.
»Jetzt sei doch nicht eingeschnappt!«, meinte Jupp. »Was hast du vor?«
»Das weiß ich eben nicht«, antwortete Albrecht. »Ich will mir diesen Schwaben vorknöpfen, und ich glaube, dass er irgendetwas mit der Kellnerin zu tun hat. Immerhin hat er sie mit dem Vornamen angeredet.«
»Hast du ihre Adresse?«
Albrecht nickte und sagte: »Aus dem Telefonbuch.«
Jupp schob die Unterlippe vor, wie er es immer tat, wenn er angestrengt nachdachte, und es war ihm anzusehen, das er das Ganze für ein Hirngespinst hielt, eine fixe Idee, in die Albrecht sich verrannte.
»Vielleicht sollte ich sie eine Zeitlang beobachten?«, fragte Albrecht.

»Und wenn die den Schwaben gar nicht näher kennt?«, gab Jupp zu bedenken. »Dann bringt das herzlich wenig und ist nur Zeitverschwendung.«
Albrecht zog die Stirn kraus und nickte. »Stimmt«, sagte er, machte eine Handbewegung, als wische er die albernen Gedanken weg, und setzte hinzu: »Du hast Recht, es ist eine Schnapsidee!«
»Wieso gehst du nicht einfach zu dieser Franziska Lamprecht, erkundigst nach dem schwäbischen Mistkerl und sagst, du willst ihm eins vor die Glocke geben?« Jupp lachte und setzte hinzu: »Das ist doch deine Spezialität.«
Albrecht verzog keine Miene und schüttelte nachdenklich den Kopf. »Vermutlich würde sie mir nichts sagen«, sagte er, »immerhin hat sie meinetwegen ihren Job verloren. Warum sollte sie also den Kerl verpfeifen? Vielleicht steckt sie sogar mit ihm unter einer Decke.«
»Du könntest ihr ja ein wenig auflauern und ihr einen Schrecken einjagen«, schlug Jupp vor und drehte sich eine weitere Zigarette. »Wie Robert Mitchum in diesem Film, wie hieß der noch? Wo der Kerl dieser spießigen Familie nachstellt. Die Geschichte spielt an irgendeinem Fluss mit 'nem Hausboot …?«
»›Cape Fear‹«, sagte Albrecht und schüttelte unwirsch den Kopf. »Ich will sie doch nicht umbringen!«
Jupp machte eine enttäuschte Miene und leckte über die Klebefläche des Papiers. Er steckte sich die Zigarette in den äußersten Mundwinkel und versuchte, ebenso cool wie Robert Mitchum auszusehen.
»Dummes Zeug!«, seufzte Albrecht. »Lass uns noch was trinken.«
»Wie wär's, wenn wir unser nächstes Bier in der ›Milchbar‹ zu uns nehmen?«, fragte Jupp und schielte zum Tresen, wo sich Joe Cartwright angeregt mit dem Barkeeper unterhielt. »Hier lässt die Kundschaft zu wünschen übrig.«
Albrecht war von Jupps Vorschlag nicht gerade angetan. Für heute hatte er genug von der Zeitreise. Er wiegte geziert den Kopf und blies die Backen auf, als müsse er sich überwinden, etwas furchtbar

Ekelerregendes zu tun. Hundekot anfassen oder etwas in der Art.
»Muss das wirklich sein?«, fragte er.
»Heute ist *mein* Abend«, sagte Jupp und blies den Rauch durch die Nase.
Albrecht wusste nicht mehr genau, wann sie mit dieser albernen Mein-Abend-dein-Abend-Geschichte angefangen hatten. Irgendwann in den Neunzigern, und inzwischen war sie zum festen Bestandteil der alljährlichen Besuche geworden. Zweimal während der Berlinale gingen sie gemeinsam aus, beim ersten Mal hatte Jupp das Sagen und durfte die Lokalitäten bestimmen, das andere Mal war Albrecht der Zeremonienmeister. Anfangs war es eine Art Gag gewesen, eine Notlösung, weil sie sich nie auf eine Kneipe, ein Restaurant, eine Disco hatten einigen können, doch Jupp hatte mit der Zeit ein heiliges Ritual daraus gemacht. Zuwiderhandlung wurde mit der Höchststrafe geahndet: Jupps nervtötender Nörgelei.
»Na gut«, sagte Albrecht gottergeben, »bringen wir es hinter uns.«
Sie standen auf und drängten sich am Tresen vorbei in Richtung Ausgang. Jupp ging eilig voraus und sah geflissentlich zu Boden, als sie Joe passierten. Albrecht hatte Mühe, ihm zu folgen, und spürte plötzlich eine Hand auf seiner Schulter.
»Hey, Ali, du bist auch da? Hab dich gar nicht erkannt.« Die Hand gehörte Joe Cartwright, und dieser präsentierte ein selbstgefälliges Grinsen. »Wir haben uns ja seit Jahren nicht mehr gesehen. Bist du immer noch beim Fernsehen?«
»Kennen wir uns?«, fragte Albrecht, ohne die Miene zu verziehen.
»Ich bin's«, sagte Joe, lächelte unsicher und schaute sich zu der Schwarzgelockten um. »Little Joe Cartwright.«
»Ach«, antwortete Albrecht ungerührt, »der Cowboy aus Coesfeld? Wohnst du jetzt auch in Berlin?« Ohne weiteren Kommentar wandte er sich ab und ließ den verdutzten Joe am Tresen stehen.
»Touché!«, wurde Albrecht an der Tür von Jupp mit einem strahlenden Grinsen begrüßt. »Du bist ein echtes Arschloch. Aber manchmal liebe ich dich dafür.«

»Nur nicht übertreiben, mein Lieber.«
Wie zwei Revolverhelden nach siegreich überstandener Saloonschlacht verließen sie die Kneipe.
Die eisige Luft schlug ihnen wie ein nasses Handtuch ins Gesicht, und erst jetzt merkte Albrecht, dass er schon ziemlich betrunken war. Früher hatte er mehr vertragen, dachte er, oder hatten sie damals einfach weniger getrunken? Kaum anzunehmen. Jupp schien es ähnlich zu gehen, er atmete tief durch und schlug den Kragen der Lederjacke hoch. Gemeinsam wankten sie über den breiten Gehweg zur Wiener Straße. Auf der anderen Straßenseite befand sich die Feuerwache, und ehe sie die vierspurige Fahrbahn überquerten, vergewisserten sie sich, dass keine Rettungswagen oder Löschzüge im Anmarsch waren. Die Rollgitter an der Wache waren verschlossen, und so torkelten sie zum Mittelstreifen, der an dieser Stelle ebenerdig und nicht bepflanzt war. Auf diese Weise konnten die Fahrzeuge der Feuerwehr problemlos in beide Richtungen davonflitzen.
»Was macht ’n der da?«, fragte Jupp plötzlich und deutete nach rechts.
»Hmm?«
»Der Kadett«, erklärte Jupp.
Jetzt sah auch Albrecht das Auto. Ein dunkelblauer oder schwarzer Opel. Das Auto raste mit hochtourig röhrendem Motor in Richtung Skalitzer Straße, hatte die Scheinwerfer aus und machte plötzlich einen Schlenker nach links.
»Der hält direkt auf uns zu!«, schrie Albrecht.
Während Jupp fassungslos und wie angewurzelt stehen blieb, rannte Albrecht panisch geradeaus. Mit ungeheurem Tempo und laut aufheulendem Motor raste der Wagen genau zwischen den beiden hindurch. Albrecht warf sich nach vorne zu Boden und sah aus den Augenwinkeln, wie der Kadett um Haaresbreite an dem wie versteinert dastehenden Jupp vorbeisauste. Albrecht schaute verständnislos dem Auto hinterher, das nun schlingernd auf die rechte Fahrbahn zurückwechselte und nach wenigen Metern mit

quietschenden Reifen linker Hand in die Skalitzer Straße einbog. Ein entgegenkommendes Auto ging in die Eisen und hupte.
Dann war der Spuk vorbei.
»Alles in Ordnung?«, fragte Albrecht. Er lag auf dem Gehweg vor der Feuerwache und rappelte sich mühsam auf.
»Glaub schon«, sagte Jupp wie in Trance. »Was war das?«
Albrecht spürte einen stechenden Schmerz im linken Arm und einen dumpfen an der Hüfte. Langsam humpelte er zurück zum Mittelstreifen und deutete auf die Stelle, an der er noch vor wenigen Sekunden gestanden hatte. »Wäre ich hier stehen geblieben«, murmelte er tonlos, »dann wäre ich jetzt ein toter Mann.«
Jupp sah Albrecht wie abwesend an. »So 'n Stück«, sagte er und deutete mit Daumen und Zeigefinger einen Abstand von fünf Zentimetern an.
»Hast du gesehen, wer im Wagen saß?«
Jupp schüttelte den Kopf und schien immer noch nicht fassen zu können, was geschehen war. »Kreuzberg ist auch nicht mehr, was es mal war«, sagte er, wandte sich um und übergab sich.
»Na, warte!«, sagte Albrecht und rieb sich den schmerzenden Ellbogen.

3

Seit einer halben Stunde stand Albrecht nun schon vor dem Haus in der Oranienstraße, einem der zahlreichen schmucklosen Fünfziger-Jahre-Bauten der Otto-Suhr-Siedlung. Rechter Hand ragte das Springerhaus in den Himmel, und direkt hinter ihm befand sich der Waldeckpark, in dem eine vereinzelte Alte mit ihrem Pudel Gassi ging, doch Albrecht starrte wie gebannt zu den Fenstern im dritten Stock der Nummer 120 und wartete, ohne genau zu wissen, worauf. Franziska Lamprecht war zu Hause, das wusste er, weil er vor einer Viertelstunde von seinem Handy aus angerufen hatte und dumm genug gewesen war, sich als Polizist auszugeben: »Kriminalhauptmeister Schürmann. Abteilung Eigentumsdelikte.«

»Und?«, hatte sie geantwortet.
»Wir haben eine schlechte Nachricht für Sie, Frau Lamprecht. Man hat Ihren Wagen aufgebrochen.«
»Meinen Wagen?«
»Sie fahren doch einen dunklen Kadett?«
»Wie war doch gleich Ihr Name?«
»Kriminalhauptmeister Schürmann.«
»Sieh mal einer an«, sagte sie. »Ich besitze nämlich überhaupt kein Auto.« Dann legte sie auf.
Mist, dachte Albrecht, aber einen Versuch war es wert gewesen. Und er drückte auf die rote Taste. Im gleichen Moment klingelte sein Handy, das er vor Schreck beinahe fallen ließ.
»Niemeyer«, meldete er sich.
»Niemeyer?«, fragte eine Frauenstimme, die ihm seltsam bekannt vorkam. »Doch nicht etwa Albrecht Niemeyer?«
»Woher haben Sie ...?«, konnte er noch stammeln, bevor die Lamprecht ihm über den Mund fuhr.
»Wenn Sie nicht wollen, dass man Ihre Telefonnummer auf dem Display lesen kann, dann sollten Sie die Rufnummerübermittlung Ihres Handys unterdrücken, Sie Idiot!«
»Oh«, sagte er, »verstehe.« Beinahe hätte er sogar noch »Danke« hinzugefügt. Dann legte er auf. Gott, wie peinlich!
Seitdem waren fünfzehn Minuten vergangen, und er hatte sich nicht vom Fleck bewegt. In seinem verkaterten Schädel herrschte ein einziges Tohuwabohu. Wüst und leer, wie die Erde am ersten Schöpfungstag. Er kam sich vor, als befinde er sich in einem schlechten Traum, aus dem es kein Erwachen gab. Albrecht hasste es, wenn er sich zum Idioten machte. Und diese Lamprecht hatte es nun schon zum zweiten Mal geschafft, dass er sich wie ein Dämlack vorkam, auch wenn es diesmal keine Zeugen dafür gab. Immer wieder schaute er zu den Fenstern im dritten Stock hinauf, dabei wusste er nicht einmal, ob sie die Wohnung zur Straße hin hatte. »3. OG«, hatte lediglich auf dem Klingelschild gestanden.
»Was mache ich eigentlich hier?«, murmelte er unhörbar und schau-

te auf die Uhr. Es war kurz vor zehn, er hatte erneut eine Pressevorführung sausen lassen und verbrachte stattdessen seinen Vormittag damit, einer Kellnerin nachzuspionieren. *Cape Fear*, schoss es ihm durch den Kopf.
Wieder klingelte das Handy.
»Ja?«, grunzte er in den Apparat.
»Wollen Sie noch lange da unten rumstehen?« Ihre Stimme klang nicht ganz so biestig wie vorhin, eher ein wenig irritiert oder sogar verängstigt. »Was, zum Teufel, treiben Sie da? Sind Sie etwa pervers oder so?«
Er schaute zum dritten Stock hoch und sah die junge Frau an einem der Fenster stehen. Sie hielt den Hörer in der linken Hand und mit der rechten ein Opernglas vor die Augen.
»Ich muss mit Ihnen reden«, sagte er.
»Aber ich nicht mit Ihnen«, antwortete sie. »Wenn Sie sich entschuldigen wollen, dann machen Sie's am Telefon.«
»Entschuldigen? Sie haben ja wohl 'ne Meise.«
»Dann hauen Sie ab, Sie Freak!«
Albrecht erwartete, dass sie auflegte, doch er hörte sie atmen und sah sie regungslos am Fenster stehen. Er überwand sich und sagte: »Bitte! Und das mit Ihrem Job wollte ich nicht. Es tut mir Leid.«
»Na gut, kommen Sie rauf«, sagte sie nach einer geraumen Weile. »Aber ich warne Sie, ich bin bewaffnet.«
»Das glaube ich unbesehen«, antwortete Albrecht, lief über die Straße und erreichte die Haustür in dem Moment, als der Öffner summte. Hinter ihm schlüpfte die alte Dame aus dem Park mit ihrem Pudel ins Haus.
»Danke, junger Mann«, sagte sie. »Sehr liebenswürdig.«
Aus dem düsteren Treppenhaus schlug ihm ein penetranter Gestank entgegen. Zunächst dachte er, die alte Frau dünste streng aus, doch dann merkte er, dass es nach Essen roch, nach ranzigem Fett und gebratenen Sardinen. Fischig und ölig, und der Gestank nahm von Stockwerk zu Stockwerk zu. Wenn die Lamprecht gerade ein Fischfrühstück zu sich nahm, würde er auf der Stelle umkehren,

schwor sich Albrecht. Das würde weder sein Kopf noch sein Magen aushalten. Glücklicherweise befand sich das Zentrum des üblen Geruchs im zweiten Stock, und er hatte es eilig, eine Etage höher zu kommen. Er nahm zwei Stufen auf einmal und stieß im dritten Stock beinahe mit Franziska Lamprecht zusammen, die in der geöffneten Tür stand und die Arme vor der Brust verschränkt hielt.

»Riecht's hier immer so?«, fragte Albrecht und wurde mit einer knappen Handbewegung in die Wohnung gebeten.

»Niemand zwingt sie zu bleiben.«

Als er eintrat, war es ihm, als betrete er eine andere Welt. Die Wohnung war trotz der niedrigen Decken erstaunlich hell, die Rauhfasertapeten in Flur und Wohnzimmer waren in freundlichem Gelborange gestrichen, überall hing und stand Nippes und Deko-Kleinkram herum. Plüschtiere in der Ecke, Bildchen an der Wand, Miniaturfiguren auf kleinen Regalen. Gedöns, dachte Albrecht. Eine typische Frauenwohnung. Und es roch gut, zumindest im Vergleich zum Treppenhaus. Blumig, aber nicht aufdringlich. Und als die Lamprecht ihm folgte, erkannte er, dass es ihr Parfum war.

»Also?«, fragte sie. »Warum schnüffeln Sie mir hinterher? Mike hat mir gesagt, dass Sie im ›Peru‹ nach mir gefragt haben.«

»Mike?«

»Einer der Kellner«, sagte sie und setzte hinzu: »Und was sollte dieses Gerede von dem aufgebrochenen Auto? Sind Sie nicht ganz dicht?«

Albrecht überlegte, ob es sinnvoll sei, mit der Tür ins Haus zu fallen, doch ein Blick in das finstere Gesicht der Frau genügte, ihn davon abzuhalten. Erst musste die Laune verbessert werden, seine wie ihre, und darum fragte er: »Haben Sie vielleicht einen Kaffee für mich?«

»Im Glas?«

»Wie auch immer«, antwortete er und folgte ihr durch das kombinierte Wohn- und Schlafzimmer in die Küche. Hier waren die Wände lindgrün gestrichen, und obwohl Albrecht nicht gerade ein

Freund bunter Farben war, gefiel es ihm. Die Lamprecht schien Geschmack zu haben.

»Er steht schon etwas länger«, sagte sie und goss Kaffee in zwei riesige Keramikpötte, die nach Figuren der »Sesamstraße« getöpfert waren. Die Lamprecht nahm Kermit, Albrecht trank aus dem Krümelmonster und verzog augenblicklich das Gesicht. Die Plörre war dünn, aber gallig.

»Jetzt raus mit der Sprache!«, sagte sie und setzte sich wie Albrecht an den Küchentisch. Sie saß direkt vor dem Fenster und er ihr gegenüber. Wenn er sie ansehen wollte, musste er in die tief stehende Sonne schauen, die direkt zum Fenster hineinschien. Er kam sich vor wie bei einem Polizeiverhör. Vor allem aber sah er nur den Schattenriss seines Gegenübers. Und das störte ihn aus Gründen, die ihm selbst nicht klar waren.

»Ich bin auf der Suche nach einem Freund von Ihnen«, sagte er und stellte das Krümelmonster auf den Tisch, um es während des restlichen Gesprächs nicht mehr anzurühren.

»Und?«

»Ein Schwabe mit Kinnbart, etwa in Ihrem Alter. Er trägt gern Baseballkappen und war damals dabei.«

»Damals?« Auch wenn Albrecht nur ihren Schattenriss sah, glaubte er einen überraschten oder neugierigen Zug in ihrem Gesicht zu erkennen. »Wann damals?«

»Sie wissen schon«, druckste er herum, »damals halt. Vor zwei Wochen.«

»Und?«, wiederholte sie.

»Hören Sie«, sagte er und beugte sich etwas vor, um ihr besser ins Gesicht schauen zu können. »Ich möchte, dass er mit diesem Unsinn aufhört. Nur weil ich ihn umgestoßen habe, muss er mich doch nicht gleich umbringen.«

»Robert?«, entfuhr es ihr. »Er will Sie umbringen? Reden Sie keinen Quatsch! Der doch nicht. Der könnte keiner Fliege was zu Leide tun.«

»Er hat mir eine Briefbombe geschickt«, antwortete Albrecht ni-

ckend. »Das ist bezeugt und erwiesen. So viel zu Ihrer Menschenkenntnis.«
Sie wollte etwas erwidern, schüttelte dann den Kopf und schwieg.
»Sie kennen ihn also?«
»Er kennt mich«, lautete ihre Antwort.
»Was heißt das jetzt wieder?«, zischte Albrecht und ärgerte sich sogleich, weil er erneut die Geduld verloren hatte.
»Sie haben vorhin gesagt, Sie suchten einen Freund von mir«, erklärte sie und lehnte sich ebenfalls nach vorne. Ihre Köpfe waren nun nur wenige Zentimeter voneinander entfernt. »Er ist nicht mein Freund, aber ich vermute, er hätte nichts dagegen, wenn es so wäre.«
Albrecht brauchte einige Sekunden, um zu verstehen, dann platzte es aus ihm heraus: »Natürlich! Ein Verehrer! Es geht also gar nicht um ihn und mich, sondern um Sie. Weil Sie Ihren Job verloren haben, hat er mir die Bombe geschickt.« Und verächtlich setzte er hinzu: »Gott, wie romantisch!«
»Das glaube ich erst, wenn ich es aus seinem Mund höre.«
»Das können Sie halten, wie Sie wollen«, sagte er und wollte aufstehen. Dann fiel ihm ein, dass er das Wesentliche vergessen hatte: »Wie heißt dieser Robert mit Nachnamen und wo wohnt er?«
»Warum sollte ich Ihnen das sagen?«
»Entweder mir oder der Polizei. Sie haben nur diese Wahl.«
Statt einer Antwort schaute die Lamprecht nachdenklich auf die Tischplatte. Ihr Blick fiel auf ihre Armbanduhr, und plötzlich fuhr sie zusammen. »Scheiße, schon so spät?«, rief sie und sprang auf. »Ich muss los!«
»Wohin?«
»Weg!«
»Dann komme ich mit.«
»Das können Sie halten, wie Sie wollen«, schnauzte sie und lief durchs Wohnschlafzimmer in den Flur, wo sie einen abgewetzten Mantel von der Garderobe riss. Sie schlüpfte hinein und verschwand im Treppenhaus. Albrecht hatte Mühe, ihr zu folgen, denn seine

Hüfte und sein Ellbogen schmerzten immer noch von dem Stunt des vergangenen Abends. Er zog die Wohnungstür hinter sich zu, humpelte hinunter, und ehe er den Fischgestank auf der Treppe überhaupt wahrnahm, stand er schon neben der Lamprecht vor dem Haus.

»Wohin wollen Sie?«, fragte er. »Ich bin mit dem Wagen da.« Er deutete auf die andere Straßenseite, wo sein Alfa Romeo halb auf dem Gehweg geparkt war.

»Nein, danke«, antwortete sie und bedachte den Sportwagen mit skeptischem Blick. »Wenn Sie so *fahren*, wie Sie *sind*, dann bevorzuge ich die BVG.« Und im selben Moment lief sie zu einer nahe gelegenen Bushaltestelle, an der bereits ein Doppeldecker der Linie 129 wartete. Im letzten Moment erreichte sie den Bus und stieg hinten ein, bevor sich die Tür mit einem Zischen schloss. Albrecht stand draußen und klopfte an die Scheibe. Die Lamprecht zuckte mit den Schultern, doch wie von Zauberhand ging die Tür erneut auf. Eine dauergewellte Frau hatte auf den Knopf gedrückt und wandte sich an Albrecht: »Draußen wär auch 'n Knopp gewesen.« Er nickte und stieg ein.

»Haben Sie überhaupt einen Fahrschein?«, fragte die Lamprecht und quetschte sich an einem Kinderwagen vorbei zur Treppe und dann ins Oberdeck, wo sie sich auf die nächstbeste Bank fallen ließ. Albrecht setzte sich neben sie und berührte dabei versehentlich mit der Hand ihr Knie. Er zuckte zurück, als habe er sich verbrannt. Das irritierte ihn, und er war froh, dass sie die Berührung gar nicht bemerkt hatte.

»Warum finden Sie mich eigentlich so eklig?«, fragte er.

»Sie haben mich meinen Job gekostet. Und es war ein guter Job.«

»Ich sagte bereits, dass es mir Leid tut«, erwiderte er, »aber ich hab an dem Abend auch etwas verloren: meine Frau. Sie will sich scheiden lassen.«

»Nehmen Sie's nicht persönlich«, antwortete sie und starrte aus dem Fenster, »aber ich kann Ihre Frau verstehen.«

»Danke!«

»Gerne.«
Und damit war das Gespräch fürs Erste beendet.
Der Bus fuhr die Oranienstraße entlang in Richtung Görlitzer Bahnhof. Moritzplatz, Oranienplatz, Adalbertstraße. Schließlich fragte Albrecht: »Woher kennen Sie diesen Robert?«
»Er war Stammkunde im ›Peru‹.«
»Und er fühlt sich als Ihr Beschützer?«
»Er kann mich gut leiden.«
»Und Sie?«
»Er ist ein lieber Kerl«, sagte sie, als sei dies eine Antwort auf seine Frage.
Albrecht wusste, was es bedeutete, wenn Frauen einen Mann als lieb beschrieben: Er war langweilig, uninteressant und sexuell reizlos.
»Ihr lieber Kerl verschickt Briefbomben«, sagte er.
»Sie sehen nicht so aus, als habe die angebliche Bombe Ihnen wehgetan.«
»Mir nicht«, antwortete er, »aber der Obdachlose, der den Umschlag aus dem Abfalleimer gefischt hat, hat sich ziemlich die Flossen verbrannt.«
»Oh!«, rief sie und sprang auf, aber Albrecht war sich nicht sicher, ob der Ausruf dem Obdachlosen oder der Haltestelle galt. »Heinrichplatz«, sagte sie. »Ich muss raus!«
Albrecht drückte auf den Knopf, bahnte sich und der ihm folgenden Lamprecht einen Weg nach draußen, wobei er gezwungen war, der Frau mit dem Kinderwagen hinauszuhelfen, und sah sich auf dem Gehweg suchend um.
»Wohin wollen Sie eigentlich?«
»Ich hab ein Vorstellungsgespräch«, sagte sie und deutete auf die gegenüberliegende Seite des Platzes. »Im ›Goldenen Hahn‹ wird eine Tresenkraft gesucht.«
Albrecht blickte über den Platz, sah einige nette und weniger nette Cafés und blieb schließlich an einer Schultheiß-Eckkneipe hängen. Der Laden sah von außen nicht gerade einladend aus, keine an-

gesagte Kreuzberger Szenekneipe, kein alternatives Café mit vegetarischem Frühstück, eher ein Treff für morgendliche Kampftrinker.

»Diese Spelunke?«, fragte Albrecht.

»Die Wirtin soll sehr nett sein«, erwiderte die Lamprecht und hechtete über die Straße. »Ein Freund hat mir den Tipp gegeben.«

»Wenn Sie wollen, könnte ich beim Sender fragen, ob die einen Job für Sie haben. Da werden immer mal wieder Leute gesucht, die nicht auf den Mund gefallen sind. Ich könnte Sie in die Nachrichtenredaktion mogeln.«

»Nein, danke«, antwortete sie und stand nun vor dem Eingang der Kneipe, »ich möchte nirgendwohin gemogelt werden. Mit Ihrem schlechten Gewissen werden Sie sich also noch eine Weile herumplagen müssen.« Sie lachte und setzte hinzu: »Außerdem mag ich es, in Kneipen zu arbeiten. Ich kann die Leute nicht leiden, die immer behaupten, sie wären *eigentlich* was anderes. Künstler, die ihre hehre Kunst durch Kneibenjobs finanzieren, oder Studenten, denen das Bafög oder das Geld der Eltern nicht reicht. Ich bin gerne Kellnerin. Und ich bin gut darin. Warum sollte ich mich dafür schämen?«

Albrecht war sprachlos, sah sie an, als habe er gerade eine Erleuchtung gehabt, und zog seine Thälmann-Mütze.

»Was soll das nun wieder?«

»Mein Respekt«, sagte er.

»Wenn Sie meinen«, antwortete sie und betrat den »Goldenen Hahn«.

Albrecht hatte das Gefühl, irgendetwas vergessen zu haben.

Nach wenigen Sekunden öffnete sich die Kneipentür erneut, und das bleiche, runde Gesicht mit den großen Augen schaute heraus.

»Versprechen Sie mir, Robert nicht allzu weh zu tun?«, fragte sie.

»Nicht *allzu*?«, wiederholte Albrecht verwundert.

»Nur so viel, dass er merkt, dass er mich in Ruhe lassen soll.«

»Verstehe«, sagte Albrecht und nickte. »Versprochen.«

Und dann gab sie ihm den Nachnamen und die Adresse.

4

Warum dachte er ausgerechnet jetzt an Emily und Felge und wann sie wohl das erste Mal miteinander geschlafen hatten? Die Frage hatte er sich schon oft gestellt, unzählige Male, das Wann und Wie erschien ihm mitunter wichtiger als das Warum. Wie lange hatte Emily ihn schon hintergangen, bevor sie ihm (sinnigerweise in der Adventszeit) alles gebeichtet hatte? Wann hatte Felgenhauer sie zum ersten Mal geküsst? In welchem Monat, an welchem Tag, in welcher Nacht hatten sie sich zu ihrem ersten geheimen Rendezvous getroffen? Und wo? Von Emily hatte er keine Antwort auf diese Fragen erhalten. Das sei doch jetzt nicht wichtig, hatte sie gesagt und nicht begriffen, dass es durchaus von Bedeutung war. Für Albrecht. Wie ein Masochist hatte er alle Details erfahren wollen, jede banale Kleinigkeit, das ganze widerliche Prozedere des Betrugs, obwohl er es doch nicht ertragen hätte, es aus Emilys Mund zu hören. Waren sie gleich beim ersten Mal miteinander ins Bett gestiegen oder hatten sie es aus Rücksicht oder Vorfreude erst beim zweiten oder dritten Mal getan? Hatte sie schon währenddessen ein schlechtes Gewissen gehabt oder erst danach? Oder nicht einmal das? Er hatte gebohrt und nachgehakt, ja, beinahe gebettelt. Emily hatte erst »Please!« gesagt und dann auf stur geschaltet, und schließlich hatten sie sich gestritten und gegenseitig beschimpft. Wie so oft in den vergangenen Monaten. Am Silvesterabend war Emily dann plötzlich ausgezogen und hatte Albrecht mit seinen sinnlosen Vermutungen allein gelassen. Wie ein Hund, der sich in den eigenen Schwanz beißt, hatte er sich fortan im Kreis gedreht. *Wann und wie und wo?* Bei ihm oder bei ihr? Vor oder nach der Geburtstagsfeier? Wenn sie vor der verdammten Party im Sommer schon ein Verhältnis gehabt hatten, wo hatten sie sich kennen gelernt? Und durch wen?

Er seufzte.

»Hast du was gesagt?«, fragte Martin Brandt neben ihm.

»Ich habe geseufzt«, murmelte Albrecht abwesend.

»So schlecht finde ich ihn gar nicht«, sagte Martin und wandte sich wieder dem Geschehen auf der Leinwand zu. »Zumindest besser als sein letzter Film.«
»Psst!«, zischte jemand in der Reihe hinter ihnen.
Es war kurz nach Mittag, und Albrecht saß in einer völlig überfüllten Sondervorführung eines deutschen Wettbewerbbeitrags, der zwar von einem vielversprechenden und hoch gehandelten Jungregisseur stammte, sich aber zusehends als peinlich abgedroschene Liebesschmonzette und blutleeres Kunsthandwerk entpuppte. Die hölzernen Dialoge ächzten vor Bedeutungsschwere, die Melodramatik erschien aufgesetzt und symbolisch überfrachtet, die leidenschaftlichen Gefühle wirkten unecht, und die Tatsache, dass das Ganze in der farbenprächtigen Provence spielte, machte das Desaster kaum erträglicher. Kein Wunder, dass Albrecht an Emily dachte. Auch ihr glaubte er kein Wort, wenn sie von ihrer Liebe zu Felgenhauer sprach. Es ging nicht um Felge, undenkbar! Es ging um Albrecht. Oder es ging eben nicht mehr um ihn. Und das war das eigentlich Schlimme!
»Kannst froh sein, dass ich ’nen Platz freigehalten hab«, sagte Martin, lehnte sich zurück und schlug die Beine übereinander.
»Hmm«, machte Albrecht und nickte, obwohl es ihm schwerfiel, Dankbarkeit zu empfinden.
»Wollte den Platz schon freigeben.«
»Psst!«, kam es nun von vorne.
Wegen seines morgendlichen Ausflugs nach Kreuzberg war Albrecht zu spät zu der Vorstellung im CinemaxX gekommen. Als er schwitzend und außer Atem vor dem Kino 7 ankam, wurde der Saal gerade abgedunkelt, und immer noch wartete ein Pulk von Journalisten auf Einlass. Das Kino sei voll, sagte ein Rotkarierter und hob bedauernd die Achseln, es dürften leider keine weiteren Personen eingelassen werden. Wegen der Brandvorschriften.
Albrecht zwängte sich durch die Menge, baute sich vor dem Mann auf, nickte ihm freundlich zu und steckte ihm einen Zehner in die Seitentasche des Sakkos.

»In Ordnung, einer noch«, sagte der Rotkarierte und ließ ihn hinein.
Die Menge murrte, jemand rief: »Buuh!«, dann wurde die Tür geschlossen.
Als Albrecht sich an die Dunkelheit im Saal gewöhnt hatte, musste er entnervt feststellen, dass alle Sitze belegt waren. Einige Kollegen hatten es sich bereits auf der Treppe bequem gemacht, andere standen seitlich an der Wand. Da es sich um eine zusätzliche Sondervorführung ausschließlich für die Presse handelte, waren keine Plätze für die Jury reserviert, so dass Albrechts übliche Vorgehensweise nicht funktionierte. Einen Moment lang dachte er daran, auf der Stelle umzukehren, doch er konnte es sich nicht erlauben, noch einen Film zu verpassen, und so suchte er nach einem günstigen Treppenplatz, als es plötzlich durch den Saal schallte: »Albrecht! Hier!«
Albrecht fuhr zusammen, machte einen Schritt zurück und trat einem auf dem Boden sitzenden Mann auf die Hand.
»Pass doch auf, du Arsch!«
»'tschuldigung«, murmelte er.
»Jetzt setz dich endlich!«, rief ein anderer. »Du stehst im Bild.«
Die Stimmung im Saal war offenkundig nicht die beste, kein gutes Omen für den Film. Der Vorspann lief bereits, jedoch ohne Ton. Und wieder schallte es durchs Kino: »Hey, Albrecht, hier ist noch 'n Platz! »
Am liebsten wäre er vor Scham im Boden versunken. Belustigte oder abfällige Kommentare waren zu hören, und Albrecht hatte das Gefühl, als starre ihn das gesamte Publikum an, obwohl das wegen der Dunkelheit gar nicht möglich war. Er sah Martins eifriges Winken in der dritten Reihe, und bevor der erneut durch den Saal grölen konnte, kämpfte sich Albrecht zu ihm durch.
»Wieso ist da noch ein Platz frei?«, empörte sich ein Treppensitzer.
»Ätzend, dieses Freihalten!«, schimpfte eine Frau.
Zum Glück setzte in diesem Moment die Musik ein, und Albrecht ließ sich schnaufend neben Martin in den Sessel fallen.

»So 'n Glück, was?«, begrüßte ihn Martin. »Eigentlich hatte ich für 'nen Kollegen freigehalten, aber dann hab ich dich gesehen. Sonst säßte jetzt auf der Treppe.«
»Ja«, sagte Albrecht und verschwieg, dass ihm dies beinahe lieber gewesen wäre. »Glück gehabt.«
Auf der Leinwand wurden derweil tiefschürfende Gespräche über das Wesen der Liebe und die Erfüllung im gemeinsamen Tod gehalten, man sank sich unter blühenden Obstbäumen in die Arme und blickte in blutrote Sonnenuntergänge, die vermutlich das unvermeidlich tragische Ende symbolisieren sollten. Romeo und Julia in Südfrankreich. Und Albrecht dachte an den dummen Zufall, der ihm die Augen geöffnet hatte.
Natürlich hatte es schon seit längerem die üblichen Hinweise gegeben. Zu viele Überstunden, die jedoch plausibel zu erklären waren, da in den letzten Monaten vor der Berlinale die Arbeit erfahrungsgemäß überhand nahm. Oftmaliges sexuelles Desinteresse (wegen der vielen Überstunden) und minutenlanges, abwesend und leicht debil wirkendes Grinsen. Plötzliches Erröten ohne erkennbaren Grund und der nicht zu kontrollierende Drang, den Namen des Geliebten zu nennen, wie eine verbale Ersatzbefriedigung. Heinrich hier, Heinrich da. Aber immer aus nichtigem Anlass, wie beiläufig, unwichtig. Heinrich hat sich ein neues Auto gekauft, Heinrich fährt über die Weihnachtstage in die Schweiz, Heinrich hat jetzt auch eine Putzfrau. Banalitäten, ohne hörbare Betonung vermeldet, nur mit leichten roten Flecken auf den Wangen. Albrecht hatte alle diese Zeichen übersehen und überhört. Der Gedanke, Emily könne ihn betrügen, war so abwegig und ihm so fremd wie die Vorstellung, *er* könne sie mit einer anderen Frau hintergehen. Albrecht und Emily waren ein Paar, und das würden sie den Rest ihres Lebens bleiben, das stand für ihn fest. Sie waren füreinander geschaffen, ein Traumpaar, wahre Liebe, die gegenseitige Erfüllung. So sah er es zumindest. Und dass ausgerechnet ein einfältiger Pinsel wie Felgenhauer dieses scheinbar auf festen Fundamenten stehende Gebäude zum Einsturz brachte, entbehrte

nicht der unfreiwilligen Komik. Seit der Gartenparty im Sommer ging der Ost-Orthopäde bei ihnen ein und aus, »unseren Freund Heinrich«, nannte Emily ihn, obwohl sie wusste, dass Albrecht ihn nicht ausstehen konnte. Nicht Felge! Bitte nicht dieser alt gewordene Berufsjugendliche mit seinem jovialen Gehabe! Albrecht wollte es nicht wahrhaben, sträubte sich gegen den Gedanken, obwohl die Beweise längst auf der Hand lagen. Er ignorierte sie, misstraute den eigenen Augen, glaubte nicht, was er hörte. Dabei wusste er seit Anfang Dezember Bescheid.

Emily war nicht in Berlin gewesen. Sie hatte mit Wieland Speck einige Sichtungstermine in England, gemeinsam wollten sie mit Regisseuren über Filme sprechen, die noch nicht fertig waren, aber im Panorama gezeigt werden sollten. Speck legte Wert darauf, eine Art Panorama-Familie um sich zu scharen, damit unbekannte Filmemacher, die später zu internationalen Stars wurden, ihre Filme weiterhin in seiner Sektion der Berlinale zeigten.

Für Albrecht waren Emilys Reisen in den Monaten vor den Festspielen nichts Besonderes oder Besorgniserregendes, an ihrer Treue zweifelte er nicht. Wieso sollte er? Sie sagte: »Ich muss mit Wieland nach London.« Und er antwortete: »Wann kommst du zurück?« Und wenn es sich zeitlich einrichten ließ, holte er sie mit einem Strauß Blumen vom Flughafen Tegel ab. Nichts Besonderes. Routine. Doch diesmal war alles anders, denn auch Albrecht musste plötzlich beruflich reisen.

Für ein äußerst kurzfristig angesetztes Interview mit Michael Winterbottom flog Albrecht samt Kameramann nach London, um den britischen Regisseur in einem Hotel in der Holland Park Avenue, südlich von Notting Hill, zu treffen. Albrecht hatte das »King George VI Memorial« mit Bedacht vorgeschlagen, weil er wusste, dass Emily und Wieland dort für gewöhnlich abstiegen, wenn sie den jungen englischen Filmemachern Honig um den Bart schmierten. Um seine Frau zu überraschen, hatte er die Reise nach London nicht telefonisch angekündigt. Sie würde Augen machen, wenn er plötzlich in der Hotelbar neben ihr stünde! Doch die Überraschung erlebte *er*, als er bei seiner Ankunft im Hotel Wieland Speck mit Michael Winterbottom beim gemeinsamen Bitter an der Bar traf. Offensichtlich war Winterbottom einer der Regisseure, wegen denen Wieland und Emily nach London gereist waren. Von Emily war jedoch weit und breit nichts zu sehen. Sie sei in Holborn oder so, um Verwandte zu besuchen, erklärte Speck nach dem üblichen Austausch von Höflichkeitsfloskeln. Aha, dachte Albrecht und wunderte sich, weil er von diesen Verwandten noch nie etwas gehört hatte. Emily war Schottin, zumindest ihr Vater war es, und so weit Albrecht sich erinnerte, lebten alle Macphersons im schottischen Teil des britischen Empires. In Glasgow oder Umgebung. Seltsam.

Er machte mit Winterbottom eine Zeit für das Interview aus, entschuldigte sich bei Speck und ging auf sein Zimmer. Dann rief er Emily auf ihrem Handy an.

Es dauerte sehr lange, bis sie abnahm.

»Hi, ich bin's«, sagte er.

»Oh«, erwiderte sie und lachte ein wenig gezwungen (oder erschien ihm dies nur so?). »Hello, darling.«

»Na, wo steckst du gerade?«

»Im Hotel«, antwortete sie. »Aber der Moment ist ein wenig ungünstig. Ich bin mitten in einer Besprechung.«

»Mit Wieland?«

»Der ist auch dabei. Natürlich.«

»Gib ihn mir mal!«

»Was?«

»Ich muss mit ihm etwas besprechen«, sagte Albrecht, »wegen meiner Sendung. Gib ihn mir bitte!«

»Der Zeitpunkt ist wirklich ziemlich …«

»Inconvenient?«, fragte Albrecht.

Pause.

»Verstehe«, sagte er, und mit Mühe setzte er hinzu: »Rufst du mich an?«

»Sicher, Schatz!«

»Tschüs.«
»Bye.«
Und dann warf Albrecht das Telefon an die Wand.
»Ich glaube, du hast Recht«, riss Martin ihn aus seinen Gedanken.
Albrecht zuckte zusammen und stieß einen leisen Schrei aus, der ein promptes »Psst!« von vorne und hinten zur Folge hatte.
»W-was?«, stammelte er.
»Deine Kritik«, flüsterte Martin, »ich glaube, du hast an einigen Punkten Recht. Ich sollte ein oder zwei Stellen etwas zuspitzen.«
»Wovon redest du?«
»Von ›Tot und Mordschlag‹, wovon denn sonst?« Martin zog eine Flappe, die der Sonnenuntergang auf der Leinwand orangerot erleuchtete. »Der dritte Akt ist nicht stark genug, die *plot points* stimmen nicht.«
»Plot points?«, wunderte sich Albrecht. »Wo hast du das denn her?«
»Linda Seger«, antwortete Martin.
»Oh Gott«, murmelte Albrecht und verdrehte die Augen. Seine Meinung über die amerikanische Drehbuch-Päpstin stand seit langem fest. Nicht dass diese Seger unbedingt und durchweg Unsinn schrieb, aber das Fatale war, dass jeder Idiot glaubte, er könne einen Kassenschlager fabrizieren, wenn er sich nur an die goldenen Wie-schreibe-ich-ein-erfolgreiches-Drehbuch-Regeln hielt. Erster Akt, zweiter Akt, dritter Akt, ein paar Wendepunkte, ein Trauma aus der Vergangenheit, das in der Gegenwart angegangen wird, und fertig ist das perfekte Script. Zum Kotzen!
»Findest du nicht?«
»Doch, doch«, grummelte Albrecht. »Spitz du nur deine ein, zwei Stellen zu.«
»Wie meinst ’n das?« Martins Stimme hatte nun einen seltsamen Unterton. Er klang beleidigt und zugleich erbost. »Findest du es so schlecht?«
»Ach was«, log Albrecht.
»Jetzt spuck’s schon aus, Herr Besserwisser!«

Ein energisches »Ruhe bitte!« von der Seite ersparte Albrecht eine Antwort. Er wunderte sich lediglich über Martins Ausbruch, starrte zur Leinwand und erkannte, dass er den Überblick über das Geschehen verloren hatte. Wer war denn der Kerl nun wieder? Und wieso hatte der Held plötzlich keine Haare mehr auf dem Kopf? Wie hieß der noch mal?

Namen!

Während des Interviews mit Michael Winterbottom waren ihm alle denkbaren Namen durch den Kopf geschossen. Sämtliche Arbeitskollegen von Emily paradierten an Albrechts innerem Auge vorbei, selbst die bekennend homosexuellen waren ihm plötzlich verdächtig. Gab es so etwas wie *Coming in*? Und dann unterlief ihm ein peinlicher Fehler. Als er vor Jahren während einer Berlinale mit Jupp in einen Winterbottom-Film gegangen war, hatte der sich vor Lachen geschüttelt. »Winterbottom?«, hatte er gefragt. »Wie in ›Dinner for one‹?«

Und so sagte Albrecht nun vor laufender Kamera: »Mr. Pommeroy.«

»Beg your pardon«, antwortete Winterbottom. »My name is …«

»Felgenhauer!«

Heinrich hier, Heinrich da!

Albrecht konnte sich anschließend nicht daran erinnern, wie er das Interview zu Ende gebracht hatte, aber dem irritierten Blick Winterbottoms und dem belustigten Kopfschütteln des Kamermanns war zu entnehmen, dass es eine Katastrophe gewesen sein musste. So schlimm, dass es nie gesendet wurde. Albrecht stürzte auf sein Zimmer, um zu telefonieren, und gleich darauf zurück in die Bar, weil das Telefon auf seinem Zimmer in Stücken vor der Wand lag. Er lieh sich von dem Kameramann das Handy (er hasste die Dinger und erwarb sein eigenes erst später, nicht zuletzt aufgrund der hier geschilderten Ereignisse), erfragte über die deutsche Auskunft die Nummer des Kreuzberger Urban-Krankenhauses, ließ sich mit der orthopädischen Abteilung verbinden und landete in der Chirurgie. Er gab sich als Dr. Bachmann von der Berliner Ärztekammer aus und fragte nach dem werten Kollegen Felgenhauer. Der Doktor sei im Moment nicht zugegen, antwortete die Frau am Telefon. Wo er sich denn aufhalte, hakte er nach, es sei wirklich sehr wichtig. Ob man ihn vielleicht über die Privatnummer erreichen könne. Die Frau antwortete verlegen, Doktor Felgenhauer sei ihres Wissens derzeit gar nicht Deutschland. Er habe ganz kurzfristig nach London fliegen müssen. Was Familiäres.

»Verstehe«, sagte Albrecht und drückte auf die Off-Taste. In einem ersten Reflex wollte er auch dieses Telefon zertrümmern, doch dann erinnerte er sich daran, dass es ihm nicht gehörte (was ihn allerdings beim ersten Mal auch nicht gehindert hatte).

»Alles klar?«, fragte der Kameramann. »Du siehst blass aus.«

»Es ist nichts«, murmelte Albrecht, reichte ihm das Handy und schluckte einen Brechreiz hinunter. Galliger Geschmack legte sich ihm auf die Zunge. Gott, wie widerlich! Doch dann dachte er: Ach was, es wird schon eine Erklärung dafür geben. Eine ganz harmlose. Die Erklärung folgte auf dem Fuße.

Natürlich hatte Wieland Emily von Albrechts Auftauchen in London unterrichtet, und sie hatte sofort begriffen, was es mit seinem Anruf auf sich gehabt hatte. Sie war bei einer Lüge ertappt worden, und die Geschichte, die sie Albrecht nach ihrer Rückkehr auftischte, klang eigentlich sehr überzeugend. Sie habe auf der New Oxford Street einen alten Schulfreund, einen ehemaligen Lover, getroffen (»Du kennst ihn nicht, es ist ein sehr alter Freund«) und sich mit ihm auf ein Glas Bier verabredet und über alte Zeiten geplaudert (»Den Namen des Pubs hab ich vergessen«). Da sie gewusst habe, wie eifersüchtig Albrecht sei, habe sie ihm am Telefon vorgeflunkert, sie sei bei Wieland im Hotel. Und Wieland habe sie erzählt, sie besuche Verwandte, um erst gar keine Gerüchte aufkommen zu lassen. Alles ganz harmlos, und es tue ihr Leid, dass sie ihn angelogen habe.

»Sorry, darling!«

Eine sehr schöne Geschichte, die nur einen Haken hatte: Albrecht *war* nicht eifersüchtig, war es nie gewesen. Das Gefühl war ihm

bislang gänzlich fremd gewesen. Und Emily wusste das. Warum also sollte sie ihm eine unnötige und überflüssige Lüge auftischen? Hätte sie am Telefon gesagt, sie sitze mit einem ehemaligen Liebhaber in einem zwielichtigen Etablissement im Rotlichtviertel von Soho, so hätte Albrecht nur gelacht und ihr viel Spaß gewünscht. Unfug! Eine weitere Lüge. Dennoch schwieg er, sagte kein Wort, ließ sie in dem Glauben, ihn beruhigt zu haben.
»No hard feelings?«, fragte sie.
»Ich liebe dich«, sagte er, als sei dies eine Antwort auf ihre Frage. Heute ärgerte er sich über seine Reaktion, sein *Nicht*-Reagieren, aber damals schien es ihm die einzig sinnvolle Verhaltensweise zu sein. Was man nicht aussprach und in Worte fasste, existierte nicht. Genauso wie eine Briefbombe erst real wurde, wenn eine Stimme am Telefon sagte: »Beim nächsten Mal bist du dran!«, so wurde ein Ehebruch erst wirklich, wenn man ihn aussprach, thematisierte und er sich damit nicht mehr aus der Welt schaffen ließ. So angriffslustig und kämpferisch er sich bei seinen Filmkritiken gab, so konfliktscheu und feige war er im Privatleben, dessen war er sich schmerzlich bewusst. Bei Fremden fuhr er gern die gewaltigsten Geschütze auf, doch bei Menschen, die ihm wirklich etwas bedeuteten, fehlten ihm die Worte. Albrecht war sicher, er würde Emily verlieren, wenn er ihr eine Szene machte. *Mit Worten läßt sich trefflich streiten.* Darum schluckte er den Ärger hinunter und bemühte sich um sie, als habe er sie bereits verloren. Er war aufmerksam und lieb, massierte ihr den Rücken und las ihr aus der Zeitung vor. Was nur dazu führte, dass das klärende Gewitter noch zwei Wochen auf sich warten ließ. Als der Blitz schließlich einschlug und sie ihm alles beichtete, hatte Albrecht nicht nur Emily verloren, sondern auch seine Selbstachtung. Denn nun log er, spielte den Überraschten, wie in einer Schmierenkomödie.
Liebe war schon ein Scheißspiel!
»Wohin gehst du?«, fragte Martin Brandt, als Albrecht neben ihm aufstand.
»Weg«, sagte er und nahm seinen Mantel.

»Jetzt?«, wunderte sich Martin. »Der Film ist doch noch gar nicht zu Ende.«
»Es wird Zeit«, antwortete Albrecht und erwartete nicht, dass der andere ihn verstand.

5

Albrecht hatte den ehemaligen Schöneberger Gasometer noch nie aus der Nähe gesehen, er wusste nicht einmal, ob »Gasometer« die korrekte Bezeichnung für die kreisrunde, fast achtzig Meter hohe Stahlkonstruktion war, aber er starrte fasziniert auf das Gebilde, das wie das Skelett eines Industrialisierungsdinosauriers direkt vor ihm in den Himmel ragte. Er mochte alte Industriebauten und konnte ihnen weit mehr abgewinnen als den üblichen Sehenswürdigkeiten wie Kirchen oder Schlössern. Bei seinem letzten Besuch im Ruhrgebiet hatte er sich stundenlang und mit beinahe religiöser Andacht die stillgelegten Zechen mit ihren gewaltigen Fördertürmen angeschaut, in London war es ihm ähnlich mit dem vierschlotigen Battersea-Kraftwerk gegangen (das er von dem Cover eines *Pink Floyd*-Albums kannte), und als Kind hatte er nie verstanden, warum man als Wahrzeichen seines Heimatdorfes die langweilige Kirche mit ihrem Stufengiebel und nicht die Ziegelei mit ihrem majestätischen Schornstein ausgewählt hatte. Vermutlich, weil die Kirche immer noch stand, die Ziegelei aber inzwischen samt Schlot dem Erdboden gleich gemacht worden war.
Er stand vor dem Haus in der Cheruskerstraße, Ecke Torgauer Straße, aber von einer Ecke konnte eigentlich keine Rede sein. Das Haus war abgerundet, die Fassade beschrieb einen Bogen, und es war nicht ganz klar, wo die Cheruskerstraße aufhörte und die Torgauer Straße anfing. »Bäuerle«, las er auf dem Klingelschild. Er klingelte, wartete, klingelte erneut. Nichts geschah. Vielleicht hätte er vorher anrufen sollen. Mittlerweile hatte er ja Übung darin, sich als ein anderer auszugeben.

»Entschuldigung«, hörte er eine Stimme hinter sich. »Darf ich?« Albrecht trat zur Seite, ließ den jungen Mann vorbei, der bereits seinen Haustürschlüssel gezückt hatte, und ehe er die Baseballmütze und das Rapper-Bärtchen erkannte, hatte der Kerl schon auf dem Absatz kehrtgemacht und war die Torgauer Straße hinuntergerannt. Verflucht! Albrecht hasste sportliche Aktivitäten, und so ganz wollte ihm Bäuerles panisches Verhalten nicht einleuchten, schließlich kannte Albrecht dessen Adresse, was nutzte also das Weglaufen? Dennoch rannte er ihm hinterher. Wie ein Hase schlug Bäuerle Haken, wechselte nun auf die andere Straßenseite, die von heruntergekommenen Gewerbehöfen und Kfz-Werkstätten bestanden war, und lief in östlicher Richtung davon. Hinter ihm donnerte eine rote Schlange der S-Bahn auf der Ringbahn gen Westen. Albrecht sprintete mit gerafftem Mantel und gerötetem Gesicht über die Straße, doch der Abstand zwischen ihm und dem Flüchtenden wurde stetig größer. Robert Bäuerle hatte inzwischen die Naumannstraße erreicht, bog rechts ab und lief unter der S-Bahn-Brücke in Richtung Sachsendamm. Eine unwirtliche Gegend. Geradeaus ging es zur Autobahn, Stadtring Süd, links ragten Baukräne in den Himmel, und rechter Hand befand sich der Recyclinghof der Berliner Stadtreinigung. Wo, zum Teufel, wollte der Kerl hin? Im selben Moment sah Albrecht das weiße S auf grünem Grund: S-Bahnhof Papestraße.

Er rannte über die Straße, folgte einem gepflasterten Ziehweg, lief über eine Fußgängerbrücke, stolperte Treppen runter und wieder rauf, kämpfte sich mit zunehmend schweren Beinen durch eine Unterführung und landete schließlich auf dem Bahnsteig der S-Bahn-Linie 2. Eine rot-ockerfarbene Bahn stand abfahrbereit auf dem linken Gleis. Richtung Blankenfelde. Ein Warnsignal ertönte, rote Lichter blinkten neben den Türen, die sich kurz darauf schlossen. Robert Bäuerle sprang im letzten Moment in einen der vorderen Waggons und zeigte Albrecht, der schwer keuchend und mit stechenden Seiten auf dem Bahnsteig stand, den Stinkefinger.

Arschloch, las Albrecht durch die Scheiben auf Bäuerles Lippen.

Ein hydraulisches Zischen ließ das triumphale Grinsen in dessen Gesicht verdorren. Die Türen öffnete sich wieder, und aus dem Fenster des Triebwagens schaute ein freundlich lächelndes Gesicht.
»Nu aber fix«, sagte der Lokführer, und Albrecht fragte sich, ob man bei der S-Bahn überhaupt von einer Lok sprach.
Er bedankte sich mit einem Nicken und stieg ein. Das Warnsignal ertönte, die Lichter blinkten, die beiden Türhälften schoben sich zusammen und rasteten ein, und Albrecht sagte atemlos: »Selber Arschloch!«
Robert Bäuerle sah ihn einen Moment lang mit aufgerissenen Augen und wie paralysiert an, dann rannte er plötzlich davon. Bei der S-Bahn handelte es sich um die moderne Variante, bei der mehrere Waggons wie bei einer Ziehharmonika miteinander verbunden waren. Nicht schon wieder, dachte Albrecht, und er fragte sich, wann sie diese Art der Züge eingeführt hatten. Als er zuletzt mit der S-Bahn gefahren war, hatten die Waggons noch hölzerne Sitze gehabt und die Türen waren während der Fahrt zu öffnen gewesen. Keine rot blinkenden Lichter, keine akustischen Warnsignale, keine Ansagen von Band, die den nächsten Bahnhof ankündigten, keine verdammten Verbindungen zwischen den Wagen.
»Was soll denn der Mist?«, rief Albrecht dem Flüchtenden hinterher und folgte ihm in gemächlichem Tempo. Er atmete tief durch, hielt sich die Seite und setzte hinzu: »Benimm dich nicht wie ein kleines Kind und hör endlich mit dem albernen Gerenne auf! Wir sind hier nicht beim Istaf.«
Bäuerle schaute kurz über seine Schulter und stürzte im nächsten Augenblick über ein Mountainbike, das mitten im Gang abgestellt war. Bevor er sich wieder aufgerappelt hatte, hatte Albrecht ihn am Kragen gepackt und in die Höhe gehievt. Der Kerl war leicht wie eine Feder.
»Schluss mit dem Unsinn!«, fauchte Albrecht.
»Hilfe! Überfall! Helfet Se mir«, schrie Bäuerle und wandte sich wortreich jammernd und in breitestem Schwäbisch an die übrigen Fahrgäste, die sich jedoch nur noch intensiver ihren Zeitungen

widmeten oder der Musik aus dem Walkman lauschten. »Jetz glotzet Se doch net oifach vor sich na!«
Nur der Besitzer des Mountainbikes war aufgesprungen, hatte sein Rad in Sicherheit gebracht und bedachte Bäuerle mit einem: »Pass doch uff!«
»Bitte helfet Se mir!«, wiederholte der Schwabe.
»Jetzt reicht's!«, platzte Albrecht endgültig der Kragen. »Willst du Blödmann wirklich, dass ich die Bullen kommen lasse? Das kann ich mir kaum vorstellen, Mister Bombastic. Also halt endlich dein Maul und hör mir zu!«
Bäuerle öffnete den Mund zu einer Antwort, blieb aber stumm.
»Wat 'n nu?«, erkundigte sich der Mountainbiker.
»Es ist alles in Ordnung«, antwortete Albrecht.
»Kenn ick Sie nicht irgendwoher?«, fragte der Mann.
»Kaum anzunehmen.«
»Na, denn«, sagte der Radfahrer und trollte sich.
Albrecht atmete erleichtert auf, als die S-Bahn in diesem Moment in den Bahnhof Priesterweg einfuhr. Die Türen öffneten sich schnaufend, und Albrecht stieß Bäuerle auf den Bahnsteig, ohne jedoch seinen Griff am Revers der Lederjacke zu lockern.
»Was wollet Se denn von mir?«, fragte Bäuerle, während hinter ihm die roten Blinklichter das Abfahren der Bahn ankündigten.
»Dreimal darfst du raten.«
»Wo henn Se denn mei Adress her?«
»Franziska war so freundlich, sie mir zu geben«, antwortete Albrecht.
»Noi!«, entfuhr es Bäuerle, und er starrte sein Gegenüber ungläubig an.
»Auf Frauen ist eben kein Verlass«, antwortete Albrecht achselzuckend und hatte beinahe Mitleid mit ihm. Der Schwabe machte ein Gesicht, als habe er soeben den Glauben an die Menschheit verloren. Er ließ die Schultern hängen, schien wie in sich zusammengesunken und wirkte dadurch noch schmächtiger, als er ohnehin schon war. Bäuerle war etwa Anfang oder Mitte zwanzig,

wirkte aber wie ein Teenager. Sein Schnauz- und Kinnbart war kaum mehr als ein Flaum, die Hände waren zierlich wie die eines Mädchens, und sein Gesicht erschien seltsam konturlos. Wie ein überbelichtetes Portraitfoto. Hinzu kam, dass er mindestens einen Kopf kleiner war als Albrecht.

»Des hat sie nicht getan«, sagte Bäuerle flehentlich und beinahe auf Hochdeutsch. Vermutlich verfiel er nur dann in seinen Heimatdialekt, wenn er sehr aufgeregt oder nervös war. Albrecht erinnerte sich, dass der halslose Menger gesagt hatte, der Mann mit der Baseballkappe habe auffallend geschwäbelt, als er ihm die Bombe in die Hand gedrückt habe. »Baden-Württemberg«, hieß es in der Fernsehwerbung, »wir können alles außer Hochdeutsch.«

»Du gibst also zu, dass du die Bombe in mein Fach gelegt hast?«

»Bombe!«, rief Bäuerle abfällig. »Des Ding war doch völlig harmlos. Des sollte Ihnen nur einen Schreck einjagen.«

»Das sag bitte dem Obdachlosen, dem du die Hände verbrannt hast.«

Albrecht führte den Schwaben die Treppe hinunter, verließ die winzige Bahnhofshalle und drehte sich einmal um die eigene Achse, um sich zu orientieren. Hinter ihnen, auf der anderen Seite des Bahngeländes, überragte ein uralter, völlig verrosteter Wasserturm einen Birkenwald, und auf dieser Seite des Bahnhofs reihten sich mehrere Kleingartenkolonien aneinander. »Wiesengrund« stand auf einer hölzernen Hinweistafel, »Alte Ziegenweide« auf einer anderen. Ein verrostetes Eisenschild zur Linken wies den Weg zur Sternwarte und zum Planetarium am Insulaner.

»Versprichst du mir, nicht wieder den Emil Zatopek zu machen, wenn ich dich jetzt loslasse?«, fragte Albrecht.

»Wer ischen des?«, fragte Bäuerle.

»So was Ähnliches wie euer Dieter Baumann.«

Bäuerle schaute zunächst verständnislos, begriff dann und nickte.

Albrecht ließ ihn ihn los und deutete auf eine Kneipe mit Biergarten, die zur Kolonie »Alte Ziegenweide« gehörte und trotz der eisigen Temperaturen geöffnet zu sein schien. »Vielleicht bekom-

men wir da einen Grog, und dann erklärst du mir freundlicherweise, was der ganze Unfug soll.«
»Meinetwegen«, murmelte Bäuerle und trottete in geduckter Haltung neben Albrecht über die kopfsteingepflasterte Straße, die dem S-Bahnhof ihren Namen gegeben hatte.
Fünf Minuten später saßen sich die beiden auf Plastikstühlen im Biergarten gegenüber und schlürften gezuckerten Glühwein aus Styroporbechern. Grog gab es nicht. Der Inhaber des Ladens, ein großer Kerl mit Kaiser-Wilhelm-Bart, hatte Albrecht erklärt, die Gaststätte sei im Winter eigentlich geschlossen und werde nur zu besonderen Anlässen wie Geburtstagsfeiern oder Hochzeiten der Kleingärtner geöffnet. Heute sei so ein Tag, fuhr der mitteilsame Wirt fort, sein Sohnemann feiere am Abend den achtzehnten Geburtstag.
»Beneidenswertes Alter, was?«, fügte er seufzend hinzu.
Das konnte Albrecht nicht finden, sagte aber: »Sicher.«
»Sie können auch hier drinnen trinken«, meinte der Wirt, »wenn es Sie nicht stört, dass ich inzwischen ’n paar Girlanden aufhänge. Draußen sind keine Tische aufgebaut. Ist noch keine Saison.«
»Danke«, antwortete Albrecht kopfschüttelnd, »Tische brauchen wir nicht.« Er bezahlte den Glühwein, ging hinaus in die Kälte, setzte sich Bäuerle gegenüber auf einen Gartenstuhl und fragte: »Also?«
»Werden Sie die Polizei verständigen?«
»Das kommt ganz darauf an.«
»Ich wollte Ihnen wirklich nur einen Schrecken einjagen«, beteuerte Bäuerle und nippte an seinem Getränk. »Danke für den Glühwein.«
»Ich hab nicht gesagt, dass ich dich einlade.«
»Klar«, sagte Bäuerle und schaute Albrecht zum ersten Mal direkt ins Gesicht. »Es war doch nur wegen der Franziska. Weil sie wegen Ihnen entlassen wurde. Des fand ich so ungerecht, weil sie doch gar nichts dafür konnte. Ihr Freund hat sie angestoßen, darum hat sie den Kaffee verschüttet.«

»Er ist nicht mein Freund«, beeilte sich Albrecht zu sagen, obwohl es völlig unerheblich war.
»Trotzdem«, beharrte Bäuerle, »so geht man nicht mit Menschen um, finde ich. Auch wenn Sie ein Prominenter sind und sich vermutlich für arg wichtig halten. Des isch net anständig.«
»Und darum bastelst du Briefbomben? Ist das etwa anständig?«
»Eine blöde Idee, ich weiß«, gab der Schwabe zu. »Ich hab des Pulver aus den übrig gebliebenen Silveschterkrachern zusammengeschüttet und mit etwas Schwefel und Holzkohle gestreckt. Hätt gar net denkt, dass es funktioniert.«
»Und der Zünder?«
»Ich studiere Elektrotechnik.«
»Hmm«, machte Albrecht und war beinahe erleichtert. Die beiden Idioten von der Kriminalpolizei schienen tatsächlich Recht zu behalten. Ein dummer Jungenstreich. »Ein sehr böser und durchaus krimineller Scherz«, hatte einer der Beamten gesagt. »Aber wir glauben nicht, dass die Briefbombe irgendjemanden töten sollte.«
»Du wohnst noch nicht lange in Berlin?«, fragte Albrecht und verzog das Gesicht, als er den viel zu süßen Glühwein trank. Er hatte zu spät reagiert, als der Wirt zusätzlichen Zucker in die Fertigmischung geschüttet hatte.
Bäuerle schüttelte den Kopf.
»Und Franziska ist deine Freundin?«
Der Schwabe zögerte und zuckte dann mit den Schultern. »Des isch net ganz so oifach«, sagte er schließlich, »des mit der Franziska.«
Albrecht nickte. Das konnte er nur bestätigen.
»Bist du mir an jenem Morgen eigentlich gefolgt?«, fragte er. »Ich hab dich an der Imbissbude gesehen. Und als du an dem Nachmittag angerufen hast, wusstest du bereits, dass die Bombe den Falschen getroffen hatte.«
»Des mit dem anderen Mann tut mir Leid«, antwortete Bäuerle und stierte zu Boden. »Wissen Sie, dass es derselbe Mann war, der für mich den Brief im Pressezentrum abgegeben hat?«

Albrecht nickte.
»Ich kam gerade vom Potsdamer Platz und hab Sie zufällig am Imbiss stehen sehen«, fuhr Bäuerle fort und nahm einen großen Schluck. Im Gegensatz zu Albrecht schien ihm die Süße des Weins nichts auszumachen. »Da bin ich Ihnen gefolgt, um zu sehen, ob Sie ins Pressezentrum gehen. Als Sie stattdessen ins Kino gegangen sind, wollte ich schon verschwinden, aber dann sind Sie plötzlich mit diesem anderen Typen wieder rausgekommen. Mit dem Umschlag unterm Arm. Ich dachte, ich seh nicht richtig, denn ich hatte den Brief ja im Hyatt Hotel abgeben lassen.«
»Die Pressefächer sind nicht im Pressezentrum«, murmelte Albrecht.
»Des isch seltsam, oder?«
Albrecht zuckte mit den Schultern.
»Und als Sie den Brief in den Abfalleimer gesteckt haben«, sagte Bäuerle, »da wollte ich ihn wieder an mich nehmen. Aber der Obdachlose ist mir zuvor gekommen. Damit konnte ich ja nicht rechnen.«
Albrecht merkte, wie seine Wut verrauchte und sich in nichts auflöste. Er verspürte keinerlei Bedürfnis, seinem Gegenüber »eins vor die Glocke zu geben«, wie Jupp sich gestern so anschaulich ausgedrückt hatte. Eigentlich war dieser Bäuerle ein armer und bemitleidenswerter Wicht. Eine tragische Gestalt. Da spielte er sich als edler Ritter auf, um seine geliebte Prinzessin vor dem bösen Drachen zu beschützen, und die Prinzessin dankte es ihm, indem sie ihm den Drachen auf den Hals hetzte. »Nur so viel, dass er merkt, dass er mich in Ruhe lassen soll«, hatte sie gesagt.
Als hätte er Albrechts Gedanken gelesen, fragte Bäuerle in diesem Moment: »Und sie hat Ihnen tatsächlich meine Adresse verraten?«
»Das schmerzt, was?«
»Ha noi, des net. I han mir's scho denkt«, behauptete er, aber das plötzliche Schwäbeln und sein betretenes Gesicht straften ihn Lügen.
»Wusste sie von der Bom… ähm, von dem Brief?«, fragte Albrecht.

Bäuerle schüttelte den Kopf.
»Woher kennst du sie eigentlich?«
»Aus dem ›Peru‹«, sagte der Schwabe. »Ein halbes Jahr lang bin ich jeden Tag hingegangen, wenn ich Zeit und sie Dienscht hatte, obwohl der Laden eigentlich viel zu teuer für mich ist.«
Falls Franziska Lamprecht tatsächlich den Job in der Kreuzberger Eckkneipe bekommen sollte, dachte Albrecht, dann wäre zumindest dieses pekuniäre Problem gelöst. Er sagte: »Aber immer nur zahlender Kunde zu sein, das war dir auf Dauer zu wenig.«
»Wie moinet Se des?«
»Hattet ihr was miteinander?« Albrecht stellte die Frage möglichst beiläufig und deponierte währenddessen den Becher auf den Boden.
»I wüsst net, was Sie des angeht.«
»Also hattet ihr *nichts* miteinander.«
Die trübselige Mienes des jungen Mannes war ihm Antwort genug, und er beschloss, das Thema zu wechseln: »Kann ich mich darauf verlassen, dass dieser Unfug aufhört?«
»Ha jo«, seufzte Bäuerle zerknirscht. »Werden Sie mich jetzt anzeigen?«
Du bist bestraft genug, dachte Albrecht, sagte es aber nicht. Er schüttelte lediglich den Kopf und stand auf. Plötzlich jedoch fiel ihm etwas ein, und er war entsetzt darüber, dass es ihm dieses wichtige Detail zwischenzeitlich entfallen war. Er fragte: »Wo warst du eigentlich gestern Abend?«
»Geschtern?«
»Ha jo!«
»Dahoim. Wieso?«
»Und vermutlich hast du gar kein Auto?«
Bäuerle sah ihn verständnislos an und sagte: »Doch.«
»Einen dunklen Opel Kadett?«
»Einen gelben Käfer«, sagte Bäuerle. »Nicht den neuen, sondern den alten. VW 1300. Ein klappriges Teil. Warum interessiert Sie des?«

»Nur so«, antwortete Albrecht und schüttelte den Kopf. Es hätte Bäuerle auch nicht ähnlich gesehen. Dieses Bürschchen war niemand, der einen mit dem Auto überfuhr. Er war Elektrotechniker und bastelte zu Hause im einsamen Kämmerlein herum. Vermutlich stank es in seiner Wohnung nach Lötzinn, Achselschweiß und heißgelaufenen Computerplatinen. Um jemanden zu überfahren, musste man schon äußerst brutal sein. Oder sehr betrunken. Und eigentlich hätte dieser Gedanke Albrecht beruhigen sollen.
»Ich wünsche, nie wieder etwas von dir zu hören«, sagte er und wollte gehen.
»Was kriegen Sie für den Glühwein?«, fragte Bäuerle.
»Meine Ruhe«, antwortete Albrecht und verließ den Biergarten.
Warum war er sich bloß so sicher, dass er sie nicht bekommen würde?

6

»Jean Paul Belmondo.«
»Jean Paul Belmondo?!« Albrecht fuhr wie unter einem Stromschlag zusammen und stolperte vor Schreck beinahe die Treppe hinunter. »Das ist nicht dein Ernst!«
»Du hast gefragt, ich hab geantwortet«, sagte Jupp und steckte die Hände in die Hosentaschen. »Jetzt bin ich an der Reihe.«
»Du hältst Jean Paul Belmondo für den meistüberschätzten lebenden französischen Schauspieler?«, ereiferte sich Albrecht. »Bist du noch bei Trost? Und was ist mit ›Außer Atem‹ und ›Pierrot le fou‹? Das sind verdammte Klassiker.«
»Olle Kamellen«, antwortete Jupp achselzuckend. »Ein paar gute Filme mit Godard und Truffaut, das war's. Der Rest ist Schrott. Und darum lautet meine Antwort: Jean Paul Belmondo. Basta! Jetzt bin ich an der Reihe.«
Im Laufe der Jahre hatten Albrecht und Jupp eine Reihe von Ritualen entwickelt. Weil sie so grundverschieden waren und die

Kommunikation zwischen ihnen häufig anstrengend oder sogar gänzlich unmöglich war, hatten sie sich ständig wiederkehrende Verhaltensmuster und Abläufe zurechtgelegt, die es ihnen ermöglichten, nach halbwegs klaren Regeln miteinander zu verkehren. Wie eine ewig gleiche Litanei, bei der einer der beiden den Pastor und der andere die Gemeinde mimte. Neben dem »Mein-Abend-dein-Abend«-Ritual gab es das »Mein-Fach-dein-Fach«-Frage-und-Antwort-Spiel. Jeder der beiden stellte abwechselnd Fragen aus seinem Spezialgebiet, die der andere wahrheitsgemäß und ohne langes Überlegen zu beantworten hatte. Jupp stellte Punk-Fragen, Albrecht konterte mit Fragen aus dem Bereich Film und Fernsehen. Dabei ging es jedoch nicht um unstrittiges oder belegbares Wissen, sondern um unbewiesene, oftmals gewagte Meinung. Die Frage »Wie hieß der Koch aus der Serie ›Bonanza‹?« war ebenso verboten wie »In welcher Band sang Joe Strummer, bevor er Frontmann von *The Clash* wurde?« Unerlaubte Wissensfragen wurden mit einem sofortigen »Günther Jauch!« quittiert und hatten eine Kiste Bier (von Albrecht für Jupp) oder eine Flasche Tequila (von Jupp für Albrecht) zur Folge. Nicht antworten kostete eine Kiste Bier *und* eine Flasche Tequila.

Es war neun Uhr morgens, ein Sonnabend, der vorletzte Tag der Berlinale, und die beiden machten sich auf ins Kino. Albrecht wollte in den Berlinale-Palast, um wenigstens einen der Wettbewerbsfilme gesehen zu haben, die er am Nachmittag vor laufender Kamera rezensieren musste, und Jupp freute sich wie ein Kind auf den japanisch-taiwanesischen Gangstersexfilm, der bei der gestrigen Premiere vom sichtlich geschockten Publikum ausgebuht worden war und heute in der Wiederholung im CinemaxX lief. »Bunt«, nannte Jupp solche Filme, in denen Blut und Sperma nur so spritzten.

Sie standen inzwischen im Hochparterre und schauten die breite Treppe zur Haustür hinunter. Weil die Sonne durch die Scheiben der gusseisernen Tür schien, erstrahlte das marmorne Treppenhaus, und beinahe hatte es den Anschein, als leuchte die Kronleuchterattrappe unter der Stuckdecke.

»Na gut«, sagte Albrecht, »du bist dran.«
Jupp grinste und fragte: »Was ist deiner Meinung nach die allerpeinlichste Punkband?«
»Noch existierend?«
»Egal.«
Albrecht wusste, welche Antwort Jupp von ihm erwartete, doch er tat ihm den Gefallen nicht. So leicht ging er ihm nicht auf den Leim. Er antwortete: »*Misfits.*«
»Waaas?! Hast du sie noch alle?«, protestierte Jupp und zeigte Albrecht den Vogel. »Die *Misfits* haben voll die Hits geschrieben. Die ersten Scheiben sind total klasse. Meilensteine!« Und ohne Vorwarnung begann er lauthals zu singen: »*Die, die, die, my darling!*«
»Die Musik ist völlig in Ordnung«, antwortete Albrecht und bedeutete Jupp mit dem Zeigefinger vor den Lippen, ein wenig Rücksicht auf die Nachbarn zu nehmen. »Die Songs sind nicht schlecht, aber die Band ist ultrapeinlich. Dieses alberne Gruftie- und Teufelsanbeter-Gehabe ist schon ziemlich daneben. Und der Sänger hat eine Vollmeise. Darum lautet meine Antwort: *Misfits*. Basta!«
Jupp knurrte etwas Unverständliches, rang sichtlich mit sich, schien aber Albrechts Argumenten nicht wirklich etwas entgegensetzen zu können und gab schließlich nach: »Na, meinetwegen. Und Vollmeise ist noch untertrieben. Dann hab ich aber 'ne Zusatzfrage.«
»Ich bin an der Reihe«, sagte Albrecht.
»Ach, komm schon, Ali!«
Albrecht wusste, was nun kommen würde, und er nickte ergeben.
Jupp hob die Augenbrauen, seine Mundwinkel reichten bis an die Ohren, und er sagte: »Was ist die peinlichste *deutsche* Punkband aller Zeiten?«
Nun gab es kein Zurück mehr. Darauf gab es nur eine Antwort, und wie aus einem Mund riefen Albrecht und Jupp: »*Die Toten Hosen!*«
Jupps Abneigung gegen die erfolgreichste aller deutschen Punk-

bands hatte Tradition und eine lange Geschichte, die er immer wieder zum Besten gab und die Albrecht vor achtzehn Jahren beinahe ein blaues Auge eingebracht hätte. Bei einem Konzert in Münster hatte Albrecht die *Hosen* für sein Fanzine »No Future Kids« interviewt, und unglücklicherweise prangte ein Sticker der *Ordensbrüder* auf seiner Brust. Als Trini Trimpop, damals noch Schlagzeuger der Band, den Sticker sah, stürzte er sich auf Albrecht, packte ihn am Kragen und fauchte: »Bist du etwa das Arschloch, das uns den verdammten Brief geschrieben hat?«
Wie sich herausstellte, hatten *Die Toten Hosen* im Jahr 1983 anlässlich ihrer Bommerlunder-Single einen bösen und ziemlich gehässigen Brief erhalten, in dem ihnen Verrat an der Punk-Sache vorgeworfen worden war. Der Brief enthielt Formulierungen wie »Kommerz-Schweine«, »Scheiß-Verräter« und »Bauern-Punks« und wimmelte von orthographischen Fehlern. Unterschrieben war das Pamphlet mit *»Jupp, Bassist der Ordensbrüder«*.
Albrecht klärte den Irrtum auf und gab Trimpop Jupps Adresse. Den erbosten Brief, den der Schlagzeuger daraufhin dem anonymen Schmierfink sandte, besaß Jupp heute noch. Er hing, wie Albrecht wusste, hinter Glas und hübsch gerahmt an der Wand. Direkt neben einer ebenfalls gerahmten Eintrittskarte für ein *Dead Kennedys*-Konzert aus dem gleichen Jahr. Auch wenn Jupp *Die Toten Hosen* nicht ausstehen konnte und sie zu Unpersonen erklärt hatte, den Brief verwahrte und behandelte er dennoch wie den heiligen Gral. Und wenn er betrunken oder aus sonstigen Gründen sehr guter Dinge war, las er ihn seinen Freunden vor: »Jetzt pass mal auf, du kleines, arrogantes, elitäres Arschloch!«, begann das Schreiben, steigerte sich zu einer wahren Hasstirade und endete mit: »Ich grüße dich aus meinem Penthouse, und wenn du lieb bist, darfst du mal in unserem Rolly Royce mitfahren. Aber wasch dich vorher, du Arschgesicht. Trini.«
Für Jupp war dieser Brief wie ein Ritterschlag gewesen, ein Verdienstorden, überreicht ob seiner Bemühungen um das Überleben des wahren Punk, und er hatte sich wenig später einen riesigen An-

stecker gebastelt und ans Revers geheftet, auf dem zu lesen stand: »Ich bin ein kleines, arrogantes, elitäres Arschloch.« Dass niemand den Witz verstand, war ihm egal.

Trini Trimpop war inzwischen längst nicht mehr Schlagzeuger der *Toten Hosen*, und Jupp war felsenfest davon überzeugt, dass er die Band wegen ihrer Kommerzialisierung verlassen hatte. »Wahrscheinlich hat mein Brief ihm die Augen geöffnet«, vermutete Jupp, und Albrecht fand nie heraus, ob er diesen Unsinn ernst meinte oder nicht.

»Du bist dran«, sagte Jupp.

Da Albrecht nichts Originelleres einfiel, begnügte er sich mit einer Variante seiner letzten Frage: »Wer ist der meistüberschätzte *deutsche* Schauspieler?« Er öffnete die Haustür, ließ Jupp den Vortritt und setzte hinzu: »Aber sag jetzt nicht: Götz George. Dann hau ich dich!«

»Lebend oder tot?«

»Egal.«

Jupp grinste und sagte: »Götz George!«

Und dann haute Albrecht ihn.

Weil Jupp, der die Attacke hatte kommen sehen, zur Seite gesprungen war, fuhr Albrechts Hand ins Leere, und er verlor das Gleichgewicht. Er machte einen Schritt vorwärts, übersah die Stufe vor dem Haus, knickte ein und landete unsanft auf der Seite. Im selben Moment ertönte ein lauter Knall. Ein Schuss. Und hinter ihnen ging die Scheibe der Tür mit einem Klirren zu Bruch.

Auf den Krach folgte eine Stille, die Albrecht unheimlich erschien. Kein Laut war zu hören, ein Auto fuhr auf der Straße vorbei, aber es gab kein Geräusch von sich. Die Stille dauerte nur wenige Sekunden, er nahm alles wie in Zeitlupe wahr, betrachte das gezackte Loch in der Scheibe und starrte dann in die Richtung, aus der der Schuss gekommen war. Mit einem Mal lärmte es in seinem Kopf. Wie ein Berserker rannte er über die Straße, er humpelte, weil er sich beim Fallen den Knöchel verstaucht hatte. Hinter ihm rief Jupp irgendetwas, aber er verstand es nicht. Er hatte eine Bewegung im

Haus gegenüber gesehen, ein Gesicht, das ihn aus dem Fenster des Treppenhauses anstarrte, zwischen zweitem und drittem Stock, und deshalb stürmte er nun zur Haustür, die jedoch verschlossen war. Er drückte wie von Sinnen auf sämtliche Klingeln, und nach einer ihm endlos erscheinenden Dauer ertönte eine knarrende Männerstimme aus der Gegensprechanlage: »Ja?«

»Post!«, schnauzte Albrecht.

Der Mann antwortete nicht.

»Hallo?«, fragte kurz darauf eine Frauenstimme aus dem Lautsprecher.

»Die Post«, wiederholte Albrecht, nun etwas ruhiger.

Schließlich summte der Türöffner. Albrecht betrat den Hausflur und schaute sich suchend um. Links befand sich eine Parterrewohnung, geradeaus ging es zum Hinterhof und rechts war das Treppenhaus. Albrecht entschied sich für Letzteres und rannte die Treppe hinauf. Im ersten Stock steckte eine alte Frau ihren grauhaarigen Kopf durch einen schmalen Türspalt. Als sie Albrecht erblickte, verschwand die graue Mähne, und die Tür fiel ins Schloss. Ein Stockwerk darüber stand ein Mann im Schlafanzug auf dem Treppenabsatz, rieb sich müde die Augen und sagte: »Sie sind aber nicht der Briefträger.«

»Haben Sie jemanden im Treppenhaus gesehen?«

»Was?«

»OB SIE JEMANDEN IM TREPPENHAUS GESEHEN HABEN!«

Der Mann schüttelte ärgerlich den Kopf, zeigte ihm den Vogel, verschwand in der Wohnung und knallte die Tür zu.

»Blödmann!«, keuchte Albrecht und rannte in den dritten Stock. Niemand. Nichts. Nur ein offenes Klappfenster aus Buntglas. Albrecht schaute hinaus und sah auf die Straße. Und auf eine zerschossene Scheibe in einer gusseisernen Haustür. Er wollte bereits in den vierten Stock hinauflaufen, als er Jupps Stimme von unten vernahm.

»Ali? Komm runter!« Es klang, als sei er meilenweit entfernt. »Der Kerl ist im Hof.«

Albrecht humpelte die Treppe hinunter, nahm zwei Stufen auf einmal und stieß im Parterre beinahe mit Jupp zusammen, der sich offensichtlich direkt hinter Albrecht ins Haus geschlichen hatte und nun mit einer Handbewegung zur Hoftür deutete.
»Ich hab einen Schatten durchs Riffelglas gesehen«, sagte er. »Er ist da lang gerannt«, setzte er hinzu und deutete nach links.
»Warum bist du ihm nicht gefolgt?«, fragte Albrecht.
»Bin ich bescheuert?«, antwortete Jupp. »Der Typ ist bewaffnet.«
Sie betraten den Hof und tatsächlich befand sich links eine schmale Tür, die anscheinend zum Seitenflügel führte.
»Jetzt sitzt er in der Falle«, sagte Albrecht.
»Berühmtheit vor Alter«, antwortete Jupp und öffnete ihm die Tür.
Als sie das Gebäude betraten und die Haustür am anderen Ende des Flurs sahen, bemerkten sie ihren Irrtum. Sie befanden sich nicht im Seitenflügel des Hauses in der Ansbacher Straße, sondern im Vorderhaus eines Gebäudes in der Regensburger Straße, einer Querstraße der Ansbacher Straße. Und im selben Moment wussten sie, dass der Schütze entkommen war.
»Mist!«, fluchte Albrecht.
»Wieso?«, erwiderte Jupp. »Du weißt doch, wer's war.«
Albrecht zuckte mit den Schultern und schüttelte dann den Kopf.
»Das glaube ich nicht«, sagte er.

7

Jupp hatte schlechte Laune. Und im Vergleich zu dieser schlechten Laune waren Albrechts Anflüge von Missstimmung beinahe harmloser Kinderkram. Während die beiden Kriminalbeamten auf dem Sofa hockten, nach vorne gebeugt und die Unterarme auf den voluminösen Oberschenkeln ruhend, saß Jupp im Fernsehsessel und betrachtete die Polizisten griesgrämig und feindselig aus den Augenwinkeln. Es hatte den Anschein, als mache er sie für alles verantwortlich, als seien sie an allem schuld.

»Können Sie den Mann beschreiben?«, fragte Hauptkommissar Schalck.
»Es war ein Schatten hinter einem Riffelglas«, knurrte Jupp und schlug die Beine übereinander. »Ich kann nicht einmal beschwören, dass es ein Mann war.« Nach einer Pause setzte er hinzu: »Soll ich den Schatten beschreiben?«
Kriminalhauptmeister Schürmann überhörte die Ironie oder verstand sie nicht und sagte: »Wenn Sie so freundlich wären.«
»Grau«, sagte Jupp, »fast schwarz, mit einem Stich ins Bläuliche.«
»Halt's Maul, Jupp!«, sagte Albrecht, der in diesem Moment mit einem Tablett hereinkam und es auf dem Sofatisch abstellte.
»Heines hat mich was gefragt«, kläffte Jupp.
»Wer ist Heines?«, fragte Schalck.
»Der Assistent vom Kommissar.«
»Hören Sie einfach nicht auf ihn«, wandte sich Albrecht mit einem gequälten Lächeln an die Polizisten, »er hat gerade einen schlechten Film verpasst.«
Schalck und Schürmann schauten sich verständnislos an.
»Kaffee?«, fragte Albrecht und schüttete, als die Kriminalbeamten nickten, den tiefschwarzen Espresso in die bereitstehenden Gläser. »Mit geschäumter Milch oder Leitungswasser?«
Die Beamten stutzten und antworteten im Chor: »Schwarz.«
Albrecht hob die Achseln und sagte: »Wie Sie wünschen.«
»Herr Niemeyer«, begann Schalck, betrachtete skeptisch das Kaffeeglas, nahm einen Schluck, zuckte unmerklich zusammen, ließ sich aber weiter nichts anmerken und stellte nach einem Räuspern seine Frage: »Können Sie uns etwas mehr über den Vorfall vom Donnerstagabend sagen? Was für ein Wagen war es, der Sie ... aufs Korn genommen hat?« Er hatte einen Moment überlegt, bevor er diesen Begriff benutzte, und als er ihm über die Lippen kam, merkte er, dass es ein unpassender Ausdruck war, denn immerhin war Albrecht gerade tatsächlich *aufs Korn* genommen worden. Er setzte eilig hinzu: »Welche Marke?«
»Ein dunkelblauer oder schwarzer Kadett«, sagte Albrecht.

»D«, zischte Jupp.
»Wie bitte?«, fragte Schalck.
»Kadett D«, wiederholte Jupp.
Albrecht nickte und sagte: »Herr Tenhagen ist Automechaniker.«
Schalck notierte sich etwas und fragte: »Kennzeichen?«
Albrecht schüttelte den Kopf und sagte: »Es war nicht beleuchtet. Die Scheinwerfer waren aus. Und es ging alles sehr schnell.«
»Bad Dürkheim an der Weinstraße«, murmelte Jupp und schüttete sich aus einem Stahlkännchen aufgeschäumte Milch ins Glas.
»Was?«
»Da kam das Auto her.«
»Wieso weißt du das?«, fragte Albrecht.
»Die ersten beiden Buchstaben auf dem Nummernschild waren DÜ«, sagte Jupp und schlürfte geräuschvoll seinen Cappuccino. »Meines Wissens kann das nur zu dem Kürzel DÜW gehören. Und das bedeutet: Bad Dürkheim an der Weinstraße. Ich hatte mal 'nen Kunden aus der Gegend.«
»Und das sagst du erst jetzt?«
Jupp zuckte achtlos mit den Schultern und kramte seinen Tabakbeutel aus der Lederjacke, die neben dem Sessel auf dem Boden lag. »Hab nicht gedacht, dass es wichtig ist«, sagte er und drehte sich eine Zigarette. »War doch nur ein Betrunkener. Ist mir auch schon passiert.«
Schalck grunzte abfällig und schüttete sich nun auch Milch in den Espresso.
»Du willst doch jetzt nicht etwa rauchen?« fuhr Albrecht Jupp an. Es war nicht wirklich eine Frage, eher eine Feststellung. Ein Verbot. »Du weißt, ich kann den Gestank nicht ausstehen.«
»Soll ich vielleicht auf den Balkon?«, fragte Jupp.
»Zum Pinkeln gehst du ja auch aufs Klo«, antwortete Albrecht.
Dann herrschte eisiges Schweigen. Schalck und Schürmann sahen sich vielsagend an. Wieder notierte der Kommissar etwas in seinem Notizbuch.
Bevor die Kriminalbeamten und mit ihnen eine Handvoll Unifor-

mierter und Spurensicherer vor einer Stunde erschienen waren, war es zwischen Albrecht und Jupp zu einem heftigen Streit gekommen. Dabei war es nicht allein darum gegangen, dass Jupp nicht einsah, warum er seinen mit kindlicher Vorfreude erwarteten Film verpassen sollte, nur um den Polizisten zu berichten, dass er nichts zu berichten hatte. Schließlich hatte er nichts gesehen, er hatte niemanden erkannt, er wusste nichts. Warum also sollte er bei dem Gespräch anwesend sein? Die Bullen würden ihn sicherlich nicht vermissen. Vertane Zeit! Außerdem wusste Albrecht ja, wer der Kerl mit der Knarre war. Und das war der eigentliche Streitpunkt gewesen, denn Albrecht hatte Jupp gebeten, den Polizisten nichts von dem Schwaben zu erzählen.

»Warum nicht?«, hatte Jupp gefragt. »Er hat gerade auf uns geschossen.«

»Das hat er nicht«, hatte Albrecht geantwortet. »Das sähe ihm nicht ähnlich. Der Typ ist harmlos. Ein armer Wicht.«

»Dieser arme Wicht hat dir vor ein paar Tagen eine verdammte Bombe geschickt.« Jupp hatte Albrecht angestarrt, als habe dieser den Verstand verloren. »Und wer Bomben schickt, kann auch eine Pistole abfeuern. Der Kerl ist vielleicht ein gemeingefährlicher Irrer, der in eine geschlossene Anstalt gehört! Warum willst du ihn schonen? Das ist doch bescheuert! Er hat es sich schließlich selbst zuzuschreiben!« Dann hatte Jupp plötzlich gestutzt, laut aufgelacht und gerufen: »Ach, ich verstehe! Es geht um diese Kellnerin, nicht wahr? Katharina, oder wie die heißt. Du hast Angst, dass sie dir böse ist, wenn du ihren kleinen Schwaben verpfeifst. Wie niedlich!«

»Quatsch!«

»Wohl wahr!«

»Idiot!«

»Selber!«

Albrecht lehnte es ab, mit Jupp über Frauen zu reden. Es gab viele Dinge, von denen dieser keine Ahnung hatte, aber das Thema Frauen war so ziemlich das Letzte, zu dem er Jupps Meinung hören wollte. Ebenso gut hätte er mit Karol Wojtyla diskutieren können. Oder Friedrich Nietzsches Bücher als Ratgeber lesen. Jupps Frauenbild war so verschroben und verdreht, dass es unweigerlich zum Streit führte, wenn die beiden Freunde auf das Thema zu sprechen kamen. Jupp schien Frauen nicht ernst nehmen zu können. Wenn er etwas verächtlich machen wollte, setzte er den Begriff »Mädchen« voran. Er sagte »Mädchen-Cola«, wenn er Cola light meinte (ein Getränk, das in seiner Ekel-Skala direkt hinter Berliner Weiße mit Waldmeister rangierte), er sagte »Mädchen-Musik«, wenn er sich über *New Model Army* oder Billy Bragg lustig machte. Mädchen, das waren für ihn verweichlichte Jungs. Vielleicht lag es daran, dass Jupp seit über zehn Jahren keine Freundin, vermutlich nicht einmal einen One-Night-Stand gehabt hatte. Auch früher, als Albrecht noch in Westfalen gelebt hatte, war das schon so gewesen. Albrecht hatte es nie recht verstanden, schließlich war Jupp kein hässlicher Kerl, und wenn man sich erst einmal an ihn gewöhnt hatte, konnte man ihn sogar humorvoll finden. Doch Frauen gab es in seinem Leben nicht, er ging ihnen aus dem Weg und sie ihm. Wenn er Sex haben wollte, ging er in den Puff. Wenn er mit einer Frau reden wollte (was selten genug vorkam), dann telefonierte er mit seiner älteren Schwester. Ansonsten ignorierte er das weibliche Geschlecht und stilisierte sein unfreiwilliges Zölibat zu einer bewussten und beabsichtigten Lebenseinstellung. Vermutlich gehörte auch dies zu seiner Vorstellung vom Punksein. Jupp und Frauen, das passte nicht zusammen. Zwei sich abstoßende Pole eines Magneten. Und darum ärgerte es Albrecht, dass ausgerechnet Jupp ihm so unverblümt und direkt die Wahrheit ins Gesicht sagte: Natürlich ging es um Franziska, auch wenn Albrecht sich das bislang nicht hatte eingestehen wollen. Der Schwabe war ihm egal. Sollte er in der Hölle schmoren oder im Knast! Aber die Frau interessierte ihn. Mehr als ihm lieb war.

»Herr Niemeyer?«

»Hmm?«

»Hören Sie?«, fragte Schalck.

»Sicher«, sagte Albrecht, »was haben Sie gesagt?«

»Mein Kollege wollte die bisherigen Erkenntnisse zusammenfassen.«

Albrecht nickte und schaute zu Jupp, der gelangweilt im Sessel hing und die Augen geschlossen hatte.

»Es hat bislang zwei, möglicherweise drei Anschläge auf Ihr Leben gegeben«, sagte Schürmann und starrte auf die Innenflächen seiner Hände, als habe er sich dort die Stichpunkte notiert. »Zunächst die Briefbombe, die allerdings sehr dilettantisch gefertigt war und keine wirkliche Lebensbedrohung darstellte.«

»Ha noi«, sagte Jupp und erntete einen giftigen Blick von Albrecht.

»Dann der Zwischenfall mit dem Opel Kadett«, fuhr Schürmann fort, »obwohl wir nicht sicher sein können, ob Herr Tenhagen mit seiner Vermutung nicht Recht hat. Vielleicht war es tatsächlich nur ein Betrunkener.«

»Und nun der Schuss aus einer Pistole«, setzte Kommissar Schalck hinzu und verstummte, als sei damit alles gesagt.

»Und?«, fragte Albrecht.

»Drei sehr unterschiedliche Methoden«, meinte Schürmann und betrachtete mit Interesse die gegenüberliegende Wand. Mit Albrechts Erlaubnis hatte Jupp die Lichtenstein-Reproduktion abhängt und die Wand mit einer Handvoll Konzertplakate geschmückt, die er in einer staubigen Kiste unter dem Wohnzimmerschrank gefunden hatte. Die schreiend bunten Siebdrucke stammten allesamt aus den Achtzigern und kündigten diverse Auftritte der *Ordensbrüder* an. Albrecht hatte eigentlich gedacht, Jupp würde das Gemälde durch *ein* Plakat ersetzen. Nun sah die Wand aus wie eine Litfaßsäule.

»Könnte es nicht sein, dass wir es mit einem Trittbrettfahrer zu tun haben?«, fragte Albrecht und schaute abwechselnd zwischen dem Kommissar und seinem Assistenten hin und her. Heines! Erst jetzt konnte er über Jupps Witz schmunzeln. Am Sonntag hatten sie eine Folge des »Kommissar« auf 3sat gesehen. Während alle Welt den ewigen Assistenten Harry Klein kannte und als TV-Kult verehrte, war Robert Heines für Albrecht und Jupp der eigentliche Star der Krimiserie. Ein echter Fiesling.

»Trittbrettfahrer?«, wunderte sich Schalck. »Aber es gab überhaupt keine Berichterstattung über den Vorfall. In den Zeitungen war es lediglich eine kleine Meldung im Lokalteil, und Ihr Name ist dabei nicht genannt worden. Ein Obdachloser hat sich beim Herumkramen im Müll die Finger verbrannt. Wer sollte das mit Ihnen in Verbindung bringen? Nein, ein Trittbrettfahrer scheidet aus. Es muss ein und dieselbe Person gewesen sein, alles andere wäre ... sehr unwahrscheinlich.«

»Ganz meine Rede«, sagte Jupp, der sich mittlerweile seine Zigarette gedreht und angesteckt hatte. Er wusste, dass Albrecht nicht erneut dagegen protestieren würde, und paffte den Rauch in seine Richtung.

»Wir haben natürlich Nachforschungen angestellt«, erklärte Schürmann und schaute in die Runde, als wolle er sich vergewissern, dass er die gebührende Aufmerksamkeit besaß. »Und wir wissen jetzt, dass es ein Kollege von Ihnen war, der den Brief bei den Pressefächern abgegeben hat. Zumindest behauptet die Frau an dem Presseschalter, der Mann habe ein rotes Badge an der Jacke gehabt. Ein Journalist. Sie hatten also Unrecht mit Ihrer Vermutung, Herr Niemeyer. Wahrscheinlich war die falsche Adresse auf dem Brief nur ein Ablenkungsmanöver.«

Albrecht stutzte einen Moment, schüttelte irritiert den Kopf und begriff dann. Der obdachlose Menger hatte den Brief im Hyatt Hotel abgegeben, eine Rotkarierte hatte den Umschlag dann einem vorbeikommenden Journalisten mit der Bitte überreicht, ihn bei den Pressefächern im Berlinale-Palast abzugeben. Und nun befand sich die Polizei gänzlich auf dem Holzweg und fahndete nach einem nichts ahnenden Kollegen. Für einen kurzen Moment überlegte Albrecht, ob er den Irrtum aufklären sollte, doch dann entschied er sich dagegen. Nein, Robert Bäuerle war kein Revolverheld. Nie im Leben. Und die Polizisten würden den Journalisten ohnehin nicht ausfindig machen können. Schließlich gab es über

3500 akkreditierte Schreiberlinge bei der Berlinale. Etwas anderes spukte in seinem Kopf herum. Wenn es kein Trittbrettfahrer war, der nun dort weitermachte, wo Bäuerle aufgehört hatte, wer war es dann? Und wieso ausgerechnet jetzt? Es stimmte, Albrechts Name war im Zusammenhang mit der Bombe im Abfalleimer nicht gefallen. Nirgends. Aber vielleicht hatte der Schütze gar nicht davon gelesen oder gehört. Vielleicht war er Augenzeuge gewesen. Albrecht fuhr unmerklich zusammen, ein absurder und doch nahe liegender Gedanke fuhr durch seinen Kopf, und er ballte die Faust.
Martin Brandt! Der Möchtegern-Autor. Natürlich! Das ergab Sinn und hätte zu ihm gepasst. Die Briefbombe hatte Martin auf den Gedanken gebracht. »Herr Besserwisser!«, hatte er Albrecht gestern genannt. *Tot und Mordschlag!* Und alles nur, weil Albrecht das verfluchte Drehbuch nicht gefallen hatte.
»Wir müssen davon ausgehen, dass einer Ihrer Kollegen Ihnen nach dem Leben trachtet«, sagte Schalck und stellte das halb volle Glas auf den Tisch.
»Ein Journalist«, wiederholte Schürmann und grinste. Der Gedanke, dass Albrecht sich geirrt hatte, schien ihm zu gefallen.
Albrecht nickte nachdenklich. Die Polizisten hatten keine Ahnung, wie nahe sie der Wahrheit kamen. Und wieder rang er mit sich. Eigentlich hätte er den Kriminalbeamten seinen Verdacht mitteilen sollen, aber erneut zog er es vor zu schweigen. Einerseits traute er Schalck und seinem Kollegen nicht über den Weg, er hielt sie für unfähige Schwachköpfe, die nichts begrifffen und mehr schadeten als nützten. Polizisten eben! Andererseits hatte er das äußerst bestimmte Gefühl, sich selbst um die Sache kümmern zu müssen. Und zwar sehr bald. Heute abend schon würde er Martin Brandt begegnen, ihn zur Rede stellen und zusammenstauchen. Die Polizei könnte er dann, falls nötig, immer noch informieren. Erst musste er wissen, ob Martin tatsächlich auf ihn geschossen und ob er ihn absichtlich oder versehentlich verfehlt hatte.
»Sie glauben diesmal nicht, dass der Schütze mir nur einen Schrecken einjagen wollte?«, wandte er sich an Schalck.

»Das ist natürlich nicht auszuschließen«, antwortete der Kommissar, »aber Sie sagten ja, dass Sie im Moment des Schusses gestolpert sind, weil Ihr Freund zur Seite gesprungen ist. Es ist also sehr wahrscheinlich, dass nur dieser Zufall Ihnen das Leben gerettet hat.«

»Und wie geht es jetzt weiter?«, maulte Jupp in seinem Sessel und stieß den Rauch durch die Nase. »Bekommen wir Personenschutz?«

»Wir?«, wunderte sich Schürmann. »Fühlen Sie sich denn auch bedroht?«

»Ich wohne zurzeit in Alis Wohnung und bin oft in seiner Begleitung«, erwiderte Jupp und tippte die Zigarettenasche in Ermangelung eines Aschenbechers in sein leeres Kaffeeglas. »Weiß der Teufel, was der Schwabe als nächstes vorhat. Könnte doch sein, dass es aus Versehen mich trifft.«

»Was denn für ein Schwabe?«, fragte der Kommissar.

»Habe ich Schwabe gesagt?«, antwortete Jupp grienend und schüttelte den Kopf. »Na, so was! Ich weiß von keinem Schwaben. Du etwa, Ali?«

Albrecht reagierte nicht und starrte zu Boden.

Die Beamten tauschten einen skeptischen Blick aus. Schürmann hob die Augenbrauen und nickte bedeutsam, Schalck machte ein finsteres, beinahe schmerzverzerrtes Gesicht und notierte etwas in seinem Büchlein.

»Sie sollten jedenfalls heute das Haus nicht mehr verlassen«, wandte sich Schürmann an Albrecht.

»Sie sind lustig!« Albrecht schnaufte und stand auf. »Meine Sendung wird heute Nachmittag im Studio aufgezeichnet. Das kann ich nicht einfach absagen. Es ist schließlich Berlinale. Und am Abend bin ich auf einen Filmempfang eingeladen. Herr Tenhagen übrigens auch.«

Jupp schaute überrascht auf, sah Albrecht nicken und lächelte dann, weil er diese Einladung als Friedensangebot auffasste. »Stimmt«, sagte Jupp. »Hatte ich ganz vergessen. Wir sind eingeladen.«

»Sie wollen heute auf eine Party?!« Schalck klappte der Unterkiefer herunter. »Vor nicht einmal zwei Stunden wurde auf Sie geschossen, und Sie wollen am Abend auf ein Fest gehen?«
»Ich will nicht«, antwortete Albrecht, »ich muss.«
»Sie machen es uns wirklich nicht einfach, Herr Niemeyer.«
»Ich weiß, Herr Kommissar.«
Das Klingeln des Telefons ertönte genau im richtigen Moment. Erleichtert entschuldigte sich Albrecht und ging in den Flur. Hinter sich hörte er Jupp fragen: »Könnte ich eigentlich mal Ihre Polizeimarke sehen? Ich kenn bisher nur die von den Drogenfahndern. Oder sehn die alle gleich aus?«
»Die sind von Bundesland zu Bundesland unterschiedlich«, sagte Schürmann.
»Was Sie nicht sagen!«
»Ja?«, sagte Albrecht in den Hörer.
»Sie brauchen kein schlechtes Gewissen mehr zu haben.«
Er erkannte ihre Stimme auf Anhieb, dennoch fragte er: »Frau Lamprecht?«
»Wenn Sie mich weiterhin siezen, dürfen Sie Franziska sagen.«
»Ich heiße Albrecht«, sagte er.
»Ich weiß«, entgegnete sie, »aber ich werde Sie trotzdem Herr Niemeyer nennen.«
»Meinetwegen.«
Pause.
»Ich hab den Job im ›Goldenen Hahn‹ bekommen«, sagte sie schließlich, »heute ist meine erste Schicht.«
»Glückwunsch.«
»Die Arbeitszeiten sind etwas seltsam, von morgens bis frühabends, und die Gäste sind auch ein wenig gewöhnungsbedürftig, aber die Wirtin ist ein Schatz. Sie können also wieder beruhigt schlafen.«
Schön wär's, dachte Albrecht und sagte: »Das freut mich.«
Wieder Pause.
»Ja, dann«, sagte sie und wollte auflegen.

»Warten Sie!«, rief Albrecht ein wenig zu laut. Er räusperte sich und fragte: »Haben Sie heute Abend schon etwas vor?«
»Wieso?«
»Ich würde Sie gern einladen.«
»Ein Rendezvous?«
»Ein Filmempfang«, sagte Albrecht ausweichend, »es werden hunderte Leute da sein. Keine Bange.« Er wusste selbst nicht, warum er das gesagt hatte. Es klang ja beinahe so, als wäre er bei einem Treffen unter vier Augen auf der Stelle über sie hergefallen. Darum fügte er hinzu: »Ich würde mich freuen, wenn Sie mich begleiteten.«
»Ich sagte: Sie brauchen kein schlechtes Gewissen zu haben«, antwortete Franziska nach einer kurzen Bedenkzeit. »Ich sagte nicht: Sie dürfen sich Hoffnungen machen.«
»Hoffnungen? … Also, ich … ähm … so hatte ich das jetzt nicht … also, dass Sie … nein, natürlich nicht … wieso Hoffnungen?« Er verhedderte sich vollends und sagte: »Vergessen Sie's.«
»Wann?«
»Wie wann?«
»Wann holen Sie mich ab?«
»Um neun?«
»Okay. Sie wissen ja, wo ich wohne.«
Erneute Pause.
Aus dem Wohnzimmer hörte Albrecht Jupps aufgeregte Stimme: »Nehmen Sie Ihre dreckigen Griffel von der Platte! Das ist 'ne verdammte Rarität.«
»*Stukas over Disneyland*?«, wunderte sich Kriminalhauptmeister Schürmann. »Soll das etwa komisch sein? Das sind doch Kampfflugzeuge, oder? Also, ich kann darüber nicht lachen!«
»Ich hab schon bemerkt, dass Sie hier der Fachmann für Ironie sind«, schnauzte Jupp. »Und jetzt geben Sie das Teil her, Sie Kulturbanause!«
»Sie mögen keine Polizisten, was?«, fragte Schalck.
»Ach«, antwortete Jupp, »merkt man das?«

»Sind Sie noch dran?«, fragte die Stimme aus dem Hörer.
»Sicher«, sagte Albrecht. »Und wegen Ihres Freundes können Sie ganz beruhigt sein. Ich hab ihm nicht wehgetan.«
»Ich weiß«, antwortete sie, »er sitzt mir gegenüber.«
»Ihnen gegenüber?«
»Hmm.«
»Seit wann?«
»Seit heute Morgen«, sagte sie, »und er ist sturzbetrunken.«
»Seit heute Morgen?«
»Sind Sie ein Papagei, oder warum plappern Sie mir alles nach?«
Da dies nicht wirklich als Frage gemeint war, setzte sie hinzu: »Er stand vor meiner Tür, als ich gerade zur Arbeit ging. Und inzwischen ist er so voll, dass er kaum noch auf dem Hocker sitzen kann. Er sagt, ich hätte ihn bitter enttäuscht. Und ich sei eine Verräterin.«
»Wann?«
»Wie wann?«
»Wann stand er vor Ihrer Tür?«
»Weiß nicht«, sagte sie, »etwa halb neun?«
»Halb neun?«
»Lassen Sie das!«
»'tschuldigung.«
»Dann bis heute Abend.«
»Bis heute A…«, sagte Albrecht, schluckte den Rest herunter und hörte das Klacken in der Leitung.
Halb neun. Eine halbe Stunde, bevor der Unbekannte auf ihn geschossen hatte. Albrecht hatte es ja die ganze Zeit gewusst. *Herr Besserwisser!*
»Warum grinst 'n so?«, fragte Jupp, als Albrecht ins Wohnzimmer zurückkehrte.
»Nur so«, antwortete Albrecht. »Nichts weiter.«

DRITTER TEIL

»In meinem Film bin ich der Star.
Ich komm auch nur alleine klar.«

Ideal, »Eiszeit«, 1981

1

Die »Atom-Film GmbH« war eine Berliner Produktionsfirma, spezialisiert auf die Herstellung von Fernsehserien und Seifenopern fürs Vorabendprogramm. Die Firma gehörte den von Hülshovens, einer traditionsreichen preußischen Offiziersfamilie, und wurde von der Senior-Chefin Johanna von Hülshoven geführt, die Albrecht seit geraumer Zeit kannte und für eine egomanische Selbstdarstellerin hielt. Im vergangenen Jahr war deren Tochter Maria ins Familiengeschäft eingestiegen und hatte in einer eigenen Abteilung mit der Produktion von abendfüllenden Spielfilmen begonnen. Sie hatte anscheinend eine Zeitlang in Los Angeles bei einer unabhängigen Filmfirma volontiert und wollte nun in Deutschland Kinofilme nach amerikanischem Independent-Vorbild produzieren: schräg, cool und kommerziell erfolglos. Albrecht hatte Maria und ihren Gatten Paul im Vorjahr bei deren Hochzeit kennen gelernt und beiden nicht sonderlich viel abgewinnen können: Maria war eine zwar nicht unsympathische, aber verzogene Großbürgertochter, die sich für eine verhinderte Künstlerin zu halten schien, und Paul ein staubtrockener Langweiler (wenn Albrecht sich recht erinnerte, war er Physiker oder Mathematiker und hatte mit ihm auf der Hochzeit über Wahrscheinlichkeitsrechnung oder ähnlichen Unfug diskutieren wollen). Der Empfang am Abend wurde aus Anlass der ersten »Atom-Spielfilm«-Produktion veranstaltet, die auf Anhieb Eingang in die Panorama-Sektion der Berlinale gefunden und am gestrigen Freitag im Royal-Palast Premiere gehabt hatte. Bei »Der Tag der Säge« handelte es sich nach Albrechts Ansicht um eine billige Quentin-Tarantino-Imitation, die erfolglos den Spagat zwischen blutigem Gangsterfilm und bedeutungsschwangerem Großstadtepos versuchte. Das Premierenpublikum hatte dem Film höflich applaudiert, was Albrecht allerdings nicht daran gehindert hatte, das gewollt-dilettantische Machwerk während der nachmittäglichen Aufzeichnung von »Tacheles« nach allen Regeln der Kunst zu zerpflücken. Zum Glück wurde die Sendung erst in einer Stunde ausgestrahlt, es bestand also keine Gefahr, auf dem Empfang von aufgebrachten Filmemachern oder beleidigten Produzenten angegriffen zu werden.

»Guten Abend, Herr Niemeyer«, wurde Albrecht am Eingang des »Linientreu« begrüßt. »Schön, dass Sie Zeit für uns gefunden haben.«

Weil der Film im Berlin der achtziger Jahre spielte, hatten die Macher es für ratsam gehalten, die Premierenfeier in einem typischen Etablissement der damaligen Zeit stattfinden zu lassen. Die »Tanz-Arena Linientreu« (wie auf dem Schild über dem Eingang zu lesen stand) war zwar nach wie vor in Betrieb, veranstaltete aber nicht von ungefähr mehrmals im Monat so genannte Achtziger-Jahre-Partys, auf denen peinlich gekleidete und frisierte Nostalgiker zu *Depeche Mode* und *Alphaville* auf die Tanzfläche schlichen. Für Albrecht war der heutige Abend in mehrfacher Hinsicht eine Zeitreise. Das letzte Mal hatte er den Laden bei seinem ersten Rendezvous mit Emily betreten. *This is not a love song.* Damals war der Eingang noch um die Ecke gewesen, und den blauen Sabine-Christiansen-Ballon nebenan hatte es auch noch nicht gegeben. Oder ließ etwa Albrechts Gedächtnis nach?

»Ich habe ein paar Freunde mitgebracht«, sagte er, gab dem Mann seine Einladung und lächelte entschuldigend. »Ich hoffe, das geht in Ordnung.«

»Bei Ihnen drücken wir gern ein Auge zu«, sagte der Mann, der wie sämtliche Mitarbeiter der »Atom-Spielfilm« und alle Angestellten des »Linientreu« in der Mode der Achtziger gekleidet war. Sein giftgrünes, tailliertes Sakko hatte mächtige Schulterpolster, die ihm die Statur eines Boxers verliehen. »Viel Vergnügen, Herr Niemeyer!«, sagte er, reichte Albrecht die Einladung und nickte den anderen zu. »Ihnen auch, meine Dame, meine Herren.«

Neben dem wie aufgedreht plappernden Jupp, der sich von Albrecht ein viel zu großes Sakko geliehen hatte (es war »Albrechts Abend«, und dieser bestimmte die Kleiderordnung), und der erstaunlich schweigsamen Franziska, die neben den beiden Enddreißigern allzu jung aussah, war auch Kriminalhauptmeister Schürmann anwesend. Kommissar Schalck war der Ansicht gewesen, es sei sinnvoll, Albrecht für den Abend einen Personenschutz zur Seite zu stellen. Immerhin begebe er sich auf dem Empfang in die Höhle des Löwen. Lauter potenzielle Attentäter. Schürmann hatte sich prompt freiwillig zum Dienst gemeldet. Die Aussicht, tatsächlich oder vermeintlich berühmten Persönlichkeiten der Filmbranche zu begegnen, ließ ihn nun am Eingang der Discothek ehrfürchtig erstarren. In seinem schlecht sitzenden beige-braunen Anzug unter dem fadenscheinigen Mantel sah er jedenfalls aus, als habe er von dem Achtziger-Jahre-Motto der Party gewusst. Er fiel beinahe nicht auf.

»Ist das da nicht Judy Winter?«, rief Schürmann aufgeregt, als sie die im Keller gelegene Discothek betraten und die Augen sich langsam an die Dunkelheit gewöhnt hatten. »Das ist sie doch, oder?«

»Sie wollen hoffentlich nicht bei jedem Prominenten fragen, ob es der Prominente auch wirklich ist?«, antwortete Albrecht und schaute sich suchend um. Von Martin Brandt war nichts zu sehen, von Emily ebenso wenig. Aber bei dem Schwarzlicht war ohnehin kaum etwas zu erkennen. Nur weiße Hemden und gelblich schimmernde Zähne.

»Entschuldigung«, murmelte Schürmann, der plötzlich gar nicht mehr wie Heines wirkte. »Es ist nur alles so ungewohnt. All die bekannten Leute. Die kennt man ja sonst nur aus dem Fernsehen.«
»Spätestens wenn Sie neben denen am Pissoir stehen«, sagte Jupp, »werden Sie merken, dass alle Schniedel gleich hässlich sind.«
»Judy Winter?«, fragte Schürmann. »Was wollen Sie damit sagen?«
Jupp lachte stumm, schüttelte den Kopf und nahm einer Bedienung vier phosphoriszierend leuchtende Sektgläser vom Tablett. Die Frau trug pastellgelbe Karottenhosen und ein blendend weißes Hemd mit Rüschenkragen. Wie ein Mühlsteinkragen des 16. Jahrhunderts.
»Oh nein!«, rief Jupp. »Bitte nicht *Falco*.«
»Wie bitte?«, fragte Albrecht, aber er hörte es schon aus den Boxen dröhnen: *»Drah di net um. Schau, schau, der Kommissar geht um.«*
Die Neue Deutsche Welle durfte an diesem Abend natürlich nicht fehlen. Überhaupt fiel Albrecht auf, dass sich in diesem Laden in den letzten fünfzehn Jahren kaum etwas verändert hatte. Immer noch lag die Tanzfläche wie ein im Boden versenkter Boxring in der Mitte, umgeben von mehrstufigen Tribünen, auf denen Kontaktfreudige ihre Runden drehen konnten. Über den Köpfen der Tanzenden drehten sich mehrere verspiegelte Discokugeln.
Franziska stand etwas abseits, nippte lustlos an ihrem Sekt und schien sich aus irgendeinem Grund unbehaglich zu fühlen.
»Was ist mit Ihnen? Geht es Ihnen nicht gut?«, erkundigte sich Albrecht. »Sie sind so still.«
»Ich finde das alles ganz schön unheimlich.«
»Die Filmpromis?«, fragte Albrecht. »Das sind auch nur Menschen.«
»Ich rede doch nicht von den gelackten Affen hier! Seh ich aus wie Ihr beknackter Polizistenfreund?!« Für einen kurzen Moment kam die alte Franziska zum Vorschein, patzig und aggressiv, doch ihre abfällige Miene verschwand sofort wieder. »Ich rede von den Anschlägen. Und von Robert. Das will mir nicht in den Kopf. Und alles nur wegen einer albernen Verliebtheit.«

»Bäuerle hat nicht auf mich geschossen.«
»Aber jemand *hat* auf Sie geschossen.« Sie schaute ihn einige Sekunden mit zusammengekniffenen Lippen an, und zum ersten Mal sah er so etwas wie Besorgnis in ihrem Blick. Sein Herz hüpfte vor Freude.
»Mit Heines an meiner Seite kann mir gar nichts passieren«, versuchte Albrecht sich an einem Scherz.
»Heines?«
»Kriminalhauptmeister Schürmann.«
»Hmm«, seufzte Franziska und schüttelte dann den Kopf. »Aber warum? Nur wegen einer bösen Filmkritik bringt man doch niemanden um. Das ergibt doch keinen Sinn.« Sie sah ihn lange und eindringlich an und fragte: »Was haben Sie getan, dass man Ihnen deswegen das Leben nehmen will?«
Genau diese Frage hatte Albrecht den ganzen Tag beschäftigt. Natürlich gab es zahlreiche Menschen, die Grund hatten, ihm nicht wohlgesonnen zu sein. Früher war er auf die Anzahl seiner Feinde stolz gewesen, wie Orden, die man sich ans Revers heftete. *Viel Feind, viel Ehr.* Jetzt jagte ihm diese Heerschar einen gewaltigen Schrecken ein. Alles geriet außer Kontrolle, aus Mücken wurden Elefanten. Ein harmloser Streit in einem Lokal, eine entlassene Kellnerin, und schon schickte jemand eine Briefbombe. Ein schlechtes und zu Recht kritisiertes Drehbuch, und schon schoss der Autor wie ein wild gewordener Revolverheld um sich. Oder war es etwa doch Felgenhauer gewesen, der ihm nun auf diese Weise das blaue Auge und die aufgeschlagene Lippe heimzahlte? Lauter Nichtigkeiten! Banalitäten! Unverhältnismäßigkeiten! Franziska hatte Recht: Deswegen brachte man niemanden um. Aber warum sonst? Albrecht war sich keiner Schuld bewusst. Im Grunde genommen war er doch harmlos. Ein lieber Kerl. Er zeigte es nur eben nicht.
»Man merkt es mir vielleicht nicht an«, sagte er und versuchte sich an einem aufmunternden Lächeln, das allerdings etwas gezwungen wirkte, »aber ich habe eine Heidenangst.«

»Man merkt es Ihnen an«, antwortete sie und berührte seinen Handrücken mit den Fingern. »Und das steht Ihnen eigentlich ganz gut. Das ist ja das Unheimliche.«
Bevor er etwas erwidern konnte, hatte Franziska sich entschuldigt und war auf die Toilette verschwunden. Albrechts Herz raste, er hatte Atemnot. Und sein Nacken kribbelte. Auch das machte ihm Angst. Wieder eine Situation, die er nicht unter Kontrolle hatte. Albrecht hasste es, wenn er nicht sofort auf etwas reagieren konnte, wenn ihm die Hände gebunden waren, wenn er nicht wusste, was er tun sollte. Am liebsten wäre er Franziska hinterhergerannt, hätte ihr einen Kuss auf den Mund gedrückt und sich vermutlich eine Maulschelle eingefangen. Aber das ging nicht. Undenkbar. Ähnlich erging es ihm mit Martin Brandt. Nicht dass er ihn küssen wollte, aber er musste ihn zur Rede stellen, sofort, auf der Stelle. Den ganzen Nachmittag hatte er wie auf heißen Kohlen verbracht. Die Aufzeichnung der Sendung war eine Tortur gewesen, eine seltsam gedrückte Atmosphäre hatte im Studio geherrscht. Niemand hatte ein Wort gesagt, alle hatten ihre Blicke gen Boden gerichtet, als gäbe es dort etwas Spannendes zu sehen, eine Stimmung wie auf einer Beerdigung. Albrecht war wie ein Gespenst durch die Räume geschlichen, ohne die anderen auch nur wahrzunehmen. In Gedanken hatte er seine Abrechnung mit dem Möchtegern-Autor durchgespielt, immer wieder, bis er die Dialoge auswendig konnte. Er hätte Martin natürlich anrufen können, aber das wäre nicht das Gleiche gewesen. Nein, er musste etwas *tun*, und es machte ihn rasend, dass er dazu nicht in der Lage war. Nicht reagieren zu können, war für ihn eine der schlimmsten Höllenqualen. Er lächelte plötzlich. Vor einigen Jahren hatte er einmal einen Finanzbeamten am Wochenende unter der Privatadresse ausfindig gemacht und wüst beschimpft. Am Samstagmorgen hatte er einen Brief vom Finanzamt bekommen, in dem ihm mitgeteilt wurde, er habe eine völlig überzogene Steuernachzahlung zu leisten. Da es ihm schlichtweg unmöglich gewesen war, bis zum Montag zu warten, hatte er den betreffenden Beamten kurzerhand zu Hause aufgespürt und

wortreich zusammengestaucht. Es war Albrechts feste Überzeugung, dass das Finanzamt unangenehme Nachrichten immer und mit Bedacht am Freitag verschickte. So verstrichen wertvolle Tage am Wochenende, in denen die erste Wut der Steuerzahler verrauchte. Aber nicht mit Albrecht!

»Herr Niemeyer!«

Albrecht stieß einen spitzen Schrei aus, fuhr herum und sah sich einer jungen Frau im Blaumann gegenüber. An den Füßen trug sie Bundeswehrstiefel.

»Haben Sie mich erschreckt, Frau von Hülshoven.«

»Das *von* können Sie getrost weglassen«, antwortete sie, »ich bin nicht meine Mutter.«

Albrecht lächelte müde und war sich nicht sicher, ob ihre Aufmachung dem Motto des Abends oder ihrem Künstlergehabe geschuldet war. »Hübscher Overall«, sagte er, »trug man das in den Achtzigern?«

Maria Hülshoven hob die Achseln, lächelte unverbindlich und fragte: »Und? Hat Ihnen der Film gefallen?«

»Der Film?« Albrecht stutzte. »Ach so, der Film. Nicht wirklich.«

»Oh«, sagte die Hülshoven, zog eine Flappe und verstummte. Plötzlich hellte sich ihre Miene auf, sie schaute über Albrechts Schulter und rief: »Da ist ja auch Ihre Frau. Sie war eine sehr große Hilfe. Ohne Emily wäre unser Film wohl niemals ins Panorama-Programm genommen worden. Ihre Frau ist ein echter Schatz.«

Albrecht nickte und wagte kaum, sich umzudrehen. Er befürchtete, beim Anblick von Felgenhauers aufgeplatzter Lippe wider Willen auflachen zu müssen, doch als er schließlich über die Schulter blickte, erkannte er, dass Emily allein gekommen war. Sie bedachte ihn mit einem kühlen Blick, brummte ein »'n Abend, Albrecht!« und begrüßte dann Maria Hülshoven mit Küsschen links, Küsschen rechts. »Hallo, Maria, herzlichen Glückwunsch zu dem Erfolg.«

»Danke, Emily, aber ohne Sie wäre es nie dazu gekommen.«

»Ach was«, antwortete Emily, »ein guter Film setzt sich immer durch.«

Albrecht stöhnte unmerklich, verdrehte die Augen und wollte sich abwenden. Dieses Höflichkeitsgeplauder und Süßholzraspeln ertrug er heute nicht. »Entschuldige«, sagte er, doch Emily fasste ihn an der Schulter und erwiderte: »Warte! Wir müssen reden.«
»Wenn du meinst.« Aus den Augenwinkeln heraus sah Albrecht, wie Kriminalhauptmeister Schürmann eine Gruppe von Männern bestaunte, die an einem Stehtisch standen. Einer der Männer war der Schauspieler Peter Lohmeyer, die anderen beiden erkannte er nicht, weil sie mit dem Rücken zu ihm standen. Der eine war blond und sehr klein, vermutlich Jürgen Vogel. Schürmann beäugte sie, als seien sie Außerirdische. Für Albrecht hingegen hatte er weder Augen noch Ohren, er hätte längst eine Leiche sein können, ohne dass der Kriminalbeamte dies auch nur bemerkt hätte.
»Ich habe eine Neuigkeit für dich«, sagte Emily, nachdem die Hülshoven die Noch-Eheleute allein gelassen hatte. »Eine sehr wichtige.«
»Wo steckt eigentlich Felge?«, antwortete Albrecht ausweichend. Er hatte den Verdacht, dass er die wichtige Neuigkeit womöglich gar nicht hören wollte.
»Er kommt später«, sagte sie. »Erst wollte ich mit dir reden.«
»Hat er Angst, dass ich ihm wieder eine verpasse?«
»Please!«, flehte sie. »Hör mir doch bitte zu!«
»Musst du ihn wirklich gleich heiraten?«, platzte es aus Albrecht heraus. Diese Frage lag ihm seit Wochen auf den Lippen, sie ließ ihm keine Ruhe, seitdem Emily im »Peru« gesagt hatte: »Heinrich und ich wollen heiraten.« Er verstand es einfach nicht. Dass Emily ihn betrogen hatte, war schlimm. Dass sie ihn ausgerechnet mit Felgenhauer betrogen hatte, war schlimmer. Dass sie Albrecht anschließend verlassen hatte, war an Schlimmheit kaum zu übertreffen. Aber dass sie nun diesen Hampelmann heiraten wollte, war wie eine finale Demütigung, ein schlechter Witz, ein Unding! Albrecht dachte daran, was Franziska gestern im Bus zu ihm gesagt hatte, und fügte hinzu: »Dass du dich von mir scheiden lassen willst, kann ich ja verstehen. Aber warum diese plötzliche Wiederheirat?«

»Weil Heinrich möchte, dass wir eine richtige Familie sind.«
Albrecht verstand nicht sofort. Doch dann fiel ihm ein alter *Ramones*-Song ein: »*We're a happy family. Me, Mum and Daddy.*«
»Ich bin schwanger«, sagte Emily im selben Moment.
Albrecht starrte sie wortlos an.
»Hast du gar nichts dazu zu sagen?«
»Gratuliere«, murmelte er unhörbar und spürte einen Brechreiz in sich aufsteigen.
»Ich bin schwanger.« Schon einmal hatte er diesen Satz aus Emilys Mund gehört. Vor zwei Jahren. Und schon damals war es ihm nicht möglich gewesen, angemessen darauf zu reagieren.
Kinder waren nie ein wirkliches Thema bei ihnen gewesen. Kurz nach ihrer Heirat vor nunmehr zehn Jahren hatten sie darüber gesprochen, und beide waren sich einig gewesen, dass die Karriere zunächst Vorrang haben sollte. Sowohl Albrecht wie auch Emily hatten gerade erst ihr Studium beendet, waren Neulinge in ihren Jobs und konnten noch nicht recht abschätzen, wie der weitere berufliche Weg aussehen würde. Für Kinder blieb immer noch Zeit. Später. Mittlerweile standen sie »mitten im Leben«, verdienten »gutes Geld«, hätten sich ein Kind »leisten können« (wie Albrechts Mutter oftmals feststellte), aber ein zweites Gespräch zu diesem Thema fand nie statt. Nicht ernsthaft. Und so war Albrecht der irrigen Meinung, am Status quo habe sich im Laufe der Jahre nichts geändert. Emily nahm die Pille, das wusste er und beruhigte ihn, und deshalb reagierte er so geschockt, als sie plötzlich sagte: »Ich bin schwanger.« Er hätte jubeln und ihr um den Hals fallen sollen, er hätte von einem Stammhalter schwärmen oder Pläne für die Zukunft seiner Tochter schmieden sollen, er hätte Emily freudestrahlend küssen und nach möglichen Namen (John oder Emma?) für das Kind suchen sollen. Stattdessen entgleiste ihm sein Gesicht zu einer Grimasse, und er fragte: »Willst du es haben?« Keine »ergebnisoffene« (wie dies in den Schwangerschaftsberatungen hieß), sondern eine rhetorische Frage: »Du willst es doch wohl nicht etwa haben?« Nun starrte Emily ihn entgeistert an. Sie

hatte eine völlig andere Reaktion erwartet. Natürlich wollte sie das Kind, sie wäre niemals auf die Idee gekommen, es abzutreiben. Warum auch? Es war das Richtige zur richtigen Zeit mit dem richtigen Mann, glaubte sie. Und deshalb fing sie an zu weinen. Vor Wut und Enttäuschung. Später beteuerte Albrecht, er freue sich natürlich auf das Kind und sei nur im ersten Moment so überrascht gewesen. Er kaufte ein englisches Namensbuch (Lloyd oder Gwendolyn?) und einen Ratgeber für angehende Eltern (»Abenteuer Vaterschaft«), um Emily von seinem echt empfundenen Erzeugerstolz zu überzeugen, und er machte keine Witze mehr über die Freunde und Bekannten, die sich nach der Geburt eines Kindes nur noch über ihre Elternschaft und die Befindlichkeiten ihrer Kinder definierten. Albrecht mochte Kinder, allerdings nur, wenn die Eltern nicht anwesend waren. Er hatte die befremdende Erfahrung gemacht, dass sich Kinder in der Reichweite ihrer Eltern stets in kleine Monster verwandelten, die es einem schwer machten, sie niedlich zu finden. Dennoch strengte er sich an, las seinen Ratgeber, versuchte, mit Emily über das Gelesene zu diskutieren, aber der entscheidende Moment war verpasst und ließ sich nicht rückgängig machen. Er hatte es verpatzt. Dass Emily das Kind vier Wochen später verlor, machte das Ganze nur noch schlimmer. Es blieb eine Lücke. Es folgten Entfremdung und Kälte. Als er Emily im Krankenhaus sagte, sie könnten doch jederzeit wieder ein Kind bekommen, da lächelte sie seltsam und schüttelte den Kopf. Nein, sie würden kein Kind bekommen. Niemals. Das bekam Emily jetzt von Felge, denn dem war bei der freudigen Nachricht bestimmt nicht die Kinnlade heruntergefallen. Heinrich Felgenhauer, verwitweter Vater dreier inzwischen erwachsener Kinder, Ost-Katholik mit zwanghaftem Wunsch, seinen heiligen Samen zu versprengen. »Every sperm is sacred«, hieß es bei den Komikern von Monty Python, aber Albrecht war nicht nach Lachen zumute. Er begriff, dass er Emily endgültig verloren hatte. Nicht heute. Auch nicht in dem Moment, als Felges Samen wie ein Dieb in ihr Ei eingedrungen war. Ihre Ehe war zu Ende gewesen, als er sich gegen das Kind ausgesprochen hatte. Eine dumme, unüberlegte Frage, und alles war zu Ende.

Albrecht gab auf.

»Warum guckst du so komisch?«, fragte Emily.

»Ich versuche, mich für dich zu freuen.«

Sie sah ihn an, als erwartete sie eine weitere Spitze, eine böse Bemerkung, einen Hieb gegen den Kindsvater oder ihre geplante Heirat, doch Albrecht lächelte nur gequält und wiederholte: »Gratuliere.«

»Wozu?« Jupp stand plötzlich hinter ihnen, hielt Franziska im Arm und prostete Emily mit dem Sektglas zu. »Haben wir was verpasst?«, fragte er gut gelaunt.

Emily betrachtete Franziska wohlwollend, bedachte Jupp mit einem anerkennenden Blick und sagte: »Hallo, Jupp! Anscheinend habe ich bei dir etwas verpasst. Willst du mir deine Freundin nicht vorstellen?«

»Schön wär's«, antwortete Jupp und gab Emily einen Kuss auf die Wange. »Aber ich möchte mich nicht mit fremden Federn schmücken.« Er ließ seine Begleiterin los und setzte hinzu: »Das ist Franziska. Ich hab sie vorm Klo aufgelesen.«

Franziska gab ihm einen Klaps auf den Hinterkopf und gesellte sich zu Albrecht.

»Geht's wieder?«, fragte er.

Franziska lächelte und nickte. Wieder berührte sie seinen Unterarm. Und erneut stockte ihm der Atem.

Emily war nichts davon entgangen. Sie bemerkte Albrechts allzu zärtlichen Blick, sah Franziskas Lächeln, registrierte die beiläufige Berührung des Arms. Und Farbe schoss ihr in die Wangen.

Aus den Boxen erschallte: »*Tanz den Adolf Hitler.*«

Am Tresen redete Kriminalhauptmeister Schürmann mit Vehemenz auf Wolfgang Völz ein und ließ sich einen Bierdeckel signieren.

»Und wozu darf man gratulieren?«, fragte Franziska.

»Emily ist schwanger«, sagte Albrecht.

»Echt?!«, entfuhr es Jupp. »Und wer ist der Vater?«

Emily wurde puterrot. Albrecht erstarrte und bedachte seinen Freund mit einem bösen Blick. Und Franziska schaute verständnislos in die Runde.

»War nur 'n Witz«, meinte Jupp und lachte. »Sag Felge meinen Glückwunsch.«

»Bitte nenne ihn nicht so«, sagte Emily und schaute Albrecht vorwurfsvoll an, doch der schien mit einem Mal völlig abwesend. Er starrte wie gebannt zum Eingang und reagierte nicht auf ihre Worte.

Martin Brandt hatte in diesem Moment das »Linientreu« betreten.

2

Es kostete Albrecht einige Überwindung, sich unbefangen zu geben und sogar ein Lächeln auf sein Gesicht zu bringen, aber er schaffte es und empfing Martin mit einem Händedruck, der womöglich etwas zu heftig geriet. Martin zuckte zusammen und starrte Albrecht an, als sehe er ein Gespenst vor sich.

»Du hier?«, fragte er und lächelte gequält.

»Warum nicht?«, antwortete Albrecht und klopfte seinem ehemaligen Kommilitonen kameradschaftlich, aber wieder etwas zu kräftig auf die Schulter. Sie standen abseits der Menge. Albrecht hatte den günstigen Moment genutzt, als Martin sich von der Schar seiner Kollegen, mit denen er den Laden betreten hatte, entfernt und am hinteren Ende des Tresens, gleich neben den Toiletten, aufgebaut hatte, um sich in aller Ruhe umzuschauen und vor allem die Tanzfläche im Blick zu haben. Dort tanzte Martins Freundin mit einem Albrecht unbekannten Mann zu einem Song von *AC/DC*. Der Mann trug ein Batikhemd und bewegte sich, als habe er einen epileptischen Anfall.

»Warum sollte ich nicht hier sein?«, wiederholte Albrecht lauernd seine Frage und stellte mit Verwunderung fest, dass Martin einer der wenigen Gäste war, die sich aus Anlass des Abends verkleidet hatten. Seine 80er-Jahre-Verkleidung bestand aus zwei Stickern, die er sich ans Revers seiner Jacke geheftet hatte. *E.L.O.*, stand auf dem einen, *The Alan Parsons Project* auf dem anderen.

»Na ja«, druckste Martin herum, »ich dachte, weil du doch … weil ihr … du weißt schon. Nicht gerade ein Grund zu feiern.« Er schaute an Albrecht vorbei auf die Tanzfläche, und es schien, als weiche er dem Blick seines Freundes aus.

»Du weißt davon?«, fragte Albrecht möglichst beiläufig. »Woher? Es ist ja wohl noch nicht in den Nachrichten gebracht worden. Oder etwa doch?«

Martin schüttelte den Kopf und nippte an seinem Sektglas. »Ich hab auf andere Art davon erfahren«, gab er sich geheimnisvoll, während er stur an Albrecht vorbeischaute und seine Miene sich zunehmend verfinsterte. »Du weißt ja, wie das ist. Ich kenn halt ein paar Leute und höre so einiges.«

»Du kennst Leute bei der Polizei?«

»Polizei? Ist die Staatsanwaltschaft etwa eingeschaltet?«, fragte Martin und schaute sein Gegenüber nun verwundert an. Er schob die Unterlippe vor und setzte hinzu: »Dass es so schlimm ist, hätte ich nicht gedacht. Das tut mir Leid.«

»Es tut dir Leid?«, fauchte Albrecht und wollte seinen Ohren nicht trauen. »Dir Arschloch tut es Leid?! Bist du eigentlich total durchgeknallt?«

»Hey, hey«, erwiderte Martin und hob abwehrend die Hände. »Jetzt mach mal halblang. Was ist denn in dich gefahren? Ich kann ja verstehen, dass du heute nicht gut drauf bist, aber das ist noch lange kein Grund, mich anzubrüllen.«

»Ach nein?! Das ist kein Grund?«, schnauzte Albrecht so laut, dass sich die ersten Gäste nach ihnen umschauten. Aus den Boxen kreischte nun kein australischer Hardrock mehr, plätschernd erklang stattdessen leises Geigengesäusel von *Visage*. »Wie kommt es wohl, dass du so schnell Bescheid weißt?«, fuhr Albrecht in seinem zornigen Sermon fort. »Ich kann dir die Antwort sagen: Weil du dabei warst! Von wegen, *ich höre so einiges*. Du bist für den ganzen

Mist doch verantwortlich. Die Bombe hat dich auf die Idee gebracht, nicht wahr? Aber keine Bange, die Polizei ist anwesend und wird dir das Handwerk legen! Dafür werde ich schon sorgen.«

»Die Polizei? Mir?« Martin knallte das Sektglas auf den Tresen. Es ging zu Scherben. »Bist du denn völlig plemplem?«

»Willst du etwa abstreiten, dass du es auf mich abgesehen hast?«

»Ich? Was hab ich denn mit dem Berlin-Kanal zu schaffen?!«

Da der Song gerade zu Ende war, hatten die Streitenden nun die gesamte Aufmerksamkeit des Publikums auf ihrer Seite. Albrecht schaute sich verstört um, er verstand nichts und sah niemanden, und als die Musik mit einem Tusch wieder einsetzte, rief er: »Wovon redest du eigentlich?«

»Von eurer Insolvenz, wovon denn sonst?«

»Was meinst du damit?«

»Am Montag wird vor dem Amtsgericht Charlottenburg das Insolvenzverfahren eröffnet«, antwortete Martin und bemerkte erst jetzt, dass er sich eine Glasscherbe in den Daumen gerammt hatte. Das Blut tropfte auf den Tresen, und er zog die Scherbe aus dem Fleisch. »Ich hab's heute Nachmittag erfahren«, fügte er unter Schmerzen hinzu. »Die ›Berlin-Kanal GmbH‹ ist pleite. Alle Mitarbeiter werden freigestellt. Ich dachte, du weißt es längst.«

Natürlich! Die hängenden Schultern im Sender. Die zu Boden gerichteten Blicke der Kollegen. Das betretene Schweigen im Studio. Albrecht hatte all das nur vage mitbekommen, aber nicht wirklich zur Kenntnis genommen. Zu sehr war er mit sich selbst und der bevorstehenden Abrechnung mit Martin beschäftigt gewesen. Mit niemanden hatte er ein Wort gewechselt, nur lustlos vor der Kamera seinen Text heruntergerasselt. Keiner der Kollegen hatte ihn darauf angesprochen, weil sie seine finstere Miene für eine Reaktion auf die bevorstehende Insolvenz gehalten hatten. Regina, die Bildregisseurin, hatte ihn so seltsam angeschaut, als wollte sie mit ihm über irgendetwas reden, doch er hatte kopfschüttelnd abgewunken. Dann war er ohne ein Wort gegangen. Alle hatten es gewusst. Niemand hatte etwas gesagt, höchstens heimlich geflüstert.

Nur wenn man etwas aussprach, wurde es existent. Wahrscheinlich hatte er längst eine schriftliche Benachrichtigung des Senders in der Post. Ihm fiel ein, dass er seinen Briefkasten seit Tagen nicht geleert hatte.

Montag also! Und dann?

»Erst einmal werden Konserven gespielt, weil sonst die Sendelizenz verloren geht«, sagte Martin, als habe er Albrechts Gedanken gelesen. »Aber vermutlich wird der Sender den Betrieb ohnehin einstellen, weil kein Investor in Sicht ist. Die Banken haben sich in der letzten Zeit zu häufig die Finger verbrannt. Und selbst wenn der Laden aufgekauft wird, ist nicht sicher, ob die Frequenz nicht neu vergeben wird. Das hängt davon ab, ob die Landesmedienanstalt das neue Sendekonzept akzeptiert.« Plötzlich starrte Martin auf die Tanzfläche und wurde hektisch. »Wo ist sie geblieben?«

»Hm? Wer?«

»Christiane, meine Freundin. Sie war doch eben noch da.«

Albrecht reagierte nicht. Das war's also. Feierabend! Frau weg, Job weg, und ein Killer auf den Fersen. Wie in einem schlechten Film. Er hielt Martin, der hastig an ihm vorbeigehen wollte, am Ärmel fest und fragte: »Wo warst du heute Morgen?«

»Was?«

»Wo du heute Morgen warst!«

»Wieso willst 'n das wissen?«

»Sag es einfach!«

Martin machte eine seltsam verkniffene Miene, als wisse er nicht, ob er lachen oder weinen sollte. »Christiane ...«, begann er.

»Sie betrügt dich«, stellte Albrecht nüchtern fest und nickte wissend.

Martin starrte ihn entgeistert an. »Wie kommst 'n darauf?«, empörte er sich. »Nein, wir wollen heiraten. Heute morgen waren wir beim Ausstatter und haben ihr Brautkleid ausgesucht. Das hat geschlagene vier Stunden gedauert. Von neun bis eins. Zwei Filme habe ich deswegen verpasst.« Mit einem belustigten Schnaufer setzte er hinzu: »Aber man heiratet ja nur einmal im Leben.«

Er klopfte Albrecht aufmunternd auf die Schulter und fluchte leise, weil er das mit der verletzten Hand getan hatte. Er steckte seinen blutenden Daumen in den Mund und verabschiedete sich mit einem: »Wird schon wieder!«
Albrecht stand einige Sekunden wie angenagelt da. Irgendjemand sprach ihn an, er antwortete nicht, erkannte nicht einmal, dass es Kriminalhauptmeister Schürmann war, der sich nach seinem Befinden erkundigte. Wie zum Spott erklang aus den Boxen ein Song der *Toten Hosen*: »In den Straßen läuft die Armee der Verlierer.«
Albrecht hielt sich die Hand vor den Mund und rannte aufs Klo.
Als er zehn Minuten später mit flauem Gefühl im Magen und bitterem Geschmack im Mund zu den anderen zurückkehrte, war zwischen denen der offene Krieg ausgebrochen. Jupp und Felgenhauer, der mittlerweile zu der Gruppe gestoßen war, befanden sich in einem erhitzten und lautstark geführten Duell. Felgenhauers entrüstetem und Jupps zufrieden grinsendem Gesichtsausdruck nach zu urteilen, verlief der Streit ganz nach Jupps Geschmack. Felgenhauer kannte Albrechts seltsamen Kumpanen nicht, hatte ihn zuvor noch nie erlebt und war vermutlich ohne Vorwarnung ins offene Messer gelaufen. Als Albrecht sich den beiden näherte, erkannte er, dass sie sich über eines von Jupps Lieblingsthemen stritten: die Religion.
»Wenn ich Genforscher wäre«, tönte Jupp und begleitete seine Worte mit ausladenden Gesten, »dann würde ich als erstes das Religionsgen isolieren und für alle Zeiten ausmerzen. Die menschliche Neigung zur Religion ist nichts weiter als ein kultureller Defekt, eine irrationale Fehlleistung. So eine Art Blinddarm. Sie macht nur Ärger, entzündet sich ohne jeden Grund, und man ist besser dran, wenn sie erst mal herausgeschnitten wurde. Oder hat es je einen Menschen gegeben, der seinen entfernten Wurmfortsatz zurückhaben wollte?«
»Das meinen Sie doch nicht im Ernst!«, empörte sich Felgenhauer, der rote Flecken auf Stirn und Wangen hatte. »Ihre Worte sind eine

Beleidigung für Millionen gläubiger Menschen auf der ganzen Welt.«

»Das freut mich, dass Sie das so sehen«, sagte Jupp.

Felgenhauer schnappte nach Luft und war sprachlos.

»Warum regen Sie sich eigentlich so auf?«, wunderte sich Jupp. »Ich dachte, Sie sind ein Ossi? Wieso sind Sie dann so religiös? Ich dachte, wenigstens *das* Problem hätten die in der DDR in den Griff bekommen. Und auch noch Katholik!«

»Du weißt ja, wie das in der Diaspora ist«, mischte sich Albrecht in das Gespräch ein, »je kleiner der Kreis, desto größer die Verschwörung. Und je stärker man sie anfeindet, desto verschworener werden sie.«

»Das konnte ich mir ja denken, dass du diesen Unsinn auch noch unterstützt«, sagte Felgenhauer verstimmt.

»Ali hat völlig Recht«, meinte Jupp, »und deshalb bin ich so sauer auf die verdammten Römer. Denn die sind letztlich an allem schuld.«

»Die Römer?« Felgenhauer schien allmählich an Jupps Verstand zu zweifeln.

»Wenn die alten Römer die Christen nicht den Löwen zum Fraß vorgeworfen hätten«, erklärte Jupp und nippte an seinem Bier, »dann wäre aus der albernen Sekte nie was Vernünftiges geworden. Kein Mensch hätte sich um sie geschert. Eine von vielen Splittergruppen, die heute kein Mensch mehr kennt. Erst der Fanatismus und die verfluchten Märtyrer haben das Christentum hoffähig gemacht. Und wir müssen's heute ausbaden.«

»Ich gloob, ick spinne«, geriet Felgenhauer ins Berlinern. »Ihnen wär's wohl lieber, wir wären alle gottlose Heiden wie die Römer und Germanen.«

»Auch die Germanen und Römer hatten Götter«, sagte Albrecht. »Allerdings waren die etwas menschlicher und nicht ganz so unfehlbar.«

»Eben«, knurrte Jupp, »und darum sag ich: Weg mit dem Religionsgen! Man sollte die menschliche DNA so ändern, dass der fatale Hang zur Religion eliminiert wird. Und zwar zu jeder Religion! Wäre das früher schon geschehen, hätte es keine Hexenverfolgungen gegeben, die meisten Kriege wären gegenstandslos gewesen, der Nahe Osten wäre heute friedlich, und das World Trade Center würde auch noch stehen.«

»Sie haben ja einen Vogel«, fauchte Felgenhauer und schüttelte angewidert den Kopf. »Die christliche Religion ist eine zutiefst friedliche.«

»Jawohl, Herr Großinquisitor!«, antwortete Jupp, wischte mit dem Ärmel über seine Bierflasche und nahm einen großen Schluck. »Und deshalb halten Sie sich auch so strikt an die zehn Gebote, Herr Doktor. Vor allem an das zehnte.«

Felgenhauer wurde blass, setzte zu einer Antwort an, blieb dann aber stumm.

Albrecht, der nicht so bibelfest wie der Antichrist Jupp war, schaute diesen fragend an. Jupp legte den Kopf schräg und blickte kurz zu Emily, die etwas abseits stand und mit finsterer Miene auf Franziska einredete.

Albrecht verstand, zuckte mit den Schultern und sagte: »Auch Christen sind nur Menschen. Das kommt in den besten Familien vor.«

Jupp starrte seinen Freund überrascht an. Irgendeine seltsame Veränderung schien mit Albrecht vorgegangen zu sein. Normalerweise hätte er auf Jupps Stichwort mit einer bösen Spitze gegen Felgenhauer gekontert, doch nun schüttelte er nur den Kopf und sagte: »Lass ihn! Er kann sich nicht wehren.«

Während Jupp Albrechts Ratschlag geflissentlich überhörte und weiter auf den in die Defensive geratenen Felgenhauer eindrosch, wandte Albrecht sich den beiden Frauen zu, zwischen denen ebenfalls eine Art Gefecht stattfand. Anders als bei den Männern wurde hier nicht mit offenem Visier gekämpft, der Krieg war eine kalter, er wurde mit Blicken und zweideutigen Anspielungen geführt. Und seltsamerweise war es vor allem Emily, die auf Konfrontation aus zu sein schien.

»So?«, fragte sie mitleidig. »Im ›Goldenen Hahn‹? Das kenne ich gar nicht.«
»Das wundert mich nicht«, antwortete Franziska. »Sie werden es vermutlich auch nie kennen lernen.«
»Aha«, sagte Emily und setzte eine schnippische Miene auf, die ihr eigentlich nicht ähnlich sah und überhaupt nicht stand. Mit einem süffisanten Grinsen setzte sie hinzu: »Sie reden nicht gern über Ihre Arbeit, was?«
»Nur mit Leuten, die sich dafür interessieren«, konterte Franziska und schaute finster zu Albrecht, der den Blick jedoch nicht recht deuten konnte.
»Solange es Ihnen Spaß macht«, sagte Emily.
»Was soll das jetzt wieder heißen?«
»Arbeit ist schließlich nicht das Wichtigste im Leben«, erklärte Emily nachsichtig. »Hauptsache, man lebt, nicht wahr?«
»Gott, sind Sie primitiv«, stieß Franziska hervor.
»Wenn Sie meinen, meine Liebe.«
»Das meine ich allerdings«, antwortete Franziska, »aber Ihre Liebe bin ich deshalb noch lange nicht.«
Albrecht zuckte zusammen. Er erinnerte sich, dass Franziska denselben Satz auch ihm gegenüber fallen gelassen hatte. Damals im »Peru«, am Abend des Faustschlags. Und er nahm sich vor, nie wieder einen Menschen mit »meine Liebe« oder »mein Lieber« anzureden. Es klang hochnäsig und verlogen.
»Vielleicht bin ich einfach noch nicht alt genug, um mich allein über meinen Job zu definieren«, fuhr Franziska fort und stellte ihr Sektglas ab. »Wenn ich erst einmal in Ihrem Alter bin, werde ich wahrscheinlich auch so sein wie Sie. Aber das hat ja noch ein paar Jahre Zeit.«
Volltreffer!, dachte Albrecht, doch bevor er Franziska ein anerkennendes Lächeln schenken konnte, hatte diese sich abgewandt und war verschwunden.
»Was für ein Früchtchen!«, schimpfte Emily. »Wo hast du die denn aufgegabelt? Die hat ja ein Mundwerk wie eine …«

»Kellnerin?«, fragte Albrecht.
»Ist das nicht etwas unter deinem Niveau?«
»Was, bitte schön, ist denn mein Niveau?«
»Oh, come on, Albrecht! Wem willst du eigentlich was vormachen? Du erwartest doch hoffentlich nicht, dass ich das ernst nehme.«
»Es ist nicht wichtig, ob du es ernst nimmst.«
Emily schnaufte abfällig und knurrte: »Ich wusste gar nicht, dass du auf kleine Mädchen stehst.«
»Sie ist genauso alt wie Felges älteste Tochter«, erwiderte Albrecht.
»Eben«, sagte Emily und stutzte dann. Sie brauchte einige Sekunden, um Albrechts Bemerkung zu verstehen. Schließlich sagte sie: »Das ist doch wohl etwas ganz anderes.«
»Sicher«, sagte Albrecht und ließ sie kommentarlos stehen.
»Beeil dich, du Blödmann!«, rief ihm Jupp hinterher.
Albrecht fand Franziska an der Garderobe. Sie zog sich gerade die Jacke an und stapfte wütend in Richtung Ausgang. Albrecht fasste sie am Ärmel und sagte: »Warten Sie!«
Sie schüttelte ihn ab und antwortete: »Mir reicht's. Ich will nach Hause.«
»Ich bringe Sie.«
»Das werden Sie nicht.«
Bevor er wusste, was er tat, drückte er ihr einen Kuss auf den Mund.
Die Maulschelle folgte umgehend.
»Entschuldigung«, murmelte er, hielt sich die Wange und starrte verlegen zu Boden. »Das war …«
»Höchste Zeit«, sagte sie und lachte. Dann gab sie ihm einen Kuss auf die geohrfeigte Stelle, nahm ihn wie einen kleinen Jungen an die Hand und zog ihn mit sich. »Gehen wir.«
»Halt! Mein Mantel.«
Als er der Garderobenfrau seinen Zettel gab, hörte Albrecht die Stimme des Kriminalhauptmeisters hinter sich: »Herr Niemeyer? Wo wollen Sie denn hin?«
»Bleiben Sie!«, sagte Albrecht. »Ich brauche Sie heute nicht mehr.«

Schürmann konnte seine Erleichterung nur mühsam verbergen. Er tat so, als ringe er mit sich, nickte dann, verabschiedete sich mit einem Winken und folgte dem gerade eintreffenden Didi Hallervorden in den Saal.
Händchen haltend verließen Albrecht und Franziska das »Linientreu«.
In der Eingangstür stießen sie beinahe mit Kerstin Harms zusammen. Albrecht wollte Emilys Assistentin bereits grüßen, doch die fuhr entsetzt zusammen, als sie ihn sah. Sie wich zurück und starrte ihn an, als sei er ein Außerirdischer. Ihr Gesicht war verheult, die Schminke verschmiert, die Nase gerötet. Dann nahm sie plötzlich Reißaus und stürmte die Treppe hinunter.
Albrecht schaute ihr irritiert hinterher, zog die Stirn kraus und war froh, die Höhle des Löwen verlassen zu haben.
»Zu dir oder zu mir?«, fragte Franziska.
»Zu Ihnen«, antwortete Albrecht.

3

Die Nacht war eine einzige Katastrophe gewesen. Ein Desaster. Albrecht hatte kaum geschlafen und sich um sechs Uhr morgens wie ein Dieb aus Franziskas Wohnung geschlichen, weil er nicht mehr liegen konnte und sie nicht wecken wollte. Und dennoch war er nun, als er vor seiner Wohnungstür stand, in einer fast euphorischen Hochstimmung. Nicht einmal das klaffende Loch im Glas der Haustür und die Erinnerung an den morgendlichen Anschlag hatten seine Stimmung drücken können. Auch die Aussicht, sich am Montag als Insolvenzgeldempfänger in das Heer der Arbeitslosen einzureihen, erschien ihm mit einem Mal gar nicht mehr so bedrohlich.
»Franziska«, murmelte er leise, als sei der Name eine Art heilbringendes Mantra, »Fran – zis – ka.« Er kramte den Schlüssel aus der Tasche.

Es war eine schöne Katastrophe gewesen, zumindest keine mit verheerenden Folgen. Das hoffte er jedenfalls. Alles wird gut! Das hatte sie ihm versprochen. Kaum waren die beiden in Franziskas Wohnung gewesen, schon hatte sie sich auf Albrecht gestürzt, als sei sie eine hungrige Löwin, die eine Antilope zu verspeisen gedachte. Albrecht hatte sich überrumpelt gefühlt, obwohl es genau das gewesen war, was er erhofft hatte. In seinem Kopf herrschte Chaos, er war nicht in der Lage, die konfusen Gedanken und beängstigenden Eindrücke des Tages abzuschütteln. Wortfetzen schossen ihm durchs Hirn, Bilder und Töne, die keinen Sinn ergaben, sich aber auch nicht verscheuchen ließen. Eigentlich war er froh, dass Franziska die Initiative übernahm, ihm die Kleider vom Leib riss, ihn aufs Bett stieß, sich auf ihn stürzte. Doch dann ging es ihm zu schnell, war zu abrupt, zu heftig. Er bekam keine Erektion. Funkstille.
»Willst du nicht?«, fragte sie.
»Ich kann nicht«, sagte er.
Natürlich war sie enttäuscht, aber sie zeigte es nicht. Nur ein wenig. Sie legte den Kopf schräg, zuckte mit den Schultern und kuschelte sich an ihn. »Macht nichts«, sagte sie und grinste, »das kommt eben dabei raus, wenn man sich mit alten Männern verabredet.«
Albrecht lachte, streichelte ihr den Rücken und sagte: »Vermutlich müsste ich jetzt sagen, dass es am Alkohol liegt. Aber ich hab nur ein Glas Sekt getrunken. Das kann es also nicht sein. Wahrscheinlich bist du einfach zu hässlich.«
»Und du bekommst 'ne Glatze«, erwiderte sie.
»Wenigstens hab ich keine Pubertätspickel auf dem Rücken.«
»Das ist ein Muttermal, du Idiot! Und wenn du weiterhin so daran herumknetest, wird's bestimmt bald ein Melanom. Blödmann!«
Plötzlich stand er ihm wie eine eins.
»Hoppla!«, rief sie, warf ihn auf die Schultern und setzte sich auf ihn. »Du scheinst auf Beleidigungen zu stehen, was?«
Es dauerte nur wenige wohlige Sekunden, dann war das Malheur geschehen.

»Hoppla!«, sagte er.
»Sag, dass das nicht wahr ist!« Franziska starrte ihn ungläubig an. Und dann bekam sie einen Lachkrampf.
Es war der kürzeste und für die weibliche Seite unbefriedigendste Sex, den Albrecht je zustande gebracht hatte, aber Franziskas Lachen war wie Medizin für ihn. Wie ein Katalysator. Wie das Handauflegen eines Wunderheilers. Und plötzlich schossen ihm die Tränen in die Augen. Dicke, heiße Tränen, die er seit Jahren nicht geweint hatte. Befreiende Tränen. Er schüttelte sich wie unter Krämpfen und hielt sich die Hände vor die Augen.
»Ist ja gut«, murmelte Franziska und nahm ihn wie ein kleines Kind in den Arm. »Es wird alles gut, ganz bestimmt.«
»Versprochen?«, sagte Albrecht schluchzend.
»Versprochen«, antwortete sie.
Alles wird gut! Als Albrecht übermüdet, aber gut gelaunt seine Wohnung betrat, glaubte er das auch. Ja, es würde alles in Ordnung kommen. »Franziska«, murmelte er wieder. Es war ein unwiderstehlicher Drang, den Namen auszusprechen. Wie kindisch!
Im Flur brannte Licht, und aus dem Wohnzimmer schallte Musik.
»Jupp?«, rief Albrecht und warf den Mantel an die Garderobe. »Bist du noch wach?« Nun erkannte er die Musik. Es war die »All out Attack«-EP von *Blitz*. Die einzige wertvolle Scheibe, die Albrecht noch sein Eigen nannte. Die ultrarare Ausgabe mit Klappcover auf »No Future Records«, die Albrecht sich Anfang der Achtziger in einem Laden in Holland gekauft hatte. Er wusste, dass Jupp die Band hasste. Sie waren ihm zu proletenhaft, zu skinheadlastig, zu englisch.
Das Wohnzimmer war leer, aber auch hier brannte das Deckenlicht, der Plattenspieler stand auf »Repeat«. Vermutlich dröhnten die Engländer schon seit Stunden ihr »Oi, oi, oi!« durch die Wohnung. Albrecht schaltete den Apparat aus und schaute sich um. Auf dem Sofatisch standen zwei Flaschen Bier, und im Aschenbecher lag ein abgebrannter Joint. Er hob die Achseln und löschte das Licht. Aus Emilys ehemaligem Arbeitszimmer, in dem Jupp

inmitten eines selbst fabrizierten Chaos seine Matratze auf dem Boden liegen hatte, drang keinerlei Geräusch. Albrecht horchte an der Tür, aber es war kein Schnarchen zu hören. Seltsam! Normalerweise sägte er wie ein Weltmeister.

»Jupp?« Keine Antwort. Albrecht öffnete die Tür einen Spalt breit und spähte ins Zimmer. Die Matratze war unbenutzt. Kein Jupp weit und breit. Ein böser Verdacht stieg in Albrecht auf. Na warte!, dachte er.

Er hatte Jupp ausdrücklich verboten, sein Arbeitszimmer auch nur zu betreten, geschweige denn, den Rechner zu benutzen. Albrecht wusste, dass sein Freund nicht nur ein Computerfreak, sondern auch ein Internetjunkie war. Vor allem aber gehörte er zu jener eigenartigen Spezies von Menschen, die beinahe zwanghaft alles ihren eigenen Bedürfnissen und Wünschen anpassen mussten. Das galt auch und gerade für die Computer anderer Leute. Einmal nur hatte Albrecht Jupp an seinen Rechner gelassen, und anschließend waren sämtliche Voreinstellungen geändert. Albrecht fand nichts wieder, Symbol- und Kontrollleisten waren verschwunden, Dateien wurden als Tasten dargestellt, €- und @-Zeichen waren nicht mehr an Ort und Stelle, und der Ordner »Programme« hieß plötzlich »Applications«. Er habe »das MacOS upgedatet«, hatte Jupp anschließend gesagt und vermutlich noch auf Lob gewartet. Das Betriebssystem sei ja auf dem Stand von 1997 gewesen. Dass dies vielleicht Absicht gewesen sein könnte, wäre Jupp nie in den Sinn gekommen.

»Wehe«, murmelte Albrecht und stieß mit böser Vorahnung die Tür zu seinem Arbeitszimmer auf.

Nichts! Das Licht war aus, der Rechner ebenfalls. Keine Zigarettenkippe auf dem Schreibtisch, kein Tabakgestank in der Luft.

Was daraus folgte, war beinahe noch unheimlicher als der Gedanke, Jupp an seinem Computer zu ertappen. Jupp in seinem Bett! Albrecht dachte an die beiden Flaschen auf dem Tisch. Womöglich war er nicht allein!

Langsam öffnete er die Tür des Schlafzimmers. Der Deckenfluter gab ein gelblich gedimmtes Licht von sich, es roch nach Zigaretten und etwas Anderem, Süßlichem. Albrecht steckte den Kopf durch den Türspalt, und dann sah er ihn. Auf dem Bett, allein, nur mit Boxershorts bekleidet, alle viere von sich gestreckt, wie der heilige Andreas am Kreuz, ein Kissen auf dem Gesicht.

»Du Arschloch!«, schrie Albrecht und stieß die Tür auf. »Raus da! Sofort! Was fällt dir ein, in meinem Bett zu schlafen?! He, steh auf und verschwinde!«

Es dauerte eine Sekunde, bis bei Albrecht die Alarmglocken schrillten. Es durchfuhr ihn wie ein Stromschlag. Hier stimmte etwas nicht. Etwas war grundlegend verkehrt. Nicht dass Jupp nicht reagierte, erstaunte Albrecht, schließlich hatte er ihn schon oft als Schnapsleiche erlebt. Nein, es war das Kopfkissen, das ihn irritierte und alarmierte, und die seltsame Position des Körpers. Kein Mensch legte sich zum Schlafen ein Kissen auf den Kopf und streckte alle Gliedmaßen von sich.

Leonardo da Vincis idealer Mensch, schoss es Albrecht durch den Kopf.

Wie in Zeitlupe und aufs höchste angespannt ging er zum Bett, beugte sich über Jupp, nahm das Kissen hoch und sah einen offenen Mund und zwei offene Augen. Jupps Gesichtszüge sagten nichts über die ausgestandene Qual aus, nichts über den Todeskampf, die schrecklichen Sekunden des Erstickens, sie wirkten beinahe entspannt, allenfalls überrascht. Albrecht starrte seinen toten Freund an und war weder in der Lage, den Blick abzuwenden, noch den Puls zu fühlen oder was man sonst so machte, um den Tod festzustellen. Er wusste, dass Jupp tot war. Kein Arzt könnte ihm noch helfen. An die Polizei dachte Albrecht erst recht nicht. Er hielt das Kissen in der Schwebe und fühlte sich wie ein Ballon, aus dem die Luft entwich. Schließlich sank er aufs Bett und legte das Kissen wieder auf Jupps Gesicht.

»Du Arschloch«, murmelte er und merkte, wie verrückt das klang. Das ergab alles keinen Sinn! Wer um alles in der Welt könnte so blind sein, Jupp mit Albrecht zu verwechseln? Sie hatten überhaupt keine Ähnlichkeit. Nicht die geringste. Albrecht war mindestens einen Kopf größer und 20 Kilo schwerer. Und doch lag Jupp nun tot in Albrechts Bett. Nur einem Zufall war es zu verdanken, dass Albrecht und Franziska nicht in die Ansbacher Straße gefahren waren. Andernfalls wären nun sie beide tot. Wie Jupp. Statt seiner. Aber auch dieser Gedanke war unsinnig. Absurd. Beinahe glaubte er, Jupp treibe nur einen Schabernack mit ihm. Gleich würde er aufstehen und lauthals lachen. Ein dummer Scherz.

»Tot? Sie sagten tot? Er kann doch nicht tot sein!«

Früher hätte er über einen solchen Herbert-Reinecker-Satz gelacht. Jetzt kam er ihm gar nicht mehr so dumm vor. Jupp konnte doch nicht tot sein!

Plötzlich fuhr Albrecht hoch und alle Apathie war von ihm gewichen. Er hatte schließlich genug Kriminalfilme gesehen, um zu wissen, wie wichtig der Tatort eines Verbrechens war. Jede Kleinigkeit, jede Sekunde zählte. Was er jetzt nicht sah, wahrnahm, erkannte, war womöglich anschließend unwiderruflich verloren. Und er musste etwas tun, etwas unternehmen, um nicht durchzudrehen. Zunächst nahm er das Zimmer unter die Lupe. War etwas verändert? Fehlte etwas? War etwas hinzugefügt worden? Er drehte sich um die eigene Achse. Jupps Kleider lagen auf dem Boden: Hose, Hemd, T-Shirt, Socken. Das Sakko war nirgends zu sehen, vermutlich hing es an der Garderobe. Eine selbst gedrehte Zigarette schwamm in einem halb vollen Bierglas auf dem Nachttisch. Jupp trank grundsätzlich aus der Flasche, nie aus dem Glas. Mit dem Ärmel über den Flaschenhals. Eine Angewohnheit aus alten Tagen. Albrecht betrachtete das Bierglas und sah etwas Rotverschmiertes darauf. Lippenstift vielleicht. Es sah aus, als habe jemand mit einem Tuch darüber gewischt. Neben dem Glas ein Kondom, nicht ausgepackt. Eine Frau also. Oder war Jupp etwa …? Quatsch, das hätte Albrecht doch gewusst. Der seltsame Geruch kam ihm wieder in die Nase. Süßlich, orientalisch, ein schweres Parfüm! Es kam ihm bekannt vor, allerdings wusste er nicht, wieso. Emily benutzte herbere Unisex-Düfte, Franziska bevorzugte blumigere, frischere Parfüms. Dieses jedoch roch ein wenig billig, aufdringlich. Nuttendiesel. Ein Begriff wie aus einem Drehbuch von Martin Brandt.

Tot und Mordschlag. Alles verdreht. Auf den Kopf gestellt.

Reiß dich zusammen, Albrecht!

Er zwang sich, Jupps Körper genauer zu betrachten, ohne jedoch das Kissen von dessen Kopf zu nehmen. Aus Kriminalfilmen wusste er von der Leichenstarre, die nach einigen Stunden einsetzte, und von Leichenflecken, die sich bildeten, weil das Blut im Körper absackte, doch er war nicht in der Lage, Jupp anzufassen. Die Vorstellung, er könnte sich kalt und hart anfühlen, verursachte ihm Übelkeit. Wieder einmal fiel Albrecht auf, wie schmächtig und dürr Jupp war. Die Statur eines Marathonläufers, drahtig und klein. Nur Haut und Knochen. Auf den Oberarmen die Tätowierungen, die Albrecht so gut kannte: links der Totenschädel-Panzer von der »Multi-Death Corporation«-EP, rechts der tonsurierte Mönchskopf mit der Unterschrift *Die Ordensbrüder*. Jupp hatte gefordert, alle Bandmitglieder sollten sich ein solches Tattoo machen lassen, sozusagen als Ordensgelübde, doch Albrecht hatte sich standhaft geweigert und die *Dead Kennedys* als Kronzeugen zitiert: »Punk ain't no religious cult!« Jupp hatte das anders gesehen, für ihn war Punk eine Religion gewesen.

Erst jetzt sah Albrecht die Schürfwunden, und er wunderte sich, dass sie ihm nicht sofort aufgefallen waren. Rote Striemen an den Handgelenken, wundgescheuerte Stellen, als habe man Jupp gefesselt und als habe er an den Fesseln gezerrt. Auch die Fußgelenke wiesen diese Schürfwunden auf, direkt über dem Knöchel. Als Albrecht das Bettgestell, ein altes gusseisernes und schwarz lackiertes Fabrikat, begutachtete, bemerkte er Kratzer im Lack. Die konnten unmöglich von einem Band oder einer Kordel stammen. Handschellen! Deshalb auch die seltsame Position des Körpers. Alle viere von sich gestreckt. Albrecht fiel sein erster Gedanke bei Jupps Anblick wieder ein: wie der heilige Andreas am Kreuz. Eine Hinrichtung!

Doch dann verwarf er diesen Gedanken. Handschellen waren zwar exotisch und nicht gerade nach Albrechts Geschmack, aber durchaus nicht ungewöhnlich. Viele Menschen hatten eine Vorliebe für diese etwas martialische Art des Sex. »Fessle mich!« Ein Film von Pedro Almodóvar, den Albrecht vor Jahren auf der Berlinale gesehen hatte. Und hieß es nicht, Atemnot steigere den Orgasmus bis ins Unendliche? Strangulieren war bei Benutzern von Handschellen durchaus nicht unüblich. War das Ganze etwa ein Unfall beim Geschlechtsverkehr gewesen? Ein Versehen beim allzu leidenschaftlichen Sex? Doch warum hatte Jupp dann noch seine Boxershorts an? Und das Kondom auf dem Nachttisch? Auch das ergab keinen Sinn.

Vermutlich hatte Jupp sich freiwillig und in froher Erwartung mit den Handschellen ans Bett fesseln lassen, doch dann hatte die Frau sich auf ihn gesetzt, ihm das Kissen auf den Kopf gepresst und solange gedrückt, bis das Zerren an den Fesseln vorüber war. Wie lange dauerte es, bis man erstickt war? Eine Minute? Oder weniger? Früher hatte Albrecht Alpträume gehabt, in denen er wahlweise erstickt oder ertrunken war. Doch im Gegensatz zu Jupp war er immer wieder schweißnass daraus erwacht.

Das Telefon kreischte plötzlich in seinen Ohren.

Wie in Trance schlich er in den Flur und nahm ab.

»Warum bist du gegangen?«

»Franziska?« Blöde Frage.

»Ich dachte, wir wollten heute zusammen frühstücken.«

»Jupp ist tot.«

»Was?«

»Jupp ist tot.«

Kein Freispiel drin.

»Ich bin gleich da«, sagte sie und legte auf.

Albrecht drückte auf die Gabel und wählte 110.

4

Hauptkommissar Schalck saß in seiner üblichen gebückten Haltung, die Unterarme auf den Oberschenkeln ruhend, im Fernsehsessel und starrte missmutig auf seine klobigen Hände, während um ihn herum eine ganze Heerschar von Spurensicherern und Streifenpolizisten ihrer Arbeit nachging. Bei Letzteren war nicht ganz klar, worin ihre Arbeit eigentlich bestand, die Uniformierten standen tatenlos herum oder gaben mit bedeutsamer Miene vor, Wache zu halten. Die Beamten von der Spurensicherung hatten Gummihandschuhe übergezogen, trugen Überzieher an den Füßen und Mützen aus Zellstoff auf dem Kopf und erinnerten an Arbeiter am Fließband eines Computerchip-Herstellers. Sie bepinselten alles mit einem schwarzen Pulver. Türrahmen, Türklinken, Bierflaschen, Schallplattenspieler. Hin und wieder flammte ein Blitzlicht auf. Ein Mann sprach in ein Funkgerät, ein anderer sammelte mit einer Pinzette Beweisstücke ein und steckte sie in Plastiktüten. Zigarettenstummel, Jointreste, Kronkorken. Alles ordentlich beschriftet und nummeriert.

»Sie glauben also nicht, dass es sich um eine Verwechslung handelt?«, fragte Schalck, ohne von seinen Händen aufzuschauen.

»Eine Verwechslung?« Albrecht saß neben Franziska auf dem Sofa und schaute den Kommissar kopfschüttelnd an. »Nein, das glaube ich nicht. Der Anschlag galt nicht mir. Genauso wenig wie der Schuss gestern morgen. Ich hab das Ganze noch mal Revue passieren lassen. In dem Moment, als der Schuss krachte, bin ich auf der Treppe gestolpert, weil Jupp zur Seite gesprungen war. Und das war vermutlich der Grund, warum der Schuss ihn nicht getroffen hat. Es ging dabei nicht um mich.«

»Dann sind wir diesmal einer Meinung«, sagte Schalck und notierte etwas in seinem Notizbuch. »Das sehe ich ganz ähnlich.«

Es war kurz nach sieben, und der Kommissar war vor wenigen Minuten mit dem Tross der Spurensicherung am Tatort eingetroffen, am *Ort des Geschehens*, wie er es auszudrücken pflegte. Die Streifenpolizisten und mit ihnen der Notarzt und die Rettungssanitäter waren bereits kurz nach Albrechts Anruf erschienen, doch außer der Feststellung des Todes und der Absicherung des Tatorts gab es für sie nicht viel zu tun. Franziska hatte Mühe gehabt, bis in die Wohnung vorzudringen, und erst ihre Behauptung, eine wichtige Zeugin zu sein, brachte sie, in Begleitung eines schnauzbärtigen Wachtmeisters, zu Albrecht. Schweigend fielen sie sich in die Arme, und schweigend strich sie ihm mit der Hand über die Wange. Worte waren sinnlos, hatten jede Bedeutung verloren, aber dass Franziska bei ihm war, hatte auf Albrecht eine beruhigende Wirkung. Ihre Anwesenheit hielt ihn davon ab durchzudrehen. Mehrmals war er kurz davor gewesen, laut loszubrüllen oder alles kurz und klein zu schlagen.

»Allerdings gibt es dann ein Problem«, fuhr der Kommissar fort, der sich für das Tohuwabohu in der Wohnung und das Durcheinander in Albrechts Kopf nicht zu interessieren schien. Als er die Wohnung betreten hatte, war Schalck nur kurz ins Schlafzimmer gegangen, hatte die Leiche fast gleichgültig begutachtet, ein paar Worte mit dem bereits anwesenden Gerichtsmediziner gewechselt und war dann ins Wohnzimmer gekommen, um sein penetrant nüchternes Frage-und-Antwort-Spiel zu beginnen. Anders als seine Kollegen in den Fernsehserien schien er wenig vom »Lesen des Tatorts« zu halten, das überließ er den Spezialisten und kümmerte sich stattdessen um die Zeugen und sein Notizbuch.

»Ein Problem?«, sagte Franziska, da Schalck auf diese Nachfrage gewartet zu haben schien. »Was meinen Sie damit?«

»Dann gibt es zwei Täter«, sagte Schalck und klopfte bedeutsam mit dem Stift auf den Deckel des Büchleins. »Oder einen Täter und zwei Opfer. Denn dass die Briefbombe an Albrecht Niemeyer gerichtet war, steht außer Frage. Und das nenne ich ein Problem.«

»Der Mann, der mir den Brief geschickt hat, hat mit dem hier nichts zu tun«, sagte Albrecht und stierte auf die Wand mit den bunten Konzertplakaten.

»Sie meinen den Schwaben?«

»Woher wissen Sie ...?«, wunderte sich Albrecht.
»Wir von der Polizei sind nicht so dämlich und untätig, wie Sie offenbar denken, Herr Niemeyer«, sagte Schalck und lehnte sich in dem Sessel zurück. »Gestern abend war ich im Berlinale-Palast und habe den Journalisten ausfindig gemacht, der den Brief bei den Pressefächern abgegeben hat. Ein Mann vom »Tagesspiegel«, und der hat mich an eine Berlinale-Angestellte im Grand Hyatt verwiesen, die wiederum von einem Obdachlosen ohne Hals sprach. Es handelt sich dabei um den besagten Menger, der rein zufällig das Opfer einer Briefbombe wurde. Aber wem ich erzähle ich das? Das wissen Sie längst, nicht wahr? Sie scheinen sich ja für Sherlock Holmes zu halten.«
Albrecht hob die Augenbrauen, wollte etwas erwidern und nickte dann wortlos. Er hatte Schalck offensichtlich unterschätzt.
»Und warum hat dieser Schwabe, von dem Menger gesprochen hat und dessen Identität Sie so beharrlich verheimlichen, Ihrer Meinung nach nichts mit dem Mord an Ihrem Freund zu tun?«
»Er wollte mir nur einen Schrecken einjagen. Außerdem ist er keine Frau.«
»Sind Sie so sicher, dass es eine Frau war?«
Albrecht stutzte. »Sie etwa nicht?«, fragte er.
»Ich bin niemals sicher, bis ich etwas eindeutig bewiesen habe.«
»Aber das Parfüm!«, rief Albrecht.
Schalck zuckte lediglich mit den Schultern.
»Robert Bäuerle«, sagte Franziska und atmete tief durch, als habe sie lange mit sich gerungen. »So heißt der Schwabe. Aber er hat tatsächlich nichts mit dem Mord zu tun.« Und sie erzählte in knappen Worten, was es mit der Briefbombe und Bäuerles Motiv auf sich hatte.
»Aha«, sagte Schalck und machte ein Gesicht, als glaube er ihr kein Wort. Schon als der Kommissar das Wohnzimmer betreten und Albrecht ihm Franziska vorgestellt hatte, hatte er sie mit offenkundigem Missfallen betrachtet. Allerdings schien es wenige Dinge oder Menschen auf Erden zu geben, die in Schalcks Augen Beifall

verdient hätten. Mit sauertöpfischer Miene knurrte er: »Und der dunkle Kadett und der Pistolenschuss?«

»Bäuerle fährt einen gelben Käfer«, sagte Albrecht.

»Und heute morgen war Robert bei mir«, fügte Franziska hinzu. »Die gleiche Frage hat Albrecht auch schon gestellt.«

Der Kommissar bedachte den Hobbydetektiv mit einem abschätzigen Blick, und wieder gab er sein »Aha« von sich, diesmal klang es jedoch nicht ganz so ungläubig. »Dann fangen wir also wieder bei null an«, sagte er.

»Sie haben den Kadett mit dem Bad Dürkheimer Kennzeichen«, gab Albrecht zu bedenken. »Den müsste man doch ausfindig machen können.«

»Wissen Sie, wieviele dunkle Kadetts es in diesem Landkreis gibt?« Schalck lachte, ohne wirklich amüsiert zu sein, und schüttelte den Kopf. »Außerdem besteht immer noch die Möglichkeit, dass es sich tatsächlich nur um einen Betrunkenen handelte.«

»Die Musik!«, platzte es plötzlich aus Albrecht heraus. Er sprang auf und lief zum Plattenspieler. »Als ich nach Hause kam, lief diese Single.« Er deutete auf den schwarz bestäubten Plattenteller. »Der Apparat stand auf ›Repeat‹. Und ich weiß, dass Jupp die Band gehasst hat. Er hätte sich die Platte niemals freiwillig angehört. Vor allem nicht ununterbrochen.«

»Und was schließen Sie daraus?«

Albrecht reichte Schalck das ebenfalls bestäubte Cover der Single und sagte: »Der erste Song heißt: ›Someone's gonna die tonight‹.«

Schalcks Blick verdüsterte sich, und er schlug sein Büchlein auf. Er blies die Backen auf und klappte das Buch wieder zu. »Eine Hinrichtung«, sagte er schließlich und sprach genau den Gedanken aus, der auch Albrecht beim Anblick der Leiche durch den Kopf gegangen war.

»Hatte Herr Tenhagen Feinde?«

»Außer den *Toten Hosen* fällt mir niemand ein.«

»Sie meinen die Rockgruppe?«

Albrecht nickte. »Aber die kommt hierfür wohl kaum in Frage. Ich weiß eigentlich sehr wenig über Jupp. Über seine Freunde oder sein Umfeld. Wir haben uns nur einmal im Jahr gesehen. Er hat nie sehr viel über sich erzählt. Aber ich glaube nicht, dass er in Berlin viele Leute kannte.«

»Irgendjemanden hat er gekannt. Oder jemand ihn.«

»Vielleicht war es eine Zufallsbekanntschaft«, gab Albrecht zu bedenken. »Ein One-Night-Stand. Jemand, den er auf der Party aufgegabelt hat.«

Schalck schob die Unterlippe vor und legte Kopf schräg. »Jemand, der solche Musik mag?«, fragte er und deutete auf das Plattencover.

»Jupp war ein komischer Kauz, aber eigentlich ein lieber Kerl«, sagte Albrecht und setzte sich wieder zu Franziska aufs Sofa. »Ich könnte mir keinen Grund vorstellen, warum ihn jemand umbringen sollte.«

»Ein lieber Kerl?«, fragte Schalck und gab ein Grunzen von sich, das vermutlich erheitert klingen sollte. »Ich habe mir die Unterlagen Ihres Freundes angesehen, Herr Niemeyer.«

»Wann?«, wunderte sich Albrecht.

Statt einer Antwort sagte Schalck: »Seine Vorstrafenliste ist beträchtlich.«

Das war Albrecht neu, und er runzelte die Stirn.

»Diverse Verstöße gegen das Betäubungsmittelgesetz und zwei Verfahren wegen Landfriedensbruchs und versuchter Körperverletzung.«

»Ach so«, sagte Albrecht und winkte beinahe erleichtert ab. »Ein bisschen Haschisch und Speed. Nichts Ernstes. Und ein paar Steinwürfe bei den Chaostagen in Hannover. Jupp war kein Krimineller, nur ein Randalierer.«

»Sie scheinen das Steinewerfen für völlig normal zu halten.«

Albrecht dachte nach. Es hatte Zeiten gegeben, da hätte er auf diese Frage auf der Stelle mit Ja geantwortet. 1984 hatten sie bei der Schließung des »O. J. C. Babylon« Barrikaden vor dem Club errichtet und sich Scharmützel mit der holländischen Polizei geliefert. Eine unbequeme Nacht auf der Polizeistation in Hengelo war die Folge gewesen und ein Verfahren wegen Körperverletzung, das allerdings nach kurzer Zeit eingestellt worden war. Im gleichen Jahr hatte Jupp ihn mit nach Hannover zu den Chaostagen geschleift. Albrecht hatte die Alptraumnacht seines Lebens erlebt. Die Punks waren hoffnungslos in der Unterzahl gewesen. Gut organisierte Skinheads auf der einen Seite, hunderte von Bullen auf der anderen, und sie hatten mit Steinen und Flaschen nur so um sich geworfen, als gelte es, Stalingrad zu halten. Ein einziges Waterloo. Die Chaostage hatten inzwischen auffallend an Charme eingebüßt, ähnlich wie die Krawalle am 1. Mai. Sie waren zum reinen Ritual verkommen. Aber wenn Albrecht sich an damals erinnerte, dann nicht ohne Wehmut. Er hatte Prügel eingesteckt und beim Zusammenprall mit einem Skinhead einen Zahn verloren, aber immerhin wusste er, wieso und wofür.

»Wann haben Sie die Party verlassen?«

Da Albrecht in Gedanken versunken zu sein schien, antwortete Franziska: »Gegen Mitternacht. Und da war Herr Tenhagen noch bester Dinge.«

»Er hat den zukünftigen Mann meiner Frau mit blasphemischen Parolen geärgert«, fügte Albrecht lächelnd hinzu. »Jupp war gut darin, Leute zu ärgern. Es war sozusagen ein Hobby von ihm.« Er sah den interessierten Blick des Kriminalbeamten, das Kritzeln im Notizbuch und beeilte sich hinzuzufügen: »Kommen Sie erst gar nicht auf die Idee! Felgenhauer ist harmlos. Auch wenn er Arzt ist, was dem eigentlich widerspricht.«

»Lauter harmlose und liebe Kerle«, fauchte Schalck. »Seltsam nur, dass nebenan eine Leiche liegt.«

»Es war eine Frau«, sagte Albrecht bestimmt und starrte wieder an die Wand. Irgendetwas irritierte ihn. Etwas stimmte mit den Konzertplakaten nicht, aber er konnte nicht genau sagen, was es war. Irgendwas war anders.

»Wenn Sie wissen wollen, was nach Mitternacht passiert ist, sollten Sie Ihren Kollegen fragen«, sagte Franziska und legte Albrecht die

Hand auf die Schulter. Eine hilflose Geste, die er überhaupt nicht wahrnahm.

»Wenn man vom Teufel spricht«, sagte Schalck und deutete zur Tür.

Kriminalhauptmeister Schürmann sah aus, als habe man ihn durch die Mangel gedreht. Oberflächlich betrachtet wirkte er immer noch wie ein Finanzbeamter, die Haare fettig, die Kleidung vernachlässigt, die Schultern hängend, doch seine Augen und sein Mund erinnerten im Moment eher an die eines psychopathischen Serienmörders. Das Weiße der Augen war rot geädert, die Pupillen hatten die Größe von Stecknadeln, die Lider waren nur halb geöffnet, als habe er einen beidseitigen Schlaganfall erlitten. Die von stoppeligem Bartschatten umgebenen Mundwinkel hingen beinahe auf dem Unterkiefer, und der säuerliche Geruch aus dem Mund wehte ihm wie ein böses Omen voran.

Schalck sprang auf und führte seinen derangierten Kollegen gruß- und kommentarlos in den Flur, wo sie sich leise unterhielten.

Albrecht blieb neben Franziska auf dem Sofa sitzen und lehnte seinen Kopf an ihre Schulter. »Ich versteh das alles nicht«, sagte er.

»Ich weiß«, sagte sie.

Als die beiden Kriminalbeamten ins Wohnzimmer zurückkehrten, war es Schalck, der als Erster den Mund auftat: »Mein Kollege sagt, er habe Herrn Tenhagen zuletzt um etwa zwei Uhr gesehen. Dann sei er plötzlich spurlos verschwunden.« Schalck setzte sich wieder in den Sessel.

»Allein?«, fragte Albrecht.

Schürmann, der betreten und etwas verloren im Raum stand, zuckte mit den Schultern.

»Waren Emily und Felgenhauer noch da?«

Ein Nicken als Antwort.

»Haben Sie Ihre Sprache verloren oder warum stehen Sie da wie eine Ölgötze?«

»Ich kann mich nur sehr dunkel an alles erinnern«, sagte Schürmann, und seine Stimme klang, als schramme ein Schiff an einem Eisberg vorbei.

»Sie sind ja ein toller Personenschutz«, sagte Franziska.
»Es war nicht meine Aufgabe, auf Herrn Tenhagen aufzupassen«, krächzte Schürmann und fuhr sich mit dem Ärmel über die blasse und schweißnasse Stirn.
»Es war aber auch nicht Ihre Aufgabe, sich sinnlos zu betrinken«, knurrte Albrecht. »Auch wenn die Getränke umsonst waren.«
»Na, hören Sie mal!«, empörte sich Schürmann.
»Halt's Maul, Manfred! Er hat völlig Recht.« Der Kommissar drehte sich im Sessel herum, so dass er sowohl das Sofa als auch seinen Assistenten im Blick hatte, und fragte: »Hat Tenhagen mit irgendjemandem gesprochen? Mit einer Frau geflirtet? Hatte er Streit? Gab es Ärger?«
»Ein Flirt? Nein, das glaube ich nicht.« Schürmann räusperte sich und fragte: »Könnte ich wohl einen Schluck Wasser bekommen?«
Während Albrecht in die angrenzende Küche ging, um ein Glas zu holen, hörte er hinter sich Schürmann sagen: »Aber es gab einen Streit mit Frau Niemeyer und ihrem Freund. Sie haben sich regelrecht angebrüllt, und dann ist Frau Niemeyer ...« Wieder räusperte er sich, als Albrecht mit dem Getränk zurückkam. »Nun ja, sie ist weinend davongerannt. Und Herr Felgenhauer ist ihr hinterher.«
»Und Jupp?«, fragte Albrecht und reichte ihm das Wasser.
Schürmann leerte das Glas in einem Zug und knarrte: »Keine Ahnung.«
»Angebrüllt?«, murmelte Schalck und notierte etwas in seinem Notizbuch. »Hast du mitbekommen, worum es ging?«
Schürmann schüttelte den Kopf.
In diesem Moment betrat der Gerichtsmediziner das Zimmer und wandte sich an Schalck: »Wir sind soweit.« Er grinste seltsam und völlig unangebracht und setzte hinzu: »Brauchst du ihn noch?«
»Kannst du schon etwas zum Todeszeitpunkt sagen?«
»Die Leichenstarre hat bereits eingesetzt, allerdings nur am Kiefer, außerdem sind Totenflecken im Bereich der Lendenwirbelsäule zu sehen. Er muss also mindestens zwei oder drei Stunden tot sein.«

»Sind die Flecken wegzudrücken?«
Der Arzt nickte.
»Also weniger als sechs Stunden«, folgerte Schalck.
»Ich würde tippen: zwischen ein und fünf Uhr morgens.« Wieder das seltsame Grinsen im Gesicht des Arztes. »Willst du ihn dir noch mal ansehen, bevor wir ihn einpacken?«
Schalck bedachte den Gerichtsmediziner mit einem finsteren Blick und antwortete mit einer Gegenfrage: »Wann kriege ich deinen Bericht?«
»Wenn er fertig ist«, antwortete der Arzt, gab einem Kollegen ein Zeichen und verschwand wieder.
»Arschloch!«, knurrte Schalck.
»Ärzte«, sagte Albrecht, dem nicht entgangen war, dass es zwischen dem Kommissar und dem Arzt etwas Unausgesprochenes, Gereiztes gab.
Kurz darauf wurde die graue Metallbahre hinausgetragen. Man hörte das Rumpeln im Flur, das Öffnen und Schließen der Tür. Dann war Jupp verschwunden. Aber tausend Kleinigkeiten in der Wohnung erinnerten an ihn. Nicht nur die Poster an der Wand.
»Hatte Herr Tenhagen eigentlich sadomasochistische Neigungen?«
»Sie meinen wegen der Handschellen?«, antwortete Albrecht.
»Was wissen Sie von Handschellen?«, wunderte sich Schalck.
»Ich habe die Striemen an Händen und Füßen gesehen.«
Schalck nickte und fragte: »Also? Hatte er?«
»Nicht dass ich wüsste.«
»Ich glaube, Sie wissen viel mehr, als Sie zugeben. Oder als Sie ahnen.«
»Was wollen Sie damit sagen?«
»Nichts.« Schalck hob beschwichtigend die Hände, stand schwerfällig auf und ging ins Schlafzimmer. »Gar nichts.«
Plötzlich wusste Albrecht, warum der Kommissar den eigentlichen Tatort bisher nur so flüchtig und fast widerwillig unter die Lupe genommen hatte. Warum Schalck das Schlafzimmer bislang regelrecht gemieden hatte. Und er begriff, was der Arzt mit seinem

»Willst du ihn dir noch mal ansehen?« gemeint hatte. Der Kommissar ertrug den Anblick von Leichen nicht. Er konnte keine Toten sehen. Auch wenn er dies vermutlich niemals zugegeben hätte. In Albrechts Augen ließ ihn das beinahe sympathisch erscheinen.

5

Das »International« gehörte neben dem »Filmpalast« am Ku'damm und dem »Delphi« in der Kantstraße zu Albrechts Lieblings-Festivalkinos, obwohl es im Ostteil der Stadt lag und von ihm nur selten besucht wurde, da hier ausschließlich Wiederholungsvorführungen gezeigt wurden, zu denen Albrecht mit seinem roten Journalistenbadge keinen freien Zugang hatte. Für Jupp hatte er vor einigen Tagen eine Panorama-Karte fürs »International« besorgt, aber er selbst war in diesem Jahr noch gar nicht hier gewesen. Er mochte das Kino, das irgendwann in den Sechzigern gebaut worden war, weil es das repräsentierte, was man ansonsten in Ost-Berlin immer seltener fand: den spröden Charme des real existierenden Sozialismus. Von außen betrachtet, erinnerte das Kino an schlecht verdauten Bauhaus-Stil, praktisch, eckig und schlicht wie ein Schuhkarton; innen jedoch besaß es alles, was Kommunisten und DDR-Kulturfunktionäre unter Eleganz verstanden: mit blauem Samt bezogene Bestuhlung mit zwei Gängen für standesgerechte Auf- und Abtritte, hellbraunes Holzfurnier an den Wänden und unter der Decke eine futuristisch anmutende Wellenkonstruktion. Vor allem das Foyer im ersten Stock mit seiner kleinen Bar, den prachtvollen, von der styroporverkleideten Decke hängenden Kronleuchtern und den riesigen Panoramafenstern hatte es Albrecht angetan. Hier stand er nun, blickte auf die breite, regennasse Karl-Marx-Allee und sah die Lichter der Autos, die sich in Viererreihen durch die Nacht bohrten, während hinter ihm im Kinosaal der Film begann.
Winterbottom, ausgerechnet!

Den ganzen Tag war Albrecht wie ein Gespenst durch die verregnete Stadt geschlichen, ohne recht zu wissen, wohin es ihn trieb. In seiner Wohnung hatte er unter keinen Umständen bleiben wollen, das hätte ihn wahnsinnig gemacht, und so war er mit Franziska in die Oranienstraße gefahren. Leider musste sie auch heute im »Goldenen Hahn« arbeiten, weil die Chefin krank war und Franziska eingewilligt hatte, ihre Schicht zu übernehmen. Sie bot ihm an, die Arbeit sausen und die Kneipe geschlossen zu lassen, doch Albrecht lehnte das kategorisch ab. Er hatte Franziska schon einmal einen Job gekostet und wollte keinesfalls ein zweites Mal dafür verantwortlich sein. Auf Franziskas lieb gemeinten, aber absurden Vorschlag, er könne ja mit in die Kneipe kommen, war er gar nicht erst eingegangen. Zugegeben, in seinem Leben hatte sich allerhand geändert, *er* hatte sich verändert, allerdings nicht so grundsätzlich und dramatisch, dass er nun Freude dabei empfinden würde, die Sonntage in Kreuzberger Eckkneipen zu verbringen. Bei aller Liebe! Er hatte behauptet, er müsse ohnehin noch einen Film sehen und anschließend zur Pressekonferenz, auf der die Preisträger der Berlinale bekannt gegeben wurden. Das entsprach natürlich nicht ganz der Wahrheit, denn die Berichterstattung über die Filmfestspiele hatte sich für ihn fürs Erste erledigt. Eigentlich stand für Montag eine Extrasendung auf dem Programm, der große Berlinale-Rückblick, doch am Montag würde es den Sender nicht mehr geben, zumindest nicht in der bisherigen Form. Ohne Sender keine Sendung. Ohne Sendung keinen Bericht. Aber die Pressekonferenz war immerhin eine Möglichkeit, die Zeit totzuschlagen. Und vielleicht traf er ja Emily und konnte sie fragen, was sich gestern nach Mitternacht im »Linientreu« abgespielt hatte. Er hatte versucht, sie telefonisch zu erreichen, doch sie war nicht an den Apparat gegangen. »Emily und Heinrich sind nicht zu Hause, oder sie sind zu Hause, haben aber keine Lust, mit euch zu sprechen. Gleich piept's.« Ha, ha! Statt zu kotzen, hatte Albrecht die Nachricht auf Band hinterlassen, dass er am Nachmittag im Pressezentrum anzutreffen sei. Als er aufgelegt hatte, fiel ihm ein, dass womöglich genau in diesem Moment Kommissar Schalck bei Emily und Felgenhauer gewesen war und ihnen die Nachricht von Jupps Tod überbracht hatte. Merkwürdig, schoss es ihm durch den Kopf, jetzt dachte er an Emily schon im Plural. Emily und Felgenhauer. Die beiden. Das Paar.

Bis dass der Tod euch scheidet!

Und er hatte sich zum Potsdamer Platz aufgemacht.

Schon als er das Gewusel und Gerenne der Journalisten vor dem Grand Hyatt sah, wollte er auf der Stelle umkehren. Er zwang sich, das Hotel zu betreten, schüttelte die Nässe von Mantel und Mütze und stapfte missmutig in den ersten Stock, wo die Meute bereits lauerte. Das Kämpfen um die besten Sitzplätze, das Schlangestehen am Tisch mit den Kopfhörern für die Simultanübersetzung, das Pulkbilden und Ausrichten von Mikrofonen vor den Lautsprechern, das Drängeln der Kameraleute auf dem Podest, das wichtigtuerische und lautstarke Diskutieren über mögliche Preisträger, all das erschien ihm so bedeutungslos, affektiert, aufgesetzt. Und er überlegte, ob dies so war, weil er seinen Job oder weil er einen Freund verloren hatte. Schon früher hatte er die Bedeutung, die einige Journalisten diesem Verkündungsritual beimaßen, nicht begreifen wollen. Schließlich wurden hier und jetzt keine Entscheidungen getroffen, sondern lediglich bekannt gegeben. Es hätte vollauf genügt, die anschließend verteilten Pressemitteilungen zu lesen, um sämtliche Informationen zu bekommen. Doch die Kollegen schienen es für wichtig zu halten, die Entscheidungen der Jury lauthals zu kommentieren. So wichtig, dass diese Reaktionen wiederum zu Nachrichten wurden: »Unter empörten Pfiffen der anwesenden Journalisten wurden heute die Sieger der diesjährigen Berlinale … bla bla bla!«

Albrecht zeigte ungefragt seinen Akkreditierungsausweis und betrat den Saal, der bereits aus allen Nähten platzte. Kollegen nickten ihm zu oder schauten verlegen zu Boden. Einige bedachten ihn mit mitleidigen Blicken, die meisten jedoch begegneten ihm mit unverhohlener Schadenfreude. Schlechte Nachrichten verbreiteten sich schneller als gute. Und die Insolvenz eines Konkurrenzsenders war wirklich eine gute schlechte Nachricht. Ihm fiel ein, dass er erneut vergessen hatte, den Briefkasten in der Ansbacher Straße zu leeren. Vermutlich wehrte sich sein Unterbewusstsein gegen die Kenntnisnahme der schriftlichen Kündigung.

Er drückte sich in eine hintere Ecke, wo er vor Krokodilstränen und Hyänengrinsen geschützt war und zugleich einen guten Überblick über das Geschehen hatte. Von seinen Kollegen des Senders war niemand zu sehen, kein Kameramann stand auf seinem Platz. Das abgeklebte Viereck auf dem Podest in der Mitte des Raumes war verwaist. Auf dem Podium an der Stirnseite des Saals bat die Pressechefin der Berlinale in diesem Moment die Journalisten um Ruhe und wies darauf hin, dass die Informationen über die Preisträger wie üblich bis zum Abend um 19 Uhr 45 geheim zu halten seien. Da in diesem Moment ein Handy klingelte, bat sie die Kollegen, ihre Apparate auszustellen, da diese die Tonaufnahmen und die Funkübertragung der Simultanübersetzung stören könnten. Und dann bat sie Dieter Kosslick und die Damen und Herren der Jury auf die Bühne.

Es dauerte eine geraume Weile, bis Albrecht erkannte, dass es sein Mobiltelefon war, das das nervtötende »Düddelüddelüdd« von sich gab. Erschrocken griff er in die Tasche und meldete sich flüsternd: »Ja?«

»Ich bin's.«

Es knisterte und knarrte. Er fragte: »Franziska?«

Stille. Eine Sekunde, zwei Sekunden. Dann: »Nein, Emily.«

»Oh!« Er räusperte sich. »Hast du es schon gehört?«

»Der Kommissar ist gerade gegangen. Deswegen bin ich auch nicht bei der Pressekonferenz. Es tut mir so Leid, Albrecht.«

»Ich weiß«, sagte er.

Im Saal ertönten in diesem Moment ein höhnisches Gelächter und einige Pfiffe. Die melodramatische Schnulze des vielversprechenden deutschen Regisseurs, die Albrecht vor zwei Tagen zur Flucht aus dem Kino getrieben hatte, war mit dem »Alfred-Bauer-Preis«

bedacht worden. Ein Preis in Gedenken an den Gründer der Filmfestspiele für eine besonders innovative und künstlerisch wertvolle Arbeit.

»Ich muss mit dir reden«, sagte Albrecht.

»Das ist schwierig«, antwortete Emily, »ich bin den ganzen Tag unterwegs. Der Panorama-Publikumspreis wird heute verliehen, und es ist noch eine Menge vorzubereiten. Du weißt ja, wie es am letzten Tag zugeht.«

»Was ist eigentlich gestern passiert?«

»Ich hab keine Ahnung.«

»Ich muss mit dir reden«, wiederholte Albrecht.

»Dann komm heute Abend ins ›International‹.«

»Bist du nicht bei der Preisverleihung im Berlinale-Palast?«

»No way. Nach Gala steht mir heute nicht der Sinn«, antwortete sie. »Ich schau mir lieber den Michael-Winterbottom-Film an. Bin bislang nicht dazu gekommen. Der soll wenigstens schön düster sein. Passt zu meiner Stimmung.«

»Den Film hab ich schon gesehen«, sagte Albrecht gedankenverloren.

»Dann komm doch nach dem Screening ins Foyer«, antwortete sie. »So gegen zehn? An der Bar?«

»Ist gut«, sagte er und legte auf.

»Buuuh!«, riefen die Journalisten und warfen abfällige Kommentare in die Runde. »Nicht schon wieder! Feiglinge! Was ist denn das für eine Jury?!«

Die Zwischenrufe bezogen sich auf die Ankündigung der Juryvorsitzenden, in diesem Jahr zwei Goldene Bären zu verleihen, »ex aequo«, wie es so schön hieß. Eine unbeliebte Entscheidung, weil sie das schimmernde Gold der Bären blasser erscheinen ließ. Als die Vorsitzende die beiden Preisträger des »Großen Preises der Jury« verkündete, hatte Albrecht den Saal bereits verlassen. Vor den Türen trafen gerade die druckfrischen Pressemitteilungen ein. Er schnappte sich ein englisches Exemplar mit dem Aufdruck »The awards«, setzte seine Thälmann-Mütze auf, verließ das Grand

Hyatt und schaute auf die Uhr. Es waren noch über sieben Stunden bis zu seinem Treffen mit Emily. Und er hatte keine Ahnung, wie er sie totschlagen sollte. Der Regen war stärker geworden, ein kräftiger und eisiger Ostwind blies, Albrecht schlug den Kragen seines Mantels hoch, zog die Mütze in die Stirn und stapfte geradeaus.

Bloß weg von hier! Weg von allem.

Während er am Theaterufer in Richtung Landwehrkanal geschlendert war, am Reichpietschufer links abbog und die U-Bahnlinie 2 am Mendelssohn-Bartholdy-Park unterquerte, ohne all dies auch nur wahrzunehmen, hatte er sich erinnert, was er Kommissar Schalck am Morgen gesagt hatte: dass er Jupp eigentlich kaum gekannt hatte. Jetzt, da er tot war, wurde Albrecht dies schmerzlich bewusst. Er hatte keine Ahnung, wie es ihm im Münsterland ergangen war, wo und mit wem er sich herumgetrieben hatte. Er wusste lediglich, dass Jupps Vater vor einigen Jahren an Krebs gestorben war und der einzige Sohn anschließend seine Wohnung aufgegeben hatte und wieder ins elterliche Haus gezogen war. Magisters Jupp! Für Albrecht eine alptraumhafte Vorstellung. Jupp war der einzige der *Ordensbrüder*, der immer noch in Ahlbeck wohnte, das Dorf nie verlassen hatte. Männe, der Schlagzeuger der Band, hatte in den Neunzigern für einige Zeit in Berlin gewohnt, und Albrecht hatte ihn einmal getroffen, um ernüchtert festzustellen, dass sie sich nichts zu sagen hatten. Männe trommelte immer noch in irgendwelchen Bands, die sich absurde Namen wie »Too many ants« gaben und in dubiosen Kellerclubs auftraten. Wo er mittlerweile steckte und trommelte, wusste Albrecht nicht. Er hatte seit Jahren nichts von ihm gehört und nahm an, dass er Berlin längst den Rücken gekehrt hatte. Auch zu Benno, dem Sänger der Gruppe, hatte er keinerlei Kontakt mehr. Von Jupp wusste er, dass Benno mal in Hamburg, mal in Bielefeld und des öfteren im Ruhrgebiet gewohnt hatte, nirgendwo länger als ein, zwei Jahre. Angeblich war er nun Techno-DJ und dealte immer noch mit Drogen, die er in Discotheken und auf Raver-Events verkaufte. Jupp hatte einige Male versucht, Albrecht über Bennos Treiben auf dem Laufenden zu halten, aber Albrecht hatte es nicht hören wollen. Es interessierte ihn nicht. Es ging ihn nichts an. *Die Ordensbrüder* waren für ihn vor langer, langer Zeit gestorben.

Und nun war der Erste von ihnen tatsächlich tot.

»Hallo?! Ihr Kaffee!«

Albrecht fuhr aus seinen Gedanken auf und schaute auf die Armbanduhr. Es war kurz vor neun. Er hatte beinahe eine Viertelstunde aus dem Fenster des »International« auf die Karl-Marx-Allee gestarrt.

»Der Kaffee wird kalt.«

»Danke«, sagte er und nickte dem Kellner zu. Er nahm den Kaffee, ohne sich darüber zu mokieren, dass man ihn in einer Tasse serviert hatte, und setzte sich neben die Bar an einen niedrigen Tisch. Durch das Fenster sah er den beleuchteten Fernsehturm in den Himmel ragen. Die Wolken hingen so tief, dass die Spitze darin verschwand. Geradeaus waren die beiden Schornsteine des Kraftwerks Mitte zu erkennen. Auch sie waren beleuchtet. Moderne Kathedralen.

In diesem Moment öffneten sich die hohen Holztüren, die zum Saal führten, der Ton des Films war kurz zu hören, dann betrat ein Paar das Foyer. Albrecht hätte sie beinahe nicht erkannt, weil er die beiden Gesichter nicht zusammenbrachte. Der Mann hatte ein rundliches, fast jugendlich wirkendes Gesicht und war etwa in Albrechts Alter, vielleicht ein wenig älter, die Frau war ebenfalls Ende dreißig, blond und üppig. Erst als der Mann bei seinem Anblick sichtlich zusammenzuckte, wusste Albrecht, wen er vor sich hatte. Michael Winterbottom schien sich noch gut oder ungut an das Interview in London erinnern zu können, nickte nun andeutungsweise und lächelte gequält. Neben ihm stand Kerstin Harms, wie üblich tief dekolletiert und, wie es Albrecht schien, ein wenig zu stark geschminkt. Sie redete leise auf den Regisseur ein, während der beim Kellner einen Orangensaft bestellte, und würdigte Albrecht keines Blickes.

»Hallo, Kerstin. Good evening, Mr. Winterbottom«, begrüßte Albrecht die beiden.
»So you *do* remember my name?«, erwiderte Winterbottom lachend.
Albrecht nickte und fragte, ob er seinen eigenen Film nicht mehr ertragen könne oder warum er sonst mitten in der Vorstellung den Saal verlassen habe. Es sollte ein Witz sein, kam ihm aber allzu barsch über die Lippen.
Er müsse zum Flughafen, antwortete Winterbottom säuerlich, nippte an seinem Glas und fragte: »How's your wife? Is she better?«
»Meine Frau?«, wunderte sich Albrecht.
Wie sich herausstellte, hatte er nach dem missglückten Interview sein konfuses Verhalten zu erklären versucht und sich dabei mit einer Notlüge beholfen: Seine Frau sei krank und er mache sich Sorgen um sie. Winterbottom hatte natürlich nicht wissen können, dass es sich bei Albrechts Frau um die Assistentin von Wieland Speck handelte.
»Ja, es geht ihr besser«, sagte Albrecht auf Deutsch.
»Sie lässt sich scheiden«, wandte sich Kerstin auf Englisch an den Regisseur.
»Blimey!«, sagte dieser, ohne sich zu wundern, dass die Frau an seiner Seite diese Information besaß. »That's too bad.«
Kerstin Harms, die offensichtlich den Auftrag hatte, Winterbottom zum Flughafen zu begleiten, hob vielsagend ihre Augenbrauen und deutete auf ihre Armbanduhr. »We've got to go.«
Der Regisseur nickte und verabschiedete sich von Albrecht: »See you.«
Im Gehen drehte sich Kerstin noch einmal um, zögerte kurz und wandte sich dann an Albrecht: »Ist Ihr seltsamer Freund heute nicht da?« Ihre Miene war nun finster wie der wolkenverhangene Himmel. »Sagen Sie ihm bitte, beim nächsten Mal bekommt er seine Ohrfeige. Und zwar eine, die sich gewaschen hat.«
Albrecht schüttelte verwirrt den Kopf und sagte: »Das glaube ich kaum. Er ist tot.«

Kerstin starrte ihn verständnislos an, wollte etwas erwidern, schüttelte dann ebenfalls den Kopf und blieb stumm. Eine fahrige Geste mit der Hand. Ein Zucken im Mundwinkel. Dann wandte sie sich abrupt ab.
»Anything wrong?«, fragte Winterbottom.
»Let's go!«, sagte Kerstin.
Dann waren sie verschwunden.
Was hatte das zu bedeuten? Albrecht stierte auf die Stelle, an der soeben noch Kerstin Harms gestanden hatte, und kam sich vor, als habe er eine Fata Morgana gesehen. Was um alles in der Welt hatte Jupp mit Emilys Assistentin zu schaffen? Hatte er sich gestern etwa auch mit ihr gestritten? Aber warum? Er kannte sie doch gar nicht. Und warum hatte sie sich nicht nach der Todesursache erkundigt? Wenn man erfuhr, dass ein Mensch gestorben war, dann fragte man: »Wann und woran?« Man drehte sich nicht einfach kommentarlos um und ging von dannen!
Albrecht sprang auf, zahlte den Kaffee, rannte die Treppe hinunter und stieß an der Garderobe mit Emily zusammen.
»Albrecht!«, rief sie erschrocken.
»Wo kommst du denn her?«, fragte er. »Ich dachte, du bist im Kino.«
»Ich hab's nicht geschafft«, antwortete sie. »Ich komm direkt aus dem ›Delphi‹, und dann musste ich noch kurz ins Büro, um etwas für Wieland zu besorgen. Ich weiß gar nicht, wo mir der Kopf steht.« Sie trug einen schwarzen Regenmantel und eine Baskenmütze, die klitschnass war und unter der die roten Fransen ihrer Haare hervorschauten. Sie nahm die Mütze ab, fuhr sich mit der Hand über den Strubbelkopf und fragte: »Wo willst du hin?«
»Hast du Kerstin gesehen?«
»Sie kam mir gerade mit Winterbottom entgegen«, sagte Emily, kniff die Augenbrauen zusammen und schaute Albrecht misstrauisch an. »Sie sah aus, als sei ihr ein Gespenst begegnet. Was hast du mit ihr gemacht?«

»Ich?!« Er lachte abfällig und schnaufte. »Von Jupps Tod hab ich ihr erzählt, und sie hat reagiert, als sei sie nicht ganz bei Trost.«
»Er hat sie ganz schön fertig gemacht.«
»Jupp?«
Emily nickte.
»Willst du mir nicht endlich sagen, was passiert ist?«
Sie schaute sich im Vorraum um, sah die Frau an der Garderobe und eine Kartenabreißerin an der Tür und sagte: »Nicht hier. Lass uns spazieren gehen.«
»Es regnet.«
»Nicht mehr.«
Albrecht hob die Achseln, knöpfte seinen Mantel zu, setzte die Mütze auf, folgte Emily hinaus und trippelte auf dem breiten Gehweg in Richtung Alexanderplatz hinter ihr her.
»Also?«, fragte er.
»Jupp ist ziemlich eklig geworden, nachdem du weg warst«, begann Emily und spielte, während sie redete, mit der Baskenmütze in ihren Händen. »Entweder hat er zuviel getrunken oder die falschen Drogen genommen. Auf jeden Fall war er wie aufgedreht und hat sich mit jedem angelegt. A real prick!«
»Speed«, sagte Albrecht. »Amphetamine. Er wird immer ätzend und unerträglich, wenn er Pillen schluckt.« Er machte eine Pause und korrigierte sich: »Er *wurde* immer so.«
»Zuerst hat er Heinrich zur Weißglut gebracht«, sagte sie.
Albrecht schluckte den nahe liegenden Kommentar herunter.
»Es ging um Religion und Ossis und all den selbstgefälligen Mist, den Jupp zu diesen Themen so von sich gibt.« Auch sie verbesserte sich: »Von sich gab.« Sie hakte sich bei Albrecht ein, und nebeneinander schlenderten sie übers nasse Trottoir. »Jupp war der Ansicht, man müsse die katholische Kirche als kriminelle Vereinigung verbieten lassen. Und sämtliche Bischöfe wie die RAF-Terroristen auf Fahndungsplakaten ablichten.«
»Ich weiß«, sagte Albrecht und schmunzelte wider Willen. »Er hatte so ein dämliches Spiel: ›Was würde ich tun, wenn ich Diktator

von Deutschland wäre?‹ Alle Kirchen schließen, Campino von den *Toten Hosen* standrechtlich erschießen, die Mauer wieder aufbauen, Sylt im Meer versenken und Bayern zum Austritt aus der Bundesrepublik zwingen. Du weißt doch, wie er war. Das durfte man nicht ernst nehmen.«

»Er wurde ziemlich ausfallend und gehässig«, fuhr Emily fort, »auch gegen mich. Wegen der Geschichte mit uns beiden.«

»Verstehe«, sagte Albrecht, und das tat er tatsächlich. Für Jupp waren Albrecht und Emily das ideale Paar gewesen, der heilige Josef und die Jungfrau Maria seiner spinnerten Religion. Irgendwann hatte er einmal so etwas in der Art gesagt. Albrecht und Emily seien die letzten Menschen auf Erden, die in ihm den Glauben an eine funktionierende Partnerschaft aufrechterhielten. Er selbst hatte nie eine ernst zu nehmende Partnerin gehabt, zumindest nicht über einen längeren Zeitraum, und vermutlich hatte er deshalb die Beziehung der beiden derart idealisiert. Die Trennung hatte ihn jedenfalls so geschockt, dass er im ersten Moment sprachlos gewesen war. Was bei Jupp sehr selten vorkam. Vorgekommen war.

»Ich hab immer gedacht, dass Jupp mich gut leiden kann«, sagte Emily, und an ihrem Schniefen erkannte Albrecht, dass sie weinte. Sie lehnte ihren Kopf an seine Schulter, und er reichte ihr ein Papiertaschentuch.

»Er hat dich vergöttert«, sagte Albrecht, »du warst seine Traumfrau. Mrs. Perfect. Aber er dachte immer in Extremen. Entweder schwarz oder weiß, gut oder böse, Mutter Gottes oder Hure von Babylon. Er war ein verrückter Hund.«

»Er hat mir sehr weh getan mit seinen bösartigen Ausfällen und den falschen Behauptungen.« Sie schnäuzte und räusperte sich. »Er hat beinahe so getan, als sei ich dir schon jahrelang untreu gewesen. Und als hätte er nie was anderes von mir erwartet. Heinrich hätte beinahe eine Schlägerei mit ihm angefangen.«

Wieder ließ Albrecht die Erwähnung Felges kommentarlos im Raum stehen.

»Und der Kommissar hat uns nach unseren Alibis gefragt«, setzte

sie hinzu und begann erneut zu weinen. »Als hätten *wir* ihn ermordet.«
»Er muss diese Fragen stellen«, erwiderte Albrecht und wunderte sich zugleich, dass er Schalck in Schutz nahm. »Schließlich hattet ihr Streit mit Jupp.« Nach einigen Sekunden setzte er hinzu: »Habt ihr Alibis?«
Emily blieb abrupt stehen und schaute Albrecht fassungslos an.
Er hielt dem Blick stand und nahm die Frage nicht zurück.
»Wir waren bis drei Uhr auf dieser dämlichen Party«, sagte Emily gereizt und setzte ihre Baskenmütze auf, weil es in diesem Moment zu regnen begonnen hatte. »Und anschließend sind wir nach Hause gefahren und ins Bett gegangen. Da wir keinen Gruppensex hatten, gibt es dafür keine Zeugen.«
So genau wollte Albrecht das gar nicht hören. Er winkte ab, nahm Emily bei der Hand und sagte: »Tut mir Leid.«
Sie hatten inzwischen die Kreuzung erreicht, überquerten die Otto-Braun-Straße und liefen auf den Tramgleisen hinüber zum Alexanderplatz. Aufgrund des Wetters waren nur wenige Menschen unterwegs, einige Touristen auf dem Weg zu »Burger King« oder dem schwarz glänzenden Würfel des »Cubix«, dem neuen Kino an der Rathausstraße. Eine Tram klingelte hinter ihnen, und sie verließen die Gleise.
»Und was war nun mit Kerstin Harms?«
»Die Arme«, antwortete Emily.
»Ich hab sie im ›Linientreu‹ gesehen«, sagte Albrecht und erinnerte sich an den Beinahe-Zusammenstoß auf der Treppe. »Sie war völlig verheult und hat mich angestarrt, als sei ich ein Gespenst.«
»Liebeskummer«, erwiderte Emily nickend. »Ihre Freundin hat sie verlassen. Oder ist aus der Wohnung ausgezogen. So genau weiß ich das nicht.«
»Die Kleine mit den Strubbelhaaren?«, fragte Albrecht. »Die für die Festspiele arbeitet?«
Emily war überrascht, dass Albrecht davon wusste, und sagte: »Kerstin hat ihr den Job besorgt.« Ärgerlich fuhr sie fort: »Jeden-

falls hatte Jupp nichts Besseres zu tun, als in den Wunden zu bohren. Er hat sich gestern wirklich wie ein Arschloch benommen.«

»Was hat er gemacht?«

»Blöde Sprüche vom Stapel gelassen.«

»Über Lesben?«

Emily nickte.

»Lass mich raten«, sagte Albrecht und rollte die Augen, »er hat die Theorie aufgestellt, dass achtzig Prozent aller Lesben nur aus politischen Gründen homosexuell sind, dass sie nicht *für* Frauen, sondern lediglich *gegen* Männer sind.« Da Emily nickte, setzte er hinzu: »Diese Leier kenne ich. Lesbische Frauen scheinen ihm eine Heidenangst eingejagt zu haben.«

»Dabei dachte ich immer, er sei selbst schwul.«

»Jupp?«, wunderte sich Albrecht und dachte daran, dass ihm ein ähnlicher Gedanke heute Morgen beim Anblick der Leiche durch den Kopf gegangen war. Er sagte: »Du meinst, weil er keine Freundin hatte?«

»Ist doch komisch, oder?«

Albrecht zuckte mit den Schultern und fragte: »Und wie hat Kerstin auf seine Sprüche reagiert.«

»Gar nicht. Sie war völlig aufgelöst und konnte sich nicht wehren. Immer wieder hat sie ihm eine Ohrfeige angedroht, aber natürlich hat sie ihm keine gegeben. So aggressiv wie Jupp drauf war, hätte er womöglich zurückgeschlagen.«

Sagen Sie ihm bitte, beim nächsten Mal bekommt er seine Ohrfeige.

Plötzlich zuckte Albrecht zusammen. Er blieb stehen, schaute Emily direkt an und fragte: »Kerstin Harms kommt aus der Pfalz, oder?«

»Glaub schon«, antwortete sie, »aber sie wohnt schon seit Jahrzehnten in Berlin. Obwohl sie manchmal komische Sachen sagt: schaffen statt arbeiten und Bürro statt Büro.«

»Weißt du, woher sie kommt? Aus welcher Stadt?«

Emily schien den Sinn der Frage nicht zu verstehen.

»Kommt sie zufällig aus Bad Dürkheim?«

»Nicht dass ich wüsste. Ludwigshafen, glaub ich. Oder Mannheim.«
»Mannheim ist nicht in der Pfalz.«
»Dann Ludwigshafen.«
»Mmmh«, machte Albrecht und kratzte sich die Schläfe. Das Kennzeichen von Ludwigshafen war LU. »Und was für einen Wagen fährt sie?«
»Warum willst du das wissen?«
»Bitte antworte! Es ist wichtig.«
»Du weißt doch, ich versteh nichts von Autos.«
»Ist es ein Kadett?«
Emily schüttelte den Kopf. »Nee, was Japanisches.«
»Honda? Mitsubishi? Toyota?«
»Daewoo!« sagte Emily mit stolzer Miene. »Genau, das war's. Ein Daewoo.«
»Dann ist es nicht japanisch, sondern koreanisch.«
»Ich hab ja gesagt, ich versteh nichts von Autos. Warum fragst du überhaupt?«
»Nicht so wichtig«, antwortete er und deutete auf den S-Bahnhof Alexanderplatz. »Wohin willst du jetzt? Gehen wir noch was trinken?«
»Ich möchte nach Hause. Ich bin völlig erledigt. I'm done!«
»Ich auch«, sagte Albrecht. Und Arm in Arm betraten sie den Bahnhof.

6

Der erste Tag nach einer Berlinale war Albrecht immer wie ein großes, schwarzes Loch vorgekommen. Ein Vakuum. Nach zehn Tagen, in denen man durchschnittlich vier bis fünf Filme pro Tag über sich ergehen lassen und über nicht anderes als Kino geredet und geschrieben hatte, fühlte man sich am ersten festivalfreien Tag, als habe man einen Alkoholkater. Die Nachwirkungen dauerten an, der Kopf musste sich erst leeren, um ganz allmählich wieder mit alltäglichen Dingen gefüllt zu werden. Während des Festivals fühlte man sich wie auf einem anderen Stern, in einem anderen Universum. Planet Film. Alles drehte sich nur um ein Thema, der Tagesablauf war bestimmt von Kinovorstellungen, roten Teppichen, Scheinwerferlicht, Pressekonferenzen, Filmempfängen. Small talk und Kulturdebatten, eitles Palaver über Nichtigkeiten, ernsthafte Diskussion über die Zukunft des Films. Man verlor den Bezug zur Realität, bekam den Tunnelblick, schlafwandelte von Termin zu Termin. Kino als Sucht, als Droge, bewusstseinserweiternd und zugleich abstumpfend, entrückend. Und mit dickem Kopf am Folgetag.

Nichts davon spürte Albrecht, als er an diesem Montagmorgen neben Franziska aufwachte. Die Leere in seinem Kopf hatte nichts mit der Berlinale zu tun. Zum ersten Mal seit Jahren hatte er die feierliche Verleihung der silbernen und goldenen Bären verpasst, aber es machte ihm nichts aus. Es war egal. Die Preisträger waren für ihn nur eine Liste von Namen in einer Pressemitteilung. Seine Arbeit, die ihm noch vor wenigen Tagen das Wichtigste im Leben gewesen war, erschien ihm nun selbst wie ein Film, den er im Kino gesehen hatte. Wenn man im Dunkeln saß und auf die Leinwand starrte, war man Teil der Handlung, vergaß das eigene Ich, wurde zum Mitagierenden, ließ sich bis zum Ende treiben. Doch dann ging das Licht an, man schüttelte sich, rieb sich die Augen, verließ das Kino und ging in eine Kneipe oder ein Restaurant oder nach Hause. Es war eben nur ein Film. Und nun hatte er das Kino verlassen.

Er betrachtete Franziska, die sich in die Kissen gekuschelt hatte und träumte. Ihre Augen flatterten hinter den Lidern. Hoffentlich war sie nicht auch nur ein Film, dachte Albrecht und stand auf. Vor zwei Wochen war sie für ihn eine vorlaute Kellnerin, vor drei Tagen eine schnippische Zicke und gestern Nacht eine leidenschaftliche Liebhaberin gewesen. Diesmal hatte er nicht frühzeitig schlapp gemacht, was ihn selbst am meisten gewundert hatte. Einige Male hatte er für einen kurzen Moment Jupp tot auf dem Bett gesehen, alle viere von sich gestreckt, und als Franziska sich auf Albrecht setzen wollte, hatte er sie entsetzt von sich gestoßen. Dennoch war es eine herrliche, eine wunderschöne Nacht gewesen. Als er jetzt darüber nachdachte, erschien ihm das beinahe pietätlos.

Albrecht zog sich an, schrieb einen Zettel, legte ihn auf das Kopfkissen und verließ Franziskas Wohnung, um in der eigenen nach dem Rechten zu sehen.

Als er eine halbe Stunde später in der Ansbacher Straße seinen Briefkasten im Hausflur leerte, stieß er neben den üblichen Einladungen zu den Pressevorführungen der nächsten Wochen und zahlreichen Werbezetteln diverser Pizzalieferanten auf zwei Briefe, die für ihn von Interesse waren. Bei dem einen handelte es sich um das erwartete Schreiben der »Berlin-Kanal GmbH«, in dem er von der bevorstehenden Insolvenz und der sofortigen Freistellung der Mitarbeiter unterrichtet wurde. Während er die Wohnung aufschloss, betrachtete er das Schreiben wie ein Menetekel an der Wand. »Einschreiben Einwurf« stand auf einem Aufkleber auf dem Kuvert, was nach Albrechts Meinung ein Widerspruch in sich war. Eine Erfindung der Post, um für einen Nicht-Service zusätzliches Porto verlangen zu können. Der Brief war am Donnerstag abgestempelt worden, er lag also vermutlich seit Freitag im Kasten. Dem Tag, an dem er Franziska kennen gelernt hatte und dem Schwaben hinterhergerannt war. Er überlegte, was passiert wäre, wenn er am Freitag in den Briefkasten geschaut hätte. Oder wenn die Leute in der Chefetage des Senders den Mut gehabt hätten, den Mitarbeitern persönlich die schlechte Nachricht zu überbringen. Vieles wäre dann womöglich nicht passiert. Albrecht überflog den Brief nur kurz, ärgerte sich über den pathetischen und verlogenen Tonfall, der dem Ganzen anhaftete, und warf ihn samt Werbezetteln in den Papierkorb in seinem Arbeitszimmer. *Mit kollegialem Gruß!*

Ein zweiter Brief hatte inzwischen seine Aufmerksamkeit erregt, und er schaute auf die Empfängeradresse, als halte er einen Gruß

aus dem Jenseits in den Händen: »Josef Tenhagen, bei Albrecht Niemeyer, Ansbacher Straße ...«
Einen kurzen Moment lang dachte er, der Brief könnte etwas mit dem Mord zu tun haben, und er zögerte, ihn zu öffnen. Womöglich waren Fingerabdrücke auf dem Papier. Doch dann sah er den Stempel auf der Rückseite: »KOKA 36«. Eine Konzertkasse in der Kreuzberger Oranienstraße. Und in dem Moment, als er den Brief öffnete, wusste Albrecht, was sich darin befand.
Die ganze Woche hatte Jupp auf ihn eingeredet, ihn zu überzeugen versucht, ihn überreden wollen, ihn angefleht. »*M.D.C.*, Mann! Da müssen wir hin!« Aber Albrecht hatte sich strikt geweigert. Ins »SO 36« bekämen ihn keine zehn Pferde, schon gar nicht, um alt gewordene Punks auf der Bühne zu sehen, die sich an den Hymnen der Achtziger vergingen. Nicht einmal Jupps Hinweis auf die »Mein-Abend-dein-Abend«-Spielregeln hatte Albrecht umstimmen können. Ins »Wiener Blut« wollte er Jupp gern begleiten. Aber ins »SO 36«? Nein, danke!
Und nun hielt er die Tickets in der Hand. Zwei Tickets! Für heute Abend. Im »SO 36«, dem nicht totzukriegenden Dinosaurier unter den Konzertsälen. Bereits 1978 hatten hier die ersten Punkkonzerte stattgefunden, in den Achtzigern war es geschlossen, besetzt und wieder geschlossen worden, bevor es 1990 endgültig die Lizenz zum Krachmachen bekommen hatte. In den frühen Neunzigern hatte auch Albrecht einige Bands in diesem Laden erleben dürfen. Für Jupp war das »SO«, wie er es liebevoll genannt hatte, eine Art Kultstätte gewesen. Für Albrecht bedeutete es lediglich ein Stück Vergangenheit. Abgeschlossene Vergangenheit.
Im Schreiben der Konzertkasse wurde auf eine Internetbestellung und Bezahlung per Kreditkarte verwiesen. Offensichtlich war Jupp überzeugt davon gewesen, Albrecht doch noch überreden zu können. Oder war die zweite Karte etwa für jemand anderen bestimmt gewesen? Ein Konzert von *M.D.C.* – Jupps Allzeit-Lieblingsband. Nicht von ungefähr hatte er sich den Totenkopfpanzer von deren Single auf den Oberarm tätowiert. Auch Albrecht hatte dieser Band

aus Kalifornien einiges abgewinnen können, Songs wie »John Wayne was a Nazi« hatte er auswendig mitsingen können, aber das war vor beinahe zwanzig Jahren gewesen. Inzwischen waren vermutlich kaum noch Mitglieder der orginalen Besetzung dabei, oder sie waren grauhaarig, bierbäuchig und gichtfingrig. Das Konzert erschien ihm ähnlich abgeschmackt wie die nostalgischen Siebziger-Jahre-Veranstaltungen, in denen *Bay City Rollers*, *The Sweet* und *Slade* in Rollstühlen auf die Bühne gekarrt wurden, um die Hits von damals mit ruinierter Stimme oder als Playback zum Besten zu geben. Peinlich und überflüssig!

Jupp hätte es vermutlich geliebt.

Und plötzlich erschien Albrecht der Gedanke gar nicht mehr so dumm und abwegig. Sicher, es war eine alberne Gefühlsduselei, ein kitschiger Einfall wie aus einer Hollywoodschnulze, aber, so dachte er, es wäre eine Art Abschied. Ein letzter Salut für den toten Freund. Gott, wie melodramatisch! Und trotzdem.

Vielleicht hätte Franziska ja Lust, ihn zu begleiten, überlegte er, ging in den Flur und rief sie an. Sie meldete sich mit verschlafener Stimme. Zunächst stammelte er herum, entschuldigte sich für den Anruf, glaubte sich und seinen absurden Vorschlag rechtfertigen zu müssen und verlor schließlich vollends den Faden.

»Okay«, war alles, was sie sagte, »hol mich nach der Arbeit im ›Hahn‹ ab. Es ist ja gleich nebenan.«

»In Ordnung«, sagte Albrecht und legte auf.

Mit Franziska waren die Dinge mitunter verwirrend einfach. Sie hasste Punkrock, nannte ihn »Assel-Rock«, aber sie sagte: »Okay.« Als *M.D.C.* ihre »Millions of Dead Cops«-LP herausgebracht hatten, war Franziska drei Jahre alt gewesen, doch sie schien zu verstehen, weshalb Albrecht das Konzert besuchen wollte, und hielt es für völlig normal und naheliegend, ihn zu begleiten. Es schien sie gar nicht zu stören, dass er sie derart mit Beschlag belegte. Albrecht hätte an ihrer Stelle wilde Panikattacken bekommen. Vor wenigen Tagen noch hatte sie ihn einen Idioten und perversen Freak genannt, und nun war er praktisch bei ihr eingezogen. In ihre Ein-

Zimmer-Wohnung! Und sie fand das in Ordnung. Es machte ihr keine Angst. Merkwürdig!
Das erinnerte ihn daran, weshalb er in die Ansbacher Straße gekommen war: um den Briefkasten zu leeren und einige persönliche Dinge wie Rasierer und Unterwäsche zu holen. Außerdem wollte er sehen, was die Spurensicherer mit seiner Wohnung angestellt hatten. Über dem Schloss der Schlafzimmertür klebte ein Siegel der Kriminalpolizei, da jedoch die Tür nicht verriegelt und es überhaupt keinen Schlüssel zu dem Schloss gab, konnte man nicht wirklich von »Versiegelung« sprechen. Albrecht öffnete und schaute hinein. Obwohl das Zimmer aufgeräumt war und nichts an den Mord erinnerte, fuhr ihm ein Schauer über den Rücken. Er würde das Bett weggeben müssen, der Gedanke, darin zu schlafen, war ihm unerträglich. Er zog die Tür zu, leise und vorsichtig, als wolle er niemanden stören. Auch als er die Matratze auf dem Boden in Emilys Arbeitszimmer sah, wurde ihm mulmig. Das Kribbeln im Nacken wurde stärker und strahlte schmerzhaft in den Arm aus. Wahrscheinlich würde er die Wohnung in den nächsten Tagen kündigen, sie war seit Emilys Auszug ohnehin zu groß gewesen. Jupps Kleidung hatten die Kriminaltechniker mitgenommen, die Schallplatten hatten sie dagelassen. Das bewies Albrecht, wie wenig die Polizisten von Jupp begriffen hatten. Außer seiner Lederjacke und den Springerstiefeln waren ihm Kleidung und Aussehen völlig egal gewesen. Lieber wäre er nackt nach Hause gefahren als ohne seine geliebten Platten.
Im Wohnzimmer starrte Albrecht erneut an die Wand mit den Konzertplakaten, doch diesmal irritierte ihn nichts. Es waren nur alberne alte Plakate. Und bevor er wusste, was er tat, nahm er die Poster ab, rollte sie ein und verstaute sie unter dem Sofa. Weg damit! Doch die leere, weiße Wand war beinahe noch schlimmer. Sein Entschluss stand fest, er würde die Wohnung kündigen.
Albrecht ging ins Bad, stopfte einige Utensilien in den Kulturbeutel und verließ fluchtartig die Wohnung. Den Ort des Geschehens. Als er die Treppe hinunterging und die notdürftig abgeklebte

Scheibe in der Haustür sah, dachte er an das Klischee des Mörders, der zwanghaft an den Tatort zurückkehrte.
»Unsinn!«, schalt er sich, doch er schaute er sich vorsichtig nach allen Seiten um, als er vor die Tür trat. Kein dunkler Kadett in Sicht. Kein Heckenschütze im Haus gegenüber. Alles friedlich.

7

»Der Goldene Hahn« sah innen genauso aus, wie Albrecht ihn sich von außen vorgestellt hatte. Vergilbte Gardinen vor den Fenstern, dunkles Holzfurnier an den Wänden, Geweihe und ausgestopfte Eulen, Kupfer- und Porzellanteller sowie merkwürdige Gemälde auf dem Holzfurnier, ein altes Wagenrad, das von der ebenfalls holzvertäfelten Decke hing, eine Schultheiss-Leuchtreklame über dem Tresen. Hinter der Theke hing ein riesiger Holzknüppel an einem Brett, daneben stand: Hausordnung. Auch das mexikanische Huhn mit Sombrero und der deutsche Porzellanhund mit Pudelmütze auf der Zapfanlage passten ins Bild. Dennoch gab es einige Dinge, die Albrecht überraschten. Das Bildnis des nackten Sascha Hehn in aufreizender Pose beispielsweise, das an exponierter Stelle neben der Eingangstür hing. Oder der mit Aufklebern übersäte Kühlschrank, auf dem ein Sticker der Band *Terrorgruppe* neben einem stilisierten Hanfblatt und einem polizeifeindlichen »Wir müssen leider draußen bleiben«-Aufkleber zu sehen war.
»Ich bin soweit«, sagte Franziska, kam um den Tresen herum und begrüßte Albrecht mit einem Kuss. Sie wandte sich an den letzten Gast, der in gebückter Haltung an einem Tisch mit Karodecke saß und auf ein leeres Schnapsglas stierte, klopfte ihm auf die Schulter und sagte: »Feierabend, Erich.«
»Einen Bärenjäger noch«, sagte der Mann.
»Nix«, antwortete Franziska.
»Bärenjäger?«, wunderte sich Albrecht und bestaunte einen kleinen Ofen, einen Allesbrenner, dessen Ofenrohr erstaunlicherweise

nicht oben in der Decke verschwand, sondern quer durch die Kneipe ging.
»Eine Art Honiglikör«, erklärte Franziska und half dem Gast auf die Beine. »Schmeckt wie gezuckertes Petroleum und sorgt dafür, dass man am nächsten Morgen seinen Namen nicht mehr weiß.«
»Genau«, sagte der Mann namens Erich und wankte hinaus.
Franziska löschte die Lichter, folgte dem Trunkenbold hinaus, schloss ab und hakte sich bei Albrecht ein. »Du hast dich ja gar nicht dem Anlass entsprechend verkleidet«, sagte sie und deutete auf seine Garderobe. »Lassen die dich mit dem Mantel überhaupt rein?«
»Meine Lederjacke von damals habe ich nicht mehr«, antwortete Albrecht. »Und selbst wenn es sie noch gäbe, würde ich nicht mehr hineinpassen.«
Sie überquerten den spärlich beleuchteten Heinrichplatz und bemerkten bereits nach wenigen Schritten die Menschentraube vor dem »SO 36«. Als Albrecht die besprühten Lederjacken, Armeestiefel, Nietenarmbänder und Irokesenschnitte sah, murmelte er: »Vielleicht hätte ich mir doch etwas Seife in die Haare schmieren sollen.«
»Immerhin trägst du Jeans«, sagte Franziska grinsend, »auch wenn die wahrscheinlich von Joop sind.«
Etliche Punks lungerten vor dem Laden herum und tranken billiges Dosenbier, um sich auf den Abend einzustimmen. Beim Betreten des Saales wurden sämtliche Besucher abgetastet, wobei jedoch weniger nach Waffen als vielmehr nach Alkohol gesucht wurde. Das Hineinschmuggeln von Getränken war umsatzschädigend und deshalb untersagt. Also tranken einige Punks vorsorglich auf der Straße und betraten den Laden erst, wenn die Hauptband spielte. Zumindest in dieser Hinsicht hatte sich in den letzten zwanzig Jahren nichts geändert.
Albrecht und Franziska gingen hinein. Ein grün-gelber Igelkopf mit *Exploited*-T-Shirt machte eine abfällige Bemerkung über Albrechts Kleidung, die dieser wohlweislich überhörte. Leute mit

Exploited-T-Shirts waren schlichtweg nicht ernst zu nehmen. In Jupps »Mein-Fach-dein-Fach«-Fragespiel war die englische Band *Exploited* eine häufige Antwort gewesen. Die proletenhafteste Band? Die primitivsten Texte? Die abgewracktesten Fans? Mit *Exploited* als Antwort konnte man bei solchen Fragen nie ganz daneben liegen.

Sie zeigten ihre Karten, wurden abgetastet und darauf hingewiesen, dass die Eintrittskarten beim Verlassen des Ladens ihre Gültigkeit verloren.

»Bekommen wir keinen Stempel?«, fragte Albrecht.

Der Mann, der ihn kontrolliert hatte, schüttelte den Kopf.

»Gibt's eine Garderobe?«

Als Antwort erhielt Albrecht ein müdes Lächeln.

Blöde Frage! Leider konnte er sie nicht mehr zurücknehmen.

Als Albrecht den langen, schmalen und mit Graffiti besprühten Gang in Richtung Konzertsaal entlanging, kam er sich vor wie in der amerikanischen Fernsehserie »Time Tunnel«. Es fehlte nur die Drehscheibe am Ende des Gangs, mittels der man in die Vergangenheit reisen konnte. Stattdessen ging Albrecht durch eine Tür und betrat eine andere Zeit. Die Halle sah genauso aus, wie er sie aus den frühen Neunzigern in Erinnerung hatte. Was sollte sich auch in einem Konzertsaal ändern? Es gab eine Bühne am Ende des Raums, ein Gerüst mit Scheinwerfern unter der Decke, eine Theke neben dem Eingang, ein Mischpult an der linken Seite des Saals und viel Platz und hohe Wände ringsum. Albrecht wollte Franziska gerade fragen, ob sie etwas trinken wolle, als der Lärm begann. Eine Vorband hatte die Bühne betreten und beschallte den Raum mit der Coverversion eines Punkklassikers. Albrecht bestellte eine Weißweinschorle für Franziska, ein alkoholfreies Bier für sich und stellte erleichtert fest, dass die Leute vorm Tresen allesamt in seinem Alter und nicht wie die Punks vor der Tür hergerichtet waren. Offensichtlich war er nicht der einzige spießige Enddreißiger, der aus nostalgischen Gründen hier war.

Albrecht schaute sich um und fuhr erschrocken zusammen, als er ein bekanntes Gesicht zu erkennen glaubte. War das nicht der Sänger dieser Ruhrpott-Band, mit denen sie früher einige Male in Holland aufgetreten waren? Wie hießen die doch gleich? Richtig, *Notzucht*! Und der Typ nannte sich Runkel oder Rübe oder so. Seine Nase hatte tatsächlich etwas von einer Knollenfrucht, sie war riesig, rot geädert und erinnerte an den Schauspieler und bekennenden Alkoholiker W. C. Fields. Auf den Hals hatte er sich ein Spinnennetz tätowiert, mit einer fetten Spinne direkt unter dem Ohr. Albrecht starrte vorsorglich zu Boden, um den Blickkontakt zu meiden, und führte Franziska eilig in Richtung Bühne. Inzwischen hatte die Band ihren zweiten Song begonnen, und erneut handelte es sich um einen Klassiker der Achtziger. Offensichtlich gab die Gruppe nur nachgespielte Sachen zum Besten: *Viva la Revolution*! Das hätte Jupp gefallen, dachte Albrecht. Er hätte vermutlich jeden Song beim ersten Akkord erkannt.

Der Laden war noch nicht sehr gut besucht, die Leute standen entlang der Wände oder in Grüppchen herum und achteten eher nebenbei auf das Geschehen auf der Bühne. Ein einzelner Scheinwerfer fuhr in Kreisen über das Publikum und holte mal dieses und mal jenes Gesicht aus der Dunkelheit. Allmählich legte sich Albrechts Unbehagen, er zog den Mantel aus, legte ihn sich über die Schulter und nahm Franziskas Hand.

»Und? Wie findest du's?«, fragte er, mehr gestisch als mit Worten.

»Bisschen laut«, schrie sie ihm ins Ohr. »Aber ganz nett. Ich glaub, den Song kenn ich sogar.«

Die Band verging sich gerade an den *Sex Pistols*.

Albrecht hörte weder die Musik noch Franziskas Antwort. Er hatte etwas gesehen, das seine ganze Aufmerksamkeit auf sich gelenkt hatte. Zunächst war ihm nur die Lederjacke aufgefallen, sie war schwarz, mit roten Schulterstücken und leicht tailliert, eine Frauenjacke. Auf dem Rücken stand mit Schablone geschrieben: »Penis Envy«. Penisneid! Ein Song der englischen Band *Crass*. Dann hatte Albrecht das Gesicht der Frau gesehen, nur für den kurzen Moment, als der Scheinwerfer darauf gerichtet war, und erneut war ihm ein Schrecken des Erkennens durch den Körper gefahren. Irgendwo hatte er dieses Gesicht schon einmal gesehen, aber er kam nicht sofort darauf. Die Frau hatte kurzes, schwarzes Haar, das stachelig vom Kopf abstand, und starrte wie gebannt auf einen Punkt zu ihrer Linken. Das Geschehen auf der Bühne schien sie nicht zu interessieren, sie würdigte es keines Blickes, wippte nicht im Takt, verharrte reglos und starrte ins Dunkel.

Es dauerte einige Sekunden, bis Albrecht wusste, woher er die Frau kannte. Ihre punkige Aufmachung, die besprühte Lederjacke, die hochtoupierten Stacheln hatten ihn zunächst verwirrt, doch dann stellte er sie sich im rot karierten Jackett, mit nachlässig gebundenem Schlips und schwarzem Rock vor und erinnerte sich. Es handelte sich um die Frau, die ihn bei dem Panorama-Empfang im »Adagio« so seltsam angeschaut und nach seiner Presseakkreditierung gefragt hatte. Die Freundin von Kerstin Harms. Oder die Ex-Freundin, wie er gestern von Emily erfahren hatte.

Als der Scheinwerfer das nächste Mal auf ihrem Gesicht landete, schaute sie in Albrechts Richtung, ohne ihn jedoch in der Dunkelheit sehen zu können. In diesem Moment gab es einen Tusch auf der Bühne, gleißendes gelbes Licht erfüllte den ganzen Saal. Die Frau schaute immer noch zu ihm herüber, sie erkannte ihn, und auch sie erstarrte. Das Bierglas, das sie zum Mund geführt hatte, blieb wenige Zentimeter vor den Lippen in der Schwebe. In ihrem Blick lag Überraschung. Nein, es war mehr als das: Panik und Entsetzen. Dann wandte sie sich plötzlich ab.

Dieser kurze Augenblick hatte genügt, um bei Albrecht einen ganzen Film ablaufen zu lassen. Das Entsetzen in ihrem Gesicht hatte er nicht zum ersten Mal gesehen. Er kannte es. Hatte es schon einmal mit ansehen müssen.

Aufgerissene Augen und geblähte Nüstern.

Kein Wunder, dass er sie nicht sofort wiedererkannt hatte. Damals hatte sie schulterlange, grün gefärbte, gekreppte Haare gehabt und ein kindliches Gesicht. Er erinnerte sich an einen Schottenrock

und löchrige Netzstrumpfhosen. Und an ein *Siouxsie and the Banshees*-T-Shirt.
»Oh, mein Gott!«, rief Albrecht.
»Au! Du tust mir weh!«
Erst jetzt bemerkte er, dass er immer noch Franziskas Hand hielt und sie fest drückte. Er ließ ihre Hand los und stammelte: »Tut mir Leid.«
»Was ist denn mit dir los?«
Er schaute zu der Stelle, an der eben noch die Frau gestanden hatte. Das gelbe Licht war erloschen. Albrecht wartete, bis der Scheinwerfer auf seiner Kreislaufbahn die Stelle erreicht hatte, doch die Schwarzhaarige war verschwunden. Er blickte zum erleuchteten Ausgang und sah die roten Schulterstücke im Gang verschwinden. Ohne Franziska eine Erklärung für sein seltsames Verhalten zu geben, rannte er hinaus, stieß in der Tür mit dem *Exploited*-Punk zusammen, schob ihn kurzerhand zur Seite, lief an der Kasse vorbei und stürzte auf die Straße. Er drehte sich wie ein Kreisel um die eigene Achse. Doch er kam zu spät. Die Frau war nirgends zu sehen.
»Die Torte kannste vergessen«, sagte ein Punk mit norddeutschem Akzent und prostete Albrecht mit einer Dose Hansa-Pils zu. »Die is über alle Berge.«
In diesem Moment erschien Franziska, in den Händen hielt sie Albrechts Mantel, den dieser bei seinem Zusammenstoß verloren hatte, und fragte: »Wem rennst du hinterher?«
»Ich weiß jetzt, was das alles zu bedeuten hat«, sagte er und starrte an Franziska vorbei auf die Fassade des »SO 36«. Diverse Plakate verschiedener Konzerte waren neben dem Eingang in mehreren Schichten übereinander geklebt, es sah aus wie eine Collage.
»Die Plakate!«, rief Albrecht, doch er meinte nicht die Poster, die er gerade betrachtete. Er wusste plötzlich, was ihn in seiner Wohnung so irritiert hatte. Die Konzertplakate der *Ordensbrüder*, die Jupp im Wohnzimmer aufgehängt hatte. Eines hatte gefehlt. Und Albrecht wusste auch, um welches Plakat es sich handelte. Er war sich ganz sicher.

VIERTER TEIL

»The worst crime that I ever did
was playing Rock 'n' Roll.«

The Stranglers, »Grip«, 1977

1

Es hätte der Höhepunkt ihrer musikalischen Laufbahn werden sollen, das Tüpfelchen auf dem i, der endgültige Durchbruch, der wichtigste Auftritt vor dem bislang größten Publikum, doch es begann mit einer Enttäuschung, wurde zu einem Desaster und führte letztlich zur Auflösung der Band. Ein ganztägiges und international besetztes Open-Air-Konzert war in der Nähe von Venlo auf die Beine gestellt worden, auf irgendeiner Wiese direkt an der Maas, unweit der deutsch-holländischen Grenze und inmitten einer ausgedehnten Heidelandschaft. Es war der Sommer 1986, ein drückend heißer Tag im Juli. *Conflict* aus England, *Negazione* aus Italien, *Kaaos* aus Finnland, *Balthasar Gerards Kommando* aus Holland und *Die Ordensbrüder* aus Deutschland hatten sich neben etlichen lokalen und unbekannteren Bands angekündigt. Weil sie eine deutsche Band waren und damit zu den internationalen Gästen gehörten, sollten sie im Abendprogramm auftreten, davon gingen sie zumindest aus, als sie sich am Morgen in Jupps klapprigem Käfer auf den Weg nach Holland machten. Männe fuhr, er war gerade achtzehn geworden und hatte vor wenigen Tagen seine Führerscheinprüfung bestanden. Jupp saß auf dem Beifahrersitz, den Bass zwischen den Beinen, und strahlte wie ein kleiner Junge, der mit der Klasse einen Schulausflug unternimmt. Ali und Benno hatten es sich auf der Rückbank bequem gemacht, zwischen sich Alis Gitarre und einen riesigen Hifi-Lautsprecher, aus dem krachende Musik schepperte. Die *Boskops* brüllten: »1990 bist du alt und schick, und du blickst auf damals zurück.« Jupp und Benno, dessen blondierter Igelkopf ans Dach des Autos stieß, sangen lauthals mit.

Kaum hatten sie die holländische Grenze passiert (sie fuhren auf der niederländischen Seite über Arnhem und Nijmegen), schon bastelte Benno einen Joint, zündete ihn an und reichte ihn herum. Da Ali vor einem Auftritt grundsätzlich nicht kiffte und Männe als überzeugter »Straight-Edge«-Punk weder Tabak, Alkohol noch Drogen zu sich nahm, ging der Joint zwischen Benno und Jupp hin und her. Benno war ein alter Kiffer, der sich den ersten täglichen Joint bereits kurz nach dem Aufstehen drehte, ihm machte das Gras nichts aus, man merkte es ihm kaum an. Jupp hingegen rauchte nur gelegentlich und war weniger abgebrüht, vor allem wenn er die einschläfernde Wirkung des Marihuanas mit Bier bekämpfte. Eine Kiste davon fuhr immer vorne unter der Haube in seinem Käfer mit. Ali redete vergeblich auf ihn ein, betonte, wie wichtig das Konzert sei und dass Jupp nicht wieder volltrunken und zugedröhnt samt Bass von der Bühne fallen dürfe, wie vor einem Jahr im »Forum Enger«.

»Ach was!«, schnauzte Jupp und wischte mit dem Ärmel seiner Lederjacke über den Flaschenhals. »Ich bin topfit. Alles bestens.«

Als sie nach wenigen Stunden, um halb zwei, in Venlo eintrafen, konnte Jupp sich kaum noch auf den Beinen halten.

»Macht nichts«, lallte er und lachte, als er schwankend aus dem Auto stieg und bekifft in die Sonne starrte, als betrachtete er ein Feuerwerk. »Wir haben ja noch jede Menge Zeit. Ich leg mich kurz schlafen. Und dann sehen wir uns erst mal ein paar holländische Loser-Bands an.«

Daraus wurde leider nichts, denn wie die *Ordensbrüder* mit Entsetzen feststellen mussten, waren sie von den Organisatoren des Festivals keineswegs für den Abend eingeplant. Eine andere deutsche Band, die *Hostages of Ayatollah*, hatten kurzfristig zugesagt und spielten nun an ihrer statt um neun Uhr abends. Die *Ordensbrüder* waren für den frühen Nachmittag vorgesehen, als zweite Band des Tages, um drei Uhr!

»Ich fahr gleich wieder zurück!«, schimpfte Männe.

»Scheiße!«, krächzte Jupp.

»Ist ja noch kein Mensch da«, sagte Benno und schaute sich auf dem Gelände um. Ein riesige Bühne war dort aufgebaut, gigantische Lautsprechertürme rechts und links, eine riesige Theke in der Nähe des Haupteingangs, ein Podest für das Mischpult in der Mitte der frisch gemähten Wiese, doch ringsum gähnende Leere. Vermutlich waren bislang nur die Mitglieder der Nachmittags-Bands anwesend. Das Publikum würde erst nach und nach eintrudeln und der Platz erst am Abend wirklich gefüllt sein. Niemand würde den Auftritt der *Ordensbrüder* zur Kenntnis nehmen. Es gab kein Publikum.

Vergeblich redeten sie auf den Mann ein, der ihnen die Hiobsbotschaft überbracht hatte, doch der zuckte nur bedauernd mit den Schultern. Sie könnten gern mit den anderen Bands tauschen, wenn die sich dazu bereit erklärten, sagte er, gab ihnen die Biermarken und Badges für den Backstage-Bereich und ließ sie kurzerhand stehen. Das mit dem Tauschen war natürlich Unsinn, niemand würde sie an ihrer Stelle spielen lassen. Höchstens die Band, die *vor* ihnen an der Reihe war und gerade mit dem Soundcheck begonnen hatte.

»Een, twee, drie … testing.«

»Und nun?«, fragte Ali.

»Die können mich mal«, sagte Männe, stapfte davon und setzte sich wieder hinters Steuer des Käfers. »Ich mach mich doch nicht lächerlich.«

Gemeinsam überredeten sie den Schlagzeuger, nicht nach Hause zu fahren, sondern das Beste daraus zu machen. Immerhin gab es einige gute Bands zu sehen, und sie hatten Backstage-Ausweise,

konnten also mit ihren Kollegen aus England und Italien hinter der Bühne ein Bier trinken. Vermutlich, weil er ein schlechtes Gewissen gehabt hatte, war der Mann vom Festival sehr großzügig mit den Biermarken gewesen. Als kleine Entschädigung.
»Ich trink kein Bier«, maulte Männe, »das wisst ihr doch.«
»Dann trink 'nen O-Saft«, antwortete Benno und zerrte seinen Bruder aus dem Auto. »Zick hier nicht so rum, Männe! Ich bin hergekommen, um ein bisschen Spaß zu haben. Und den werd ich auch kriegen. Du kannst ja nachher flennen. Jetzt wird Musik gemacht!«
Nach dem Auftritt bereuten sie, ihren Trommler überredet zu haben, und sie waren froh, dass fast niemand das Debakel gesehen oder gehört hatte. Männe schien sich vorgenommen zu haben, sämtliche Songs in der Hälfte der Zeit über die Bühne zu bringen, er knüppelte auf die Felle ein, als gelte es, einen Weltrekord zu brechen. Da er jedoch der Einzige in der Band war, der dieses Tempo sauber spielen konnte, herrschte bald ein völliges Chaos auf der Bühne. Benno kreischte nur noch wild und unverständlich herum, weil er den Text nicht mehr in den verkürzten Songs unterbrachte. Ali schrammelte panisch auf seiner Gitarre, bis er einen Krampf im linken Arm bekam und ihm zwei Saiten auf einmal rissen. Und Jupp? Der spielte und zupfte, was er wollte, ohne sich darum zu kümmern, was die anderen trieben und ob sie überhaupt etwas trieben. In seinem Kopf schien ein eigener Film abzulaufen. Zwar fiel er nicht *von* der Bühne, wohl aber *auf* der Bühne, weil er sich in seinem Kabel verhedderte und vornüber mit der Nase auf die Bretter schlug. Es war eine öffentliche Hinrichtung, ein kollektiver Selbstmord, ein vierzigminütiges Prangerstehen. Glücklicherweise waren nur eine Handvoll Punks Zeugen der Katastrophe, doch die hatten sichtlichen Spaß an der unfreiwillig ulkigen Vorstellung. Sie warfen mit Bierdosen, skandierten »Achtung, Achtung, Achtung!« mit holländischem Akzent und forderten am Ende sogar höhnisch: »Zugabe!«
Wie geschlagene Boxer schlichen die vier von der Bühne.

»Was für eine Blamage!«, rief Benno und nahm die Sonnenbrille ab, die er sich während des Auftritts aufgesetzt hatte. Hätte er einen falschen Bart zur Hand gehabt, so hätte er sich vermutlich auch den angeklebt. »Kein Mensch erfährt heute von mir, in welcher Band ich spiele«, fuhr er fort und riss sich den Festival-Badge von der Lederjacke. »Oder dass ich überhaupt in einer Band spiele. Eher falle ich tot um. Die lachen mich ja aus.« Dies war eine durchaus erstaunliche Ankündigung, denn zu Bennos üblicher Masche gehörte es, sich als gefeierter Rockstar aufzuführen. Wenn er Mädchen aufreißen wollte (was eigentlich immer der Fall war), dann gehörte der Satz »Ich bin Sänger in einer geilen Band« zum festen Repertoire. Bei den Sechzehnjährigen, die er als Objekt der Begierde bevorzugte, hatte er mit dieser Aussage schon erstaunlichen Erfolg erzielt. Es war unschwer zu erraten, dass das Adjektiv »geil« sich nicht nur auf die Band, sondern auch auf den Sänger bezog. Heute jedoch könnte dieser Satz verfänglich werden, wenn das entsprechende Mädchen den Auftritt der *Ordensbrüder* gesehen oder davon gehört hatte. Das war zwar nicht sehr wahrscheinlich, aber wer wollte das mit Sicherheit ausschließen. Dass sie sich zum Gespött der Leute gemacht hatten, stand jedenfalls fest. »Wir sollten uns einen anderen Bandnamen zulegen«, schlussfolgerte Benno und richtete den Igel auf seinem Kopf wieder auf, indem er die Hände mit Bier befeuchtete und anschließend damit in den Haaren herumfuhrwerkte. »Was meinst du, Jupp?«
Jupp meinte gar nichts. Er lag abseits der Bühne in einem Heuhaufen und schnarchte.
Sechs Stunden später hatte sich der erste Ärger gelegt, die schlechte Laune war verflogen, die Enttäuschung war jedoch geblieben, auch wenn Ali inzwischen beinahe über das Debakel lachen konnte. Während Jupp seinen Rausch ausschlief und Benno sich wie üblich auf die Pirsch machte, sahen Männe und Ali sich die Bands an, hielten Ausschau nach bekannten Gesichtern, plauderten mit Freunden und Kollegen aus anderen Bands und fuhren schließlich in die Stadt, um bei einem Israeli eine Portion Shoarma zu essen.

In Venlo wimmelte es von Punks, die gerade erst angekommen waren und vor dem Bahnhof herumlungerten. Es war ein wenig wie bei den Chaostagen in Hannover, nur dass hier das Polizeiaufgebot nicht annähernd so groß und die Stimmung auffallend friedlich war. Kaum jemand störte sich an den Lederbejackten und bunt Frisierten. Es war witzig zu sehen, wie die Punks zu Hunderten an der Bushaltestelle standen und auf den städtischen Bus warteten, der sie in Richtung des Festivalgeländes bringen sollte. Allein das Gesicht des entsetzten Busfahrers beim Anblick der wilden Rasselbande war den Ausflug in die Stadt wert gewesen, fand Ali.

Als sie zum Gelände zurückkehrten, waren Benno und Jupp nirgendwo zu sehen, jedenfalls hielten sie sich nicht im Backstage-Bereich auf. Auf der Bühne spielten gerade die *Hostages of Ayatollah*, und Ali dachte mit Wehmut daran, dass eigentlich sie nun dort stehen und ihre Songs zum Besten geben sollten.

Die Dämmerung hatte inzwischen eingesetzt, bunte Scheinwerfer beleuchteten die Bühne, und das pogende Heer der Punks im Publikum verschwamm zusehends zu einer grauen Masse. Die Hitze des Tages war in eine schweißtreibende Schwüle umgeschlagen. Rot leuchende Wolken türmten sich am Horizont. Da Männe gerade in geradebrechtem Englisch auf den Sänger von *Negazione* einredete, der wie ein Mischung aus Joey Ramone und Geronimo aussah, machte Ali sich auf die Suche nach Benno und Jupp. Ein wenig befürchtete er, Jupp könnte den Auftritt der *Hostages* mit irgendeinem Blödsinn sabotieren. Zuzutrauen wäre es ihm. Bei einem Konzert der amerikanischen Band *Black Flag* vor zwei Jahren im »Babylon« hatte Jupp dem Gitarristen das Kabel aus der Gitarre gerissen. Das Solo sei viel zu lang gewesen, hatte er anschließend behauptet und stolz das blaue Auge präsentiert, das ihm der Gitarrist mit einem Fußtritt verpasst hatte.

Der Platz war mittlerweile gut gefüllt, und weil das Licht so dämmrig war, hatte Ali Mühe, die beiden in der Menge ausfindig zu machen. Zum Glück war Benno sehr groß, und sein blonder Stachelkopf ragte wie ein Leuchtturm aus der Menge heraus. Die Frisur

erinnerte Ali immer an die Party-Igel seiner Mutter: mit Aluminiumfolie umwickelte Kohlköpfe, in die aufgespießte Käsehäppchen gesteckt wurden.
Ali fand Benno und Jupp schließlich in der Nähe des Mischpults. Zwei Mädchen waren in ihrer Begleitung, die eine groß und ziemlich füllig, mit breitem Irokesenschnitt und *The Slits*-T-Shirt, die andere spindeldürr und sehr hübsch, ihre Haare waren grün gefärbt, gekreppt und standen in einer waghalsigen Konstruktion vom Kopf ab. Auf ihrem T-Shirt prangte der Kopf von *Siouxsie*, die Beine steckten in zerrissenen Netzstrümpfen und verschwanden oberhalb der Knie in einem roten Schottenrock. Die beiden Mädchen waren etwa sechzehn, höchstens siebzehn Jahre alt, also genau nach Bennos Geschmack.
»Da bist du ja«, wurde Ali von Jupp mit einem Schulterklopfen begrüßt. »Guck mal, wen wir getroffen haben!«
»Hi!«, sagte Ali, nickte und fragte die Mädchen: »Kennen wir uns?«
Die beiden schüttelten den Kopf und kicherten.
»Nä, das ist ja der Witz«, meinte Jupp und grinste blöde. »Wir haben sie gerade erst kennen gelernt. Klasse, oder?«
Ali verstand nicht recht, was daran so witzig oder klasse sein sollte, und wunderte sich über Jupps merkwürdiges Verhalten und dummes Gerede. Die Wirkung des Marihuanas schien verflogen zu sein, er lallte auch nicht mehr, dennoch schien irgendetwas nicht in Ordnung zu sein. Sein Blick war unstet, er sprach viel zu schnell und haspelig, konnte seine Hände nicht still halten und schien nicht in der Lage zu sein, das dämliche Grinsen zu unterdrücken. Am Bier allein, das er in der Hand hielt, konnte es nicht liegen.
Ali wandte sich alarmiert an Benno: »Hast du ihm irgendwas gegeben?«
»Ich? Wieso?«
»Hast du ihm was gegeben?«, wiederholte Ali mit Nachdruck.
»Nichts, was er nicht verträgt.«
»Speed?«

»Du hättest ihn sehen sollen«, antwortete Benno und verdrehte die Augen. »Völlig erschlagen und ausgelaugt. Die Hitze scheint ihm nicht zu bekommen. Ich hab ihm was gegeben, damit er wieder auf die Beine kommt.«

»Du weißt, wie er drauf ist, wenn er drauf ist?«

Benno schob die Unterlippe vor und zuckte mit den Achseln.

»Pass wenigstens auf, dass er nicht zu viel trinkt. Sonst wird er unausstehlich. Dann fängt er wieder irgendeinen Streit an. Du kennst ihn ja.«

»Soll ich ihm die Biermarken wegnehmen?«, empörte sich Benno. »Dann verprügelt er mich. Ich bin doch nicht lebensmüde.«

»Pass einfach auf!«, sagte Ali eindringlich und wurde im selben Moment von Jupp beiseite genommen.

»Geile Torten, was?«, flüsterte er aufgeregt. Schweiß stand auf seiner Stirn.

»Bisschen jung, oder?«

»Und wenn schon.« Wieder das blöde Grinsen.

»Welche von den beiden ist denn *deine* geile Torte?«, fragte Ali.

»Die mit dem Schottenrock natürlich.«

»Weiß das auch Benno?« Ali deutete auf das Mädchen mit den grünen Krepphaaren, die gerade von Jupps Konkurrenten mit Beschlag belegt wurde. »Dann solltest du dich aber ins Zeug legen.«

»Scheiße!«, zischte Jupp. »Heute bin ich an der Reihe. Die Kleine steht auf mich, das hab ich im Urin!« Er klopfte Ali verschwörerisch auf die Schulter und widmete sich wieder seinem ungleichen Duell mit Benno.

Ali verließ kopfschüttelnd die Vierergruppe und wandte sich zur Bühne, wo in Kürze das *Balthasar Gerards Kommando* spielen würde. Als er sich noch einmal umdrehte, sah er mit Erstaunen, wie die Hand der großen Fülligen (hinter deren Rücken) unter dem Schottenrock der grün Gekreppten verschwand, während diese über einen Witz von Benno lachte. Vielleicht hatte das spitze Auflachen aber auch etwas mit der Hand zwischen ihren Beinen zu tun.

»Na, dann viel Spaß«, murmelte Ali und drängte sich durch die Menge.
Bis Mitternacht sah er keinen der *Ordensbrüder* wieder. Männe schmollte noch immer und schien sich vorgenommen zu haben, den Backstage-Bereich während des restlichen Abends nicht zu verlassen. Und die beiden Turteltauben trieben sich sonstwo mit den Mädchen herum. Ali war der einzige, der sich für die Bands auf der Bühne und deren Musik interessierte. Aber das war eigentlich nichts Neues.
Erst als *Conflict* als Hauptband des Abends mit dem Auftritt begonnen hatte, stand Benno plötzlich hinter ihm und sagte: »Geil!«
Ali konnte Bennos Bemerkung nicht recht einordnen, denn seine finstere Miene schien dem zu widersprechen. Bennos Igelkopf war in sich zusammengefallen.
»Was?«, fragte Ali.
»Die Band.«
»Hmm«, machte Ali und nickte. »Wie war's mit den Mädels? Erfolg gehabt?«
»Ach, hör bloß auf!«, grunzte Benno und hob vielsagend die Augenbrauen. »Du wirst es nicht glauben, aber die beiden Weiber sind schwul. Ohne Scheiß! Fangen die plötzlich an, aneinander rumzufummeln. Voll eklig. Mit Zungenkuss und allem. Ich dachte, ich seh nich richtig.«
»Lesbisch.«
»Wie?«
»Die Mädchen sind lesbisch.«
»Sag ich doch«, gab Benno zurück und nahm einen Schluck Bier, als müsse er einen faden Geschmack herunterspülen. »Ich mein, wie können die schwul sein? Die sind doch erst sechzehn. Das versteh ich nich.«
»Was hat denn das Alter damit zu tun?«
»Ich weiß nich«, antwortete Benno, »ich hab früher im Sommerlager auch beim gemeinsamen Weitwichsen und beim Dauerknutschwettbewerb mitgemacht, aber deswegen bin ich doch auch

nicht schwul geworden. Das zählt irgendwie nich, find ich. Nicht in dem Alter.«

»Das Sommerlager auf Ameland?«, fragte Ali. »Das Jungenlager?«

Benno nickte.

»Du hast an einem Dauerknutschwettbewerb von Jungs teilgenommen?!«, wunderte sich Ali. »Soll das heißen, ihr habt tatsächlich ...?«

»Ja, warum nicht? Alle haben mitgemacht.« Benno stutzte plötzlich und schüttelte, da Ali lauthals lachte, ärgerlich den Kopf. »Das ist doch was völlig anderes. Das kann man jetzt nich vergleichen.«

»Wenn du meinst«, sagte Ali und schüttelte sich vor Lachen.

»Arschloch!« Benno zeigte Ali den Stinkefinger und verschwand beleidigt.

»The serenade ist dead!«, schallte es derweil von der Bühne, die mit einem riesigen Transparent geschmückt war. Eine Katze mit aufgerissenen, verätzten Augen in einem medizinischen Forschungslabor war darauf zu sehen. Und darüber der Schriftzug: »Animal Liberation Front«

Die Wolkentürme, die vor einigen Stunden am Horizont zu sehen gewesen waren, hatten sich mittlerweile übers Land geschoben. Wie eine Glocke hingen sie über der Wiese und leuchteten rötlich vom Widerschein der Scheinwerfer. Keine Sterne und kein Mond waren zu sehen. Außerdem war ein böiger Wind aufgekommen, Papierfetzen flogen über den Platz. Gut, dass das Festival bald beendet war, in wenigen Stunden würde es ein Gewitter geben.

»Hast du Mika gesehen?«

Ali fuhr herum, als sich eine Hand auf seine Schulter legte. Sie gehörte zu dem großen Irokesen-Mädchen mit dem *Slits*-T-Shirt.

»Wer ist Mika?«, fragte Ali, obwohl er die Antwort kannte.

»Meine Freundin. Die mit den grünen Haaren.«

Ali zuckte mit den Schultern. »Keine Ahnung«, sagte er und blickte sich um, als halte er nach grünen Krepphaaren Ausschau. »Hab sie seit Stunden nicht gesehen. Benno war gerade hier, aber wo die anderen stecken, weiß ich nicht.«

»Wer ist Benno?«, fragte das Mädchen.
Ali grinste. Wie es schien, hatte Benno seine Ankündigung wahr gemacht und war incognito auf Mädchenjagd gegangen. Wieder zuckte er mit den Schultern und sagte: »Ich kann dir nicht helfen. Aber weit können sie ja nicht sein.«
»Ich war nur kurz Bier holen, und plötzlich waren sie weg«, sagte sie und schien nicht zu wissen, ob sie sauer oder traurig sein sollte. »Das ist jetzt über 'ne halbe Stunde her. Komisch, oder?«
Irgendetwas irritierte Ali, ein seltsames Gefühl beschlich ihn, ein Kribbeln im Bauch, ein Zucken im Gesicht. Er bemühte sich, nicht allzu alarmiert zu wirken, als er fragte: »Wie lange kennt ihr euch? Du und Mika?«
»Ich hab sie heute morgen kennen gelernt. Am Bahnhof.«
»Vielleicht ist sie schon nach Hause gefahren?«
»Ohne mir Bescheid zu sagen?« Das Mädchen schüttelte den Irokesenschädel und setzte hinzu: »Sie wollte bei mir übernachten. Ich wohn gleich drüben in Kevelaer. Mika kommt aus der Pfalz. Da fahren doch jetzt überhaupt keine Züge mehr hin.«
»Tut mir Leid«, sagte er und ließ das Mädchen stehen. Er suchte nach einem blondierten Igelkopf, aber Bennos Stacheln ragten nicht mehr in die Höhe. Ali sah ihn nirgends. Nur schwarze Gestalten.
Heute bin ich an der Reihe.
Jupp hatte das gesagt. Und Ali erinnerte sich, dass ihm der Ausdruck in Jupps Augen gar nicht gefallen hatte. Marihuana, Alkohol und Speed waren eine gefährliche Mischung, vor allem wenn Jupp sie zu sich nahm. Er war schon nüchtern ein komischer Vogel, doch mit diesem Cocktail im Körper konnte er unberechenbar werden.
Ali ging zum Eingang des Backstage-Bereichs und wollte bereits sein Badge vorzeigen, um die Treppe zur Bühne zu betreten, als er einen kleinen Seiteneingang des Festivalgeländes sah. Eine schmale Pforte, die zum Parkplatz führte. Dahinter floss irgendwo die Maas. Ohne zu wissen, wieso er es tat, verließ Ali das Gelände.

Weil es so spät war, stand niemand mehr am Eingang und kontrollierte die Eintrittskarten oder Stempel. Als er zu der Wiese kam, auf der die Autos ohne erkennbare Ordnung abgestellt waren, hörte er hier und da leise Geräusche. Lachen, Keuchen, Undefinierbares. In einem Auto flammte ein Feuerzeug auf, ein anderes wackelte unmerklich, auf einem dritten lag ein Pärchen und starrte in den wolkenverhangenen Himmel. Er wollte die beiden bereits ansprechen, als er die Frau etwas auf Holländisch sagen hörte: »Let op, Guus!« Ali ging weiter zu Jupps Käfer, der nur wenige Meter vom Fluss entfernt stand. Doch von dem Besitzer und einem Mädchen mit grünen Haaren war weit und breit nichts zu sehen. »Unsinn!«, murmelte er erleichtert und ging zurück zum Eingang. Die Band auf der Bühne beendete gerade einen Song mit einem Tusch, dann war es für eine Sekunde still, bevor der Jubel und das Pfeifen des Publikums einsetzten.
Es war nur ein kurzer Augenblick gewesen, doch zwischen Tusch und Jubel hatte Ali ein Geräusch gehört, einen Schrei, leise, wie unterdrückt. Das Geräusch war nicht vom Gelände gekommen, aber auch nicht vom Parkplatz. Es war aus Richtung Bühne gekommen, nein, von unterhalb der Bühne. Ali wandte sich nach links und ging den Absperrzaun entlang, der das gesamte Gelände umgab. Nach wenigen Metern stieß er auf auf das Bühnengerüst, das quasi den Abschluss der Umzäunung bildete. Das Metallgerüst war an den meisten Stellen mit schwarzer Plane abgedeckt, doch durch einige Lücken konnte man unter die etwa anderthalb Meter hohe Bühne kriechen. Wieder glaubte Ali, ein Geräusch zu hören. Er versuchte, sich zu orientieren. Direkt über ihm, aber wegen der Plane nicht einsichtig, befand sich der Eingang zum Backstage-Bereich, der (wie der Name schon sagte) hinter der eigentlichen Bühne lag. Kurz entschlossen kroch er durch ein Loch in der Plane und auf allen vieren auf dem Boden entlang. Es war stockfinster unter der Bühne, die Musik drang laut, aber dumpf und wie durch Watte an sein Ohr, er kroch weiter, stieß sich den Kopf an einer Metallverstrebung und fluchte.

Plötzlich hörte er den Schrei: »Hilfe!«
Alis Augen hatten sich inzwischen an die Dunkelheit gewöhnt, aber er erkannte nur Schemen, eine sich bewegende Masse direkt vor ihm. Er griff nach seinem Feuerzeug, entflammte es und sah den zugleich panischen und flehenden Ausdruck im Gesicht des Mädchens mit dem Namen Mika. Aufgerissene Augen und geblähte Nüstern. Jupp lag auf ihr, zwischen ihren Beinen, stieß brutal und wie wahnsinnig auf sie ein, hielt ihr gleichzeitig mit der Hand den Mund zu und stammelte irgendetwas Unverständliches. Als er das Licht sah, drehte er seinen Kopf in Richtung des Feuerzeugs, und Ali erschrak. Jupps Gesicht war totenbleich und tränenüberströmt. Es waren Tränen der Wut.
»Lass das Mädchen los!«, schrie Ali und ließ das Feuerzeug fallen, weil es heiß geworden war. Sofort war es wieder pechschwarz ringsum.
»Es geht nicht!«, stammelte Jupp keuchend. »Es geht nicht!«
»Hör auf damit!«, befahl Ali und zerrte Jupp von dem Mädchen herunter. Im nächsten Moment hatte Jupp sich auf ihn gestürzt und prügelte auf ihn ein.
»Lass mich!«, schrie er mit sich überschlagender Stimme. »Es muss doch gehen! Warum geht das nicht?!«
Ali lag unter dem wild um sich schlagenden Jupp, bekam jedoch dessen Kopf zu fassen und riss ihn zur Seite. Der Schädel knallte gegen eine Metallverstrebung, und Jupp sackte ohnmächtig zu Boden.
Ali kroch unter ihm hervor und wandte sich an das Mädchen, das in stummem Schreck auf dem Boden lag und sich nicht rührte. »Alles in Ordnung?«, fragte er und hasste sich für diese Frage. Natürlich war sie nicht in Ordnung! Nichts war in Ordnung. Gar nichts!
Mika antwortete nicht. Ali wollte wieder Licht machen, doch er fand das Feuerzeug nicht. Einige Sekunden war er hin- und hergerissen, wusste nicht, was er tun sollte, dann griff er plötzlich Jupp unter den Achseln und schleifte ihn hinter sich her ins Freie. »Ich

bin gleich wieder da«, rief er dem Mädchen zu, das immer noch auf dem Rücken lag, unbeweglich, paralysiert.
Ali zog Jupp die Hose hoch, hievte den leblosen Körper über seine Schulter, fiel hin, versuchte es ein zweites Mal und stapfte schließlich, unter der Last schwankend, in Richtung Parkplatz. Niemand sah ihn. Das holländische Pärchen auf dem Auto war verschwunden. Da Ali keinen Schlüssel für Jupps Wagen hatte, legte er ihn kurzerhand auf die Haube des Kofferraums. Jupp gab keinen Ton von sich und rührte sich nicht. Sein Gesicht war blutverschmiert, er hatte eine Platzwunde an der Schläfe.
»Verdammtes Arschloch!«, schrie Ali ihn an. Dann ging er wieder zur Bühne, um nach dem Mädchen zu schauen.
»Mika?«, fragte er, als er an dem Loch in der Plane anlangte.
Keine Antwort.
Er kroch unter die Bühne und tastete nach dem Feuerzeug, das er hier hatte fallen lassen. Er konnte es nicht finden. Doch auch so sah er, dass das Mädchen verschwunden war. Sie hatte nicht auf ihn gewartet. Warum auch?!
Er schaute sich um, suchte das Gelände neben der Bühne ab, ging runter bis an den Fluss, doch Mika war nirgends zu sehen. Eine Zeit lang wusste er nicht, was zu tun war, stand unentschlossen an der Absperrung, starrte in die Dunkelheit, doch dann hatte er es plötzlich sehr eilig. Nur weg von hier! Er lief durch den Seiteneingang, betrat das Gelände und stieß beinahe mit Männe zusammen, der in diesem Moment die Treppe von der Bühne herunterstieg.
»Lass uns fahren!«, rief Ali ihm zu.
»Wird auch Zeit«, antwortete Männe schlecht gelaunt.
»Kümmer dich um Jupp«, sagte Ali, »er liegt bewusstlos auf dem Auto. Ich suche inzwischen Benno.«
Männe schaute zunächst skeptisch, zog die Augenbrauen zusammen, nickte dann aber und verließ den Platz durch die kleine Pforte. Schon oft war Ali aufgefallen, dass Männe selten dumme Fragen stellte. In gewisser Weise war er ein Stoiker, nahm alles hin, wie es

kam, oder lehnte es rundweg ab und streikte. Aber Fragen hörte man nie von ihm.
Ali drängte sich durch die Pogo tanzende Menge zur Bühne. Die Band beendete gerade ihren Gig und verließ die Bühne. »Come on, come on!«, grölte das Publikum und forderte Zugabe.
In Alis Kopf dröhnte es, aber das hatte nichts mit der Musik oder dem Geschrei zu tun. Er hörte Rückkopplungen, die es gar nicht gab, hielt immer panischer Ausschau nach Benno und sah die eigene Hand nicht vor Augen.
»Ali! Wo willst du hin?!«
Benno stand plötzlich neben ihm, im Arm ein Mädchen, das sich an seine Brust schmiegte oder zu betrunken war, um ohne Halt zu stehen. Ali hatte sie noch nie zuvor gesehen.
»Wir müssen los!«, rief er gegen das Geschrei des Publikums an.
»Warum denn?«, fragte Benno grinsend und tätschelte dem Mädchen den Hinterkopf. »Jetzt wird's doch erst gemütlich.«
»Wir müssen los!«, wiederholte Ali automatisch. »Sofort!«
Bennos Grinsen verschwand, sein Blick verdüsterte sich, er fragte: »Jupp?«
Ali nickte.
»Scheiße!« Benno ließ das Mädchen an seiner Seite los.
»He, was issen nu?«, brabbelte die trunken und schwankte auffallend.
»Nichts is«, antwortete Benno und folgte Ali zum Ausgang. Er fragte nicht, was eigentlich vorgefallen war. Vermutlich konnte er es sich denken.
»Was bist 'n du für 'n Penner!«, schnauzte das Mädchen.
Als sie am Auto ankamen, lag Jupp schnarchend auf der Rückbank, den Kopf auf dem Lautsprecher, und Männe saß bei laufendem Motor hinter dem Steuer.
»Setz dich nach hinten«, sagte Ali.
Benno wagte nicht zu widersprechen, zwängte sich auf die Rückbank, hob Jupps Kopf an und sagte: »Scheiße, der blutet ja!«
»Halb so wild«, sagte Ali und setzte sich auf den Vordersitz. »Los!«

Als der Wagen mit durchdrehenden Reifen über die Wiese schoss, fing es an zu regnen. Blitze zuckten vom Himmel. Es krachte. Die Lautsprecher fiepten. Die Menge applaudierte. Auf der Bühne begann die Band mit ihren Zugaben.

»Was für ein Scheißtag!«, lautete Männes Kommentar.

Als sie auf der Autobahn waren, fiel Benno auf, dass sie die Gitarren hinter der Bühne vergessen hatten.

»Die brauchen wir nicht mehr«, sagte Ali kopfschüttelnd. Er hatte gerade eine Entscheidung getroffen.

2

Albrecht und Franziska saßen auf dem Fußboden im Wohnzimmer, umgeben von den Konzertplakaten, die er erst vor wenigen Stunden von der Wand abgenommen und unter dem Sofa verstaut hatte. Mehrmals hatte er nun schon die Poster durchwühlt, aber das eine, auf das es ihm ankam, war nicht darunter. Er hatte Recht gehabt, das Plakat des Festivals in Venlo fehlte. Es handelte sich um eine Punkversion des Gemäldes »Der Schrei« von Edvard Munch, darauf war ein Mann mit weit aufgerissenem Mund und stachelig vom Kopf abstehenden Haaren zu sehen. Gerahmt war der Kopf von Schriftzügen der Bands, die an diesem Tag auf der Bühne zu sehen gewesen waren. Unten links in der Ecke stand: »Die Ordensbrüder (GER)«. Die Überschrift bestand aus großen, wie bei einem Erpresserbrief ausgeschnittenen Buchstaben und lautete: »Open Air Venlo '86«. Das Plakat hatte noch am Samstag an der Wand im Wohnzimmer gehangen, doch gestern morgen war es nicht mehr da gewesen.

»Die Frau, die Jupp ermordet hat, ist also dieselbe, die er damals vergewaltigt hat?«, folgerte Franziska aus der Geschichte, die Albrecht ihr erzählt hatte.

»Das ist die einzig logische Erklärung.«

»Aber hätte er sie nicht wiedererkannt?«

»Auch ich hab sie nicht erkannt«, antwortete Albrecht und rollte die Plakate ein. »Damals hatte sie lange, grüne Haare und war sechzehn Jahre alt. Hätte ich sie heute nicht auf einem Punk-Konzert gesehen, wäre der Groschen nie gefallen. Und Jupp hat sie bestimmt nicht erkannt. Der konnte sich nämlich am nächsten Tag an nichts erinnern.«
»Er hatte einen Filmriss?«
»Das hat er zumindest behauptet.« Albrecht legte die Rolle mit den Plakaten auf den Sofatisch und stand auf. Er half Franziska auf die Beine und sagte: »Am nächsten Morgen stand er vor meiner Tür und wollte seinen Bass abholen. Ich war wie vor den Kopf geschlagen. Als ich ihm sagte, dass die Gitarren noch in Venlo seien, hat er mich regelrecht angekläfft. Ob wir denn völlig den Verstand verloren hätten, der Bass habe zweihundert Mark gekostet und so weiter. Er war total außer sich. Entweder war er ein guter Schauspieler, oder er konnte sich tatsächlich nicht erinnern.«
»Hast du ihn auf das angesprochen, was in Venlo passiert ist?«
»Ich hab ihn gefragt, was er mit seiner Schläfe gemacht hat, um zu sehen, wie er reagiert. Die ganze Seite war geschwollen, und eine dicke Blutkruste klebte auf der Platzwunde, die er nur notdürftig mit einem Pflaster abgeklebt hatte. Aber Jupp zuckte lediglich mit den Schultern. Vermutlich habe er sich beim Pogen den Kopf eingeschlagen, meinte er, aber er habe nicht die leiseste Ahnung. Er hat gelacht und gesagt, wir müssten halt besser auf ihn aufpassen. Er habe Kopfschmerzen wie zehn Russen.«
»Du hast ihm doch sicher gesagt, was geschehen war?«
Albrecht schwieg und machte eine betretene Miene.
»Etwa nicht?!«
Albrecht räusperte sich. »Ich konnte doch nicht damit rechnen, dass er das Gedächtnis verliert. Was hätte ich denn sagen sollen? Dass er ein verdammter Vergewaltiger ist? Dass ich ihn bei der Polizei anzeige?«
»Natürlich!« Franziska hatte rote Flecken auf ihren bleichen Wangen. »Es war schließlich kein Kavaliersdelikt. Du hast ihn nicht

beim Zigarettenschmuggeln oder Ladendiebstahl erwischt. Er hat eine Frau vergewaltigt, verdammt noch mal! Vielleicht war es nicht das erste Mal oder nicht das letzte.« Sie sah Albrecht lange an und stellte nüchtern fest: »Du hast überhaupt nicht daran gedacht, ihn anzuzeigen, oder?«

Albrecht machte eine zerknirschte Miene. »Ich weiß es nicht«, murmelte er leise, schaute Franziska schuldbewusst an und setzte hinzu: »Nein, vermutlich nicht.«

»Na, prima! Und ihm hast du auch nichts gesagt?«

»Vermutlich hätte er mir kein Wort geglaubt.«

»Er hatte also bis vorgestern keine Ahnung, was er getan hat?«, fragte Franziska.

»Wenn Benno es ihm nicht gesagt hat«, antwortete Albrecht, »aber der wusste ja selbst nichts, konnte höchstens einiges vermuten. Auf der Rückfahrt haben weder er noch Männe irgendetwas gefragt. Beide haben wahrscheinlich geahnt, was geschehen ist, aber keiner hat darüber geredet. Ich auch nicht.«

Franziska schüttelte ungläubig den Kopf, setzte sich aufs Sofa und sagte: »Typisch Männer! Immer 'ne große Klappe, aber wenn's wirklich wichtig ist, dann zieht ihr den Schwanz ein und bekommt euer Maul nicht auf.«

»Ich hätte es ihm gleich am nächsten Morgen sagen müssen, aber ich war zu feige«, sagte Albrecht und setzte sich neben sie. »Ich wusste einfach nicht, wie ich mit Jupp umgehen sollte. Er war mir zuwider, wie er da so stand und grinste, aber ich konnte ihm nicht sagen, was passiert war. Ich hab ihn unter irgendeinem Vorwand abgewimmelt. Und danach war es zu spät.«

»Aber du musst doch irgendetwas *gemacht* haben?«

»Was ich immer mache, wenn ich nicht weiterweiß. Ich bin weggelaufen.«

Franziska starrte ihn mit einem verständnislosem Blick an.

»Im Oktober fing mein Studium in Berlin an«, erklärte Albrecht, »eigentlich wollte ich im September rüberfahren und mir eine Wohnung suchen. Aber nach dem, was passiert war, konnte ich nicht länger in Westfalen bleiben. Ich hatte das Gefühl, dass ich sofort weg musste. Ich hätte es nicht ertragen, Jupp noch einmal zu treffen. Darum bin ich gleich am nächsten Tag nach Berlin gefahren und hab mir über die Mitwohnzentrale ein Zimmer gesucht. Das war's! Ich hab Jupp sechs Jahre lang weder gesehen noch gesprochen. Auch die anderen beiden nicht. Die Band war gestorben. Auf einen Schlag.«

»Das glaube ich nicht.«

»Aber so war es!«

»Nein, ich meine, ich glaube nicht, dass Jupp so ahnungslos war. Er muss sich doch über dein Verhalten gewundert haben. Man bricht nicht einfach und ohne Grund den Kontakt zu jemandem ab.«

»Vermutlich hat er geahnt, dass er irgendwelchen Mist gebaut hat, aber er hat nie danach gefragt. Das hätte ihm auch nicht ähnlich gesehen. Sich selbst in Frage zu stellen, war nicht gerade eine starke Seite von ihm. Auch Jahre später, als wir uns wieder getroffen haben, hat er kein Wort darüber verloren. Und mir schien es nicht sinnvoll, nach all der Zeit die alten Geschichten wieder auszukramen. Was sollte das noch bringen? Für Jupp war ich ein Verräter an der gemeinsamen Sache. Die Tatsache, dass ich nichts mehr mit Punk zu tun haben wollte, bestärkte ihn wohl in der Meinung, dass ich ins feindliche Lager gewechselt war. Und ich sah keinen Anlass, ihn eines Besseren zu belehren.«

»Warum hat er es getan?«

»Die Vergewaltigung?« Albrecht hob die Achseln und presste die Lippen aufeinander. »Drogen«, sagte er schließlich.

»Das ist keine Entschuldigung. Und erst recht kein Grund.«

»Jupp hatte ein seltsames Verhältnis zu Frauen, irgendwie verkorkst. Er hat sich immer nur über sie lustig gemacht, als nehme er sie nicht für voll. Er hatte nie eine Freundin, jedenfalls nicht über längere Zeit, und er hat so getan, als gehöre das zu seiner Philosophie. Dabei bin ich mir sicher, dass ihm nichts lieber gewesen wäre, als ein nettes Mädchen kennen zu lernen, das sich für ihn interessierte. Aber das ist nie passiert. Er war Luft für sie, und das hat ihn vermutlich ziemlich frustriert.« Albrecht machte eine nachdenkliche Pause und setzte dann hinzu: »Als er sagte: ›Heute bin ich an der Reihe‹, da hatte ich schon so ein komisches Gefühl.«

»Und das Mädchen?«, fragte Franziska. »Diese Mika?«

»Ich hab keine Ahnung, was mit ihr geschehen ist, ob sie zur Polizei gegangen ist oder sonstwie nach Jupp gefahndet hat. Wenn Jupp wie Benno einen falschen Namen benutzt hat, dann hatte sie keine Chance, ihn zu finden. Ich hab nie wieder was von ihr gehört.« Albrecht seufzte und biss sich auf die Unterlippe. »Und dann steht sie plötzlich im ›Adagio‹ im rot karierten Kostüm vor mir, starrt mich wie entgeistert an, und ich erkenne sie nicht einmal. Aber sie hat sofort gewusst, wer ich war. Deshalb hat sie auch nach meiner Akkreditierung gefragt. Sie wollte meinen Namen wissen. Den Rest kennst du.«

»Warum hat sie das Plakat mitgenommen?«

»Vermutlich hat sie es nicht ertragen, es an der Wand zu sehen«, antwortete Albrecht und starrte auf die weiße Tapete. »Ich glaube nicht, dass sie es behalten hat. Wahrscheinlich hat sie es zerrissen und weggeworfen.«

»Glaubst du, dass sie es nun auch auf dich abgesehen hat?«

Albrecht schaute Franziska überrascht an und fragte: »Warum sollte sie? Ich hab ihr doch damals geholfen. *Ich* hab sie schließlich nicht vergewaltigt.«

»Aber du bist sechzehn Jahre später immer noch mit dem Vergewaltiger befreundet«, gab Franziska zu bedenken. »Was meinst du, wie entsetzt sie war, als sie deine Adresse herausgefunden und dann Jupp an deiner Seite gesehen hat. Immer noch gute Kumpels. Als wär nichts gewesen. Könnte doch sein, dass sie …«

»Das werden wir gleich herausfinden!«, rief Albrecht sprang auf und lief in den Flur. Er ging zum Telefon und wählte.

»Es ist Mitternacht«, rief Franziska aus dem Wohnzimmer.

»Na und?«, sagte Albrecht und fragte in den Hörer: »Könnten Sie mir wohl die Nummer von Kerstin Harms in Berlin geben?«

Er wartete und notierte die Nummer, die vom Band angesagt wurde.
Franziska war ihm in den Flur gefolgt und schaute ihn fragend an.
Er versuchte sich an einem Lächeln und wählte erneut. Es klingelte fünfmal, dann meldete sich der Anrufbeantworter. Albrecht wollte bereits auflegen, als es in der Leitung klackte und eine Frauenstimme sagte: »Ja, hallo?«
»Könnte ich bitte Mika sprechen?«
Stille. Dann: »Wer ist denn da?«
»Oh, Entschuldigung, hier ist Albrecht Niemeyer. Ist Mika da?«
Wieder Stille. Dann raschelte es, und er hörte Kerstin Harms leise sagen: »Es ist für Sie!« Es wurde etwas getuschelt, zu leise, um irgendetwas zu verstehen.
Für *Sie*? Albrecht stutzte.
Dann meldete sich eine Männerstimme: »Herr Niemeyer?«
»Kommissar Schalck!«, entfuhr es Albrecht. »Was machen Sie denn ... was ist ... ich meine ...« Er unterbrach sich und sagte: »Ich weiß jetzt, wer Jupp umgebracht hat.«
»Das wissen wir auch«, antwortete der Hauptkommissar. »Was glauben Sie, warum wir hier sind?«
»Sie wissen von der Vergewaltigung?«, staunte Albrecht.
»Was für eine Vergewaltigung?«
Albrecht fragte: »Kann ich zu Ihnen kommen?«
»Könnte ich Sie davon abhalten?«
»Nein.« Nach einer Pause fügte er hinzu: »Es ist wirklich wichtig.«
»Na, dann um Himmels willen!«
Es klackte in der Leitung.
»Kommst du mit?«, fragte Albrecht und legte auf.
»Was denkst du denn?«, antwortete Franziska.

3

Kerstin Harms wohnte in der Schöneberger Gleditschstraße, nahe dem Winterfeldtplatz. Albrecht kannte die Straße noch aus den frühen Achtzigern, hier hatte sich damals der Plattenladen »Vinyl Boogie« befunden, dessen gelbe Versandlisten er wie Gedichte hatte aufsagen können. Jedes Mal, wenn er in Berlin zu Besuch gewesen war, hatte er den Punk-Laden aufgesucht und wie einen heiligen Tempel betreten. Auch die Singles der *Ordensbrüder* hatten hier in den Regalen gestanden, in Kommission, für fünf Mark das Stück. Heute war von dem Laden nichts mehr zu sehen, Albrecht konnte sich nicht einmal erinnern, auf welcher Straßenseite er gewesen war.
»Da vorne«, sagte Franziska und deutete durch die Windschutzscheibe auf zwei Einsatzfahrzeuge der Polizei, die in zweiter Reihe auf der Straße standen. Mit Warnblinker, aber ohne Blaulicht. Albrecht nickte, hielt nach einem Parkplatz Ausschau, zuckte plötzlich zusammen, trat auf die Bremse, stellte seinen Wagen kurzerhand hinter den Polizeiautos ab und stieg aus. Er achtete nicht auf den Streifenpolizisten, der ihn darauf hinwies, dass er hier nicht stehen bleiben könne. Er hörte nicht auf Franziska, die ihm mitteilte, dass direkt neben ihnen eine Parkbucht frei sei. Er ging auf die andere Straßenseite und blieb vor einem Auto stehen. Dunkelblau, mit Bad Dürkheimer Kennzeichen. Ein Kadett, der keiner war. Jetzt verstand er.
»Kein Wunder, dass wir den dunklen Kadett nicht gefunden haben!« Hauptkommissar Schalck nickte Franziska zu und reichte Albrecht die Hand. »Es war ein Zufall, dass wir darauf gekommen sind. Ein Kollege vom Einbruch fährt den gleichen Wagen.«
»Es ist ein Daewoo Nexia«, murmelte Albrecht, ohne auf die Hand des Kommissars zu achten.
»Ein Nachbau des Kadett D«, sagte Schalck nickend und verschränkte die Arme vor dem Schmerbauch. »Fast eine exakte Kopie. Kaum zu unterscheiden. Vor allem nicht nachts und ohne Beleuchtung.«

»Aber ich dachte, Kerstin Harms kommt aus Ludwigshafen.«
»Der Wagen ist auf ihre Schwester angemeldet, und die lebt in der Nähe von Bad Dürkheim.«
»Verstehe«, sagte Albrecht und sah Schalck zum ersten Mal direkt an. »Haben Sie sie gefasst?«
»Sie sitzt oben in der Wohnung und sagt kein Wort.«
»Mika?«
Schalck schaute irritiert und antwortete: »Frau Harms.«
»Aber sie war es nicht!«
»Das mag schon sein«, sagte der Polizist, ohne sich die Überraschung anmerken zu lassen, »aber sie unternimmt verflucht wenig, um uns davon zu überzeugen. Ganz im Gegenteil.«
»Warum sind Sie überhaupt hier?«, wunderte sich Albrecht und deutete auf die Einsatzfahrzeuge. »Mitten in der Nacht.«
»Der Befund der Ballistiker«, antwortete Schalck, »die Kugel, die wir am Sonnabend aus Ihrem Treppenhaus gekratzt haben, stammt aus einer Pistole, Kaliber 7,65. Und für genau solch eine Waffe hat Kerstin Harms eine Waffenbesitzkarte. Walther PPK. Die Zöllner hatten früher solche Waffen. Mit verkürztem Lauf, damit man sie besser unter der Kleidung tragen kann. Klein und handlich, aber sehr effektiv. Der Bericht lag den ganzen Tag auf meinem Tisch, aber ich bin nicht dazu gekommen, ihn zu lesen.«
»Sie hat eine Waffe? Wieso?«
»Wie es scheint, hat ihr vor ein paar Jahren ein Kerl aufgelauert und sie tagelang verfolgt. Daraufhin hat sie den Waffenschein beantragt und die Pistole gekauft.« Schalcks Gesicht war anzusehen, dass er an dieser Version nicht zweifelte. »Als ich jedenfalls heute Abend losfahren wollte, um Frau Harms nach der Waffe zu fragen, hab ich im Hof den Kollegen mit dem Nexia getroffen.« Der Kommissar grinste und setzte hinzu: »Wir hatten Frau Harms gefragt, welchen Wagen sie fährt. Daewoo! Wie gesagt, es war ein bloßer Zufall.«
»Darf ich mit ihr sprechen?«, fragte Albrecht.
»Von mir aus«, antwortete Schalck, »aber sie wird nicht mit Ihnen

reden. Sie redet überhaupt nicht. Wir haben ihre Waffe gefunden, und dem Geruch nach zu urteilen, ist daraus in den letzten Tagen geschossen worden. Aber Frau Harms schweigt. Wir haben sie auf das Dürkheimer Kennzeichen und den Vorfall in der Wiener Straße angesprochen, doch Frau Harms mimt die Sphinx. Keine Reaktion.«

Zu dritt gingen sie zum Eingang der Nummer 68. Der Polizist auf der Straße rief ihnen nach: »Der Alfa Romeo kann hier aber nicht stehen bleiben!«

Albrecht wandte sich um, warf dem Polizisten den Schlüssel zu und sagte: »Wären Sie wohl so freundlich, ihn einzuparken?« Als er das Grinsen im Gesicht des Mannes sah, fügte er hinzu: »Und drehen Sie ruhig 'ne Runde um den Block, wenn Ihnen danach ist.«

»Großkotz!«, murmelte Franziska kopfschüttelnd und folgte den Männern ins Haus.

Auf dem ihm endlos erscheinenden Weg zum Dachgeschoss erzählte Albrecht dem Kommissar in knappen Worten alles, was er inzwischen erfahren oder aus seinem Gedächtnis hervorgekramt hatte. Er berichtete von dem Konzert der *Ordensbrüder*, dem Mädchen mit den grünen Krepphaaren, der Vergewaltigung unter der Bühne, dem zweimaligen Wiedersehen im »Adagio« und im »SO 36«. Mehrmals nickte Schalck, das Erzählte schien sich mit seinen Erkenntnissen zu decken oder zumindest deren Lücken zu schließen.

»Aber welche Rolle spielt Kerstin Harms in der ganzen Angelegenheit?«, fragte Albrecht schnaufend, als sie im fünften Stock angekommen waren. Er hielt sich die Seite und hatte ein aschfahles Gesicht.

»Sie ist ihre Freundin«, sagte Franziska und schaute Albrecht lange an. »Ich denke, du weißt, was das heißt. Erwartest ausgerechnet *du*, dass sie ihre Freundin ans Messer liefert? » Sie betonte das »du« auf seltsame Weise, so dass der Hauptkommissar irritiert zwischen den beiden hin und her schaute.

»Ist Frau Harms das zweite Mädchen von damals?«, fragte er.

Albrecht schüttelte den Kopf. »Die kam aus Kevelaer und war viel größer als Kerstin. Und ich glaube nicht, dass Frau Harms jemals in ihrem Leben einen Irokesenschnitt getragen hat.« Wieder schnaufte er vor Erschöpfung und stützte sich am Geländer ab.
»Sie sollten etwas für Ihre Kondition tun«, sagte Schalck und klopfte an die Wohnungstür. Ein Uniformierter öffnete und ließ sie hinein. Ein weiterer stand neben der Tür und kramte lustlos in einem Regal herum.
»Haben Sie einen Durchsuchungsbefehl?«, fragte Albrecht automatisch.
»Um diese Zeit?«, lachte Schalck, und es klang unheimlich. »Den Richter möchte ich sehen, der den Wisch mitten in der Nacht unterschreibt. Nein, wir haben Frau Harms gefragt, ob sie etwas dagegen hat, wenn wir uns ein wenig umschauen. Und sie hat nicht dagegen protestiert. Dann hätte sie ja ihren Mund aufmachen müssen.« Mit schelmischem Grinsen setzte er hinzu: »Wenn wir einen richterlichen Befehl hätten, sähe es hier anders aus.«
Sie betraten einen kleinen Flur, von dem vier Türen abgingen. Geradeaus konnte man durch die geöffnete Tür das Wohnzimmer erkennen. Es war geräumig, auch wenn die Dachschrägen und Stützpfeiler den Raum kleiner und verwinkelter erscheinen ließen, als er tatsächlich war. Das Wohnzimmer wirkte auf den ersten Blick sehr kalt, was einerseits an dem hellen Laminatboden lag, andererseits an den modernen, etwas futuristisch anmutenden Möbeln aus Leder und Chrom. Albrecht wollte den Raum bereits betreten, doch der Kommissar hielt ihn zurück.
»Schauen Sie sich bitte erst das Schlafzimmer an«, sagte er und wies mit der Hand auf eine Tür zur Linken.
»Warum?«, fragte Albrecht, dem der Gedanke unangenehm war.
»Sie werden es verstehen, wenn Sie es sehen«, antwortete Schalck.
Im selben Moment kam ein Uniformierter aus dem Schlafzimmer und ließ die Tür offen stehen. Auf den ersten Blick erkannte Albrecht, was der Kommissar gemeint hatte. Der Raum war ganz in rot und schwarz gehalten, die Wände waren mit dunklen Tüchern

verhängt, ein riesiges Metallbett stand mitten im Zimmer, aber sonstige Möbel waren nirgends zu sehen. Dafür wimmelte es von merkwürdigen Instrumenten, originellen Gerätschaften und eindeutigen Accessoires. Überall standen vielarmige Kerzenständer und Kandelaber herum, direkt über dem Bett hing eine Art Seilwinde mit ineinander verschlungenen Gurten von der Decke, eine Liebesschaukel. In einer Ecke des Raumes stand eine Schaufensterpuppe, die ganz in Leder und Latex gekleidet war. Sie hatte eine lederne Hasskappe auf dem Kopf und einen Knebel im Mund, der Albrecht an den Film »Pulp Fiction« erinnerte. Außerdem trug die Puppe Latexhandschuhe, die bis zu den Achseln reichten, sowie Nietengürtel und Ketten über einem ledernen Mieder oder Bustier, der wie der Panzer eines Ritters aussah. In der Hand hielt die Puppe einen riesigen, fleischfarbenen Dildo, eine beinahe naturgetreue Nachbildung eines Penis, nur dass dieser Eicheln an beiden Enden besaß. Albrecht brauchte einige Sekunden, bis er begriff, wieso.

»Interessant, was?«, fragte der Kommissar

Albrecht nickte, aber er war nicht geschockt, sondern eher positiv überrascht. Als er Kerstin Harms vor wenigen Tagen im »Adagio« kennen gelernt hatte, war sie ihm wie ein männermordendes, blondes Luder erschienen. Eine Klischee-Blondine, die den Männern mit Vorliebe ihre mächtige Oberweite unter die Nase hielt. Schon an jenem Abend hatte Albrecht erfahren, dass Kerstin ungeahnte Seiten besaß. Und damit meinte er nicht nur ihre nikotingelben Finger. Als er nun das Sadomaso- und Fetisch-Zubehör sah, zischte er anerkennend durch die Zähne und sagte: »Wem's gefällt.«

»Die Handschellen«, sagte der Kommissar und deutete aufs Bett.

Albrecht erstarrte. Und dann wusste er, warum Schalck gewollt hatte, dass er sich das Schlafzimmer ansah. An den vier Bettpfosten hingen Handschellen, Sonderanfertigungen mit langem Kettenteil in der Mitte, damit sich ein Mensch problemlos ans Bett fesseln ließ. Ein Sexspielzeug, das zum Mordinstrument werden konnte. Auch wenn Albrecht bezweifelte, dass es sich um die Handschellen handelte, die Jupp zum Verhängnis geworden waren.

»Wenn Sie mir nicht gerade Ihre Geschichte erzählt hätten«, sagte Schalck und schloss die Schlafzimmertür, »dann wäre ich jetzt überzeugt, die Mörderin gefunden zu haben. Der Daewoo mit dem Bad Dürkheimer Kennzeichen, die Pistole mit dem richtigen Kaliber, aus der vor kurzem geschossen wurde, und dann die Handschellen! Eine eindeutige Indizienkette. Außerdem hatte sie kurz vor dem Mord einen heftigen Streit mit Herrn Tenhagen.«

»Ist es völlig undenkbar, dass sie es war?«, fragte Franziska.

Schalck zuckte mit den Schultern.

»Warum hätte Kerstin das Konzertplakat mitnehmen sollen?«, erwiderte Albrecht und schüttelte den Kopf. »Woher sollte sie es kennen? Sie war damals nicht dabei. Nein, das glaube ich nicht. Außerdem war ihre Reaktion echt, als ich ihr von Jupps Tod erzählt habe. Sie war ehrlich überrascht.« Er unterbrach sich, schaute nachdenklich drein und fügte dann hinzu: »Nein, nicht überrascht, aber entsetzt. Und das war nicht gespielt. Sie war wirklich geschockt.«

»Dann fragen wir sie doch einfach«, schlug der Kommissar vor und betrat das Wohnzimmer.

Kerstin Harms saß in gebückter Haltung auf einem Sofa unter einer Dachschräge, von der eine abenteuerlich gestaltete Designerlampe hing und ein funzeliges Licht abgab. Neben ihr auf der Lehne hockte der unvermeidliche Kriminalhauptmeister Schürmann und redete vergeblich und ergebnislos auf sie ein. Als die drei den Raum betraten, schaute Kerstin auf, und Albrecht erschrak, als er ihr Gesicht sah. Sie sah um Jahre gealtert aus. Vielleicht lag es daran, dass sie kein Make-up aufgetragen hatte, aber die Falten und die Blässe in ihrem Gesicht hätte wohl keine Schminke kaschieren können.

»Was will der denn hier?!«, rief Kerstin, als sie Albrecht erblickte.

»Herr Niemeyer hat eine Aussage gemacht, die sehr zur Aufklärung des Falles beigetragen hat«, sagte der Kommissar und tauschte einen Blick mit seinem Assistenten. Schürmann schüttelte lediglich den Kopf.

»Ha!«, stieß Kerstin hervor und betrachtete Albrecht hasserfüllt.
»Ich habe dem Kommissar von Mika erzählt«, sagte Albrecht.
»Ich kenne keine Mika.«
»Dann eben Michaela oder Micha oder wie immer sie sich jetzt nennt. Sie wissen genau, wen ich meine.« Und völlig überflüssigerweise setzte er hinzu: »Ihre Freundin.«
»Ich habe keine Freundin.«
Kommissar Schalck schürzte die Lippen und bedachte Albrecht mit einem »Hab ich's nicht gesagt?«-Blick. Er setzte sich auf einen Stuhl, die Unterarme auf den Oberschenkeln, und wandte sich an Kerstin: »Aber diese Mika hat bei Ihnen gewohnt.«
»Sie heißt Michaela, verdammt noch mal!«
»Und mit Nachnamen?«
»Kemmer.« Sie kramte eine Roth Händle aus der Schachtel und ließ sich von Schürmann Feuer geben. »Sind Sie jetzt zufrieden?«
Nicken und ein unmerkliches Lächeln in Schalcks Gesicht.
»Und wo ist sie jetzt?«
»Keine Ahnung.« Für einen Moment blitzte es in ihren Augen auf. »Und selbst wenn ich es wüsste, würde ich es Ihnen nicht sagen. Der Kerl hat schließlich nur bekommen, was er verdient hat.«
»Nach sechzehn Jahren?«, fragte Franziska und ihrem Gesichtsausdruck nach zu urteilen, war ihr diese Frage wider ihren Willen entschlüpft.
»Was weißt du denn, Kindchen?«, fauchte Kerstin und stieß den Rauch durch die Nase. »Wer bist du überhaupt? Hast du eine Ahnung, was die da ...« Sie deutete mit dem nikotingelben Zeigefinger auf Albrecht, der sich mit einem Mal vorkam, als stehe er am Pranger. »... was die Schweine mit ihr angestellt haben?«
»Ich glaube schon.«
»Nichts weißt du! Gar nichts!«
»Ich habe überhaupt nichts mit ihr angestellt«, versuchte Albrecht, sich zu rechtfertigen. »Ich habe bloß ...«
»Ach, halten Sie doch den Mund!« Kerstin sprang vom Sofa und baute sich vor ihm auf. Ihre Nasen stießen beinahe aneinander.

Schürmann wollte sie an der Schulter fassen, aber der Kommissar schüttelte den Kopf.
»Wissen Sie, wie Michaela aussah, als ich sie letztes Jahr getroffen hab?« Albrecht wich keinen Schritt zurück. »Ich hätte sie fast nicht wiedererkannt«, fuhr Kerstin fort und zog krampfhaft an der Zigarette. »Ein totales Wrack war sie, eine Pennerin. Und das haben Sie aus ihr gemacht! Ich kenne Michaela seit fast zwanzig Jahren.« Sie schaute zum Kommissar, seufzte und setzte in weniger aggressivem Tonfall hinzu: »Sie war die Tochter einer Nachbarin, ich hab damals noch bei meinen Eltern in der Pfalz gewohnt. Und Michaela war ein ganz liebes Mädchen, ein bisschen naiv vielleicht und überdreht, aber sonst völlig in Ordnung. Trotz des Punk-Gehabes und der grünen Haare.«
»Waren Sie damals schon befreundet?«, fragte Schalck, der wie unbeteiligt auf dem Stuhl saß und auf seine Finger starrte.
»Nicht, wie Sie mit Ihrem schmutzigen Polizistenhirn jetzt denken«, antwortete Kerstin und ließ Albrecht einfach stehen. »Sie war ja noch ein Teenager und ich schon ein paar Jahre älter. Sie werden's nicht glauben, Herr Kommissar, aber ich steh nicht auf Kinder.«
»Was ist aus ihr geworden?«, hakte Franziska nach. »Ich meine, nachdem …«
»Das weiß ich nicht genau«, antwortete Kerstin und umklammerte mit den Händen die Oberarme. »Vermutlich können Sie das in den Polizeiakten nachlesen. Ich hab nur mitbekommen, dass sie ein paar Mal wegen Ladendiebstahl, Einbruch und Drogengeschichten im Jugendgefängnis war … oder wie das heißt. Ihre Mutter war völlig verzweifelt und hat sich bei meiner Mutter ausgeheult. Aus dem lieben Mädchen war ein ziemliches Problemkind geworden: aufsässig, aggressiv, asozial, kriminell. Wie ausgewechselt. Ich bin kurz darauf weggezogen und hab den Kontakt zu der Familie verloren. Michaela hab ich erst im vorigen Jahr wiedergesehen. Beim CSD.« Da der Kommissar nicht sofort verstand, erklärte sie: »Christopher Street Day.«
Schalck nickte.

»Sie sah aus wie eine Leiche. Blass und abgemagert. Weiß der Teufel, was sie in all den Jahren getrieben hat. Sie hat nie darüber gesprochen, höchstens Andeutungen gemacht. Aber es war sicherlich nicht schön.«
»Und dann ist sie bei Ihnen eingezogen?«, fragte Schürmann.
»Mehr oder weniger«, sagte Kerstin und stellte sich vor ein Fenster, die Arme immer noch um den Oberkörper geschlungen. »Ich hab mich ein wenig um sie gekümmert. Sie war ziemlich am Ende.«
Schürmann zog die Stirn kraus und wollte nachhaken, doch erneut wurde er von Schalck unterbrochen.
»Hat Frau Kemmer damals keine Anzeige erstattet?«, fragte dieser.
»Nicht dass ich wüsste«, antwortete Kerstin achselzuckend.
»Und wann hat sie Ihnen von der Vergewaltigung erzählt?«
»Vor ein paar Monaten. Aber sie hat sich sehr vage ausgedrückt, ich musste ihr alles aus der Nase ziehen. Es war ihr unangenehm, darüber zu reden. Damals wusste sie ja auch die Namen ihrer Vergewaltiger noch nicht.«
»Ihres Vergewaltigers«, verbesserte Albrecht.
»Sie hat den Begriff ›Schweine‹ immer nur im Plural gebraucht«, konterte Kerstin und bedachte Albrecht über die Schulter mit einem abschätzigen Blick.
Er wollte etwas erwidern.
»Nicht«, sagte Franziska und legte ihm die Hand auf den Unterarm.
»Wann haben Sie Frau Kemmer zuletzt gesehen?«, fragte der Kommissar.
»Am Samstagabend.«
»Auf dem Empfang?«, fragte Albrecht. Er erinnerte sich an Kerstins verheultes Gesicht, an ihre entsetzte Miene, mit der sie ihn auf der Treppe des »Linientreu« angestarrte hatte. Wahrscheinlich hatte sich Michaela Kemmer ganz in der Nähe aufgehalten. Vielleicht waren sie sogar gemeinsam in der Discothek gewesen.
»Wir waren auf der Party«, antwortete Kerstin nickend und bestätigte Albrechts Vermutung, »doch als wir die Disco betraten,

wollte sie plötzlich wieder weg. Sie hat sich umgedreht und ist fortgerannt, als sei ihr schlecht geworden.« Kerstin öffnete das Fenster und warf die Zigarette hinaus. Das Fenster ließ sie geöffnet. Eiskalte Luft kam herein, doch es schien ihr nichts auszumachen. Sie starrte hinaus in die Dunkelheit, während sie wie gedankenverloren erzählte. »Ich bin ihr gefolgt und wollte wissen, was mit ihr los sei. Sie hatte sich schon seit Tagen so komisch benommen, hatte kaum ein Wort geredet und Löcher in die Luft gestarrt. Zunächst wollte sie nichts sagen und hat nur behauptet, sie könne den Laden nicht betreten. Unter keinen Umständen. Doch dann hat sie gefragt, ob ich mich an das erinnern könne, was sie mir über die Vergewaltigung erzählt habe. Natürlich konnte ich das. Einer der Vergewaltiger sei im ›Linientreu‹, sagte sie. Und als ich dann Albrecht Niemeyer auf der Treppe traf, glaubte ich zu wissen, wen sie meinte. Erst ein paar Tage zuvor hatte sie mich über ihn ausgefragt. Wer er sei, wo er wohne, was er für ein Mensch sei. Als ich fragte, warum sie das wissen wollte, hat sie behauptet, sie kenne ihn von früher.«

»Sie haben mich für den Vergewaltiger gehalten?«, fragte Albrecht und verstand plötzlich, warum Kerstin Harms ihn im »International« so seltsam angeblickt hatte. Vermutlich hatte nur die Anwesenheit von Michael Winterbottom sie davon abgehalten, sich auf den vermeintlichen Übeltäter zu stürzen. Deshalb war sie auch so entsetzt gewesen, als er ihr von Jupps Tod berichtet hatte. In diesem Moment war ihr vermutlich klar geworden, dass sie sich geirrt hatte.

Auf Albrechts Frage reagierte sie mit Schweigen.

»Und Frau Kemmer hat sich seitdem nicht bei Ihnen gemeldet?«, fragte der Kommissar. »Sie haben nichts mehr von ihr gehört?«

Kerstin Harms schüttelte den Kopf.

»Hatte Michaela am Donnerstag zufällig Ihren Wagen?«, wollte Albrecht wissen. »So gegen Mitternacht?«

Sie schien überrascht, überlegte kurz und wandte sich dann an den Kommissar: »Geht es um die Geschichte in der Wiener Straße?«

Schalck nickte.
»Ja«, sagte sie und schloss das Fenster. »Sie hat sich das Auto ausgeliehen.«
Nun meldete sich auch Kriminalhauptmeister Schürmann zu Wort: »Wusste Frau Kemmer, wo Sie Ihre Pistole aufbewahren?«
»Möglich«, antwortete sie und zuckte mit den Schultern. »Ich hatte keine Geheimnisse vor ihr.«
»Aber sie hatte welche vor Ihnen«, rutschte es Albrecht heraus.
Kerstin reagierte nicht, sie starrte aus dem Fenster und verharrte regungslos. Plötzlich jedoch fuhr sie herum und schaute erst Albrecht und dann den Kommissar herausfordernd an. »Mehr kann ich dazu nicht sagen«, rief sie. »Und mehr *werde* ich auch nicht sagen!«
Dieser letzte Satz klang für Albrecht so, als habe sie durchaus noch einiges mitzuteilen. Vor allem die Geschehnisse des Samstagabend und der folgenden Nacht waren noch einigermaßen fragwürdig. Warum war Kerstin allein auf die Party gegangen? Warum war sie nicht bei Michaela geblieben? Und wieso war ihr Gesicht verheult gewesen? Ihre Freundin habe sie verlassen, hatte Emily am Sonntag erzählt. Wann hatte Michaela sie verlassen? Vor oder nach dem Mord?
Der Kommissar schien jedoch vorerst zufrieden gestellt zu sein und sagte: »Danke. Ich glaube, das reicht für heute.« Er stand schwerfällig auf, streckte Kerstin Harms die Hand entgegen und sagte: »Sie wissen, dass Sie sich zu unserer Verfügung zu halten haben?«
»Sie nehmen mich nicht fest?«, wunderte sie sich und ließ ihre Arme verschränkt.
»Warum sollte ich?«, antwortete Schalck und klopfte sich mit der verschmähten Hand auf den Bierbauch. »Wir wissen ja, wo wir Sie finden.«
Kerstin Harms wandte sich wieder dem Fenster zu und starrte hinaus.
»Tja«, sagte Kriminalhauptmeister Schürmann und folgte seinem Chef zur Tür. Auch die Uniformierten verließen den Raum, in den

Händen hielten sie die Plastiktüten mit den gesicherten Beweisstücken: eine schwarze Pistole mit kurzem Lauf und einige Handschellen.
»Könnte ich Ihre Toilette benutzen?«, fragte Albrecht plötzlich.
Kerstin lachte ungläubig und sagte: »Wenn Sie im Sitzen pinkeln.«
Franziska starrte Albrecht erstaunt an, doch der nickte nur und bat sie, schon mal vorauszugehen. Er komme gleich nach.
Dann betrat er das durch ein Metallschildchen an der Tür gekennzeichnete Bad und schloss hinter sich ab. Rasch sah er sich in dem schmalen und länglichen, weiß gekachelten Raum um. Nichts Außergewöhnliches war hier zu entdecken, keine weiteren Sexspielzeuge, keine Accessoires aus Lack oder Leder, nur ein hauchdünnes Seidennegligé und ein gelber Frottee-Bademantel an einer Garderobe an der Tür. Über der Badewanne hing ein schwarzweißes Filmplakat. Audrey Hepburn und Shirley MacLaine in dem William-Wyler-Film »The Children's Hour«. Das Poster war von der Feuchtigkeit gewellt. Was Albrecht suchte, fand er in einem Spiegelschrank über dem Waschbecken. Diverse Parfüms und Eaux de Toilette standen dort in Reih und Glied und warteten darauf, von ihm unter die Nase genommen zu werden. Er probierte eines nach dem anderen, doch schon bald war klar, dass das schwere, aufdringlich riechende Parfüm, das er am Sonntagmorgen in seinem Schlafzimmer gerochen hatte, nicht darunter war. Kerstin Harms bevorzugte herbere Düfte, keine süßlichen oder exotischen.
Patschuli! Richtig, das war es gewesen. Jetzt erinnerte er sich an den Namen des Öls. Ein Duft, der vor Jahrzehnten bei Hippie-Frauen sehr angesagt gewesen war und mit dem er automatisch Räucherstäbchen, indische Hare-Krischna-Gesänge und penetrantes Bob-Marley-Geplärre verband. Nein, jetzt war er sich endgültig sicher: Kerstin Harms war nicht in seiner Wohnung gewesen. Patschuli passte nun wirklich nicht zu ihr.
Er schloss den Spiegelschrank und wollte das Bad verlassen, als sein Blick auf ein kleines Tischchen neben der Toilette fiel. Verschiedene Zeitschriften lagen darauf, Lektüre für längere Sitzun-

gen. Neben den üblichen Verdächtigen (»Emma«, »Spiegel«, »Siegessäule«) sah Albrecht auch eine Ausgabe der »Brigitte«, und er schmunzelte. Wieder eine ungeahnte Seite von Kerstin Harms. Dann jedoch überlegte er, dass die Frauenzeitschrift womöglich Michaela Kemmer gehörte, und er blätterte in dem Zeitschriftenstapel. Es durchfuhr ihn wie ein Stromschlag, als er den Aufkleber sah. Der Kindermörder Jürgen Bartsch mit Mönchstonsur und Heiligenschein! Der Aufkleber von der zweiten Single der *Ordensbrüder*. Und er klebte auf Jupps Adressbuch!
Albrecht nahm das winzige und altersschwache Büchlein, das er schon so oft gesehen hatte, in die Hand und setzte sich auf den Toilettendeckel. Was hatte das zu bedeuten? Wie kam das Adressbuch hierher? War Michaela Kemmer also doch noch einmal in dieser Wohnung gewesen? Aber warum hatte sie Jupps Adressbuch mitgenommen? Und hier liegen gelassen?
Albrecht verließ das Bad und stürmte ins Wohnzimmer. Kerstin Harms saß auf dem Sofa, eine filterlose Zigarette im Mund, und die Tränen liefen ihr über die Wangen.
»Wo kommt das her?«, rief Albrecht und hielt ihr das Büchlein unter die Nase.
Sie sah ihn nur verständnislos an und zuckte mit den Schultern.
»Sie war noch mal hier, nicht wahr?«
»Wer?«
»Wer wohl!«
»Vermutlich«, sagte sie und wischte sich mit dem Ärmel über die Nase. Asche fiel von ihrer Zigarette auf den Boden. »Am Sonntag waren ihre Sachen weg. Ich weiß nicht, wann sie sie geholt hat. Wahrscheinlich am Vormittag, als ich im Festivalbüro war. Ich hab sie nicht gesehen. Sie ist weg. Reicht das nicht?«
»Warum haben Sie am Samstag im ›Linientreu‹ geweint?«, fragte Albrecht. »Haben Sie sich mit Michaela gestritten? Hat sie Ihnen angekündigt, was sie vorhat? Dass sie einen Mord plant?«
»Verschwinden Sie!«
Albrecht erinnerte sich, dass Emily von Liebeskummer gesprochen

hatte, und er fragte: »Michaela hat Ihnen gesagt, dass sie Sie verlassen wird, nicht wahr?«

Keine Reaktion.

»So war es doch, oder?«

»Ihr verdammten Schweine!«, rief Kerstin, griff nach dem gläsernen Aschenbecher auf dem Sofatisch und warf damit nach Albrecht.

Er duckte sich im letzten Moment, der Aschenbecher sauste an seinem Ohr vorbei, Asche und einige Kippen landeten auf seinem Mantel. Er stand einige Sekunden ratlos im Raum, klopfte sich den Dreck von der Kleidung und ging dann grußlos hinaus. Das Adressbuch nahm er mit.

4

Als Albrecht am nächsten Morgen um kurz nach acht aufwachte, hatte er eine sehr kurze und unruhig verbrachte Nacht hinter sich. Obwohl es recht kühl im Zimmer war, da die Zentralheizung nicht richtig funktionierte und die Luft auf höchstens fünfzehn Grad erwärmte, hatte er in der Nacht fürchterlich geschwitzt. Die Bettwäsche war klitschnass, sein Kopfkissen fühlte sich an wie ein feuchter Schwamm. Er hatte wildes und abstruses Zeug geträumt, ohne sich jedoch an Einzelheiten erinnern zu können. Franziska war bereits aufgestanden, er hörte sie nebenan in der winzigen Küche hantieren. Aus dem Radio dudelte penetrant fröhliche Morgenmusik. Er warf das Kopfkissen auf den Boden und wollte die klamme Bettdecke wenden, um noch ein halbes Stündchen zu schlafen, als sein Blick auf den Nachttisch und das Adressbuch darauf fiel. Er nahm es in die Hand und blätterte darin, wie schon Dutzende Male zuvor. Als er in der vergangenen Nacht keuchend auf der Gleditschstraße angekommen war und Schalck das Büchlein hatte übergeben wollen, hatten die Kriminalbeamten bereits das Weite gesucht. Auch die Uniformierten waren verschwunden.

Franziska saß im Alfa, der direkt neben dem Daewoo geparkt war, und begrüßte ihn mit: »Was sollte denn das? Musstest du wirklich pinkeln?«
Er schüttelte den Kopf, setzte sich hinters Steuer, startete den Wagen und reichte ihr das Adressbuch.
»Was ist das?«, fragte sie.
»Es ist noch nicht vorbei«, antwortete er, ohne zu wissen, was er damit meinte.
Und nun lag dieses abgegriffene Adressbuch, das eher an eine Loseblattsammlung erinnerte, wie Blei in seinen Händen und gab ihm Rätsel auf. Er warf es auf den Nachttisch, setzte sich auf die Bettkante und bemerkte, dass er einen Morgenständer hatte. Trotz der Alpträume. Merkwürdig!
Im selben Moment trat Franziska ins Zimmer, in der Hand die Sesamstraßen-Tassen, und fragte: »Kaffee?«
Er griff wortlos nach dem Krümelmonster und beugte sich vor, um seine Erektion zu verdecken. Vergeblich. Er war nackt.
»Oho!«, rief Franziska und hauchte in ihren dampfenden Kermit. »Darf ich das als Einladung verstehen?«
»Nimm's nicht persönlich«, sagte Albrecht abwesend. Er spürte wieder dieses Kribbeln im Nacken, und der kleine Finger der linken Hand schmerzte, als habe er sich den Musikantenknochen gestoßen.
»Danke für das Kompliment.« Sie setzte sich in den Lehnstuhl, der gleichzeitig als stummer Diener fungierte und mit diversen Kleidungsstücken behängt war. Alles in diesem Raum schien eine doppelte Funktion zu haben. Das Sofa wurde nachts zum Futonbett, der Schreibtisch diente als Esstisch, das Bücherregal als Wäscheständer.
»Du hattest Recht«, sagte Franziska nach einer Weile, während der Albrecht seine Unterhose angezogen und ein T-Shirt übergestreift hatte.
»Was meinst du?«, fragte er.
»Es ist noch nicht vorbei.«

Er sah sie verständnislos an und schwieg.
»Mir ist gestern etwas aufgefallen«, fuhr sie nachdenklich fort und nippte an ihrem Kaffee, »das hat mich irritiert. Ich meine etwas, das diese Kerstin Harms erzählt hat.« Sie suchte nach den richtigen Worten und schien sie nicht zu finden. »Ich hab die ganze Nacht darüber gegrübelt. Da gab's eine Stelle, die war irgendwie ... merkwürdig.«
»Vieles an ihrer Aussage war merkwürdig.«
»Ja, aber diese eine Sache war völlig unlogisch.« Sie starrte in ihre Tasse, als wolle sie im Kaffeesatz lesen, und fuhr fort: »Sie hat behauptet, ihre Freundin habe ihr am Sonnabend gesagt, einer der Vergewaltiger sei im ›Linientreu‹.«
Albrecht nickte und fragte: »Und?«
»Sie sagte: ›Einer der Vergewaltiger!‹ Sie hat den Plural benutzt.«
»Mit dem anderen meinte sie vermutlich mich«, sagte Albrecht.
»Mag sein«, erwiderte Franziska. »Aber das ist ja eben das Unlogische. Denn du warst ja auch im ›Linientreu‹. Etwa um die Zeit, als die beiden die Disco betreten haben ... das muss gegen Mitternacht gewesen sein, kurz bevor wir gegangen sind ... also, zu diesem Zeitpunkt haben wir alle beieinander gestanden. Du, Jupp, Felgenhauer, Emily und ich. Wenn sie ihn gesehen hat, dann auch dich. Hätte Michaela also nicht sagen müssen: ›*Beide* Vergewaltiger‹?«
Albrecht kratzte sich die Stirn. »Du meinst ...?«
Sie nickte und stellte die Tasse auf den Boden. »Das würde auch erklären, warum sie das Adressbuch mitgenommen hat. Sie ist auf der Suche nach dem anderen. Dem zweiten Vergewaltiger.«
»Benno!«, entfuhr es Albrecht.
»Benno«, wiederholte Franziska.
»Scheiße!«
Er griff nach dem Adressbuch und blätterte hektisch darin. Unter dem Buchstaben B gab es eine ganze Seite mit Eintragungen zu Benno Schwiep, und sie waren allesamt durchgestrichen: eine Adresse in Hamburg, zwei in Bielefeld, eine in Essen, eine weitere in Gladbeck und ganz unten auf der Seite eine Anschrift in Han-

nover. Unter die letzte Adresse hatte Jupp mit rotem Kuli eine Handy-Nummer gekritzelt. Die war nicht durchgestrichen.
Albrecht fuhr herum und streckte sich, um das Telefon auf dem Nachttisch an der anderen Seite des Bettes zu erreichen, als der Apparat im selben Moment sein schrilles »düddelüd« von sich gab. Erschrocken erstarrte Albrecht, dann nahm er automatisch den Hörer ab und sagte: »Ja?«
Der Anrufer legte prompt auf.
Albrecht knallte den Hörer auf die Gabel und sagte zu Franziska: »Für dich.«
»Ich weiß«, sagte sie, und im gleichen Augenblick klingelte es erneut.
Sie zuckte mit den Schultern, ging um das Bett herum, nahm den Hörer ab und sagte: »Hallo, Robert.«
Während Franziska ins Telefon sprach, putzte sich Albrecht die Zähne, zog sich Hose und Pullover an, kramte im Flur nach seinen Schuhen und nahm den Mantel von der Garderobe. Als er ins Zimmer zurückkam, um das Adressbuch einzustecken, sagte Franziska: »Nein, Robert, du kannst jetzt nicht kommen. Ich bin nicht allein. Und das weißt du auch, du hast ihn ja gerade am Apparat gehabt.« Sie schaute Albrecht an, presste die Lippen aufeinander und hob vielsagend die Augenbrauen. Plötzlich jedoch runzelte sie die Stirn und rief in den Hörer: »Willst du mir etwa drohen? Was soll das denn jetzt heißen? Ich lass mich doch von dir nicht beleidigen.« Sie hielt die Hand über die Sprechmuschel und fragte: »Wo gehst du hin, Albrecht?«
»Zur Polizei«, antwortete er und deutete auf das Büchlein. »Ich werde dem Kommissar von Benno erzählen. Die Bullen werden ihn schon ausfindig machen. Wenn es nicht schon zu spät ist.«
Franziska nickte und sagte in den Hörer: »Ich weiß, dass du es nicht so gemeint hast. Aber das hat doch alles keinen Sinn, Robert. Das musst du doch einsehen.« Wieder hielt sie die Muschel zu und sagte: »Ich glaube, ich sollte mich mit ihm treffen. Ihm geht's wirklich übel. Er weint die ganze Zeit.«

Diesmal nickte Albrecht. »Wenn du meinst«, sagte er und gab ihr einen Kuss auf die Stirn, »aber lass dir von ihm kein schlechtes Gewissen einreden.« Er setzte die Thälmann-Mütze auf und verließ die Wohnung.

Vor der Haustür empfing ihn schönstes Wetter, der Himmel war beinahe von einem Delfter Blau, kein Wölkchen war zu sehen, die Sonne stand tief und warf lange Schatten. Es war eisig kalt. Nichts war von dem Regenwetter der letzten Tage übrig geblieben. Ein herrlicher Wintertag.

Albrecht atmete tief durch, schlug den Kragen des Mantels hoch und ging zu seinem Auto, das er, wie üblich, halb auf dem Gehweg geparkt hatte. Schon beim ersten Anblick des Alfa fiel ihm auf, dass irgendetwas mit seinem Gefährt nicht stimmte. Es stand irgendwie schief. Der vordere rechte Reifen hatte einen Platten. Als er den Schaden näher betrachtete, glaubte er einen Einstich im Gummi erkennen zu können. Einen etwa fünf Zentimeter langen Schnitt an der unteren Seite des Reifens. Es sah aus wie eine klaffende Wunde. Sofort sprang er auf und kontrollierte die übrigen Reifen. Und tatsächlich: Auch der hintere rechte Reifen war zerstochen!

»Du verdammtes Arschloch!«, fluchte Albrecht und trat gegen den Plattfuß. »Du blödes, schwäbisches Miststück!« Er schaute sich um, ob er den Übeltäter irgendwo in der Nähe sehen konnte, doch an der Straße war kein klappriger Käfer geparkt, und auch auf dem Bürgersteig hielt sich lediglich eine alte Frau mit ihrem Pudel auf. Albrecht erkannte die Alte, der er schon bei seinem ersten Besuch in der Oranienstraße begegnet war. Tatsächlich begrüßte sie ihn wie einen langjährigen Bekannten: »Guten Morgen, junger Mann. Schönes Wetter heute, was? Wie geschaffen für einen Spaziergang.« Albrecht knurrte etwas Unverständliches, der Pudel knurrte zurück, und die Alte verschwand im Haus, wobei sie ihren Hund tadelte: »Böses Tier!«

Albrecht drehte sich suchend um die eigene Achse. Vor einem nahe gelegenen Getränkehandel lungerte eine Handvoll Männer herum, aber Robert Bäuerle befand sich allem Anschein nach nicht darunter. Dann dachte er daran, dass ebenjener Bäuerle just in diesem Moment mit Franziska telefonierte, und er hielt Ausschau nach einer Telefonzelle. Aber auch davon war weit und breit nichts zu sehen.

In diesem Augenblick kam der 129er Bus aus westlicher Richtung. »U Hermannplatz« las Albrecht auf der Anzeige über der Windschutzscheibe. Der Doppeldeckerbus fuhr an ihm vorbei und hielt einige Meter weiter an der Haltestelle. Albrecht rannte los, sprang hinten in den Bus, wobei er beinahe mit einem Teenager zusammenstieß, einem rothaarigen Mädchen, das auf der Treppe stand und ihm die Pobacken entgegenreckte. Er folgte dem Hinterteil ins Oberdeck und setzte sich, da sonst kein Platz frei war, neben das Mädchen, gleich hinter der Treppenluke. Sie lächelte ihm zu. Vermutlich erkannte sie ihn. Außer Albrecht schienen sich nur Jugendliche und Kinder in diesem Bus aufzuhalten. Schüler auf dem Weg zur Schule oder Azubis auf dem Weg zur Lehrstelle. Und die meisten von ihnen waren Türken oder Araber.

Direkt hinter Albrecht saß ein vielleicht achtzehnjähriger, flaumbärtiger und gelfrisierter Kerl, der sich lässig zu der Rothaarigen vorbeugte und fragte: »He, Mädchen, ist der Knacker nicht ’n bisschen zu alt für dich?«

»Verpiss dich!«, lautete ihre Antwort.

»Nee, ehrlich«, beharrte der junge Türke und wurde dabei von seinen ebenfalls flusengeschnäuzten Freunden mit aufmunternden Kommentaren unterstützt. »Du siehst doch cool aus, Mädchen. Was fickst du mit so einer Mumie?« Er unterstrich seine Frage mit einer merkwürdigen Handbewegung, wobei er den kleinen und den Zeigefinger in die Höhe streckte. »Da kann ich dir was ganz Anderes bieten. Ehrlich, ich schwör dir!«

Die Rothaarige starrte aus dem Fenster und schwieg.

Albrecht überlegte, ob er das Oberdeck verlassen oder dem Mistkerl die Nase einschlagen sollte, doch dann starrte auch er aus dem Fenster und schwieg. Der Bus fuhr die Oranienstraße entlang und

hielt schließlich am Heinrichplatz. Albrecht sah die mit Plakaten übersäte Fassade des »SO 36«. Auf einem der Poster erkannte er einen Totenkopfpanzer und die Überschrift: »Multi Death Corporation«. Schnaufend setzte sich der Bus wieder in Bewegung.
»Was meinst du, Alter?«, wandte sich der Türke nun an Albrecht und stupste ihn von hinten an die Schulter. »Ist doch wahr, oder?«
»Was ist wahr?«, schnauzte Albrecht.
»Deutsche Männer sind scheiße im Bett!«
»Kann schon sein«, antwortete Albrecht und stand auf. »Ich hab noch mit keinem deutschen Mann geschlafen. Aber wenn du das sagst, wird's schon stimmen. Du hast da sicherlich mehr Erfahrung als ich.«
Bevor der Kerl sich auf ihn stürzen konnte, lief Albrecht die Treppe hinunter und sprang durch die sich gerade öffnende Tür nach draußen. Der junge Türke hämmerte im Oberdeck gegen die Scheibe und zeigte ihm den beringten Stinkefinger. Das Mädchen mit den roten Haaren grinste, stand auf und setzte sich auf einen frei gewordenen Platz im vorderen Teil des Busses.
Albrecht lief zur Ampel, überquerte die Oranien-, dann die Manteuffel- und schließlich die Skalitzer Straße und erreichte den Hochbahnhof der Linie 1. Görlitzer Bahnhof. Wenn er sich recht erinnerte, befand sich die Mordkommission in der Keithstraße, unweit des Wittenbergplatzes, ebenfalls an der Linie 1. Er betrat die breite Treppe, die zu den Hochgleisen führte, und stieß mit einem Punk zusammen, der dort hockte und seinem Broterwerb als Schnorrer nachging.
»He, langsam, Alter!«, sagte der Punk. »Haste mal 'n paar Cent für was zum essen? Oder 'ne Zigarette?«
»Weder noch«, antwortete Albrecht, starrte zu Boden und wollte an dem Mann vorbeigehen.
»Kennen wir uns nicht?«, fragte der Punk, baute sich vor ihm auf und legte ihm die Hand auf die Schulter.
Albrecht hatte keine Lust auf das Prominenten-Quiz und sagte: »Ja, aus dem Fernsehen. Und jetzt lassen Sie mich bitte los!«

»Quatsch! Fernsehen!«, antwortete der Mann und grinste. »So was besitz ich gar nicht. Du bist doch Ali, oder?«
Albrecht schaute überrascht auf und sah dem Punk zum ersten Mal direkt ins Gesicht. Er erkannte die riesige, rot geäderte W. C. Fields-Knollennase und das tätowierte Spinnennetz am Hals und fragte: »Rübe?«
»Runkel«, antwortete der andere. »Mensch, das ist ja 'n Zufall. Lange her, wa? Was machst 'n jetzt? Hast dich ja ganz schön rausgeputzt.« Mit einem Grinsen, bei dem er eine riesige Zahnlücke im Oberkiefer präsentierte, fragte er: »Bewerbungsgespräch?«
»So was Ähnliches.«
»Das ist echt witzig«, sagte Runkel. »Erst letztens hab ich einen von euch Chaoten gesehen.«
»Welche Chaoten?«
»Eure Band! Wie hieß die doch gleich?« Er zog den Rotz hoch und nickte dann. »Richtig, einen von euch *Ordensbrüdern*!«
Albrecht horchte auf. »In Berlin?«, fragte er.
»Klar, wo sonst? Ich wohn schon seit Jahren hier. Drüben in der Görlitzer. In der ehemaligen Wohnung von Eichel. Du weißt doch, der Kerl, der sich bei jedem Konzert die Hose …«
»Du hast Jupp gesehen?«, unterbrach ihn Albrecht. »Wann?!«
Runkel zuckte mit den Schultern und sagte: »Gestern.«
»Das glaube ich kaum.« Albrecht schüttelte den Kopf.
»Wetten?!«, beharrte Runkel. »Lange dunkle Haare und 'n Gesicht wie 'n Mädchen. Nur dass er inzwischen ganz schön abgewrackt aussieht. Und dürr wie 'n Gerippe.«
»Das war nicht Jupp.«
»Klar, Mann. Ich hab doch sogar mit ihm gesprochen. Das war euer Sänger. Hundertpro! Auch wenn er so stoned war, dass er mich kaum erkannt hat.«
Albrecht fuhr zusammen und rief: »Benno! Du hast Benno gesehen? In Berlin?« Nun packte er den Punk am Kragen und fragte: »*Wo* bist du ihm begegnet?«
»Im ›SO‹, bei *M.D.C.*«, antwortete Runkel, wich erschrocken

zurück und befreite sich aus Albrechts Griff. »War 'n geiles Konzert. Wie in alten Tagen!«
»Gestern Abend?«
»Klar!« Er räusperte sich und fragte: »Haste 'ne Fluppe?«
»Ich rauche nicht mehr«, antwortete Albrecht, kramte sein Portemonnaie hervor und drückte Runkel einen 10-Euro-Schein in die Hand. »Kauf dir welche!«
»Ey, cool, Alter«, antwortete Runkel und lächelte wie ein Baby.
»Weißt du, wo Benno wohnt? Oder ist er nur zu Besuch in Berlin?«
»Keine Ahnung.« Der andere schüttelte den Kopf und zuckte gleichzeitig mit den Schultern, was höchst merkwürdig aussah. »Mit dem war ja kaum zu reden. Mann, war der dicht! Und voll abgemagert, wie 'ne Bohnenstange. He, Ali, wo willst 'n hin?«
Albrecht hatte kommentarlos auf dem Absatz kehrt gemacht, ging die Treppe hinunter und überquerte die Fußgängerampel an der Skalitzer Straße, wobei er Jupps Adressbuch und sein Handy aus dem Mantel fischte.
»Und dein Bewerbungsgespräch?«, hörte er Runkel hinter sich fragen, bevor eine über die Gleise donnernde U-Bahn sämtliche Geräusche übertönte und neue Kundschaft für den morgendlichen Schnorrer ankündigte.
Benno hielt sich in Berlin auf! Er war am gestrigen Abend im »SO 36« gewesen. Ebenso wie Michaela Kemmer. Albrecht erinnerte sich, dass sie nicht zur Bühne geblickt, sondern wie gebannt auf irgendeinen Punkt zur Linken gestarrt hatte. Sie war nicht wegen der Musik in dem Laden gewesen, nicht nur. Sie war Benno gefolgt, hatte ihn im Saal beobachtet. Und mit einem Mal dachte Albrecht an die beiden Eintrittskarten, die Jupp bei der Konzertkasse bestellt hatte. Womöglich war die zweite Karte gar nicht für Albrecht, sondern für Benno bestimmt gewesen. Wie in alten Tagen!
Er schlug in Jupps Adressbuch die Seite mit Bennos durchgestrichenen Adressen auf und fand auf dem unteren Rand die nachträg-

lich und mit rotem Stift hinzugefügte Handynummer. Beim Versuch, sein Mobiltelefon von der rechten in die linke Hand zu nehmen, ohne das Adressbuch aus der Hand zu legen, fiel ihm beides zu Boden. Die linke Hand fühlte sich plötzlich ganz taub an, wie eingeschlafen. Er hatte kein Gefühl mehr im kleinen und im Ringfinger. Seltsam! Glücklicherweise war das Handy auf seine Schuhe gefallen und beim Aufprall aufs Pflaster nicht kaputt gegangen. Dafür lag das Adressbuch nun in Einzelteilen auf dem Trottoir. Schnell sammelte er die losen Seiten zusammen, fand die entsprechende Eintragung und rief an.

Es klingelte fünfmal, dann meldete sich am anderen Ende der Leitung eine verschlafene Männerstimme: »Ja? Schwiep.«

»Benno?«

»Wer ist 'n da?«

»Albrecht Niemeyer.«

»Wer?«

»Albrecht Nie… Ali.«

»Ali?« Pause. »*Der* Ali?«

»Genau der. Bist du das, Benno?«

»Nee, hier ist Männe.« Er gähnte und räusperte sich. »Wie geht's, wie steht's?«

»Geht so. Ist Benno da?«

»Hör mir bloß auf mit dem Wichser!«

»Deine Telefonnummer stand unter seiner Adresse in Jupps Adressbuch.«

»Kann schon sein«, meinte Männe. »Benno ist in den letzten Jahren ein paarmal bei mir untergekommen. Hab ihn aber ewig nicht gesehen.«

»Hmm«, machte Albrecht. »Und wo wohnst du?«

»Hannover.«

»Glückwunsch«, sagte Albrecht.

»Verarschen kann ich mich selbst.«

»Weißt du, wo Benno steckt? Ich muss ihn dringend sprechen.«

»Erinnerst du dich an meine alte Bude in Neukölln?«

»Das Loch in der Mahlower Straße?«
»Korrekt«, sagte Männe und gähnte erneut. »Da hat er zuletzt gewohnt. Ist aber auch schon ein paar Monate her. Wie gesagt, ich hab keinen Kontakt mehr zu ihm. Wenn du ihn sprichst, dann sag ihm, er soll die zweitausend Mäuse rüberwachsen lassen, die er beim letzten Mal mitgehen lassen hat.«
»Er hat dich beklaut?«
»Nicht nur mich«, antwortete Männe und lachte. »Das Arschloch hat sogar die Wohnung unserer Eltern in Ahlbeck ausgeräumt.«
»Warum?«
»Dreimal darfst du raten«, knurrte Männe. »Was willst 'n überhaupt von ihm?«
»Er schuldet mir Geld«, behauptete Albrecht.
»Vergiss es!«
»Vielleicht mach ich das. Mach's gut.«
»Du auch«, antwortete Männe. »Und sag Jupp 'nen schönen Gruß von mir.«
Dann war die Verbindung unterbrochen.
Und Albrecht überlegte, wie er auf dem schnellsten Weg nach Neukölln kam.

5

Es war etwa zehn Uhr, als Albrecht vor dem Eckhaus in der Mahlower Straße stand und zu den mit weißem Stoff verhängten Fenstern im ersten Stock hinaufschaute. Das letzte Mal, dass er sich in dieser Gegend, dem nördlichen Neukölln, aufgehalten hatte, war Mitte der Neunziger gewesen.
Damals hatte Männe hier gewohnt, und sie hatten sich auf ein Bier im »Xenzi« getroffen, einer winzigen Kneipe in der Nachbarschaft, der einzigen weit und breit, die man nicht als gardinenbehangene und schultheißbeleuchtete Räuberhöhle bezeichnen musste. Das war der Abend gewesen, an dem Albrecht klar geworden war, dass er kein Musiker mehr war, vermutlich nie einer gewesen war. Män-

ne redete stundenlang über die diversen Bands, in denen er seit den Achtzigern gespielt hatte, redete von neuen Stilrichtungen und dass er nun Grunge statt Punk bevorzuge. Kurt Cobain hatte sich zwar bereits vor einigen Jahren den Kopf mit einer Schrotflinte weggeschossen, doch Männe redete derart enthusiastisch von dieser Musikrichtung, als habe er gerade das Rad neu erfunden und wolle es zum Patent anmelden. Albrecht hatte zugehört und weggedacht. Nein, das ging ihn alles nichts mehr an. Musik war für ihn kein Lebensinhalt mehr. Er kaufte CDs (kein Vinyl!) und hörte sie sich interessiert, aber leidenschaftslos an. Er hatte die Fronten gewechselt, und während Jupp ihm vorwarf, den Punk verraten zu haben, beklagte Männe, er sei der Musik untreu geworden, der einzigen Liebe, die es wert sei, ihr die Stange zu halten. Beide hatten zweifellos Recht, aber was hatte es ihnen gebracht? Jupp war inzwischen tot, und Männe lebte in Hannover, was dem sehr nahe kam. Albrecht mochte sich nicht vorstellen, wie es augenblicklich um Benno stand.

Auf der Klingelleiste war der Name Schwiep nicht verzeichnet, es waren überhaupt wenige Namen vorhanden. Ein leer stehendes oder auf Anonymität bedachtes Haus. Die Haustür war offen, oder besser gesagt: Sie war zu, hatte aber kein Schloss mehr. Es war samt Klinke und einem Teil des Holzes herausgebrochen. Albrecht öffnete die Tür mit dem Fuß, betrat den Hausflur und hielt sich die Nase zu. Die stets offene Tür hatte aus dem dunklen Flur ein öffentliches Pissoir gemacht. Es roch beißend und stechend wie in einer Kloake. Ein Lichtschalter fehlte, und so tastete sich Albrecht durch die Dunkelheit zur Treppe. Nicht im wörtlichen Sinne, denn er bemühte sich, nichts mit den Fingern zu berühren. An der Treppe gab es einen Schalter, und als er mit dem Ellbogen darauf drückte, ging irgendwo im dritten oder vierten Stock das Licht an. Die unteren Etagen blieben im Halbdunkel. Als Albrecht in etwas Weiches und Glibbriges trat, war er froh, nicht sehen zu müssen, was sich unter seiner Sohle befand. Zumindest roch es nicht nach Hundescheiße.

Im ersten Stock befanden sich drei Wohnungen, die mittlere Tür führte zu Männes ehemaliger Ein-Zimmer-Bude. Er horchte an der Tür und hörte nichts. Er suchte nach einer Klingel, fand sie, drückte darauf und hörte wiederum nichts. Schließlich klopfte er ans Holz, erst leise, dann fester mit der Faust, und wie von Geisterhand öffnete sich die Tür einen Spaltbreit. Das Schloss war nicht beschädigt, die Tür war offensichtlich nur angelehnt gewesen. Dahinter befand sich ein winziger Flur von dem wiederum drei Türen abgingen. Geradeaus befand sich die Küche, und weil die Tür offen stand, fiel Licht in die Wohnung. Nicht viel und sehr diffus, aber immerhin. Rechts befand sich die Klotür, und linker Hand ging es zum eigentlichen Zimmer. Ein nikotinvergilbtes *Nirvana*-Plakat hing an der Tür, vermutlich ein Überbleibsel von Männe. Als Albrecht die Wohnung betrat, schlug ihm ein Geruch wie Pesthauch entgegen. Sein Blick fiel in die Küche, auf den offen stehenden Mülleimer und einige daneben platzierte Plastiktüten, aus denen undefinierbare und – wie es schien – sich bewegende Essensreste ragten, und er beeilte sich das Zimmer zu betreten. Dort war der Gestank nicht minder penetrant, es roch nach Schweiß und Bier und kaltem Rauch und Urin, doch nichts von alledem nahm Albrecht wirklich wahr. Er bemerkte nicht die Leere des Zimmers, das Fehlen von Schränken, Regalen oder Tischen, er achtete nicht auf die verstreut und ohne erkennbare Ordnung herumliegenden Gegenstände. Er schaute wie gebannt zum Bett, zu der nackten Matratze auf dem Boden, an der Stirnseite des Raumes, direkt vor den mit weißen Laken verhängten Fenstern. Er sah Benno dort liegen, leichenblass, regungslos, mit heruntergeklapptem Kiefer, alle viere von sich gestreckt, nur mit einer Pyjamahose bekleidet. Albrecht nahm die Mütze vom Kopf und drehte sie in seinen Händen. Es war wie ein Déjà-vu-Erlebnis. Er war zu spät gekommen.

Dann erst bemerkte er den muffig-abgestandenen Gestank und erkannte, dass sich ein weiterer Duft darunter gemischt hatte. Ein Geruch, der nicht hierher passte. Es roch süßlich und exotisch. Patschuli.

»Sind Sie jetzt zufrieden?«, fragte er, ohne sich umzudrehen. Er wusste, dass Michaela Kemmer hinter ihm stand. Vermutlich war sie auf dem Klo gewesen oder hatte hinter der Tür gestanden. Jetzt aber konnte er sie direkt hinter sich riechen.

»Ich hab die Tür offen gelassen«, sagte sie, als sei das eine Antwort auf seine Frage, und trat neben ihn. Sie sah übermüdet aus, hatte dunkle Ringe unter den Augen, und ihre gestern noch so strubbelig abstehenden Haare pappten ihr klebrig an den Schläfen und der Stirn.

»Bin ich jetzt an der Reihe?«, erwiderte er und deutete zum Bett. »Als letzter Zeuge und Mitwisser. Damit die Rache perfekt ist?«

»Der Mistkerl ist nicht tot«, sagte sie und schaute Albrecht von der Seite an. »Nicht wirklich. Noch nicht. Auch wenn es so aussieht.«

Als wollte er Michaelas Worte untermalen, gab Benno plötzlich leise schmatzende Geräusche von sich. Der Unterkiefer bewegte sich unmerklich, und die Zunge fuhr wie in Zeitlupe über die Oberlippe. Die Augen waren nach wie vor geschlossen, und auch der Körper verblieb in seiner merkwürdigen Starre. Albrecht näherte sich ungläubig der Matratze auf dem Boden, und betrachtete Benno genauer. Erst jetzt bemerkte er das Gummiband um dessen rechten Oberarm, es war eine Art schmaler Schlauch, der um den Arm geschnürt war. Die blau angelaufenen Einstiche in der Armbeuge waren eindeutige Hinweise auf den Grund für Bennos seltsamen Zustand. Er hatte sich aus dieser Welt geschossen. Zumindest für eine Weile.

Neben der fleckigen Matratze sah Albrecht einen verbogenen und rußig angelaufenen Löffel, einen winzigen, selbst gebastelten Spiritusbrenner und einige blutige Wattestücke. Eine Einwegspritze lag ebenfalls auf der billigen, beigefarbenen Auslegeware. Albrecht fuhr ein Schauer über den Rücken, er konnte keine Spritzen sehen und wandte sich deshalb Benno zu. Runkel hatte nicht untertrieben, als er Benno mit einem Gerippe verglichen hatte. Der Brustkorb war abgemagert, die Rippen traten wie bei einer Mumie hervor, die von Blutergüssen übersäten Arme waren spindeldürr, und

auch das einst so hübsche Gesicht war eingefallen und kaum wiederzuerkennen. »Dreimal darfst du raten«, hatte Männe am Telefon gesagt. Und: »Vergiss es!« Albrecht verstand nun. Benno war ein Junkie im Endstadium. Eine lebende Leiche.
»Ein ziemliches Wrack, was?«, sagte Michaela in diesem Moment, zog ihre Lederjacke aus und ließ sich auf einem orientalischen Sitzkissen nieder. »Er war schon in dem Zustand, als ich hier ankam.«
»Wie sind Sie in die Wohnung gekommen?«
Sie grinste und sagte: »Eine meiner leichtesten Übungen.«
Albrecht erinnerte sich, was Kerstin Harms über die kriminelle Laufbahn ihrer Freundin gesagt hatte. Einbrüche hatten vermutlich auch dazugehört. Er schüttelte Benno an der Schulter und sagte: »He, Benno! Hörst du mich?«
»Der kriegt nichts mehr mit.« Michaela zündete sich eine Zigarette an. »Völlig weggetreten. Der macht's nicht mehr lange.« Obwohl sie sich den Anschein gab, als ginge sie dies alles gar nichts an, verriet das Zittern ihrer Hände, dass dem nicht so war. Sie versuchte, schnoddrig und desinteressiert zu wirken, aber Albrecht merkte, dass sie mit ihren Nerven am Ende war. Zumindest redete er sich das ein.
»Überdosis?«, fragte er und rüttelte erneut an dem bewusstlos Daliegenden. Albrecht hatte keinerlei Erfahrung mit harten Drogen, weder aus erster noch aus zweiter Hand, sein gesamtes Wissen über Heroin, Fixer und Überdosen stammte aus Filmen wie »Pulp Fiction« und »Wir Kinder vom Bahnhof Zoo«. Oder aus den Biografien seiner verblichenen Helden: Sid Vicious, Darby Crash, Malcolm Owen und wie sie alle hießen. Mochten sie ruhen in Frieden.
»Glaub ich nicht«, sagte Michaela, schlug die Beine übereinander und schnippte die Asche auf den Teppich. »Wahrscheinlich hat er sich irgendwelchen Mist in die Venen geschossen. Polnische Suppe oder irgendeinen anderen Dreck. Vermutlich ist er in ein paar Stunden wieder auf dem Damm.« Sie paffte, ohne zu inhalieren, und fügte hinzu: »Oder auch nicht. Ich kenne Leute, die sind nie wieder von dem Horrortrip runtergekommen.«

»Sie scheinen sich mit dem Zeug gut auszukennen«, sagte Albrecht.
Michaela zuckte mit den Schultern, starrte auf ihre Springerstiefel und rümpfte die Nase. Ihre Zigarette zitterte zwischen den Fingern.
»Warum haben Sie ihn nicht ebenfalls ermordet?«, fragte er, deckte Benno mit einem Schlafsack zu, der unweit der Matratze auf dem Boden gelegen hatte, und setzte sich rittlings auf einen Stuhl, Michaela direkt gegenüber. »Er hätte sich bestimmt nicht gewehrt. Ein leichtes Opfer.«
»Der Tod, den er sich selbst bereitet, ist viel interessanter«, antwortete sie und lachte nervös, es klang unecht und gekünstelt. »Er wird langsam und elend sein. Warum sollte ich ihm da ins Handwerk pfuschen?«
Albrecht glaubte, dass sie sich selbst etwas vormachte. Er hielt sie nicht für so abgebrüht, wie sie sich gern präsentiert hätte. Michaela Kemmer war unbestreitbar eine Mörderin, aber sie war nicht kaltblütig. Er fragte: »Sie konnten es nicht, oder?«
Sie sah ihn reglos an und schwieg.
»Wie haben Sie ihn gefunden?«
Michaela kramte in ihrer Hosentasche, fischte einen zerknüllten Zettel heraus und warf ihn Albrecht zu. Er strich ihn glatt und erkannte eine Seite aus Jupps Adressbuch. Oben auf der Seite befanden sich zwei durchgestrichene Zeilen, darunter die Adresse in der Mahlower Straße, mit einem roten Fragezeichen versehen. Daneben der Name Benno in Klammern. Da das Buch so zerfleddert gewesen war, hatte Albrecht nicht gemerkt, dass eine Seite fehlte.
»Und Jupp?«, fragte er.
»Es wird hoffentlich nicht von mir erwartet, dass ich ihm nachtrauere.«
Albrecht stellte erstaunt fest, dass sie ihn nie direkt anredete. Vermutlich um sich nicht festlegen zu müssen, ob sie ihn siezen oder duzen sollte. Sie redete in der Passivform oder in der dritten Per-

son. Als wäre Albrecht gar nicht vorhanden, als führe sie Selbstgespräche.
»Er hatte einen Filmriss«, sagte er.
»Ja, das hat er behauptet.«
»Und?«
»Anfangs hab ich ihm das sogar geglaubt.« Wieder lachte sie das nervöse Lachen, das nun fast wie ein albernes Kichern klang, und fuhr sich mit der Hand über den Mund. Zigarettenasche fiel ihr in den Schoß. Sie merkte es nicht und fuhr in Gedanken versunken fort, während sie auf einen Punkt auf der gegenüberliegenden Wand starrte: »Als er auf dem Bett lag, angekettet und voll geifernder Vorfreude, da hab ich ihm gesagt, wer ich bin und warum ich ihm vor dem ›Linientreu‹ aufgelauert hab. Er hat mich mit blödem Blick angeschaut und behauptet, er wisse nicht, wovon ich rede. Er könne sich an nichts erinnern. Der ganze Tag in Venlo sei ein einziges schwarzes Loch für ihn. Er könne mit meinem Namen nichts anfangen.«
»Benno hatte ihm Pillen verabreicht«, sagte Albrecht.
»Mir ebenfalls«, antwortete sie, »ich weiß nicht, was die beiden mir zu schlucken gegeben haben, aber Speed, wie sie behaupteten, war es sicher nicht. Das sei ein geiles Zeug, das müsse ich unbedingt ausprobieren, hat der Scheißkerl behauptet.« Sie deutete zur Matratze und drückte die Zigarette auf dem Teppich aus. »Erst hab ich gar nichts gemerkt, doch dann bin ich fast hintenübergekippt und konnte mich kaum noch rühren. Mein Herz raste, ich hab gehechelt wie ein Hund, und gleichzeitig kam ich mir vor wie eingeschläfert. Der Kreislauf war im Keller, die Knie knickten mir ein, und ich konnte kein vernünftiges Wort mehr herausbringen.«
»Hatten die beiden das mit den Pillen bezweckt?«, fragte Albrecht. »Oder war es ein Unfall? Eine Art Schockreaktion oder Unverträglichkeit?« Er erinnerte sich an die starre Haltung des Mädchens unter Bühne, an ihre seltsame Regungslosigkeit, nachdem er sie von Jupp befreit hatte. Wie paralysiert.
»Zumindest haben sie es sofort ausgenutzt«, antwortete sie und

starrte wieder zur Wand. Erst jetzt erkannte Albrecht, was sie dort so eingehend betrachtete. Es war ein gerahmtes Bandfoto der *Ordensbrüder*: Männe, Benno und Ali als fröhlich lachende Kerle auf einem Müllcontainer, Jupp mit verdutztem Gesichtsausdruck auf dem Boden liegend. Kurz vor dem Auslösen des Fotos hatte Benno ihn vom Container gestoßen. Es war das offizielle Foto der Band. Eine lustige Truppe.
»Ich weiß nicht, ob das alles abgesprochen oder geplant war«, fuhr Michaela fort und sprang plötzlich auf. Sie lief wie aufgedreht durch das Zimmer, wobei sie sich aber nie der Matratze näherte. »Aber es passte alles zusammen. Tanja haben sie Marken in die Hand gedrückt und Bier holen geschickt.«
»Tanja?«, fragte Albrecht. »Das Mädchen mit dem Irokesenschnitt?«
Michaela nickte fahrig, ohne ihr Gerenne zu unterbrechen. Albrecht erschien sie wie ein Raubtier im Käfig. »Die beiden haben natürlich mitbekommen, was mit uns los war, und haben ihre Witze darüber gemacht«, sagte sie, lachte grimmig und deutete auf Benno. »Vor allem der da schien überhaupt nicht begreifen zu können, dass wir nicht auf Kerle standen. Er hat gemeint, wenn wir es erst mal ausprobierten, dann würden wir es auch geil finden. Darauf würde er jede Wette eingehen. Mit ihm hätte es noch jeder Tussi gefallen.«
Albrecht erinnerte sich an Bennos Kommentar: »Die Weiber sind schwul.«
»Und dann haben sie mir die Pillen aufgeschwatzt«, fuhr Michaela fort. »Ich war schon ziemlich betrunken und bekifft und hab mir nichts dabei gedacht. An blöde Sprüche war ich damals schon gewöhnt. Als mir dann der Kreislauf absackte und ich mich nicht mehr auf den Beinen halten konnte, haben sie mich gemeinsam nach draußen geschleift und unter der Bühne …«
»Ich weiß«, unterbrach Albrecht sie. Er wollte nicht, dass sie die schrecklichen Details aussprechen musste. Und er wollte diese Details nicht hören. »Allerdings wusste ich nicht, dass Benno ebenfalls …«

»Sie haben geknobelt, wer zuerst ran darf. Er hat gewonnen.«
Albrecht schluckte. Ein Kloß steckte ihm im Hals. Er räusperte sich und sagte: »Und Jupp? Gerade haben Sie gesagt: ›Anfangs habe ich ihm geglaubt.‹ Was meinten Sie damit?«
»Er hat sich verplappert«, sagte sie und fischte sich eine weitere Zigarette aus der Packung. »Als er merkte, dass es mir Ernst war und die Handschellen keineswegs als Scherz gemeint waren, da hat er angefangen zu winseln und um sein Leben zu flehen. Wenn er etwas Schlimmes getan habe, dann tue ihm das Leid. Er könne sich an nichts erinnern, weder an das Konzert noch an sonst irgendetwas. Der gesamte Tag sei aus seinem Gedächtnis entschwunden. Sein Freund Ali habe zwar anschließend so komisch reagiert, aber er habe ihm nichts gesagt. Kein Wort. Auch Benno nicht.« Wieder lachte sie, aber es klang bitter, und sie setzte hinzu: »Das war das erste Mal, dass ich den Namen Benno hörte. An dem Abend in Venlo hat er sich anders genannt.«
Albrecht nickte.
»Ihr Freund hat jedenfalls fast so getan, als sei *er* das Opfer. Es liege allein an den verdammten Drogen, hat er behauptet. Er sei dann nicht er selbst. Aber er wisse wirklich von nichts, das müsse ich ihm einfach glauben. Was auch immer geschehen sei, es sei nicht seine Schuld. Benno habe ihm irgendwelche Pillen gegeben. Und er hätte auch nichts gegen Lesben. Ehrlich nicht. Jedem das Seine.«
Albrecht horchte auf und zog die Stirn kraus. »Das konnte er nicht wissen, oder?«, murmelte er.
»Von mir jedenfalls nicht«, sagte Michaela und nickte. »Ich hab ihm lediglich gesagt, wer ich bin und warum ich ihn ans Bett gefesselt habe. Ich hab ihn als verdammten Vergewaltiger beschimpft, aber von Tanja war nie die Rede. Und mit Kerstin hat er mich auch nicht gesehen. Sonst wäre er wohl nicht so bereitwillig in die Falle getappt. Woher wusste er also, dass ich lesbisch bin? Man sieht es mir nicht gerade an, oder?«
Albrecht überlegte und schüttelte den Kopf. Zumindest trug Michaela keinen Seitenscheitel, hatte die kurzen Haare nicht an den

Seiten und im Nacken rasiert und bevorzugte anscheinend auch keine karierten Baumfällerhemden. Vielleicht war das aber auch nur ein dummes Klischee. Er dachte an Kerstin Harms und dass er sie zunächst für ein mannstolles Weib gehalten hatte. Soviel zu Albrechts Blick für lesbische Frauen.

»Woher also?«, wiederholte Michaela. Sie gab sich die Antwort selbst: »Er hat nie einen Filmriss gehabt. Es war alles nur gespielt. Er wusste genau, wer ich war, und konnte sich an alles erinnern.«

Albrecht nickte nachdenklich.

»Und er wusste, dass er sich verplappert hatte. Er hat gegrinst, als sei das alles nur ein Spiel. Da hab ich das Kissen genommen und zugedrückt.« Michaela stand nun direkt vor Albrecht, es hatte den Anschein, als wolle sie etwas hinzufügen, doch dann ließ sie sich plötzlich wieder aufs Sitzkissen fallen, zog an ihrer Zigarette und stieß den Rauch in Albrechts Richtung.

Es war alles gesagt. Fast alles.

»Wollten Sie am Donnerstag eigentlich nur Jupp oder auch mich überfahren?«, fragte Albrecht und stand nun seinerseits auf. Er ging zum Fenster, zog den Vorhang zur Seite und schaute auf die Straße. Neben ihm gab Benno erneut schmatzende Geräusche von sich, ohne jedoch zu Bewusstsein zu kommen. Albrecht stellte das Fenster auf Kipp, um frische Luft hereinzulassen.

»Das weiß ich nicht«, antwortete Michaela. »Ich hab keine Ahnung, was ich damit bezwecken wollte. Ich bin Ihnen … euch … gefolgt, von der Wohnung bis zum ›Wiener Blut‹. Ich hab sogar in der Kneipe ein paar Minuten am Nebentisch gesessen, doch keiner von euch hat … Sie haben mich nicht …«

»Sie müssen mich nicht siezen, wenn Ihnen das unangenehm ist«, sagte Albrecht, während er weiterhin aus dem Fenster schaute und die Passanten auf der Hermannstraße beobachtete.

»Ich weiß, dass ich das nicht muss!«, fauchte sie und trat die halb gerauchte Zigarette auf dem Boden aus. »Auf jeden Fall haben Sie mich überhaupt nicht beachtet, Sie schienen sich in der Kneipe ziemlich unwohl zu fühlen, und Ihr Freund hat dämlich gegrinst und Blickkontakt gesucht, als wolle er mit mir flirten. Er hatte keine Ahnung, wer ihm da gegenüber saß.« Sie machte eine Pause. Albrecht hörte sie tief seufzen. Dann sagte sie: »Ich wollte es ihm heimzahlen. Ihm Angst einjagen. Ich wollte, dass ihm dieses blöde Grinsen vergeht.«

»Deshalb haben Sie auf ihn geschossen?«

Sie zuckte mit den Schultern und sagte: »Eine dämliche Idee. Ich konnte mit dem Ding überhaupt nicht umgehen. Und dann hätte mich der Scheißkerl auch noch beinahe erwischt.«

»Wenn Sie die Absicht hatten, Jupp einen Schrecken einzujagen, dann ist Ihnen das gründlich missglückt«, sagte Albrecht und wandte sich ihr zu. »Aber das konnten Sie natürlich nicht wissen. Ein paar Tage vorher hatte man mir eine Briefbombe ins Fach gelegt. Wir dachten, der Schuss habe mir gegolten.«

Michaela nickte und sagte: »Kerstin hat mir davon erzählt.«

»Kerstin?«, wunderte sich Albrecht. »Wann?«

Wieder zuckte sie mit den Schultern und schwieg.

»Warum haben Sie Kerstin verlassen?«, fragte er.

Michaela fuhr unmerklich zusammen und schaute ihn mit verkniffener Miene an. »Hat sie Ihnen das erzählt?«, fragte sie.

»Nicht direkt«, antwortete Albrecht und versuchte, sich an ihre Aussage zu erinnern. »Was ist vor dem ›Linientreu‹ geschehen? Worüber haben Sie sich gestritten?«

Michaela schien keine Lust zu haben, ausgerechnet mit Albrecht über ihre Beziehung zu Kerstin Harms zu sprechen. Sie schien mit sich zu ringen und sagte schließlich: »Ich hab ihr gesagt, was ich vorhabe.«

»Und Kerstin wollte Sie davon abhalten?«

»Sie hat es versucht, aber ich hab ihr klargemacht, dass sie das Ganze nichts angeht. Ich wollte sie da nicht mit reinziehen, es war schließlich meine Angelegenheit. Aber gerade das hat sie mir übel genommen. Wir seien immerhin ein Paar und müssten alles gemeinsam durchstehen. Sie wollte nicht begreifen, dass ich das alleine machen musste. Sie konnte mir nicht helfen.«

»Deswegen kam es zum Streit?«

»Ich hab ihr ein paar unschöne Dinge an den Kopf geworfen, damit sie mich endlich in Ruhe lässt.« Sie lächelte traurig und setzte hinzu: »Sie macht sich halt Sorgen um mich. Sie kann nicht anders!«

»Aber sie hat Sie in Ruhe gelassen«, folgerte Albrecht und überlegte eine Weile. »Haben Sie Kerstin gesagt, wer der Vergewaltiger ist?«, fragte er schließlich. »Haben Sie seinen Namen genannt?«

Sie schüttelte den Kopf und sagte: »Den kannte ich ja gar nicht. Damals in Venlo hat er nur irgendeinen albernen Spitznamen genannt.«

Nun begriff Albrecht. Als Kerstin ihm auf der Treppe des »Linientreu« begegnet war, hatte sie ihn angesehen wie ein Gespenst, wie einen zum Tode Verurteilten. Wie sie selbst während des Verhörs zugegeben hatte, war sie in diesem Moment überzeugt davon gewesen, den Vergewaltiger vor sich zu haben. Und sie hatte geglaubt, dass er nicht mehr lange leben würde. Womöglich hatte sie sogar einen Moment lang überlegt, ihn zu warnen.

»Es tut mir alles fürchterlich Leid«, sagte Albrecht.

»Dafür ist es nun zu spät.«

»Ich weiß«, antwortete er, ging in Richtung Tür und fragte: »Versprechen Sie mir, Benno nicht zu töten?«

»Warum fragen Sie das?«

»Antworten Sie!«, sagte er mit Nachdruck.

»Er ist doch schon so gut wie tot«, entgegnete sie ausweichend. »Sehen Sie sich ihn doch an! Er hat seine Strafe längst erhalten.« Sie merkte, dass Albrecht diese Antwort nicht reichte, biss sich auf die Unterlippe und setzte schließlich hinzu: »Ja, verdammt, ich verspreche es! Zufrieden?!«

»Okay«, sagte er und wollte das Zimmer verlassen.

»Okay?!«, rief sie ungläubig, griff nach ihrer Lederjacke und rannte ihm hinterher. »Sie lassen mich laufen, obwohl ich Ihren Freund getötet habe?«

»Was erwarten Sie?«, fuhr er sie an. »Sie scheinen ja gerade darum zu betteln, dass ich Sie fessele und aufs Revier schleife.«

»Versuchen Sie es doch!«
Albrecht rührte sich nicht.
»Oh, ich verstehe«, sagte sie. »Zweimal Unrecht macht einmal Recht, nicht wahr? Sie sind ein Spezialist im Wegsehen.«
»Ich bin kein Polizist«, erwiderte er mürrisch.
»Sie sind ein verdammter Feigling! Damals waren Sie es, und heute sind Sie es wieder. Ein jämmerlicher Waschlappen!«
Albrecht wollte etwas erwidern, doch Michaela hatte den Nagel auf den Kopf getroffen. Vor sechzehn Jahren hatte er den Vergewaltiger unbehelligt gelassen, heute ließ er dessen Mörderin laufen. Ausgleichendes Unrecht. Feigheit! Er setzte seine Mütze auf und trat hinaus ins Treppenhaus. »Sie werden für Ihre Tat schon noch zur Rechenschaft gezogen«, sagte er. »Da bin ich ganz sicher.«
»Oho!«, höhnte sie. »Göttliche Vorsehung, oder was?«
»Ich glaube nicht an Gott«, antwortete er ernst. »Kommissar Schalck wird Sie schnappen. Früher oder später. Sie haben keine Chance, und das wissen Sie auch.«
»Das werden wir ja sehen.«
»Das werden wir.«
»Was wissen Sie schon von mir?!«
»Nichts! Zum Glück!«
Albrecht wandte sich um und lief die Treppe hinunter.
Er kam nicht weit. Da kaum Licht ins Treppenhaus fiel, sah er nicht, wohin er trat. Eine Diele der Treppenstufe hatte sich gelöst und gab knirschend nach. Er stolperte, knickte ein, wollte mit einer schnellen Verlagerung des Körpergewichts einen Sturz vermeiden, riss den Kopf herum und schrie plötzlich jaulend auf. Es fühlte sich an, als hätte ihm jemand einen Dolch zwischen die Schultern gerammt. Aus den Augenwinkeln sah er zu Michaela, doch die hatte sich nicht bewegt. Sie stand immer noch auf dem Treppenabsatz und betrachtete ihn mit offensichtlichem Schrecken. Albrecht sackte wie in Zeitlupe zu Boden, doch der Schmerz nahm noch zu. Wie Feuer fuhr es ihm über den Rücken, wie Stromschläge schoss es in seinen linken Arm, sein Kopf fühlte sich an, als

werde er gleich explodieren. Was war das?! Er konnte sich nicht bewegen, konnte nicht reden, nur undeutlich murmeln.
»Was ist mit Ihnen?«, rief Michaela hilflos und zog eilig ihre Lederjacke an.
Albrecht wollte mit dem Kopf schütteln, um ihr zu bedeuten, dass er es nicht wusste, doch er konnte sich nicht rühren. »Weiß nicht«, brabbelte er undeutlich und im Flüsterton. Ein Hexenschuss war es nicht, den hatte er vor Jahren einmal gehabt. Er war schmerzhaft gewesen, sicher, aber kein Vergleich zu den Schmerzen, die er nun ertrug. Er kniete auf der Treppe, hielt sich krampfhaft mit der rechten Hand am Geländer fest und fror in dieser Position ein. So man denn frieren konnte, wenn man innerlich verbrannte.
»Kommen Sie!«, sagte Michaela. »Ich bring Sie zum Wagen.« Sie legte seinen linken Arm um ihre Schulter, doch er spürte nichts von der Berührung. Der Arm glühte und war zugleich wie tot. Dennoch schaffte sie es mit einer erstaunlichen Kraft und Behändigkeit, ihn hochzuhieven und die Treppe hinunterzubefördern. Stufe für Stufe. Albrecht kam es vor, als dauerte es eine Ewigkeit. Jeder Schritt war eine Tortur, jede Bewegung vervielfältigte seine Schmerzen und nahm ihm den Atem.
»Warten Sie hier!«, sagte Michaela, als sie im Parterre angekommen waren, und legte ihn auf den nach Pisse stinkenden Boden. »Ich hol den Wagen.«
Ich werde bestimmt nicht wegrennen, dachte Albrecht, konnte aber über seinen Witz nicht lachen. Er konzentrierte sich darauf, durch den Mund zu atmen, um nicht vor Übelkeit kotzen zu müssen. Der Gestank war unerträglich. Er schloss die Augen und zwang sich, ruhig und regelmäßig zu atmen, um nicht zu hyperventilieren. Schweiß trat auf seine Stirn.
Schließlich, nach Jahren, wie es Albrecht schien, kam Michaela zurück. Sie öffnete die Haustür und legte einen Stein davor, damit sie nicht wieder zufiel. Erneut fasste sie ihn unter die Schulter und hievte ihn mit Bärenkräften, die er ihr nie zugetraut hätte, auf die Straße, wo ihr Wagen mit laufendem Motor in zweiter Reihe stand.

Das Auto war dunkelblau und einem Opel Kadett zum Verwechseln ähnlich. Albrecht bemerkte es, war aber nicht wirklich verwundert.
Michaela bugsierte ihn auf den Beifahrersitz und sagte: »Ich bring Sie ins Urban-Krankenhaus. Das ist nicht weit.« Sie lief um den Wagen herum, riss die Tür auf und schwang sich hinters Steuer.
Ausgerechnet, dachte Albrecht, als das Auto mit quietschenden Reifen über das Kopfsteinpflaster schoss.

6

Jedesmal, wenn Albrecht das Urban-Krankenhaus erblickte, schauderte es ihn. Das V-förmige Ungetüm erinnerte ihn an Lars von Triers düstere und unheimliche Krankenhaus-Serie »The Kingdom«, auch dort hatte das Gebäude aus bräunlich grauem Stahlbeton bestanden und einen alles andere als einladenden Eindruck hinterlassen. Ein bedrohlicher und gespenstischer Ort. »Geister«, hatte der deutsche Titel der Serie gelautet. Krankenhäuser machten krank, deshalb hießen sie so. Sonst würden sie ja Gesundheitshäuser heißen. Seine Oma fiel ihm plötzlich ein. Mit 75 Jahren war sie zum ersten Mal in ihrem Leben in ein Krankenhaus eingeliefert worden, eine Routineoperation am Oberschenkel, doch sie erholte sich nicht davon und wurde von den Ärzten aufgeben. Sie solle lieber zu Hause sterben, hieß es, man könne ihr nicht mehr helfen. Sie wurde in ihre Wohnung gebracht und mit der letzten Ölung versehen. Sie starb 12 Jahre später und ließ den Rest ihres kerngesunden Lebens keinen Arzt mehr an sich heran.
Albrecht saß allein im Auto und bemühte sich, an Belanglosigkeiten zu denken, um sich nicht zwanghaft auf seine Schmerzen zu konzentrieren. Michaela hatte den Daewoo vor der Rettungsstelle des Krankenhauses geparkt und war ins Gebäude gestürmt. Vor der Tür standen zwei rote Krankenwagen der Feuerwehr mit Blaulicht. Pfleger und Ärzte rannten herum, verfrachteten Menschen

auf Liegen und Sitztragen und brachten sie eilends hinein. Albrecht sah einen Mann mit blutverschmiertem Schädel und eine Frau, deren Unterschenkel in ungesundem Winkel vom Oberschenkel abstand. Er wollte den Kopf abwenden, konnte ihn jedoch nicht bewegen, ohne vor Schmerz einzugehen. Aus den Augenwinkeln schaute er daher zum Landwehrkanal. Schwäne schwammen auf dem Wasser.

»Da drinnen ist die Hölle los!« Michaela hatte die Beifahrertür aufgerissen und schob einen Rollstuhl vor die Öffnung. »Ein Autounfall oder so. In der Notaufnahme geht's drunter und drüber. Sie haben sich einen schlechten Zeitpunkt für Ihren Was-auch-immer ausgewählt. Aber wenigstens hab ich einen Rollstuhl ergattert. Der stand da rum.« Sie hievte Albrecht hoch, scherte sich nicht um dessen Schmerzensschreie und gewisperten Flüche, setzte ihn allzu rabiat in den Stuhl und schob ihn die Rampe hoch. Es ging durch zwei blaue Schiebetüren zum verwaisten Empfangsschalter. »Anmeldung um die Ecke«, stand auf einem Schild hinter der Scheibe. Also links herum und dann rechts. Auch hier saß niemand. Dafür hasteten Weiß- und Grüngekleidete über den Gang, fuchtelten mit den Armen und gaben oder empfingen knapp gehaltene Anweisungen. An einer Wand zur Linken saßen die Notfall-Patienten in Reih und Glied auf Plastikstühlen. Wie beim Arbeitsamt. Albrecht fragte sich, ob er eine Nummer ziehen musste. Kein Mensch kümmerte sich um ihn, fragte ihn nach seinem Begehr oder seiner Krankenversicherung. Sie hatten ausreichend damit zu tun, die Schwerverletzten zu versorgen und das Chaos zu organisieren. Ein weiteres Unfallopfer wurde auf einer Trage hereingebracht, ein Pfleger hielt einen Tropf und rannte nebenher. Der Mann mit dem blutenden Schädel wurde gerade durch eine Riffelglastür befördert.

»Das kann dauern«, murmelte Albrecht und schielte nach links, wo noch vor einem Augenblick Michaela gestanden hatte. Doch sie war verschwunden. Er wandte den Kopf zur Seite und wurde prompt mit einem weiteren Dolchstich in den Rücken bestraft.

Dann hörte er draußen den röhrenden Motor und die quietschenden Reifen. Michaela Kemmer hatte einen erbärmlichen Fahrstil.
»Miststück«, brummte er.
Einen Moment lang fühlte er sich völlig verlassen und wusste nicht, wohin oder an wen er sich wenden sollte. Dann jedoch kochte die Wut in ihm hoch, und er versuchte, den Rollstuhl von der Stelle zu bewegen. Da er dazu nur die rechte Hand benutzen konnte, drehte er sich im Kreis, und als er mit der Hand zum linken Rad greifen wollte, wurde der unsichtbare Dolch in seinem Rücken in der Wunde herumgedreht. Keine Chance! Der Stuhl bewegte sich nicht vom Fleck. Er stand mitten im Gang, direkt vor einer zweiflügeligen Stahltür. »Vorsicht! Tür öffnet automatisch«, las Albrecht auf einem Schild, und tatsächlich öffnete sich die Stahltür in diesem Moment wie von Geisterhand. Nach wenigen Sekunden fiel sie wieder ins Schloss. Und ging wieder auf. Und wieder zu. Albrecht schien mit seinem Gefährt direkt im Infrarotstrahl der Automatik zu stehen. Oder gab es im Boden eine Platte, die auf Gewichtsbelastung reagierte? Er versuchte hektisch, sich fortzubewegen, drehte sich jedoch nur ein weiteres Mal im Kreis und schwitzte in seinem Mantel.
Als die Tür sich erneut öffnete, sah er eine alte Frau auf der anderen Seite stehen. Sie trug einen verwaschenen roten Bademantel aus Frottee und hatte eine schneeweiße Frisur, die an ein verlassenes Vogelnest erinnerte. Die Frau lächelte, und die Tür schloss sich erneut. Beim nächsten Öffnen trat die Alte durch die Tür und wandte sich an den kreiselnden Albrecht.
»Na, Schätzchen, wo willst ’n hin? Soll ick da schieben?« Sie berlinerte wie ein Kohlenhändler und sprach mit ihm, als habe sie ein kleines Kind vor sich. Sie legte ihre dürre und kalkweiße Hand auf seine Schulter und sagte, als er vor Schmerz aufschrie: »Tut weh, wa?«
Er wollte die Alte anschnauzen und zum Teufel schicken, aber auch das hätte nur geschmerzt. Er überlegte krampfhaft, und in seiner Not stammelte er: »Orthopädie.«

»Jibt's hier nich«, antwortete sie, nahm Albrecht die Mütze ab, unter der der Schweiß lief, und strich ihm mitfühlend übers klitschnasse Haar. »Ick kenn ma hier aus, Mäuschen. Bin schon seit Wochen hier. Willste vülleicht zur Chirurgie? Is ja fast detselbe.«
Albrecht nickte andeutungsweise, atmete tief ein und murmelte: »Felgenhauer. Er ist ein ... Bekannter.«
»Kiek an«, wunderte sich die Alte, »zum Meester persönlich? Na, denn los!«
Bevor Albrecht sich über ihre Antwort wundern konnte, schob sie ihn bereits durch die Tür und über einen Gang, der die Rettungsstelle mit dem Haupttrakt verband. Nach wenigen Metern gelangten sie zu den Fahrstühlen. »Nur für Personal«, stand auf einem Schild. Die alte Frau drückte auf den Knopf, die rechte Fahrstuhltür öffnete sich prompt, Albrecht wurde in die Kabine befördert, die Tür schloss sich zischend, er saß in der Falle.
»Erstet O-Je«, sagte die Frau und drückte auf den Knopf mit der 1.
Als die Fahrstuhltür sich wenige Sekunden später wieder öffnete, fiel Albrechts Blick auf das riesige Schild an der gegenüberliegenden Wand: »Chirurgie – Chefarzt Prof. Dr. Heinrich Felgenhauer – Anmeldung Zimmer 205«. Albrecht stutzte. Er hatte Felge immer für irgendeinen Hilfsorthopäden gehalten, einen Assistenzarzt, höchstens Stationsarzt. Aber Chefarzt? Und Professor? Vermutlich hatte er wieder nicht richtig zugehört, als Emily von »ihrem Heinrich« und dessen Job im Urban-Krankenhaus berichtet hatte.
»Dein Kumpel is der Chef von 't Janze«, bestätigte die Alte, als hätte sie Albrechts Gedanken gelesen.
»Er ist nicht mein Kumpel.«
»Aber ein netter Kerl. Und 'n Hübscher obendrein. Der hat ma unterm Messer jehabt. Leider war ick bewusstlos.« Sie lachte röchelnd, ging zu einer Glasscheibe zur Rechten und hämmerte mit den Knöcheln dagegen.
»Vielleicht sollten wir erst zur Anmeldung«, murmelte Albrecht, dem das Ganze zunehmend peinlich und zuwider war. Er konnte

sich jedoch nicht wehren, nicht einmal verbal. Er war hilflos wie das Kind, für das ihn die Alte zu halten schien.
»Ach wat!«, erwiderte die Frau und hämmerte munter drauflos. »Ick kenn ma aus. Det jeht schon.«
Schließlich erschien eine weiß gekleidete Schwester hinter der Scheibe, sah die Alte, runzelte die Stirn und verdrehte die Augen. Sie öffnete ein kleines ovales Fenster in der Scheibe und sagte: »Was gibt's denn, Frau Habermann? Sie sollen doch nicht immer herumlaufen. Gehen Sie wieder auf Ihr Zimmer!«
»Det Schätzchen hier braucht Hilfe«, sagte die alte Frau.
»Dann soll er sich an seinen Arzt wenden«, erwiderte die Krankenschwester. Erst jetzt betrachtete sie Albrecht in seinem Rollstuhl und bemerkte, dass er Mantel und Straßenkleidung trug. »Ach so. Die Notaufnahme ist im Erdgeschoss«, sagte sie und schloss das Fenster.
Erneut hämmerte die alte Frau gegen die Scheibe.
»Was ist denn das für ein Krach?!« Eine Tür neben der Glasscheibe hatte sich geöffnet, und Felgenhauer stand im Rahmen. Ganz in Weiß, ein Stethoskop ragte aus der Seitentasche. »Ach, nee, Frau Habermann! Muss ick wieder mit Ihnen schimpfen. Na, saren Se mal!«
»Hallo, Herbert.«
Felgenhauer fuhr alarmiert herum. Offensichtlich hatte er Albrechts Stimme auf Anhieb erkannt und einen heimtückischen Hinterhalt erwartet. Als er nun sein Gegenüber im Rollstuhl sitzen sah, seltsam gebückt und zur Seite gekippt, da legte sich ein unmerkliches Lächeln auf seine Lippen.
»Albrecht?«, sagte er. »Was ist denn mit dir passiert?«
»Wenn ich das wüsste«, antwortete dieser, »aber es tut höllisch weh.«
Für das Grinsen in Felges Gesicht, das schwor sich Albrecht, würde er ihn eines Tages umbringen. Und vorher genüsslich foltern.
»Ich kümmere mich darum«, sagte Felgenhauer zur Krankenschwester, die gerade mit Frau Habermann beschäftigt war und sie in Richtung der Stationen lenken wollte.

»Ick kann ooch alleene jehn, Kindchen«, wehrte sich die Alte und schlug den Kragen ihres Frotteemantels hoch. »Ick kenn ma aus.«
Der Arzt schob seinen Patienten derweil durch die Tür, einen schmalen, neonbeleuchteten Gang entlang und in sein Sprechzimmer. Durch das Panoramafenster hatte man einen wunderbaren Ausblick auf den Landwehrkanal und die Grünanlage gegenüber. Am Horizont ragte der Fernsehturm in den strahlend blauen Himmel. Doch Albrecht hatte dafür kein Auge. Er starrte auf den riesigen und beinahe leeren Schreibtisch. Ein gerahmtes Foto von Emily und Felgenhauer stand dort, aufgenommen in London. Ein hübsches Pärchen am Trafalgar Square. Frisch verliebt unter Admiral Nelsons Fittichen.
Felgenhauer hob Albrecht aus dem Rollstuhl, zog ihm den Mantel aus und half ihm, sich auf eine Liege zu setzen. Er wollte seinen Oberkörper entkleiden, doch als Albrecht laut aufschrie und mit der rechten Hand nach ihm schlug, ließ Felgenhauer davon ab und nahm stirnrunzelnd den Rücken in Augenschein. Er erinnerte an den schiefen Turm von Pisa.
»Also?«, fragte Felgenhauer.
Albrecht berichtete wispernd und unter enormer Anstrengung, was ihm widerfahren war. Er verschwieg das Wie und Wo und begnügte sich mit dem Was. Er beschrieb die Art des Schmerzes, versuchte ihn zu lokalisieren und erzählte von der Vorgeschichte.
Felgenhauer nickte, stellte einige Nachfragen hinsichtlich des Kribbelns im Nacken und des tauben Gefühls im linken Arm und brummte etwas Unverständliches. Er schob vorsichtig den Pullover hoch, tastete Albrechts Wirbelsäule ab, von unten nach oben, und als der andere wie gemartert aufschrie, nickte er erneut. »Die Bandscheibe. Ich vermute, die ist hin«, sagte der Chirurg, wandte sich um und öffnete die Schublade eines Wandschranks. »Du hättest früher kommen sollen. Mach mal den Oberarm frei!«
»Da hatte ich noch keine Schmerzen«, sagte Albrecht und: »Warum?«
»Warum was?«

»Warum soll ich den Oberarm freimachen?«
»Ich geb dir was gegen die Schmerzen«, sagte Felgenhauer und kramte einige Verpackungen aus der Lade. »Das ist ein Bandscheibenvorfall, und zwar keiner von Pappe. Die Bandscheibe hat anscheinend schon seit geraumer Zeit den Nerv behelligt, deshalb auch das Kribbeln und die Schmerzen im Arm. Und jetzt ist sie endgültig rausgetreten. Wir werden dich erst mal röntgen, um zu sehen, ob wir operieren müssen. Aber vorher geb ich dir ein starkes Analgetikum.« Er ging zum Waschbecken in der Ecke des Raumes und hantierte mit den Packungen herum.
Albrecht konnte nicht sehen, was er hinter seinem Rücken trieb, aber die Geräusche waren alles andere als Vertrauen erweckend. Es raschelte, dann blubberte und zischelte es, als würde eine Flüssigkeit aufgesaugt. Zuletzt hörte er ein leises, hohes Klopfen, wie Fingernägel an Plastik. Und er wusste, was nun folgen würde.
»Gibt's das nicht in Tablettenform?«, murmelte er und merkte, wie ihm der Schweiß von der Stirn troff. »Oder Tropfen? Meinetwegen auch als Zäpfchen!«
»Papperlapapp!«, erwiderte Felgenhauer und baute sich vor ihm auf. »Stell dich nicht so an! Es ist doch nur ein kleiner Pieker.«
Albrecht sah die riesige Spritze in seiner Hand, die Nadel erschien ihm dicker und viel länger als normal. Eine Pferdespritze! Ein Pferdedoktor!
Das macht er mit Absicht, dachte Albrecht und hielt den Atem an. Dann wurde ihm schwarz vor Augen.

EPILOG

»Ich will nicht glücklich sein,
weil der Film noch nicht zu Ende ist.
Ich will nicht glücklich sein,
weil das Glück kommt immer erst am Schluss.
Das Glück, die Umarmung, der Kuss
kommen nur am Schluss. Happy End.«

Hans-A-Plast, »Spielfilm«, 1979

Albrecht kochte vor Wut. Während Franziska am Fenster stand und aus dem dritten Stock auf das von der untergehenden Sonne rot beleuchtete Dach der Rettungsstelle blickte, lag er auf dem Bett, das Kopfende hochgestellt, und brüllte ins Telefon: »Warum hab ich denn überhaupt eine private Krankenversicherung, wenn die sich jetzt weigert, die Arztkosten zu übernehmen?!«

»Wir weigern uns ja gar nicht«, erwiderte die weibliche Stimme am anderen Ende der Leitung in einem ekelhaft säuselnden Flüsterton, den sie vermutlich für freundlich und verbindlich hielt. »Wenn Sie uns die Rechnung schicken, werden wir Ihnen selbstverständlich den für solche Fälle vorgesehenen Honorarsatz erstatten. Allerdings ist damit nicht das Honorar des Chefarztes abgedeckt. Sie haben sich leider bei Vertragsabschluss gegen die so genannte Chefarztzulage ausgesprochen.«

Albrecht erinnerte sich, dass er dies getan hatte. Aus gutem Grund, wie er damals gedacht hatte. Die Klausel besagte, dass der Patient darauf bestehen konnte, vom Chefarzt persönlich behandelt zu werden. Albrecht hatte nicht einsehen wollen, warum er einen beträchtlich höheren Versicherungsbeitrag zahlen sollte, nur um von irgendwelchen abgetakelten, Golf spielenden Halbrentnern behandelt zu werden. So hatte er sich Chefärzte immer vorgestellt. Dass andererseits die Behandlung durch einen solchen Maestro nur zu einem Teil abgedeckt war, hatte er in seinen Überlegungen beiseite gelassen. Wie hätte er auch den aktuellen Fall vorhersehen sollen?

»Vielleicht reden Sie noch einmal mit Ihrem Arzt«, schlug die Frau von der Versicherung vor. »Möglicherweise geht er ja mit seinen Honorarforderungen herunter. Viele Ärzte sind da sehr verständig.«

»Ich bin vor drei Tagen operiert worden«, knurrte Albrecht. »Erwarten Sie, dass ich mit dem Arzt nach getaner Arbeit um sein Honorar feilsche? Sind Sie noch bei Trost?!«

»Das bin ich durchaus«, antwortete sie spitz und vergaß für einen Moment ihr Call-Center-Gesäusel. »Denn *ich* hätte an Ihrer Stelle die Chefarzt-Klausel bestimmt nicht gestrichen. Es bringt erfahrungsgemäß nichts, am falschen Ende zu sparen.«

Albrecht schluckte und schwieg. Sie hatte Recht, und trotzdem ärgerte es ihn. Es war ganz undenkbar, dass er mit Felgenhauer wie auf einem orientalischen Basar zu handeln begann. Die Operation war wunderbar verlaufen, sie hatten ihm das herausgetretene Stück Bandscheibe mit einem Laser entfernt und die Wirbelsäule durch irgendein Hightech-Konstrukt gestützt. »State of the art«, wie Felgenhauer wichtigtuerisch betont hatte. Eine ganz neue Technik aus den USA. Sollte Albrecht nun nach erfolgreicher OP anfangen, den Preis zu drücken und um Rabatt zu betteln? Das kam ja gar nicht in Frage. Wie sähe das denn aus!

»Hören Sie?«, fragte die Frau.

»Hmm«, machte Albrecht.

»Wenn Sie wollen, rede ich mit dem Herrn Professor.«

»Nein, danke! Um den Herrn Professor kümmere ich mich schon selbst. Auf Wiederhören!« Er knallte den Hörer auf die Gabel, stellte den Apparat auf den Nachttisch und sagte zu Franziska: »Das wird teuer.«

»Sei froh, dass die Operation so gut verlaufen ist«, sagte sie und setzte sich auf einen Lehnstuhl neben dem Krankenbett. »Das sollte es dir wert sein.«

»Ich bin arbeitslos und pleite«, sagte er und verdrehte die Augen. »Sparen war nie meine Stärke.«

»Ich kann dir ja was leihen«, antwortete sie und lachte. »Auf meinem Postsparbuch hab ich noch dreihundertfünfzig Euro.«

»Danke für das Angebot«, sagte Albrecht grinsend. »Es ist nicht zu fassen. Mit dem Honorar für die Operation bezahlt Felge vermutlich die Hochzeitsringe. Und für die Hochzeitsreise reichts womöglich auch noch. Man kann nicht wirklich behaupten, dass ich den beiden Turteltauben ein Hindernis bin. Ich komme mir beinahe vor wie ein Sponsor.«

Franziska zuckte unmerklich zusammen und fragte: »Eifersüchtig?«

»Ach was!« Albrecht fühlte sich ertappt und lächelte verkniffen. Er griff nach ihrer Hand, die sie ihm jedoch entwand. Ein kurze Weile redete keiner von ihnen, sie sahen sich nur schweigend an. Dann fragte Albrecht: »Hast du Kommissar Schalck vorhin im Gang noch gesehen?«

Franziska nickte und sagte: »Was wollte er?«

»Mich auf den neuesten Stand bringen.« Wieder griff er nach ihrer Hand, und diesmal entzog sie sie nicht. »Setz dich zu mir«, bat er und zog sie auf das Bett. »Gib mir ein wenig Zeit, ja?«

Franziska setzte sich auf die Kante, presste die Lippen aufeinander und nickte dann. Schweigend hielten sie sich an den Händen. Schließlich lächelte sie und fragte: »Was ist der neueste Stand?«

»Sie haben keine Ahnung, wo Michaela Kemmer stecken könnte«, antwortete Albrecht und war Franziska dankbar, dass sie nicht weiter in den Wunden bohrte. »Nachdem sie der Polizei am Dienstag vor Kerstins Haus entwischt ist, hat sie sich in Luft aufgelöst.«

»Sie haben das Haus überwacht?«

»Als sie mit dem Daewoo dort auftauchte, waren Schalcks Leute schon da. Aber sie scheint es gerochen zu haben und hat Gas gegeben. Glaub mir, die weiß, wie man Gas gibt. Danach hat Schalck nichts mehr von ihr gehört.«

»Meinst du, dass diese Kerstin weiß, wo sie jetzt steckt?«

Albrecht zuckte mit den Schultern, auch wenn das mit dem Stützverband kaum möglich war, und sagte: »Sie hat schon einmal gelogen, als sie behauptet hat, sie hätte Michaela nach dem Mord nicht mehr gesehen. Warum sollte sie also jetzt die Wahrheit sagen?«

»Sie ist ihre Freundin.«

Albrecht nickte und sagte: »Und sitzt dafür in Untersuchungshaft.«

»Eigentlich sehr romantisch.«

»Ich glaube, Schalck hat sie nur verhaftet, um Michaela aus der Reserve zu locken. Der Kommissar kann Kerstin außer Strafvereitelung nichts nachweisen. Mit dem Mord hat sie nichts zu tun, zumindest nicht aktiv, und das weiß Schalck auch, aber er benutzt sie als Lockvogel. Er will Michaela provozieren. Ich bin gespannt, wie sie darauf reagiert.«

»Wenn sie überhaupt von der Verhaftung weiß.«

»Das weiß sie«, erwiderte er. »Sie ist bestimmt noch irgendwo in der Nähe.«

»Und Benno?«

Albrecht schüttelte den Kopf. »Du wirst es nicht glauben, aber meine Aussage wird zu einer Anklage wegen Vergewaltigung gegen ihn führen.«

Franziska stutzte und fragte: »Ich dachte, das wäre verjährt.«

»Das dachte ich auch«, antwortete Albrecht. »Vor allem hat Michaela das gedacht. Aber es stimmt nicht. Der Kommissar hat es mir vorhin erklärt. Für Vergewaltigung ist im StGB kein Strafhöchstmaß vorgesehen, nur eine Mindeststrafe, nach oben hin offen. Und deshalb beträgt die Verjährungsfrist zwanzig Jahre. Hinzu kommt, dass bei sexuellem Missbrauch von Minderjährigen die Frist erst ab dem vollendeten achtzehnten Lebensjahr des Opfers beginnt.«

»Wie alt war Michaela damals?«
»Sechzehn oder siebzehn.«
Franziska rechnete. »Aber das bedeutet ja«, sagte sie schließlich, »dass sie noch mindestens fünf oder sechs Jahre Zeit gehabt hätte, die Vergewaltigung anzuzeigen.«
Albrecht nickte und setzte hinzu: »Und mich hätte sie als Zeugen der Anklage benennen können. Es ist schon verrückt! Sie hätte Jupp nicht umbringen müssen, sondern ihn für Jahre in den Knast bringen können. Genauso wie Benno! Wenn der in seinem Zustand überhaupt haftfähig ist.«
»Und jetzt ist sie selber auf der Flucht«, sagte Franziska und strich Albrecht zärtlich über den Unterarm. »Irgendwie tut sie mir Leid!«
Albrecht wusste nichts darauf zu sagen. Er nickte und zuckte im nächsten Moment mit den Schultern. Er war sich nicht sicher, ob er für Michaela Mitleid empfand. Empfinden durfte. Es zwickte in seinem Rücken, sein Kopf dröhnte, und er schloss die Augen. Er war müde.
Franziska gab ihm einen Kuss auf die Stirn und erhob sich, um das Zimmer zu verlassen, doch im selben Augenblick flog die Tür auf.
»Hallihallo!«, ertönte eine kräftige Männerstimme.
Albrecht erkannte die Stimme und hielt Franziska krampfhaft an der Hand. Lass mich jetzt nicht allein!, bedeutete der Händedruck, und sie setzte sich wieder.
»Hallo, Martin!«, sagte Albrecht, ohne die Augen zu öffnen. »Ich dachte, die Besuchszeiten sind schon vorbei.«
»So?«, wunderte sich Martin Brandt achselzuckend und trat ans Bett. »Menschenskind, du machst ja Geschichten. Hallo zusammen!« Er nickte Franziska zu und überreichte Albrecht eine in Geschenkpapier eingewickelte Flasche. Auf dem Papier waren Weihnachtsmänner und Rentiere zu sehen.
»Das wäre doch nicht nötig gewesen«, sagte Albrecht mit ironischem Unterton, den Martin wie üblich überhörte. Er nickte, öffnete seine Jacke und setzte sich auf das zweite, im Moment verwaiste Bett. Der alte Mann mit der Hüftoperation war am Mor-

gen entlassen worden. Zum Glück! Er hatte geschnarcht und nach Alte-Männer-Schweiß gerochen.
»Als ich deine Zimmernummer gehört hab, da wollt ich's erst nicht glauben«, sagte Martin und lachte. »007! Die passende Nummer für einen Detektiv!«
»Mit Punkten«, verbesserte Albrecht. »Null Punkt null Punkt sieben.«
»Trotzdem witzig«, beharrte der andere, setzte eine gut gelaunte Miene auf und fragte: »Und?«
Albrecht hatte nicht die geringste Lust, den Conférencier zu spielen, und erwiderte: »Und *was*?«
»Emily hat mir alles erzählt«, antwortete Martin mit Verschwörermiene. »Mann, Mann, Mann! Das is ja 'n Ding! Wie im Krimi.«
Dieses dusselige Drumherumgerede kam Albrecht bekannt vor. Schon früher hatte Martin die Angewohnheit, immer dann blöde und nichts sagende Floskeln zu benutzen, wenn er etwas ganz Bestimmtes im Sinn hatte. Er fragte: »Was willst du, Martin?«
»Hören, wie's dir geht«, kam die etwas zu prompte Antwort.
»Mir geht's gut«, antwortete Albrecht. »Was *willst* du?«
Martin lachte erschrocken auf und hampelte auf dem Bett herum, als habe er wunde Stellen am Hintern. »Ich soll von Christiane grüßen«, sagte er schließlich.
»Wer ist Christiane?«
»Meine zukünftige Frau«, antwortete Martin leicht pikiert. »Ich hab dir doch davon erzählt.« Da Albrecht keine Anstalten machte, zu nicken oder etwas zu sagen, fuhr Martin fort: »Im April ist es soweit. Mit Kirche und allem drum und dran. Ihr bekommt noch 'ne Einladung.« Wieder stockte er, wartete vergebens auf eine Erwiderung und schaute schließlich zu Franziska.
»Wie schön«, sagte die und lächelte aufmunternd.
»Da gibt's nur ein Problem«, druckste Martin herum. »Eigentlich wollte Christiane nach der Heirat zu mir ziehen, aber jetzt haben wir gemerkt, dass die Bude zu klein für uns beide ist. An Nachwuchs erst gar nicht zu denken.«

Albrecht begriff und sagte: »Und Emily hat dir vermutlich erzählt, dass ich meine Wohnung aufgeben will.«
»Ich wollte dir einen Wohnungstausch vorschlagen«, bestätigte Martin.
»In meiner Wohnung wurde ein Mensch ermordet.«
»Sieht man was davon?«, fragte Martin alarmiert.
»Zum Glück hat sie ihn nur erstickt«, antwortete Albrecht und wunderte sich nicht, als Martin erleichtert aufatmete. »Wie groß ist deine Wohnung?«
»Zweieinhalb Zimmer, siebzig Quadratmeter. Und spottbillig.«
Albrecht verschwieg, dass gerade der letzte Punkt die Wohnung durchaus attraktiv für ihn machte, und fragte: »Und wo liegt sie?«
»Alte-Jakob-Straße.«
»Gleich bei mir um die Ecke«, sagte Franziska.
»In Kreuzberg?«, rief Albrecht entsetzt.
Martin nickte, und Franziska sagte: »Eingebildeter Pinsel!«
»Meine Wohnung ist finanziell nicht gerade ein Schnäppchen«, sagte Albrecht.
»Mach dir darum keine Sorgen«, frohlockte Martin und strahlte wie ein kleines Kind, das seine Eltern mit einem selbst gemalten Bild an der Wohnzimmertapete überraschen will. »Jetzt kann ich es mir leisten.«
Albrecht schwante Übles. Er wusste, dass dies seinen Tag vollends vermiesen würde. Er wollte es gar nicht hören, doch das hielt Martin nicht davon ab, die frohe Botschaft zu verkünden.
»Erinnerst du dich an Maria von Hülshoven?«
»Die Junior-Chefin von ›Atom-Film‹?«
»Genau die«, sagte Martin und richtete sich auf seinem Bett auf. »Ich hab sie auf der Party im ›Linientreu‹ getroffen. Du weißt schon, an dem Abend als …« Er räusperte sich, schaute auf die Bettdecke und fuhr fort: »Ich hab ihr von ›Tot und Mordschlag‹ erzählt, und sie hat gesagt, ich soll ihr das Drehbuch mal reinreichen.«
»Und?«, fragte Albrecht, obwohl er die Antwort kannte.

»Sie ist begeistert und will es machen!« Martins Grinsen strahlte rötlich im Licht der untergehenden Sonne, das zum Fenster hereinflutete. »Sie sagt, es ist das beste Drehbuch, das sie seit Jahren gelesen hat. Ein Volltreffer! Ich werde morgen den Vertrag unterschreiben. Joachim Król soll die Hauptrolle spielen.«

Das war's! Finito!

Vor einer Woche hatte Albrecht seinen Job verloren. Nun würde er auch seinen Beruf nicht mehr ausüben können! Wenn Martins Drehbuch ein Volltreffer war, dann hatte er, Albrecht, keine Ahnung von dem Metier. Dann hatte er als Filmkritiker jedwede Daseinsberechtigung verloren. Nie wieder würde er eine Zeile zu Papier bringen oder einen Satz vor laufender Kamera sagen können. »Tot und Mordschlag« hatte ihm den beruflichen Todesstoß versetzt.

Aus und vorbei!

»Albrecht?«, fragte Franziska. »Ist alles in Ordnung?«

»Glückwunsch«, krächzte Albrecht und schloss die Augen.

MANI BECKMANN

Geboren 1965 in Alstätte/Westfalen. 1983–1986 Gitarrist der westdeutschen Punkband »Brigade Fozzy«, studierte anschließend Film- und Fernsehwissenschaft und Publizistik an der Freien Universität Berlin. Freier Filmjournalist für Zeitschriften und Magazine (u. a. Zitty/Berlin); schreibt historische und Kriminalromane sowie Drehbücher (1997 Teilnehmer der Master School Drehbuch). Seit 1995 Drehbuchlektor für die Abteilung Fernsehspiel des WDR/Köln. Autor des Bestsellers »Moorteufel« und des in mehrere Sprachen übersetzten »Sodom und Gomera«. Im berlin. krimi.verlag erschien »Tödliche Vergangenheit«.
Mani Beckmann im Internet: www.manibeckmann.de

Mehr von Mani Beckmann

»Sauber!«

Zitty

»… spannend bis zum Schluss.«

Tagesspiegel

berlin.krimi.verlag

www.berlin-krimi-verlag.de

Sie wissen immer vorher,
wer der Täter ist?

Sie wollen immer wissen,
wie alles kommen wird?

Wollen Sie wissen, was aus
Ihnen einmal werden wird?

Wollen Sie es dem Zufall überlassen, wie Sie eines Tages diese Welt verlassen werden?

Wir glauben, dass es besser ist, auch einmal über die eigene Bestattung nachzudenken, wenn kein unmittelbarer Anlass besteht. Denn es lebt sich ruhiger, wenn auch dies geregelt ist. Dann sind Sie sicher, diese Welt einmal so zu verlassen, wie es Ihren eigenen Vorstellungen entspricht, und Ihre Angehörigen nicht zusätzlich belastet werden. Das braucht kompetente und einfühlsame Beratung. Ahorn-Grieneisen. Auf uns ist Verlass.

Tel. 018 02 - 67 10 67
www.ahorn-grieneisen.de

Ahorn-Grieneisen

Bleiben Sie sich treu.

Preußen-Krimis

ISBN 3-89809-009-4

ISBN 3-89809-018-3

ISBN 3-89809-013-2

ISBN 3-89809-019-1

»Hier bahnt sich eine kleine Sensation an: die Profilierung eines Berliner ‚Geheimkommissärs' von ganz eigenem Schlag.«

Berliner Morgenpost

berlin.krimi.verlag

www.berlin-krimi-verlag.de

Berlin ist mörderisch!

ISBN 3-89809-010-8

ISBN 3-89809-012-4

»Ein atmosphärisch hochinteressanter Krimi im Vor-Mauer-Berlin.«
Tip

»Perfekt gebaut!«
Neues Deutschland

berlin.krimi.verlag
www.berlin-krimi-verlag.de

Berlin ist mörderisch!

ISBN 3-89809-015-9

ISBN 3-89809-007-8

»Hauptkommissar Strothmann ist serientauglich.«

Berliner Zeitung

»Die Lektüre fesselt durch ironische, pointensichere Distanziertheit.«

Berliner Morgenpost

berlin.krimi.verlag

www.berlin-krimi-verlag.de